La Artesana de Libros

Si tienes un club de lectura o quieres organizar uno, en nuestra web encontrarás guías de lectura de algunos de nuestros libros. **www.maeva.es/guias-lectura**

La Artesana de Libros

PIP WILLIAMS

Traducción de:
Ana Isabel Sánchez Díez

MAEVA

Título original:
THE BOOKBINDER OF JERICHO

© PIP WILLIAMS, 2023
© de la traducción: ANA ISABEL SÁNCHEZ DÍEZ, 2024

© MAEVA EDICIONES, 2023
Benito Castro, 6
28028 MADRID
www.maeva.es

Este libro ha contado con la ayuda del Gobierno australiano a través de Creative Australia, su organismo asesor y de financiación de las artes

Australian Government

Creative Australia

ISBN: 978-84-19638-56-4
Depósito legal: M-408-2024

Diseño de cubierta: ANDY WARREN © Affirm Press
Adaptación de cubierta: Gráficas 4, S.A.
Fotografía de la autora: © ANDRE GOOSEN
Preimpresión: MCF Textos, S.A.
Impresión y encuadernación: Huertas, S.A.
Impreso en España / Printed in Spain

*Ahora, diosa, hija de Zeus, cuenta la historia antigua
para nuestros tiempos modernos. Encuentra el principio.*

HOMERO, *Odisea*,
a partir de la traducción de EMILY WILSON

PRIMERA PARTE

La Inglaterra de Shakespeare

De julio a octubre de 1914

1

PEDAZOS. ERA LO único que tenía. Fragmentos incomprensibles sin las palabras que los precedían ni las palabras que los seguían.

Estábamos plegando las *Obras completas de William Shakespeare* y había ojeado la primera página del prefacio del editor un centenar de veces. La última línea de esa página me retumbaba en la cabeza, incompleta y burlona. «Solo he osado desviarme donde me parecía que...»

«Osado desviarme.» Mi vista recaía sobre la frase cada vez que plegaba un cuadernillo.

«Donde me parecía que...»

«¿Que qué?», pensaba. Y luego empezaba con otro pliego.

Primer pliegue: *Obras completas de William Shakespeare.* Segundo pliegue: Editadas por W. J. Craig. Tercer pliegue: el puñetero «osado desviarme».

Detuve la mano mientras leía aquella última línea e intentaba deducir el resto.

«W. J. Craig cambió a Shakespeare —pensé—. Cuando le pareció que...»

Experimenté una necesidad acuciante de saberlo.

Eché un vistazo en torno al taller de encuadernación y a lo largo de la mesa de plegado, sobre la que se acumulaban montañas de manos de pliegos y de cuadernillos ya doblados. Miré a Maud.

No podrían darle más igual las palabras que contenía la página. La oí tararear una cancioncilla mientras marcaba el ritmo con cada pliegue, como un metrónomo. Plegar era su tarea favorita y la desempeñaba mejor que nadie, pero eso no evitaba los fallos. «Tangentes de plegado», solía llamarlos mamá. Pliegues cuyo diseño y propósito solo conocía mi hermana. De vez en cuando, por el rabillo del ojo, me llamaba la atención un cambio de ritmo. Era bastante sencillo estirar el brazo, sujetarle la mano. Ella lo entendía. No era tonta, a pesar de lo que la gente pensaba. ¿Y si se me pasaban por alto las señales? Bueno, un cuadernillo estropeado. Podía ocurrirnos a cualquiera, bastaba con que se nos resbalara la plegadera de hueso. Pero nosotras nos dábamos cuenta y apartábamos el cuadernillo echado a perder. Mi hermana nunca se percataba. Así que tenía que hacerlo yo.

Estar atenta.

Vigilar.

Respiración profunda.

«Querida Maude. Te quiero, de verdad que sí. Pero, a veces...» Así discurrían mis pensamientos.

Ya veía un cuadernillo plegado que no encajaba del todo en la pila que Maude tenía a la izquierda. A mi derecha. Lo quitaría más tarde. Ella no se daría cuenta y la señora Hogg tampoco. No habría razón para que esta última chasqueara la lengua en señal de desaprobación.

La única que podía estropearlo todo en ese momento era yo.

Tenía la sensación de que, si no averiguaba por qué W. J. Craig había cambiado a Shakespeare, iba a ponerme a gritar.

Levanté la mano.

—¿Sí, señorita Jones?

—Baño, señora Hogg.

Asintió.

Terminé el pliegue que había empezado y esperé a que la señora Hogg se alejara. «Señora Hogg, la Cosa Pecosa.» Maude lo había dicho en voz alta una vez y no se me había perdonado jamás. En lo que a la señora Hogg se refería, Maude y yo éramos una única persona.

—Será solo un momento, Maudie.

—Será solo un momento —dijo ella.

Lou estaba plegando el segundo cuadernillo. Cuando pasé por detrás de su silla, me incliné sobre su hombro para atisbarlo.

—¿Puedes parar un momento? —le pregunté.

—Creía que te morías de ganas de ir al baño.

—Claro que no, solo necesito saber qué dice.

Lou se detuvo el tiempo justo para que leyera el final de la frase. Lo añadí a lo que ya sabía y lo susurré para mis adentros. «Solo he osado desviarme donde me parecía que la falta de atención, bien del copista, bien del impresor, privaba por completo de significado una palabra o una oración.»

—¿Puedo seguir ya, Peggy? —preguntó Lou.

—Sí, ya puedes —contestó la señora Hogg.

Lou se sonrojó y me lanzó una mirada.

—Señorita Jones...

La señora Hogg había sido compañera de colegio de nuestra madre y me conocía desde que Maude y yo éramos una recién nacidas. Aun así, señorita «Jones». Con el énfasis en el apellido de soltera de mamá, por si acaso en el taller de encuadernación había alguien que hubiese olvidado su deshonra.

—Su trabajo consiste en encuadernar los libros, no en leerlos...

Siguió hablando, pero yo dejé de escucharla. Lo había oído mil veces —los pliegos estaban para que los dobláramos, no para que los leyéramos; los cuadernillos estaban para que los apiláramos, no para que los leyéramos; los tacos estaban para que los cosiéramos, no para que los leyéramos— y, por enésima vez, pensé que leer las páginas era lo único que hacía que lo demás resultara tolerable. «Solo he osado desviarme donde me parecía que la falta de atención, bien del copista, bien del impresor, privaba por completo de significado una palabra o una oración.»

La señora Hogg levantó un dedo y, en ese momento, me pregunté qué respuesta se me habría escapado darle. Se le estaba poniendo la cara colorada, como le ocurría invariablemente. Entonces nos interrumpió nuestra capataz.

—Peggy, ya que estás de pie, ¿podrías hacerme un recado? —La señora Stoddard se volvió hacia la supervisora de planta con una sonrisa—. Seguro que puede prescindir de ella durante diez minutos, ¿verdad, señora Hogg?

Cosa Pecosa asintió y continuó caminando a lo largo de la fila de chicas sin dignarse a mirarme de nuevo. Desvié la vista hacia mi hermana.

—A Maude no le pasará nada —dijo la señora Stoddard.

Echamos a andar por el taller, aunque, en ocasiones, la capataz se detenía para darle ánimos a alguna de las más jóvenes o para aconsejar sobre la postura si veía a una trabajadora encorvada. Cuando llegamos a su despacho, cogió un libro recién encuadernado. Estampado con unas letras doradas tan brillantes que parecía que estuviesen mojadas.

El libro Oxford de la poesía inglesa: 1250-1900. Lo imprimíamos casi todos los años.

—¿Es que nadie ha escrito un poema desde 1900? —pregunté.

La señora Stoddard contuvo una sonrisa.

—El interventor quiere ver cómo ha quedado la última tirada. —Me entregó el libro—. El paseo hasta su despacho debería aliviarte el aburrimiento.

Me acerqué el libro a la nariz: cuero limpio y el aroma cada vez más tenue de la tinta y la cola. Nunca me cansaba de olerlo. Era la fragancia recién estrenada de una idea nueva, de una historia antigua, de una rima inquietante. Sabía que se desvanecería del libro en menos de un mes, así que lo inhalé como si así fuera a absorber lo que hubieran impreso en las páginas del interior.

Volví caminando despacio entre las dos largas hileras de mesas llenas de pliegos lisos e impresos y de cuadernillos plegados. Mujeres mayores y jóvenes se inclinaban sobre la tarea de convertir lo uno en lo otro, y a mí me habían dado un momento de tregua. Acababa de empezar a abrir el libro cuando una mano pecosa agarró la mía y lo cerró de golpe.

—No conviene arrugar el lomo —dijo la señora Hogg—. No si lo hacen personas como usted, señorita «Jones».

No me apuré mientras recorría los pasillos de Clarendon Press.

El señor Hart tenía una visita: las palabras de la mujer escapaban a la intimidad de la conversación que estaban manteniendo. Era joven, bienhablada, con un leve acento de las Midlands. Pisé con más delicadeza para no ahuyentar las palabras hacia el silencio.

—¿Y qué opina su padre? —preguntó el interventor.

Me detuve justo al otro lado de la puerta del despacho. Estaba entreabierta y vislumbré los elegantes zapatos y los tobillos esbeltos de la mujer bajo una falda recta de color lila y una chaqueta larga a juego.

—Se mostró reticente, pero al final lo convencí.

—Es un hombre de negocios. Práctico. Él no necesitó ningún título universitario para convertir su fábrica de papel en un éxito. Supongo que no le ve la lógica en el caso de una mujer joven.

—No, no se la ve —respondió ella, y percibí su frustración—. Así que debo demostrarle que sí la tiene haciendo que merezca la pena.

—¿Cuándo se trasladará a Oxford?

—En septiembre, justo antes del primer trimestre. Me trasladaré al Somerville, así que seremos vecinos.

El Somerville. Todas las mañanas me imaginaba que dejaba a Maude en la entrada de la imprenta y que cruzaba la calle para franquear la entrada del colegio universitario Somerville. Me imaginaba el patio cuadrangular y la biblioteca y un pupitre en una de las habitaciones que daban a Walton Street. Me imaginaba que pasaba los días leyendo libros en lugar de encuadernándolos. Me imaginaba, durante un instante, que no era necesario que ganase un salario y que Maude era capaz de apañárselas sola.

—¿Y qué estudiará?

Ya tenía la respuesta en la punta de la lengua, pero la joven me la robó.

—Lengua y Literatura Inglesas, quiero ser escritora.

—Vaya, quizá algún día tengamos el honor de imprimir su obra.

—Quizá, señor Hart. Estoy deseando ver mi nombre entre sus primeras ediciones.

Se sumieron en un silencio en absoluto incómodo, y supe que estaban contemplando la estantería del interventor, contemplando todas las primeras ediciones, con sus lomos impolutos y sus letras grabadas en pan de oro. El volumen que llevaba en la mano reivindicó su presencia. Casi me había olvidado de por qué me habían mandado allí.

—Dele recuerdos a su padre, señorita Brittain.

—De su parte, señor Hart.

La puerta se abrió de par en par y no me dio tiempo a retroceder, así que, durante un segundo, quedamos frente a frente. La señorita Brittain debía de tener diecinueve o veinte años, tal vez veintiuno, la misma edad que yo. Era de mi altura, estaba igual de delgada y era guapa a pesar de tener el pelo de un tono pardusco. El lila le sentaba bien, pensé, y sentí curiosidad por saber qué pensaría de mí. Que era guapa, sin duda, eso lo decía todo el mundo. Que mi pelo era tan oscuro como el agua del canal en plena noche, al igual que mis ojos, idénticos a los de mi madre. Aunque mi nariz era distinta, un pelín demasiado grande. Quizá no hubiera sido tan consciente de ella si no la viese de perfil cada vez que miraba a Maude.

Fue solo un momento, pero a veces no se necesita más: me di cuenta de que la expresión de la señorita Brittain transmitía algo acerado, una especie de determinación. «Podríamos ser amigas», pensé.

Ella, sin embargo, tenía las cosas más claras. No fue maleducada, pero había protocolos. Vio el delantal de una chica del taller de encuadernación sobre una sencilla falda marrón de dril y una blusa desgastada por los lavados y remangada hasta los codos. Sonrió, saludó con un gesto de la cabeza y luego se alejó caminando por el pasillo.

Llamé con los nudillos a la puerta abierta y el señor Hart levantó la vista del escritorio. Hacía siete años que trabajaba en la imprenta y nunca lo había visto sonreír, pero, en ese instante, el gesto le rondó la comisura de los labios. Cuando se dio cuenta de que no era la señorita Brittain una vez más, la sonrisa desapareció. Me hizo señas para que entrara, pero centró de nuevo su atención en el libro de contabilidad que tenía delante.

Mis diez minutos ya se habían agotado, pero no tenía autoridad para interrumpirlo. Miré por la ventana situada a espaldas del señor Hart. Allí estaba la señorita Brittain, cruzando Walton Street. Se detuvo en la acera y levantó la mirada hacia las ventanas del colegio universitario Somerville. Permaneció así un rato, obligando a la gente a rodearla para seguir su camino. En ese momento, sentí su entusiasmo. Se estaba preguntando si alguna de aquellas ventanas sería la suya. Se estaba imaginando el pupitre con vistas a la calle y los muchos libros que leería.

Y entonces noté una opresión en el pecho. Un resentimiento familiar. Quizá la señora Hogg conociese la verdad de las cosas y yo no tuviera derecho a leer los libros que encuadernaba, ni a imaginarme en ningún otro lugar que no fuera el humilde barrio de Jericho, ni a plantearme ni por un segundo que pudiese llegar a tener una vida más allá de Maude. El libro empezó a pesarme en las manos y me sorprendió que me lo hubieran siquiera confiado.

Y entonces me enfadé.

Abrí *El libro Oxford de la poesía inglesa* y oí el crujido del lomo. Pasé las páginas: John Barbour, Geoffrey Chaucer, Robert Henryson, William Dunbar, Anónimo, Anónimo. Si tuvieran nombre, ¿sería posible que fueran Anna o Mary o Lucy o Peg? Alcé la vista y me percaté de que el interventor me estaba mirando de hito en hito.

Durante un instante, pensé que quizá fuera a preguntarme mi opinión. Pero se limitó a tender la mano para que le entregara el libro. Dudé y enarcó las cejas. Bastó con eso. Le puse el volumen en la mano. Asintió y volvió a concentrarse en el libro de contabilidad.

Me despachó sin pronunciar una sola palabra.

2

Los chicos de los periódicos anunciaban las noticias a gritos por todo Jericho; el estruendo de sus voces nos acompañaba durante nuestro trayecto a pie hasta el trabajo. «Defiendan la neutralidad belga», repetía Maude. «Apoyen a Francia.» Lo decía todo una y otra vez, justo igual que los vendedores de periódicos.

Cuando nos detuvimos en el quiosco de Turner para recoger nuestro correo, el mostrador estaba atestado de gente comprando diarios.

—Esta mañana no tiene nada, señorita Jones —anunció el señor Turner cuando por fin me llegó el turno.

Cogí un ejemplar del *Daily Mail* y le entregué medio penique. El hombre me miró con las cejas arqueadas, puesto que nunca le había comprado un solo periódico. «Es desperdiciar medio penique», solía decir mamá.

Maude ojeó la primera página mientras caminábamos por Walton Street.

—«¿Gran Bretaña le declara la guerra a Alemania?»

Era un titular y una pregunta: le desconcertaba ver la celebración de los hombres más jóvenes y, al mismo tiempo, la preocupación en el ceño de las madres. Pero ¿me estaba preguntando qué significaría la guerra para Inglaterra o qué podría significar para nosotras?

—No nos pasará nada, Maudie. —Le apreté la mano—. Pero puede que ciertas cosas cambien.

Esa era mi mayor esperanza, y me sentí un poco culpable por ello, aunque no mucho. Maude siguió examinando el diario.

—«Sombreros prácticos a precios populares» —dijo—. Era su costumbre desde que había aprendido a leer. Era una habilidad que le había costado mucho adquirir y, pese a que no le interesaba leer libros, adoraba los titulares y las viñetas: palabras ya ordenadas y listas para el consumo.

Nos unimos a la masa de hombres y mujeres, chicos y chicas, que cruzaban el arco de piedra de Clarendon Press. Rodeamos el patio cuadrangular, con su enorme fuente y su fresno maduro, y entramos en el edificio, donde todos los vestigios de un colegio universitario de Oxford daban paso a los ruidos, los olores y las texturas de la industria. Llegamos al taller de encuadernación y guardamos nuestros respectivos bolsos y sombreros en el guardarropa. Cogimos unos delantales limpios de los ganchos y comenzamos a atravesar el lado de las chicas, rodeando mesas con montañas de tacos a la espera de ser cosidos y pasando ante la mesa donde se montaban, sobre la que los cuadernillos estaban ya organizados en dos gradas a cada lado.

Las mesas de plegado estaban dispuestas en tres largas filas con espacio para doce mujeres a lo largo de cada una de ellas. Estaban orientadas hacia unas ventanas altas y desnudas, y la luz matutina se derramaba sobre manos de pliegos lisos e impresos y pilas de cuadernillos plegados el día anterior. Lou y Aggie ya estaban en su puesto, sentadas a uno de los extremos de la mesa que había justo debajo de las ventanas.

Maude y yo nos sentamos entre ellas.

—¿Qué nos han dado hoy? —le pregunté a Aggie.

—Algo antiguo —respondió; nunca le importaba de qué se trataba.

—Tienes fragmentos de *La Inglaterra de Shakespeare* —dijo Lou—. Páginas de pruebas. Te llevarán cinco minutos. Luego tienes sus obras completas para mantenerte ocupada durante el resto del día.

—¿Todavía la edición de Craig?

Asintió.

—Estoy convencida de que, a estas alturas, todos los habitantes de Inglaterra deben de tener ya un ejemplar.

Me coloqué el primer pliego de pruebas delante y cogí la plegadera de hueso de mi madre. A nadie le gustaba plegar páginas de pruebas —nunca eran tantas como para poder coger un buen ritmo—, pero a mí me encantaba. Y me gustaba aún más cuando las páginas volvían una y otra vez. Buscaba los cambios que se le habían hecho al texto y me sentía orgullosa si los había previsto. Era un pequeño logro que impedía que la monotonía de la jornada me volviera loca. La señora Stoddard se aseguraba de darme siempre las pruebas, y todas se lo agradecíamos.

Les eché un vistazo a los pliegos impresos de *La Inglaterra de Shakespeare: Una crónica de la vida y la época*. Eran pruebas de capítulos y posiblemente estuvieran llenas de errores. Uno de los capítulos ya lo había visto, era un ensayo sobre los libreros, los impresores y los papeleros. Me habían pillado leyéndolo la última vez que había pasado por el taller —«Su trabajo, señorita Jones...»—, pero la reprimenda había valido la pena. Hablaba de nosotros, de lo que hacíamos en la imprenta, y del hecho de que en los tiempos de Shakespeare era peligroso imprimir un libro que se considerara ofensivo para la reina o para el arzobispo de Canterbury. «Que les corten la cabeza», pensé en su momento. Los demás capítulos de pruebas eran nuevos: «Baladas y canciones populares», «El teatro», «El hogar». Había menos de los que debería. Si la intención era que *La Inglaterra de Shakespeare* estuviera lista para el trigésimo centenario de la muerte del Bardo, ya tendrían que estar llegando todas las páginas de pruebas.

El último pliego impreso era el primer borrador decente del «Prefacio». Miré a mi alrededor para ver dónde andaba la señora Hogg. Estaba junto a la mesa donde se montaban los tacos, comprobando que las bandejas de los cuadernillos estaban dispuestas en el orden correcto. Coloqué el «Prefacio» encima de la pila de pliegos y leí unas cuantas líneas: «Quienes deseen saber qué piensa Shakespeare no deben desatender lo que dicen sus locos».

Aquellas palabras bastaron para animarme a seguir adelante. Cogí el borde derecho del pliego, lo llevé hacia el izquierdo y alineé perfectamente las marcas de impresión. Pasé la plegadera de hueso de mi madre a lo largo de la doblez para afinarla.

Primer pliegue. Folio.

Le di la vuelta. Cogí el borde derecho y lo llevé al izquierdo. El grosor se había duplicado, así que se produjo un ligero aumento en la resistencia. Adapté la presión sobre la plegadera de hueso de mi madre: intuición, no pensamiento. Afiné la doblez.

Segundo pliegue. Cuarto.

La plegadera de hueso de mi madre. Seguía llamándola así a pesar de que era mía desde hacía tres años. No era más que un trozo de hueso de vaca redondeado en un extremo y acabado en punta en el otro. Sin embargo, tras décadas de uso, era suave como la seda y todavía conservaba la huella de su mano. Era sutil, pero las plegaderas de hueso, como las cucharas de madera y los mangos de hacha, se desgastan de acuerdo con la naturaleza del agarre de su dueño. Me apoderé de la plegadera de hueso de mamá antes de que Maude pudiera reclamarla para sí. Batallé con la sensación que me provocaba en la mano del mismo modo en que había batallado con la ausencia de mi madre. Con terquedad. Negándome a ceder.

Al final, dejé de intentar agarrarla a mi manera y permití que la plegadera de hueso se me acomodara en la palma de la mano como una vez lo había hecho en la de mi madre. Sentí la delicada curva del hueso allá donde antes se posaban sus dedos. Y rompí a llorar.

La señora Stoddard tocó la campana y dejé que el recuerdo se disipara.

—Va a celebrarse un desfile —dijo—, una despedida para los hombres de la imprenta que forman parte del Ejército Territorial y para los que han conseguido alistarse como voluntarios desde que se hizo el anuncio.

· El «anuncio». No había sido capaz de obligarse a pronunciar la palabra «guerra». Todavía no.

En el taller de encuadernación trabajábamos más de cincuenta mujeres —la más pequeña tenía doce años y la mayor más de sesenta— y todas seguimos a la señora Stoddard por los pasillos de la imprenta como si fuéramos colegialas en una excursión. Cuando el volumen de nuestro parloteo aumentó demasiado, la capataz se detuvo, se dio la vuelta y se llevó un dedo a los labios. Como colegialas, obedecimos, y solo entonces comprendí lo que aquella guerra podría significar para nosotras: la sala de impresión estaba sumida en un silencio absoluto. Las prensas se habían parado. Nunca la había visto así y, de pronto, me puse muy nerviosa. Creo que todas lo sentimos, porque no reanudamos la cháchara hasta que llegamos al cuadrángulo. Allí ya se habían congregado seiscientos hombres y chicos. La señora Stoddard nos hizo salir y me di cuenta de que allí estaban representadas casi todas las familias de Jericho.

Había operarios de máquinas y cajistas, fundidores, mecánicos y lectores. Tanto aprendices como oficiales y capataces. Estaban repartidos en grupos según su ocupación; el estado de sus delantales y de sus manos hacía que resultase sencillo reconocerlos. Ocupaban los huecos que quedaban alrededor de la fuente, entre los parterres del jardín, y llegaban hasta el fondo, hasta la casa en la que vivían el señor y la señora Hart. Nunca nos habíamos reunido así y me impresionó que fuéramos tantos; entonces caí en la cuenta de que al menos la mitad de los hombres, o tenían edad para combatir, o les quedaba poco para alcanzarla. Estudié a la multitud.

Los hombres de mayor edad mataban el tiempo conversando en voz baja; los más jóvenes estaban más animados, algunos felicitando a sus amigos, otros alardeando de que el káiser no tenía nada que hacer.

—Seguro que dura más de un año —oí que decía un muchacho.

—Eso espero —replicó su amigo.

No tenían ni dieciséis años.

Dos capataces, ataviados con el uniforme del Ejército Territorial en lugar de con su delantal de la imprenta, intentaban que los reclutas más jóvenes se pusieran en fila, pero los muchachos bullían con los detalles de la noche anterior. Los que habían estado a las puertas del palacio de Buckingham eran el centro de atención. Hablaban del gentío y de la aglomeración, de la cuenta atrás hacia la medianoche, de los vítores cuando quedó claro que el káiser no iba a retirarse de Bélgica y que Inglaterra entraría en guerra.

—Defender Bélgica es nuestro deber —aseguró uno de ellos—, así que cantamos *Dios salve al rey* a pleno pulmón.

—Que Dios nos salve a todos —dijo una voz cavernosa a mi espalda.

Me di la vuelta y vi al viejo Ned haciendo un gesto de negación. Se quitó la gorra y se la llevó al pecho; con los dedos nudosos y manchados de tinta, empezó a retorcer la tela. Cuando bajó la cabeza, pensé que se había puesto a rezar.

Entonces, una voz clara y conocida: Maude cantando *Dios salve al rey* a voz en grito.

—¡Eso es, señorita Maude! —gritó Jack Rowntree.

Además de nuestro vecino en el canal, Jack era aprendiz de cajista. Si nada cambiaba, se convertiría en oficial al cabo de tres años. Estaba en el centro del patio junto con todos los que, adelantándose a los acontecimientos, se habían alistado al Ejército Territorial a lo largo de los últimos meses. Pensé en el pícnic que habíamos celebrado tan solo unos días antes. Una tarta por su decimoctavo cumpleaños, charadas.

—No la animes, Jack —grité, pero él levantó las manos como si no le quedara otro remedio y empezó a hacer de director de orquesta.

Maude siguió cantando y los muchachos se le unieron en la estrofa. Se oyó la voz confiada de un tenor, luego la de un barítono. El resto del coro de la imprenta no tardó en sumarse y el cuadrángulo retumbó como una sala de conciertos. Los capataces abandonaron sus esfuerzos por lograr que los reclutas formaran una fila. Se cruzaron de brazos hasta que terminaron de cantar el himno. Las últimas notas quedaron suspendidas en el aire frío durante un minuto entero, inalteradas.

Después, uno de los capataces les gritó a los hombres que formaran dos hileras. Su voz resultó más autoritaria en aquel silencio y los reclutas obedecieron. Pero no como lo habrían hecho los soldados. Hubo ajetreo y topetazos sigilosos, y un par de muchachos se cambiaron de sitio para estar cerca de sus amigos. Aún no habían terminado de colocarse cuando la señora Stoddard nos indicó a las chicas del taller de encuadernación que nos repartiéramos a ambos lados del desfile.

—Lo que desean ver mientras salen de aquí marchando es una cara bonita —dijo—, así que aseguraos de no dejar de sonreír.

Lou fue la primera en echarse a llorar. Otras chicas buscaban a su novio en la fila y lanzaban besos. Algunas sacaron pañuelos para agitarlos o enjugarse los ojos. Los aprendices se irguieron. Uno o dos palidecieron de golpe. Jack me miró a los ojos y supuse que haría algún tipo de comentario ocurrente, pero no fue así. Se limitó a asentir con la cabeza y esbozar una ligera sonrisa. Luego volvió el rostro hacia el frente.

Conté cincuenta y seis reclutas. Algunos tenían las sienes encanecidas, la cara arrugada por la vida. Pero casi todos eran jóvenes y demasiados tenían aún cuerpo de niño. El señor Hart cruzó el patio en compañía del profesor Cannan, el secretario de Clarendon Press, el patrono de todos los que nos habíamos congregado en el patio. Rara vez lo veíamos entre el papel, la tinta y las prensas, pero allí estaba, escudriñando las hileras de hombres, calculando, quizá, cuánto iba a costarle la guerra al negocio de la imprenta. Vio a un hombre al que conocía, se acercó a él y le estrechó la mano.

—Su ayudante —me susurró Aggie—. Ahora tendrá que escribirse las cartas él mismo.

Cannan retrocedió mientras el señor Hart hablaba con uno de sus capataces. Apartaron a dos muchachos enclenques del desfile. Los chicos intentaron protestar, pero fue en vano. Me pregunté qué tipo de aventura pensarían que iban a perderse. Entonces el interventor se subió a una caja y dijo algo adecuado para la ocasión, no recuerdo qué. Había llovido durante la noche y las gotas se aferraban, aquí y allá, a las hojas de árbol y a la piedra. Oscurecían la grava bajo nuestros pies. Empecé a pensar en quién nos haría reír si Jake se marchaba, ¿quién nos acarrearía el agua y nos sellaría las fugas? ¿Quién asumiría su trabajo en la sala de composición? Si todos aquellos hombres se marchaban, quizá *La Inglaterra de Shakespeare* no llegara a terminarse nunca.

El sol matutino se reflejaba en un charco. Una bota vieja lo espantó de un pisotón. Alcé la vista. El desfile de los hombres había comenzado a franquear el arco de piedra hacia Walton Street. Todo el mundo aplaudía y gritaba a sus espaldas.

—Vuelve a casa sano y salvo, Angus McDonald —chilló una chica del taller de encuadernación con la cara húmeda a causa de la emoción.

—Vuelve a casa sano y salvo, Angus McDonald —repitió Maude sin apenas expresión.

El chico le lanzó un beso y mi hermana lo imitó. La novia del muchacho la miró con mala cara, pero fue un gesto superfluo porque, a partir de ese momento, Maude les lanzó besos a todos.

Cuando el último de los hombres salió a la calle, nos quedamos todos callados. Nos desperdigamos por el patio formando grupitos incómodos, y uno o dos de los capataces consultaron el reloj de bolsillo en previsión de un final de jornada tardío. El interventor y el secretario se pusieron a conversar en voz baja, ambos con el ceño fruncido. El señor Hart miró hacia el arco de piedra y negó con la cabeza.

La señora Stoddard fue la primera en reaccionar. Dio una palmada.

—Hora de volver al trabajo, señoras —dijo.

La señora Hogg encabezó la marcha.

Los capataces las imitaron y todos los hombres volvieron a sus respectivas labores: a las salas de máquinas y a la fundición de tipos, a la sala de composición y al almacén de papel, a las salas de lectura, al depósito y al lado masculino del taller de encuadernación. Ni una sola de esas secciones había esquivado la pérdida de un buen profesional.

Solo la parte femenina del taller contaría con la plantilla completa a partir de aquel momento, pensé. Me quedé rezagada para hablar con la señora Stoddard.

—¿Quién va a cubrir todas las vacantes? —pregunté.

—Si los que mandan tienen dos dedos de frente y los sindicatos lo permiten, mujeres jóvenes y brillantes. —Me miró de soslayo—. No hay restricciones que impidan que las mujeres trabajen en administración, Peggy. Podrías plantearte solicitar algún puesto allí.

Negué con la cabeza.

—¿Por qué no? —quiso saber la capataz.

Miré a Maude.

—¿Por qué no? —dijo Maude.

«Porque me necesitas», pensé.

—Porque me echarías de menos —dije.

La señora Stoddard se detuvo y me miró a los ojos.

23

—La puerta no permanecerá abierta mucho tiempo. Debes intentar cruzarla mientras puedas.

Intenté cruzarla durante el descanso de la comida. Las prensas habían recuperado la actividad, pero, cuanto más me alejaba por el pasillo, más se desvanecía el ruido. Luego, el olor del aceite de las máquinas y de las luces de gas, y el tufo a pescado y marea baja de la cola, se vieron sustituidos por el del abrillantador de madera y un dejo de vinagre. Me saqué la carta del bolsillo del delantal y la leí. Estaba bien escrita y no tenía errores, era una solicitud convincente. Pero me tembló la mano cuando llamé a la puerta del profesor Cannan.

Me abrió una mujer joven.

—¿En qué puedo ayudarla?

La muchacha tenía la misma nariz que su padre, la misma forma cultivada de hablar. Me habían dicho que era poeta. Llevaba un fajo de papeles en la mano y me di cuenta de que había acudido a ayudar. ¿Cómo no? Tenía la educación necesaria y todo el tiempo del mundo. Era perfectamente lógico.

—¿Eso es para mi padre?

Señaló mi carta de solicitud con la cabeza.

Hice un gesto de negación y retrocedí.

—Me he equivocado de sitio —mascullé al mismo tiempo que cerraba la puerta.

Rompí la carta por la mitad, le di la vuelta, la rompí una segunda vez, le di la vuelta, la rompí una tercera vez. Y luego emprendí el camino de regreso hacia el olor a pescado y marea baja del taller de encuadernación.

3

EL AMBIENTE DE celebración no había desaparecido aún cuando volvimos a casa caminando por las calles de Jericho.

—¡Dios salve al rey! —exclamó alguien que se cruzó con nosotras en el camino de sirga.

—Dios salve al rey —repitió Maude un momento después.

Solo había dos barcos de canal amarrados a la vista del campanario de San Bernabé: el *Quedarse en Tierra* y el *Calíope*. El *Quedarse en Tierra* era un carnaval de color, estaba pintado con flores, con castillos y con todo tipo de florituras. Rosie Rowntree lo mantenía limpio y reluciente y, durante la primavera y el verano, lo rodeaba de flores naturales. Tenía tiestos de geranios en el tejado y había plantado un huerto con flores y hortalizas a lo largo del camino. Ocupaba la longitud de dos barcos y era un amarradero agradable para el barco de pesca de su marido, Oberon, cuando este podía acercarse a pasar la noche.

—Dios salve al rey —dijo Maude cuando nos acercamos.

—Me alegro de que hayáis vuelto a casa —dijo la anciana señora Rowntree, la suegra de Rosie. Estaba sentada entre macetas de lechugas y de guisantes de olor, con el *Oxford Chronicle* en el regazo; la página le tembló entre las manos al pasarla—. Esta noche va a haber jarana. Es mejor que os mantengáis al margen.

Rosie estaba cuidando de un emparrado de judías escarlata que se apoyaba sobre el casco del *Quedarse en Tierra*. Su hijo se había marchado a la guerra y, cuando se dio la vuelta, le vi toda la emoción del día reflejada en la cara. Intentó contradecirla con la voz.

—Terminará antes de Navidad, según he oído.

Lo dijo asintiendo con la cabeza, alentándonos a darle la razón.

—Eso es lo que comentan —afirmó la vieja señora Rowntree.

No me pareció que ninguna de las dos se lo creyera.

Mirar hacia el *Calíope* fue un alivio. Estaba pintado de azul oscuro, con las letras doradas, como la encuadernación de un ejemplar de los Clásicos Mundiales Oxford. Estaba prácticamente pegado al *Quedarse en Tierra* y esa cercanía siempre me había proporcionado consuelo. Le abrí la escotilla a Maude y entré tras ella.

El Calíope olía un poco fuerte tras haber estado todo el día cerrado. Un poco a tierra. La escotilla se cerró a mi espalda e inhalé el aroma. «Es la fragancia de los libros —solía decirle nuestra madre a la gente cuando le preguntaba—. Es el papel en descomposición.» Ellos arrugaban la nariz y mamá se reía y decía: «A mí ahora me encanta».

Mi madre trajo consigo dos libros cuando se mudó al *Calíope*: una traducción de la *Odisea* y otra de *Las tragedias de Eurípides. Volumen II.* Habían pertenecido a su madre y estaban desgastados de tanto leerse. No empezó su colección hasta después de nuestro nacimiento. Buscaba libros en tiendas de curiosidades y en ferias benéficas, y a veces los compraba nuevos: ediciones de Everyman's Library a un chelín cada una. La mayoría, sin embargo, procedían de la imprenta. Estaban encuadernados, pero tenían defectos. Cada vez que le preguntaba si le habían dado permiso para llevarse algún libro en concreto a casa, me respondía de manera imprecisa. «Está defectuoso —decía—. No tiene la calidad necesaria para venderse. —Luego me lo ponía en las manos—. Pero sí para leerse, ¿no te parece?» Yo siempre contestaba que sí, aunque, cuando era pequeña, apenas entendía una palabra.

Mamá guardaba los libros en una hilera de baldas estrechas que iba de una ventana a la otra, de proa a popa. Cuando esas baldas se llenaron, Oberon Rowntree le construyó otra hilera. Poco después, le construyó otra más. Cuando teníamos diez años, le dijo que no había espacio para una cuarta hilera de baldas, así que mi madre le compró una estantería pequeñita a la mujer del puesto de baratijas del Mercado Cubierto. La habían sacado del río cuando la marea estaba baja y parecía que había quedado inservible, pero mi madre la limpió, la lijó y la engrasó. La colocó junto a su sillón, justo al lado de la escotilla, y después la llenó con sus novelas favoritas y todos sus mitos griegos. «¿Por qué tenemos tantos libros?», me gustaba preguntar. «Para expandir tu mundo», era la inalterable respuesta.

Cuando ella murió, mi mundo encogió.

Fue entonces cuando empecé mi propia colección. Manuscritos sin encuadernar, partes de libros, cuadernillos sueltos. Páginas sin ninguna indicación del título o el autor. En tres años, nuestras baldas habían perdido el orden. El *Calíope* se había convertido en un pequeño caos de ideas fragmentadas y pedazos de historias. Había principios sin final y finales sin principio, los acumulaba dondequiera que entraran, y en muchos lugares en los que ni siquiera entraban. Estaban embutidos entre volúmenes encuadernados y también amontonados bajo la mesa. Unos cuantos manuscritos cosidos pero sin tapas descansaban en el escurridor que había sobre la repisa de la cocina.

Por último, había páginas que me daban igual. Las cortábamos en forma de cuadrado y las guardábamos en una vieja lata de galletas que teníamos sobre la mesa. Mientras yo cocinaba, Maude las plegaba para darles todo tipo de formas. Plegar, para ella, era como respirar, y llevaba haciéndolo desde que era pequeña. Desde que yo tenía memoria, las creaciones de mi hermana siempre habían colgado del techo del *Calíope* como banderines.

Me quité el sombrero y lo colgué en el gancho, junto a la escotilla. Luego di unos cuantos pasos hasta la mesa a la que Maude ya estaba sentada, plegando. También le quité el sombrero a ella.

Estaba haciendo un abanico.

—Buena idea —dije.

Hacía calor.

Asintió.

Colgué su sombrero al lado del mío y luego me acerqué a la cocina y desenvolví los arenques ahumados que habíamos comprado camino del barco. Avivé las brasas del fogón y, cuando la placa se calentó lo suficiente, puse la sartén encima. Empecé a sudar.

—¿Me das el abanico cuando lo termines? —le dije a Maude.

Me lo pasó salvando la encimera que separaba la mesa de la cocina. En el barco, todo estaba al alcance de la mano. Me abaniqué la cara.

—Vuelve a casa sano y salvo, Angus McDonald —dijo.

—¿Acaso sabes quién es Angus McDonald, Maudie?

Dijo que no con la cabeza.

—Abre la escotilla —le pedí.

—Que entre un poco el aire —terminó ella la frase.

Desde la cocina, la vi abrir una de las hojas y asegurarla, y luego coger *Historia del ajedrez* para mantener la otra en su sitio. Esperé su comentario habitual.

—Hay que arreglarla —dijo.

Hacía tiempo que había que arreglar la escotilla, pero *Historia del ajedrez* me parecía una solución más que adecuada. Y cogerlo, colocarlo y después quitarlo cuando cerrábamos tenía algo especial. El peso de sus novecientas páginas. Saber que nuestra madre había plegado algunas y nosotras habíamos plegado otras. Que ella había cosido todo el taco y que su amigo, Ebenezer, lo había escuadrado, le había puesto las tapas y las había forrado de cuero —azul, como el *Calíope*—, con el título *Historia del ajedrez* repujado en pan de oro. «No ha pasado la inspección», me dijo Ebenezer cuando me lo entregó. Me dio la sensación de que iba a echarse a llorar, así que bajé la mirada hacia el libro. No tenía defecto alguno, al menos a primera vista. Mi madre llevaba un mes muerta.

Abrí la ventana de la cocina y el aire comenzó a circular. Un pájaro de papel salió volando. Era de Tilda, el del ala rota.

Tilda era actriz y la amiga más querida de mi madre. Cuando mamá murió, Tilda se quedó con nosotras el tiempo justo para que yo empezara a llorar y Maude volviese a hablar. Fue ella quien hizo soportable aquella primera Navidad y aquel primer año nuevo. Durante los primeros meses de 1912, nos dejó para que lo sobrelleváramos solas y luego reapareció en Semana Santa. Unos cuantos meses más tarde, nos ayudó a superar el cumpleaños de mamá y, cuando nosotras cumplimos diecinueve, se presentó con una tarta. El día del aniversario de la muerte de nuestra madre, Tilda nos trajo soda y vino de jengibre de la marca Stone's. «A vuestra madre le gustaba mucho», dijo, y a continuación nos sirvió un vaso de soda a cada una y lo aderezó con un buen chorro de vino de jengibre. Nos los bebimos como si fuera limonada. «Se acabaron todos los primeros —dijo mientras nos rellenaba los vasos, esta vez sin molestarse en añadir la soda—. La primera Navidad, la primera Semana Santa, el primer cumpleaños. El primer aniversario de su muerte. —Entrechocó su vaso con los nuestros y bebió—. Ya no habrá más y podéis empezar a vivir sin ella.» No era del todo cierto, pero me alegré de que lo dijese. Fue como si me diera permiso. Hice caso omiso de todos los consejos de la conferencia sobre la abstinencia a la que el señor Hart nos había obligado a asistir en el Instituto Clarendon y me bebí el segundo vaso.

Tilda iba y venía a su antojo. No habíamos vuelto a verla desde la primavera anterior, unos días después de que cumpliéramos veinte. Cuando apareció, no mencionó nuestro cumpleaños, pero se pasó toda la tarde sentada con Maude doblando papeles. Después colgó las obras de ambas del riel de la cortina, encima del estante de la cocina, como si estuviera decorando para una fiesta.

Estiré una mano hacia el pájaro de Tilda. Papel de trapo. Fuerte. Seguiría volando un tiempo a pesar del ala rota, pensé, y me alegré por ello.

Maude volvió a sentarse a la mesa para continuar con sus pliegues y retomó la conversación donde la había dejado.

—Vuelve a casa sano y salvo —dijo—. Vuelve a casa sano y salvo.

—Vuelve a casa sano y salvo, Jack Rowntree —terminé por ella.

—Jack Rowntree —asintió—. Vuelve a casa sano y salvo.

Saqué las servilletas y los cubiertos del cajón y los coloqué en la mesa. Dos vasos y la jarra. Casi vacía, pero suficiente para las dos. Ya la rellenaría más tarde. La lluvia de la noche anterior habría colmado

29

el barril. Maude apartó los papeles y toqueteó con un dedo el remate de encaje que bordeaba su servilleta. Estaba amarillenta debido al paso del tiempo. La alisó sobre el tablero y la dobló por la mitad.

—Las servilletas de la abuela —dijo mientras la doblaba de nuevo y a continuación llevaba una esquina hacia la otra.

—Un regalo de boda —dije.

A Maude le gustaba aquella conversación y yo había dejado de oponer resistencia. «Finge que estás en el escenario —me dijo Tilda una vez—. Declama tus frases con el mismo entusiasmo todas las noches. Te meterás al público en el bolsillo.»

—De la vieja tía Comosellame —dijo Maude, que dobló la servilleta hacia uno y otro lado hasta transformarla en otra cosa.

—Un libro habría sido más útil —comenté.

—No puedes sonarte la nariz con un libro.

Antes, esta última frase la decía mamá; ahora era de Maude. Cogió un tenedor y un cuchillo y los metió dentro de la funda que acababa de hacer. Luego empezó con la otra servilleta.

Escurrí los arenques y freí las sobras de puré de patatas de la noche anterior.

—Jack Rowntree, ¿vuelve a casa sano y salvo? —dijo.

Una pregunta a la que no tenía respuesta. Pero, si no contestaba, la repetiría una y otra vez.

—Estará sano y salvo mientras dure la instrucción —dije.

—Echaré de menos oírte cantar.

—¿Eso te lo ha dicho él?

Asintió.

—A lo mejor, cuando pienses en Jack, podrías cantar una de sus canciones favoritas —dije, y me arrepentí de inmediato.

—*After the ball is over, after the break of morn...*

Saqué el puré frito de la sartén para servirlo en los platos y me pregunté si Tilda habría estado en Londres para la cuenta atrás hacia la guerra. Llevé los platos a la mesa.

—Nada verde —dijo Maude.

Se me había olvidado cocer las judías verdes.

—Sobreviviremos —dije.

—No mucho más.

El estribillo de mamá.

7 de agosto de 1914

Hola, Pegs:

¡Qué tiempos nos ha tocado vivir! Claro que estuve en Londres. Fue toda una fiesta, aunque todavía no tengo claro por qué. Hay hombres que apenas necesitan excusas para tener un mal comportamiento y, en lo que a excusas se refiere, la de la guerra es bastante buena. Me agarraron entre no menos de seis hombres y tres se las ingeniaron para plantarme un beso, con mayor o menor grado de éxito. Eran todos jóvenes y estaban dispuestos a alistarse (así que supongo que por eso permití que los más guapos se salieran con la suya). Iban coleccionando los favores de las damas, como los caballeros de la antigüedad.

Creo que era inevitable que nos involucráramos —es nuestra obligación, al fin y al cabo, y las noticias que nos han llegado últimamente desde Bélgica son horribles—, pero no era capaz de imaginarme qué sensaciones me despertaría. Te seré sincera, Pegs, es la leche de emocionante. Verás, estoy cansada de nuestra otra guerra. En ese frente, la victoria parece estar tan lejana como siempre. Asquith ha adoptado una postura inflexible en cuanto al voto femenino y los ánimos flaquean entre las filas de la WSPU*.

Pero ahora tenemos una distracción. La señora Pankhurst cree que la guerra podría ser nuestro caballo de Troya y ya está movilizando a sus tropas. Se puso furiosa cuando Millicent Fawcett declaró que las sufragistas suspenderían toda actividad política durante el conflicto. Panky sabe que nuestras tácticas no contarán con muchos partidarios mientras se esté librando una guerra de verdad, pero no soporta la idea de rendirse sin más. Y seguir a la NUWSS** hacia una paz afable no va con su carácter. Tú espera, Pegs, que ella encontrará la forma de que sigamos apareciendo en los periódicos.

---

* Women's Social and Political Union (Unión Política y Social de las Mujeres).

** National Union of Women's Suffrage Societies (Unión Nacional de Sociedades de Sufragio Femenino). *(Todas las notas son de la traductora.)*

Dile a Maude que he estado practicando los pliegues y que me queda poco para que el cisne me salga perfecto. He adjuntado mi último intento y, aunque yo estoy orgullosa de él, imagino que ella será una crítica feroz.

Besos,
Tilda

4

A LO LARGO del siguiente par de días, Jericho perdió el ambiente de
celebración, pero no el entusiasmo. La gente formaba corrillos delante de las tiendas y en las esquinas. Su indignación y su fervor
eran un eco de los cánticos de los repartidores de periódicos, y sus
palabras caían como copos de nieve en la lengua de Maude. «Invasión, bárbaros, nuestro deber —decía—. Pobres belgas, me cago en
la leche», decía. Las palabras se quedaban atrapadas unos instantes
y después se desvanecían. Más de una conversación coincidía con
las de Rosie Rowntree: «Terminará antes de Navidad», decía la mayoría. «Terminará antes de Navidad», repetía Maude.

El sábado por la tarde, cogimos el autobús que llevaba a Cowley,
la excursión favorita de Maude. Iba lleno de hombres jóvenes, de
padres con hijos mayores y de alguna que otra pareja. Reconocí a
cuatro aprendices de impresor mientras subían las escaleras dando
brincos para sentarse en el piso de arriba. El motor gruñó cuando
empezamos a ascender por la colina hacia Temple Cowley y luego
giramos en dirección a Hollow Way.

—Basura, basura por todas partes —dijo Maude.

No era basura. Eran hombres. Los periódicos los llamaban «el
ejército de Kitchener». Ocupaban todos los rincones que no debían
ocupar. Estaban de pie en los arcenes fumando y hablando. Algunos
se habían sentado y habían metido la cabeza entre las rodillas. Otros
dormían bajo el seto. Dos se estaban peleando y enseguida se unió
un tercero. El piso de arriba estalló en vítores y gritos de ánimo.
Cuanto más nos acercábamos al cuartel de Cowley, más sucia estaba
la carretera. Era como si una gran ráfaga de viento hubiera recorrido
Oxfordshire y hubiera arrastrado a los hombres desde los campos,

las fábricas y las calles hasta dejarlos caer como hojas alrededor del torreón del cuartel.

Nos detuvimos y el autobús retembló cuando los jóvenes del piso superior bajaron las escaleras a toda velocidad. Los aprendices pasaron junto a nuestra ventana. Le lanzaron besos a Maude y ella se los devolvió. Un eco, nada más. Un gesto vacío. Los vimos unirse a la hilera de hombres que esperaban para alistarse. Muchos estaban malnutridos, eran diminutos. Tenían la cara cetrina y les faltaban dientes. ¿Cómo iban ganar una guerra?, pensé. Y, por primera vez, me puse nerviosa.

El autobús siguió por Hollow Way y vimos carpas al otro lado del seto, a un hombre afeitándose y a otro sin camisa, lavando.

—Hace días que están aquí —dije.

—Hace días —repitió Maude.

—Pero ¿por qué?

—No te olvides de Bélgica.

Eso decía un cartel que había visto.

—La mitad no tiene ni idea de dónde está Bélgica.

—Una aventura. Una oportunidad de hacer algo importante. Mi billete para salir de este lugar.

Cosas que había oído.

EL LUNES, MAUDE y yo pasamos por debajo del arco de la imprenta. La avalancha de los rezagados deseosos de evitar la afilada lengua de sus respectivos capataces estuvo a punto de tirarnos al suelo. Aunque la señora Hogg también solía zaherirnos con la suya, le habían dado la mañana libre para que acompañara al señor Hogg al cuartel de Cowley y se asegurase de que llegaba sano y salvo.

Para cuando entramos en el taller de encuadernación, la mayoría de las chicas ya estaba en su puesto. La señora Stoddard miró con disimulo el gran reloj que marcaba el paso de nuestros días.

—Lo recuperaré —dije articulándolo solo con los labios.

La supervisora asintió.

—Vais a montar el Shakespeare con Louise y Agatha. —Luego se volvió hacia mi hermana con una sonrisa suave, cómplice—. No dejes que se distraiga, Maude.

Mi hermana se irguió.

—Montar, no leer—dijo.

La señora Stoddard frunció el ceño.

—Peggy, ¿hablaste con el profesor Cannan? ¿Sobre lo de la vacante?

—Lo intenté —dije—. Pero esa puerta ya se había cerrado.

DESPUÉS DE COMER, yo me coloqué a un lado de la mesa de montaje y a Aggie al otro. Había montones de cuadernillos extendidos a lo largo de ambos lados, en una grada superior y otra inferior, a la espera de que los montáramos para crear *Las obras completas* de William Shakespeare. Era un libro enorme, compuesto por más o menos ochenta y cinco cuadernillos, cada uno de los cuales ya se había plegado tres veces para conformar dieciséis páginas.

Toqué el cuadernillo que me rozaba el muslo. Las primeras páginas. Sería el último que montara, pero el primero en leerse. Incluía la portada, una lista de ilustraciones y el índice —*La Tempestad, Los dos caballeros de Verona, Las alegres comadres de Windsor*—, el resto de las obras y todos los poemas. Lo montaría en último lugar. Arrastré un cuadernillo del nivel superior hacia mi antebrazo izquierdo, di un paso a la izquierda y arrastré el siguiente cuadernillo, luego el siguiente. Tardé unos instantes en coger el ritmo, en lograr que mi cuerpo recordara el baile. Luego, empecé a moverme a lo largo de la mesa cruzando una pierna delante de la otra, con la mano convertida en un borrón mientras la pasaba por encima de los montones de cuadernillos. El repiquetear de mis tacones y el crujir del papel creaban la música a cuyo son me movía. El bullicio del taller desapareció y, si meneaba las caderas más de lo necesario, bueno, ¿quién era capaz de asegurar con certeza que ese movimiento no me permitiría ir más rápido?

Arrastré las primeras páginas hacia la pila que tenía en el brazo —la mitad de un solo volumen— y se la entregué a Maude. Ella golpeó todos los bordes contra la mesa y luego casó mis cuadernillos con los que Aggie había ido montando en el otro lado.

Miré a mi pareja de baile, separada de mí por la mesa de montaje. Una levísima inclinación de cabeza. El inicio de otra vuelta por la pista.

Cada cuadernillo con el título señalaba que habíamos completado un taco, y Maude los apilaba uno encima de otro. No me detuve a comprobar que no se había desviado de su tarea hasta que llevábamos quince; las manos de mi hermana también tenían la costumbre de bailar, pero al ritmo de una melodía propia. Los tacos estaban perfectamente alineados y ordenados y, si nada interrumpía a Maude, seguirían así.

La señora Hogg hizo sonar la campana para que el primer turno saliera a tomar el té. Nosotras estábamos en el segundo, así que apenas alteré el ritmo. Entonces la capataz ladró una advertencia para cualquier chica que se atreviera a volver tarde. Fue más virulenta que de costumbre y supuse que, a pesar de las protestas de su mujer, el ejército había aceptado al señor Hogg.

Terminé mi vuelta y puse la pila de cuadernillos delante de Maude. Me quité la chaqueta de punto.

—Con tanto baile, hace calor —dije.

—Calor.

Mi hermana asintió mientras golpeaba los bordes para alinearlos. Los tacos empezaban a saturar su espacio de trabajo.

—Para un momento, Maudie —le dije.

Busqué a Lou con la mirada y la vi volviendo de las máquinas de coser con un carrito vacío.

—¿Tienes ya otra carga, Maude? —preguntó Lou.

Mi hermana levantó un abanico. Había desplegado el último cuadernillo que yo había montado —una vez, dos— y luego había dejado que sus dedos bailaran a su alrededor hasta convertirlo en algo útil.

—Hace calor —dijo mientras le tendía el abanico a Lou.

—Maudie... —empecé.

—Justo lo que necesito —me interrumpió Lou. Cogió el abanico y se puso a agitarlo delante de ella, lo suficiente para que todas sintiéramos la brisa. Luego me lo pasó a mí—. A veces pienso que eres tú la que le mete estas ideas en la cabeza, Peg.

Sonrió.

Lou comenzó a revisar todos los tacos nuevos, una hojeada experta a los cuadernillos. Si estaban en el orden correcto y bien colocados, ponía sus iniciales en la última página y los colocaba en el carro para llevarlos a las máquinas de coser.

Eché un vistazo en torno al taller de encuadernación. La señora Hogg estaba instruyendo a una de las chicas más nuevas y la señora Stoddard estaba en su despacho.

—Descanso para ir al baño, Aggie. Si alguien te pregunta.

Cogí el taco que se correspondía con el abanico de Maude y me encaminé hacia el guardarropa. En realidad, podría haberme llevado solo el cuadernillo estropeado —el resto del taco estaba perfecto—, pero ¿de qué me servían solo el título y los índices?

Me guardé a Shakespeare en el bolso.

Cuando nos tocó salir a tomar el té, fui a la sala de restauración de libros, situada en el lado masculino del taller de encuadernación, en busca de Eb.

Ebenezer era un hombre callado, miope y bueno. Demasiado bueno, solía decir la gente, y muchos lo llamaban Scrooge* precisamente por eso. En un momento u otro, su silenciosa generosidad les había evitado alguna inconveniencia —bien para el orgullo, bien para el bolsillo— a casi todos sus compañeros de trabajo. Se percataba de los errores antes que el capataz: un gesto con la cabeza, una palabra y no se enteraba nadie más. Sus aprendices eran los más competentes y dos habían llegado a ser sus capataces. El señor Hart había dejado de pedirle a Eb que solicitara un puesto de más responsabilidad. «No es propio de mí llevar las riendas», había oído que le decía a mi madre, y en aquel momento me pregunté si no sería ese el motivo por el que nunca se habían casado. Mamá negó con la cabeza cuando se lo

_____

* Ebenezer Scrooge es el nombre del protagonista de *Cuento de Navidad*, de Charles Dickens. Un personaje que, aunque al principio de la novela es un hombre de corazón duro y egoísta, pasa a convertirse en un modelo de generosidad y amabilidad.

sugerí. «Me lo ha pedido tres veces —me contó—, pero no lo quiero de ese modo.» Había tenido el valor de contestarle que no, pero le tenía suficiente cariño como para permitir que siguiera amándola.

—Defectuoso —dije al entregarle el taco a Eb—. ¿Me lo recortas?

—Defectuoso, claro —dijo mientras cuadraba el taco en su pequeña guillotina y recortaba los pliegues.

MIENTRAS AVANZÁBAMOS POR el camino a lo largo del río, vimos a Rosie y a la vieja señora Rowntree sentadas en unas sillas de playa en el huerto del arcén. Era una tarde cálida, pero la anciana se había echado una manta de ganchillo por encima de las rodillas.

—Bienvenidas a casa, chicas —nos dijo Rosie—. Os hemos estado esperando.

Señaló dos sillas vacías y levantó una tetera.

Maude se abrió paso entre las macetas y abrazó a Rosie, luego se inclinó para darle un beso en la mejilla a la anciana señora Rowntree. Dos manos temblorosas le acariciaron el rostro.

—La tuya es una sonrisa que espanta las penas, señorita Maude. —A continuación, la mujer le dio unas palmaditas a la silla que tenía al lado—. Cuéntame cómo te ha ido el día.

Maude la obsequió con fragmentos de conversación y la anciana asintió y exclamó en todos los momentos adecuados.

—Vengo dentro de un rato —le dije a Rosie.

—No tengas prisa —me contestó.

De vuelta en el *Calíope*, saqué el taco del bolso y fui a sentarme en la cama que compartíamos. Hojeé las páginas.

Ya teníamos a Shakespeare —sonetos, obras de teatro—, tanto por separado como en colecciones, pero no teníamos las obras completas. Nunca habíamos contado ni con el dinero ni con la oportunidad de hacernos con ellas. Aun así, era tan grueso que debía examinarlo antes de decidir si merecía la pena coserlo y asignarle una litera en el barco.

Me gustó la introducción y, cuando pasé a los sonetos, el tipo de letra me llamó la atención. Leí unos cuantos y decidí quedármelo entero. Dejé el taco encima de la mesa, junto a mi telar de encuadernación, cogí dos chales y salí a reunirme con las demás.

—Me he perdido entre las bellas palabras del señor Shakespeare —dije para justificar el tiempo que había tardado.

Le puse un chal a Maude sobre los hombros y me senté en la silla vacía.

—¿Qué palabras, Peg? —preguntó la anciana señora Rowntree.

—Los sonetos.

—Me gustan los sonetos —dijo ella—. Más que las obras.

—¿Tienes algún favorito, mamá? —preguntó Rosie.

—«Rendido de fatiga, me apresuro hacia el lecho. Pero un nuevo viaje comienza en mi cabeza.» —Frunció el ceño, negó con la cabeza—. Antes me lo sabía de memoria.

—Tendrías motivos de sobra para recitarlo cuando eras joven, mamá.

—En realidad no trataba de la fatiga del trabajo —contestó la señora Rowntree—. Trataba de echar de menos a alguien muy querido. De que su rostro se te aparece en la oscuridad y en el silencio de la noche y te hace ponerte a pensar.

Bajó la mirada hacia la manta que le cubría las rodillas e intentó recolocársela, pero la mano derecha empezó a temblarle con violencia. Maude le posó la suya encima y sonrió cuando la convulsión cesó. Entonces la vieja señora Rowntree colocó la mano izquierda sobre la de Maude y esta aceptó la invitación a jugar. Rosie y yo las observamos mientras las manos se deslizaban desde la posición más baja hasta la más alta, cada vez más deprisa, hasta que la mujer mayor declaró ganadora a Maude.

LA NOCHE TARDABA en caer y mi hermana se negó a acostarse mientras aún pudiera ver lo que había tras las ventanas de nuestro barco. Preparé el telar de encuadernación colocándolo de manera que me quedara entre los brazos, tal como haría una arpista con su arpa. Mientras Maude plegaba, yo cosía un cuadernillo tras otro a los cordeles.

Cuando llegué a *La fierecilla domada*, dejé la aguja y el protector de palma y me masajeé el músculo entre el pulgar y el índice.

—Estoy rendida de fatiga —anuncié.

—Me apresuro hacia el lecho —dijo Maude, sin levantar siquiera la vista de sus pliegues.

Le observé las manos mientras esculpían el papel hasta darle forma a una mariposa.

«Tú eres mi fatiga», pensé mientras me levantaba de la mesa. Cogí un cuadernillo del montón que aún no había cosido y luego le di un beso en la coronilla a mi hermana y le susurré:

—Nos apresuramos al lecho, el mundo se ha oscurecido.

Más tarde, cuando la respiración de Maude se había ralentizado, transformada en sueño, cogí de nuevo el cuadernillo suelto de *Las obras completas*. Aún quedaba luz en la vela, así que leí el soneto de la vieja señora Rowntree. El número veintisiete. La anciana lo recordaba bien, si no todos los versos, al menos el sentimiento. Y me pregunté cuántas noches tendría que viajar cada uno de los Rowntree en su cabeza antes de que esta guerra se librara y Jack volviese a casa.

La vela estaba a punto de consumirse y la apagué.

5

EL ÚLTIMO DOMINGO de agosto, me desperté con los lametones del agua del canal contra el casco de nuestro barco.

—Oberon* —susurré.

Aún no había amanecido del todo y Maude seguía con los ojos cerrados.

—Caricias al *Calíope* —dijo sin abrirlos.

Era lo que nos decía nuestra madre cuando lo mecía la marea.

Permanecimos tumbadas hasta que cesaron las sacudidas y volvió a ser seguro caminar. El barco se había movido más de lo habitual y tomé nota mentalmente de que debía tensarle las amarras.

Los Rowntree tardarían un rato en convencer al *Regreso de Rosie* de que se acercara a su amarre, pero, cuando acabasen, tendríamos carbón para nuestra carbonera y beicon para desayunar. Mientras Maude vaciaba los orinales, yo hice la cama. Luego puse el hervidor de agua en la placa de los fogones y calculé la cantidad de café que necesitaríamos para los cinco.

Maude volvió con los orinales y los dejó junto a nuestra cama.

—Lávate las manos, Maudie. —Señalé el lavamanos con la cabeza—. Y la cara y cualquier otra parte que lo necesite.

Teníamos casi veintiún años y ella aún necesitaba que se lo recordaran.

Vertí el agua hervida sobre la bolsa de café y dejé la cafetera sobre el fogón para que se mantuviera caliente. Para cuando terminé de vestirme, el café ya estaba hecho y Oberon estaba llamando a

---

* Oberon, rey de las hadas, personaje de *El sueño de una noche de verano*, de William Shakespeare.

41

nuestro casco: dos golpes rápidos, ni uno solo más de los necesarios. «Resume su personalidad», dijo una vez mi madre, y Rosie añadió que tampoco era ni más alto ni más gordo de lo necesario, y que era ahorrativo tanto con las palabras como con el mal humor: no había mejor persona con la que compartir un espacio pequeño, sentenció, y se echaron a reír.

Abrí la escotilla y Oberon me saludó con un gesto de la cabeza. Luego me pasó un cubo lleno de carbón. Lo vacié en la carbonera que teníamos bajo la escalera que subía a la cubierta de proa. Seguía estando medio vacía.

—¿Podrías darnos otro? —le pregunté al devolverle el cubo.

—Podrías darnos otro —dijo Maude.

—Sí —contestó él.

—Siempre puedes negarte —le aseguré.

Sonrió y ladeó la cabeza hacia el *Quedarse en Tierra*.

—No compensaría su ira. —Luego levantó la vista hacia el cielo—. Ni la de ella.

Maude volvió a la cocina y, cuando salió de nuevo, le entregó a Oberon una taza de café. En ese mismo instante, Rosie apareció en el camino vestida con una falda muy tableada, unas botas altas de cordones y un gorro negro de barquera. Era lo que se ponía antes, cuando Oberon y ella trabajaban juntos en los canales. Era lo que se habían puesto su madre y su abuela en su día.

Me había dicho que echaba de menos los canales. Que echaba de menos a Oberon. Él era hijo de una encuadernadora y de un operario de fábrica de papel; al contrario que Rosie, no había nacido para vivir en los canales, pero moriría trabajando en ellos, de eso a su esposa no le cabía la menor duda. De haber podido elegir, ella habría hecho lo mismo. Pero el primer bebé que tuvieron fue muy enfermizo. Les pareció lógico que Rosie se quedara en tierra. «Solo durante una temporada», le había dicho a Oberon, y este había pintado «Solo durante una temporada» en el casco del barco de carga que solían llevar a remolque. Él lo convirtió en un camarote completo, pues preveía una prole abundante, y Rosie lo convirtió en un hogar. Luego, Oberon vendió el caballo que tiraba del barco de canal y le puso al vehículo un motor para que volara por el Grand Union Canal día y noche. Cuando el bebé murió, Rosie quiso volver con Oberon, pero a la anciana señora Rowntree habían empezado a temblarle demasiado las manos como para seguir plegando cuadernillos y era incapaz de sostener una tetera sin escaldarse. Se trasladó a bordo. Cuando Rosie tuvo a Jack, le pidió a Oberon que cambiara el nombre del barco por *Quedarse en Tierra*.

Ahora Oberon transportaba carbón y ladrillos para la empresa Pickfords. Su riguroso horario tan solo le permitía dormir en el *Quedarse en Tierra* una noche al mes, algo más si su barco necesitaba reparaciones. Pero paraba a desayunar una vez a la semana, normalmente los domingos.

—Dame eso —dijo Rosie, que estiró la mano para coger el cubo vacío.

Se lo llevó al *Regreso de Rosie*, levantó la lona y robó más carbón.

Una vez concluido el asunto del carbón, la mujer condujo a Oberon de vuelta al *Quedarse en Tierra*. Lo esperaba una bañera con agua caliente y le había preparado una camisa limpia y unos pantalones de pana. No le daría el desayuno hasta que no se hubiera borrado de la piel toda la semana de trabajo a base de frotar. Siempre había beicon suficiente para Maude y para mí.

Después de desayunar nos sentamos en el huerto de Rosie y Oberon leyó los titulares del *Oxford Chronicle*:

—«Los alemanes saquean Lovaina», «Oxford acogerá refugiados», «Moda y excentricidades», «Notas rurales», «Higiene y hogar».

—«Moda y excentricidades» —sugirió la vieja señora Rowntree—. ¿Cuál es el tema de esta semana?

—Secretos —dijo Oberon.

Supuse que trataría de secretos y cotilleos locales.

—«La guerra es siempre un dios severo —comenzó Oberón—, pero nunca nos había mostrado un rostro tan hostil (especialmente a vosotras, las mujeres) como hoy. Vuestros hombres os abandonan sin que sepáis adónde van; puede que recibáis noticias suyas, pero las cartas nunca llevan matasellos y no contienen una sola palabra acerca de lo que más os gustaría saber...»

—«Higiene y hogar» —interrumpió Rosie mientras agitaba las manos en el aire para espantar las palabras de su marido y lo obligaba a detenerse a media frase.

Recogió las tazas. La mía estaba medio llena, pero dejé que se la llevara.

Oberon centró su atención en otra columna.

—¿«Nervios», «Necesidad de economía» o «Más reglas»?

Rosie esbozó una sonrisa resignada.

—Nervios, por supuesto.

Oberon leyó:

—«Las mujeres y los débiles son las únicas personas que reciben compasión por las dolencias agrupadas bajo la etiqueta "nervios".»

Rosie resopló con desdén y su esposo se quedó callado. Ella le hizo un leve gesto de asentimiento y el hombre continuó:

—«Cuando el sistema nervioso del hombre fuerte cede, se le suele considerar un farsante. Sin embargo, si a un automóvil le aparece un defecto...»

Rosie se retiró al *Quedarse en Tierra* y Oberon volvió a sumirse en el silencio.

—Sigue —lo animó su madre.

Lo escuchamos leer hasta el final y después Oberon pasó a las noticias locales, la correspondencia, los anuncios de ofertas de alimentación: todo giraba en torno a la guerra, incluso cuando no tenía nada que ver con ella.

En cuanto llegó la hora de que Oberon partiera, su esposa se subió al *Regreso de Rosie* con él y se colocó en la popa, orgullosa, con una mano en el timón. Avanzaron despacio por el canal hacia Wolvercote. Todos conocíamos la rutina, llevaban veinte años repitiéndola. Al cabo de dos o tres kilómetros, Oberon la dejaría bajar y ella regresaría dando un paseo.

Nosotras nos quedamos sentadas con la anciana señora Rowntree en el huerto del arcén, a la espera de atisbar la silueta con gorro de Rosie acercándose hacia su casa. Nunca parecía tan segura de sí misma como aquellas mañanas, pero, aquella en concreto, se tambaleó. Se le suavizó el rostro y aceleró el paso. Miré en dirección contraria y vi a Jack: zancadas largas, una sonrisa inconfundible. No llevaba más que unas semanas en el cuartel de Cowley, pero lo recibimos como si acabara de volver de Mons.

No éramos conscientes de cuánto lo habíamos echado de menos, y cada una intentó compensar su ausencia a su manera. Rosie le dio demasiado de comer y su abuela no se apartaba de él, le acariciaba la mano con los dedos temblorosos como si fuera un gato. Yo hablé demasiado de los cambios en la imprenta: quién más se había alistado, quién lo había intentado y había fracasado. La vida en el lado femenino del taller de encuadernación seguía exactamente igual, le dije.

Solo Maude se comportó como ella misma y, cuando lo dejamos en paz unos instantes, Jack fue a buscarla al *Calíope* y se sentaron juntos en silencio: ella plegando, él mirando. Luego, el joven preparó el tablero de ajedrez y jugaron una partida, sin apenas intercambiar una palabra.

Jack se despidió después de la cena y creo que se sintió aliviado de volver a Cowley: nuestra atención y el constante manoseo parecían haberlo irritado. Nos plantamos en medio del camino y lo vimos alejarse de regreso a Oxford. A cada paso que daba, se hacía más alto, se enderezaba tras la pequeñez del *Quedarse en Tierra*.

13 de septiembre de 1914

Hola, Pegs:

Cuando le dije a vuestra madre que me mantendría en contacto con vosotras, creí que me limitaría a enviaros felicitaciones de Navidad y alguna que otra postal. No pensaba mandaros cartas, y jamás habría imaginado que os escribiría dos en el mismo número de meses. Esto es un récord para mí. No escribo tan a menudo ni siquiera a mi hermano. Verás, soy una egoísta. Tu madre lo sabía, mi hermano lo sabe, todos mis amigos lo saben. En el fondo, tú lo sabes.

Bueno, al grano de esta carta (ya me están dando calambres en la mano). No conoces a mi hermano, pero fíate de mí cuando te digo que

45

Bill es el más bondadoso de los hombres y que la idea de marcharse a Bélgica o a Francia a pegar tiros a los alemanes no le atrae lo más mínimo. Sin embargo, unas estúpidas de la wspu le prendieron una pluma blanca en la solapa de la chaqueta mientras esperaba el tranvía. Se la quitó, pero lo vio bastante gente. De hecho, hubo una persona que incluso le escupió.

Me he mostrado en contra de este nuevo activismo y me han puesto en mi sitio. Es parte de un trato que la señora Pankhurst ha establecido con el Gobierno: a cambio de la liberación de todas las sufragistas que están ahora mismo en la cárcel, la wspu apoyará la guerra de forma activa y contribuirá a fomentar el reclutamiento. Las plumas, al parecer, formarán parte del arsenal que se disparará contra los pacifistas, los indiferentes y los asustados. Cada vez estoy menos de acuerdo con la señora P., pero no puedo evitar admirarla. Ha sido una estrategia eficaz: Bill se alistó al día siguiente. Su mujer se mostró encantada. Yo no. He dejado la wspu.

¿Remordimientos? Desde luego. Sigo siendo una soldado de a pie de la causa (de la causa original, esa en la que Maude, tú y yo por fin conseguimos el derecho al voto). ¿Sabes que la primera vez que os vi fue en una reunión de la wspu en Jericho? Os llevó Helen. En lo primero en lo que me fijé fue en Maude y en ti, claro. Erais como dos gotas de agua. Tendríais quince o dieciséis años, no me acuerdo, pero no llevabais mucho tiempo en el taller de encuadernación. Cuando le pregunté a vuestra madre por qué había ido, os miró primero a ti y luego a Maude. Cuando se volvió de nuevo hacia mí, tenía los ojos cargados de dolor. De pena, Peg. Jamás lo olvidaré.

En fin, parece que, ahora que hay una guerra, resulta indulgente lamentarse por nuestra marginación. He intentado volver a los escenarios, pero los únicos papeles que me han ofrecido fueron de «niñera» y de «puta vieja». Podría haber aceptado el de «puta vieja», pero, cuando le pregunté al director cuántos años tenía la puta, me contestó: «Treinta y cinco, pero, como ha tenido una vida dura, darías el pego».

Cuando salí del teatro, fui directamente a la oficina de la Cruz Roja y me inscribí en el Destacamento de Ayuda Voluntaria, el VAD. (Me quité cinco años y dije que tenía treinta y tres. El empleado ni se inmutó.)

Haré la formación del DAV en el Hospital de San Bartolomé, en Londres. Tengo que aprobar primeros auxilios, enfermería a domicilio e higiene antes de que me inscriban, pero es todo bastante fácil. Tu madre siempre pensó que se me daba bien hacer de enfermera. «Una atención al paciente excelente y un estómago fuerte», decía. Me encantó cuidarla, Peg. Es la cosa menos egoísta que he hecho en mi vida. Y, ahora, mírame, escribiendo cartas cuando podría estar en una fiesta.

Iré a pasar unos días con vosotras antes de empezar la formación. No sé muy bien cuándo, pero lo sabrás cuando aparezca.

Besos,

Tilda

P.D. Mi nota para Maude incluye la petición de un corazón de papel. Es para Bill. Tengo la intención de prendérselo en la solapa del uniforme cuando salga de permiso tras la instrucción. Recuérdaselo, ¿vale?

ME ACORDABA DE aquella reunión de la WSPU. Cuando terminó, mi madre invitó a Tilda a cenar a casa. Llamó a la puerta de Rosie y las tres se sentaron en el huerto mientras yo preparaba té y pan con mantequilla. Desde nuestro barco, las oí hablar como si fueran viejas amigas y sentí curiosidad por saber de qué se reían. Mientras el agua arrancaba a hervir, me acerqué a la escotilla abierta y agucé el oído. Tilda se había puesto a imitar a hombres que decían cosas horribles sobre las mujeres. «Cabezas de chorlito. Sensibleras. Temperamentales. Ignorantes. Debilitarían a Gran Bretaña si se les permitiera votar.» Usaba distintas voces y me convenció de que allí fuera había más gente.

—En resumidas cuentas —dijo Tilda con la voz grave y un acento tan afectado como el de un estudiante de Balliol—, las mujeres tienen el cerebro más pequeño. Sería injusto imponerles los gravámenes del voto.

—Pero no es injusto imponerles gravámenes de verdad —remató mi madre.

Tilda rompió a reír y, cuando mamá se unió a ella, percibí algo musical en sus carcajadas.

Mientras me acercaba con la bandeja, mamá se estaba riendo tanto que apenas era capaz de sujetar la tetera. Tilda le insistió en que se sentara. Luego insistió en que yo también lo hiciera. Cogió la tetera y sirvió tres tazas. Le pasó una a Rosie, otra a mamá y la tercera me la dio a mí. Cuando le dije que iría a por otra taza, agitó la mano para desechar la sugerencia y sacó una petaca pequeña de una bolsa en la que guardaba todos los folletos que no había conseguido repartir después de la reunión.

—El té no me sienta bien —dijo con una sonrisa.

Bebió de la petaca y se la ofreció a mi madre, que le tendió la taza. Tilda le vertió un chorro de licor en el té y luego hizo lo propio con Rosie.

Imité el gesto de mamá.

—Solo una gota —dije—. Mañana tengo que trabajar.

Y entonces fui yo quien la hizo reír. Tilda miró a mamá, que asintió, y luego me sirvió el whisky en el té. Maude estaba en el *Calíope*, plegando, pero, si hubiera estado allí, Tilda no se lo habría ofrecido. Si lo hubiera hecho, mi madre habría negado con la cabeza. Me quedé sentada con ellas hasta que el té se quedó frío y la petaca de Tilda, vacía.

—Maudie —dije—, Tilda quiere que le hagas un corazón de amor.

Mi hermana asintió. La nota de Tilda estaba abierta, ya la había leído; el cuadrado de papel rojo que nuestra amiga había adjuntado estaba medio plegado delante de ella. Me senté y la observé mientras movía las manos, en un intento por comprender cómo le daba forma.

—Para Bill —dijo—, el más bondadoso de los hombres.

EN LA CAMA, volví a leer la carta de Tilda. El VAD. Enfermera voluntaria. Una nueva vida, decidida en un instante. «Recuérdaselo, ¿vale?», había escrito Tilda, y apreté la mandíbula. Recuérdale que pliegue un corazón, que se lave los dientes, que se ponga sombrero y abrigo cuando hace frío. «Necesitará a alguien», había dicho mi madre entre resuellos dolorosos. «Así que no te vayas», había gritado mi mente.

—No me iré a ninguna parte —contesté.

6

MAUDE Y YO salimos al patio a la hora del té para aprovechar el débil sol otoñal. Los carritos avanzaban a trompicones de un lado a otro; las resmas de papel iban en una dirección, las cajas de libros en la otra. Un muchacho con las extremidades como palillos tiraba de su carga como si fuera una mula testaruda. Dos chicos mayores se burlaron de él al pasar tras haber entregado su propia carga. Durante un segundo, fui capaz de imaginar que el káiser no había invadido Bélgica y que Gran Bretaña no estaba obligada a entrar en guerra, que la imprenta funcionaba a pleno rendimiento y que no había cambiado nada.

Pero el patio no estaba ni por asomo tan concurrido como hacía tan solo unos meses y, mientras que los muchachos parecían más jóvenes, los hombres parecían más mayores. Daba la sensación de que hacía mucho tiempo que no veíamos a Jack dando largas zancadas entre los parterres del jardín para acercarse a saludarnos.

Aun así, en ese momento vi a otra persona que se acercaba a nosotras dando grandes zancadas. El capataz de Jack. Un buen tipo, como le gustaba decir a mi vecino. Se detuvo a unos cuantos pasos de donde estábamos sentadas y desvió la mirada de Maude hacia mí y luego al revés. Mi hermana y yo éramos idénticas prácticamente en todo, pero nuestra forma de mirar delataba la diferencia. La de Maude transmitía la impresión de que estaba soñando despierta o distraída, aunque te estuviera mirando a los ojos. La mía era suspicaz y, entre las cejas, tenía unas arrugas que no existían en el rostro de mi gemela. La mayoría de la gente tardaba menos de un segundo en saber quién era quién.

—Eres Peggy, ¿verdad? —dijo el cajista.

—Sí, señor Owen.

Le di un mordisco a mi galleta.

Se volvió hacia Maude, que miraba algo indefinido situado justo detrás de él.

—Y tú debes de ser Maude. Soy Gareth. Trabajo con tu vecino, Jack.

Mi hermana lo miró a los ojos.

—Terminará antes de Navidad —dijo, y luego bajó la vista hacia la boca del capataz a la espera de una respuesta.

—Eso espero —contestó él.

—Echaré de menos oírte cantar —dijo ella y, si tuviera que adivinarlo, diría que en esta ocasión se había concentrado en la barba del señor Owen, que se estaba fijando en el gris entreverado en el negro. Atenta a todas y cada una de sus palabras.

Estudié la cara del cajista, con curiosidad por saber cómo interpretaría la expresión de mi hermana.

No se dejó desconcertar.

—Claro que echará de menos oírte cantar. Me lo dijo él mismo.

Maude asintió como si fuera lógico que Jack y su capataz la hubieran elegido a ella como tema de conversación.

El señor Owen se volvió de nuevo hacia mí. Vaciló. Me tenía intrigada.

—Maude —dije—, ¿crees que el señor Simms te dejará coger un ramillete para Rosie?

—Un ramillete para Rosie —repitió ella con una sonrisa, tal como ya sabía que haría.

Se acercó al jardinero, que estaba recortando un seto.

No me habría costado nada pedirle al señor Owen que se sentara, invitarlo a hablar, pero me limité a darle otro mordisco a mi galleta.

Se levantó la gorra y se pasó una mano por el pelo, aún negro en su mayor parte. Tenía unos dedos largos, bastante bonitos, aunque estropeados por el pulgar bulboso de los cajistas. Llevaba mucho tiempo en la imprenta. Volvió a ponerse la gorra. Miró a su alrededor. No hice el menor esfuerzo para hacerlo sentir cómodo.

—¿Te importa si me siento?

Me desplacé hacia un extremo del banco. Él ocupó el otro.

—Jack me dijo que quizá estuvieras dispuesta a ayudarme con un proyecto personal.

—Ah, ¿sí?

Bebí un sorbo de té. Se me había quedado frío. Bebí otro sorbo como si no lo estuviera.

—Me dijo que te gustan los libros que producimos. —«Maldito Jack», pensé—. Me comentó que podría interesarte un libro que estoy componiendo. —Otra vez la mano por el pelo. En esta ocasión, no volvió a ponerse la gorra. Se la llevó al pecho y la sostuvo allí como un hombre pidiendo limosna—. Es un libro de palabras.

—Suelen serlo.

Se echó a reír, se puso la gorra.

—Palabras de mujeres. Una amiga lleva tiempo recopilándolas, anotándolas. Asignándoles significados.

A su pesar, el señor Owen estaba sonriendo.

—Parece un diccionario.

—Porque es justo lo que es. —Mi fachada de desinterés se resquebrajó un poco—. Pero las palabras no aparecerán en el *Nuevo diccionario de inglés* —dijo.

—Creía que en el *Nuevo diccionario de inglés* iban a aparecer todas las palabras.

—Yo también lo creía, pero Esme... —¿Acababa de sonrojarse?—. Es decir, la señorita Nicoll, trabaja en el *Scriptorium*, donde se definen las palabras y dice que hay algunas que van a quedarse fuera.

Se quedó callado y me escudriñó el rostro. Aquel relato me sonaba de algo. Tilda tenía una amiga... «Mi amiga la palabrera», la llamaba. Intenté que no se me notara el interés.

—Será un regalo —dijo.

—¿Un regalo?

Y ahí estaba: la curiosidad, tanto en el dejo de mi voz como en los ojos cada vez más abiertos. Intenté domarla, «Maudificarla», pero él ya se había percatado. Se le ensanchó la sonrisa.

—Ella no lo sabe.

Maldita sea, un secreto y una declaración de amor. Quería conquistarla con ese regalo, apuntalar su relación. Todo el mundo estaba haciendo lo mismo, de una forma u otra. Estaban cerrando las escotillas como hacíamos nosotras en el *Caliope* cuando sabíamos que se avecinaba una tormenta. Los amantes se comprometían, los padres legaban relojes de bolsillo y consejos sabios, las madres tejían calcetines gruesos y chalecos (tal vez no pudieran proteger a sus hijos de los hunos, pero, por sus narices, los protegerían del frío).

—Yo puedo componerlo e imprimirlo —dijo—, pero Jack me sugirió...

—¿Qué le sugirió Jack?

Sonó más cortante de lo que pretendía; mi vecino sabía lo de las páginas que me llevaba a casa desde el taller. La mera idea de que pudiera habérselo contado a su capataz me ponía furiosa.

El señor Owen se echó un poco hacia atrás. Sopesó sus palabras.

—Jack me ha estado echando una mano. Revisando los tipos. Y Ned ha montado un chibalete para que pueda imprimir las páginas. Lo hacemos todo fuera del horario laboral.

—¿Y qué me quiere decir con eso?

—Que Hart no lo sabe.

Sentí que se me aceleraba el pulso, como me ocurría tantas veces cuando leía una página que quería quedarme: deseo y riesgo. Eché un vistazo en torno al patio. El jardinero estaba atando el ramillete de Maude con un cordel.

—Continúe —dije.

—Bueno, una vez impreso, tendré que plegar las hojas, montarlas y coserlas. Solo tendré un juego de páginas, así que quiero hacerlo bien. Jack me dijo que a lo mejor te apetecía ayudar.

—Eso dijo, ¿no? El interventor se quedaría con mi sueldo si me pillaran.

—Supongo que tienes razón, pero las palabras exactas de tu vecino fueron: «Peggy me estrangulará si no la incluimos en esto».

—¿Palabras de mujeres, dice? —El señor Owen sonrió—. ¿Qué le hace tanta gracia?

—Ese es el anzuelo, según me dijo Jack. «Será incapaz de resistirse». —«Maldito Jack», pensé. Cómo lo echaba de menos—. ¿Qué me dices?

—Tendré que encontrar la manera de hacerlo sin que la señora Stoddard se entere —respondí.

Maude volvió con su ramillete. El señor Owen se levantó para cederle el asiento.

—Gracias, Peggy —dijo.

—No puedo prometerle nada, señor Owen.

—Llámame Gareth.

Asentí, pero no lo haría.

Los FASCÍCULOS DE los diccionarios pasaban cada poco tiempo por el taller de encuadernación. Yo los esperaba con impaciencia y la señora Stoddard siempre nos asignaba a Maude y a mí la tarea de plegarlos. Plegar me permitía detener la vista un momento y, mientras las páginas iban amontonándose, me concentraba en memorizar una palabra y su significado. Al final de cada turno, sabía decir cuándo se había escrito por primera vez y recitar la frase en la que se utilizaba. Maude disfrutaba con mis intentos de declamar a Chaucer. «Galimatías», decía. Nunca me preguntaba qué significaba.

Estaba plegando de *sinsabor* a *soflama*, unas páginas de prueba que había que plegar y cortar, pero que nunca se encuadernarían ni se cubrirían con tapas. Me preguntaba qué errores encontrarían los lectores, qué palabras eliminarían los editores, qué añadidos harían. Las páginas finales llegarían, probablemente, al cabo de unas semanas y, si volvían a encargarme que las plegara, pondría a prueba mi memoria.

Elegí una palabra. *Sinsubstancia*. Se proponían variantes en la escritura, pero el significado era inequívoco: «persona insustancial o frívola». Leí la cita: «No puedo excusar de ningún modo a esos chismosos, que están embelesados en compañía de ciertos sinsubstancias». Era una palabra de uso poco común, según la prueba, pero se me ocurría más de una en el taller que encajaba de sobra en la

53

descripción. Plegué una vez, dos veces: cuarto. Luego me coloqué delante el siguiente pliego.

Hacía una semana que el señor Owen me había pedido ayuda, y había estado dándole vueltas a la mejor manera de echarle una mano. Podía hacer la mayor parte del trabajo en casa, pero dudaba mucho que el cajista quisiera perder de vista las páginas, e invitarlo al *Calíope* habría sido inapropiado. Si la señora Stoddard hacía la vista gorda, no nos costaría plegar, montar y coser a mano los cuadernillos en el lado femenino del taller. Pero para recortar y ponerle las tapas tendríamos que recurrir al lado de los hombres.

Decidí pedírselo a Ebenezer.

Nuestra jornada terminaba una hora antes que la de los hombres, una concesión al trabajo que a la mayoría nos esperaba al llegar a casa. Dejé a Maude ayudando a la señora Stoddard a cerrar los postigos y apagar las lámparas y me fui a buscar a Ebenezer.

El lado masculino sonaba distinto, olía distinto. Los crujidos del papel y el zumbido constante de las máquinas de coser se veían sustituidos por el ritmo irregular de las guillotinas y de la construcción mecánica de tapas de cartón. Los olores de la cola y del aglutinante impregnaban el aire. Durante los instantes que tardé en adaptarme, me imaginé a alguien leyendo uno de los libros que estaban recortándose, encolándose o escuadrándose justo en ese momento. La lectura era una actividad tan tranquila que el lector, en su salón o apoyado en el tronco de un árbol, jamás imaginaría la cantidad de manos por las que había pasado su libro, todos los pliegues, cortes y golpes que había soportado. Jamás adivinaría lo ruidosa y maloliente que había sido la vida de ese volumen antes de llegar a sus manos. Me encantaba saberlo. Que ellos no lo supieran.

La puerta de la sala de restauración estaba abierta y vi a Eb encorvado sobre su tarea. Esperé, puesto que no quería provocar que cometiera ningún fallo. Era una sala pequeña, sin máquinas. Ebenezer lo hacía todo tal y como se había hecho durante siglos. Había espacio para dos personas y, a veces, un aprendiz se colocaba de pie a su lado, o me llamaban desde el lado de las mujeres para que recosiera a mano algún libro viejo, como solía hacer mi madre. Su amigo cosía tan bien como cualquiera de nosotras, pero se consideraba un trabajo femenino. Aquel día, estaba solo.

Las herramientas de su oficio atestaban la mesa. Plegaderas de hueso de varias formas para doblar páginas y labrar el cuero, brochas para cola, aglutinante y pan de oro, herramientas para decorar el cuero y la tela, un plomazón, lino, cinta y cizallas. Mi costurero estaba donde lo había dejado la última vez que había ido a trabajar con Ebenezer. Contenía agujas, hilo y cordel, un dedal de cuero y un protector de palma. Me los había hecho mi madre cuando empecé a coser.

Eb tenía tres libros en la mesa, seguro que de una biblioteca universitaria o de una casa de campo. Dos estaban desnudos, con las nuevas cubiertas y el cuero rojo de Marruecos dispuestos con pulcritud a su lado. El otro ya estaba vestido y mi amigo estaba a punto de terminarlo.

Permanecí junto a la puerta abierta y lo vi pasarse un trozo de cuero viejo por el pelo y luego utilizarlo para coger una hoja de pan de oro. La hoja se agitó cuando la electricidad estática la levantó, pero mantuvo la forma. Eb la depositó sobre el cuero recién labrado que cubría el libro que tenía delante y me entraron ganas de saber cuál sería el título. Limpió el exceso con un pincel, se levantó las gruesas gafas de la nariz y se inclinó hacia el libro para comprobar si había errores.

Entré en la sala.

—¿Vivirá para ser leído otro día?

Levantó la vista y volvió a ponerse las gafas. Luego sonrió de la manera en que lo hacía siempre que nos veía a Maude o a mí.

—Sí —contestó.

Le tendí la mano y él me puso el libro en la palma. Un volumen delgado. Otelo: El moro de Venecia.

—Es precioso, Eb. Ha quedado como nuevo.

Hizo caso omiso del cumplido.

—Tiene ciento ochenta años.

—¿Cómo era la encuadernación anterior?

Buscó unos trozos junto a su mesa de trabajo y los levantó: unas tapas desmenuzadas bajo telas descoloridas y deshilachadas.

—No era la original —dijo—. En ese caso, habría sido de piel de becerro o de oveja. Pero esta ha durado unos ochenta años, una vida bastante larga; estaba muy desgastada.

—Y esta durará por lo menos cien —afirmé—. Seremos polvo.

Asintió.

—No me disgusta la idea.

—¿La de ser polvo? —pregunté con una sonrisa.

—La de que alguien sostenga mi trabajo en las manos en el futuro.

—A mí también me gusta, Eb. Pero dudo que nadie piense en las personas que han encuadernado sus libros.

Se encogió de hombros.

—No necesito que sepan quién soy.

—Yo sí —dije.

Las palabras se me escaparon de los labios y no entendí muy bien qué significaban.

Ebenezer estaba a punto de responder, así que le devolví el *Otelo* a toda prisa.

—Será mejor que lo cojas antes de que me lo guarde en el bolsillo. —Agarró el libro y volvió a dejarlo sobre la mesa—. ¿Puedo pedirte un favor, Eb?

Asintió con la cabeza. Siempre asentía.

—Voy a ayudar a una persona a encuadernar un libro. Una especie de diccionario. Pero no es trabajo de la imprenta.

Se le resbalaron las gafas; se las subió hasta el puente de la nariz.

—¿Qué clase de trabajo es?

Bajé la voz.

—Una obra de amor.

Parpadeó y supe que me estaba aprovechando de él.

7

EL LADO FEMENINO del taller se había vaciado tras el final de la jornada y el señor Owen se hallaba en el umbral. Como todos los hombres, incluso el señor Hart, esperaba a que lo invitaran a entrar.

La señora Stoddard salió de su despacho.

—Postigos y luces cuando termines, Peggy.

Se colocó el sombrero y se encaminó hacia la puerta.

—Estás en buenas manos, Gareth —la oí decir.

—Te lo agradezco mucho, Vanessa.

Ella hizo un gesto con la mano para restar importancia a sus palabras.

—Yo no sé nada de todo esto, así que no tienes nada que agradecerme.

—Es difícil guardar un secreto en este sitio —me dijo el señor Owen cuando la mujer se marchó.

—Depende de a quién quiera ocultárselo —puntualicé—. A nadie se le ocurriría contárselo al interventor.

Sonrió.

—Gracias por ayudarme, Peggy. Llevo veinte años en la imprenta y la encuadernación sigue siendo un misterio para mí.

—Lo que hacemos aquí no es tan difícil.

Miró a Maude, que seguía sentada y plegando.

—Requiere cierta habilidad —repuso él.

—Tardamos siete horas en aprender a plegar y a montar los cuadernillos. Siete días en convertirnos en costureras competentes —dije—. No se parece en nada a una formación de siete años.

—Un libro carecería de valor si tuviera las páginas mal alineadas o si estuviese mal cosido. —Me encogí de hombros. No carecería de valor—. ¿Por dónde empezamos? —me preguntó.

Señalé el cartón que llevaba bajo el brazo.

—¿Esas son las páginas?

—Sí.

Estiró la mano que le quedaba libre para agarrar el cartón también con ella; fue un gesto protector, adoptó una expresión insegura. Me pregunté cómo recibiría la chica aquel regalo, cómo lo recibiría yo en su lugar. Lo guie hasta la mesa de plegado y aparté un montoncito de cuadernillos.

—¿Qué has estado plegando? —quiso saber.

—Páginas de prueba de *La Inglaterra de Shakespeare* —contesté—. Un ensayo sobre rufianes y vagabundos.

Dijo que sí con la cabeza.

—He visto que nos han llegado los borradores de varios capítulos a la sala de composición. Pero no son suficientes. Hart ya está refunfuñando sobre qué implicaría para la imprenta que todos los originales llegaran tarde.

—Muchas horas extras, diría yo.

Resopló.

—Sin hombres para hacerlas.

El cajista depositó los pliegos en el hueco que acababa de despejarle en la mesa. Levanté el cartón que los protegía.

Plegado en octavo. Ocho páginas por cada lado, dieciséis páginas por pliego, todas del mismo tamaño que las del *Nuevo diccionario de inglés*. Contenían dos columnas en lugar de tres y las entradas estaban bien distribuidas. Hojeé los pliegos para contarlos. Doce. Noventa y seis páginas en total, incluidas la portada y la contraportada. Muchas palabras.

—¿Y dice que en el diccionario del doctor Murray no aparecerá ninguno de estos términos?

—Algunos sí —respondió.

Volvió el borde de unos cuantos pliegos y una palabra me llamó la atención.

—*Hermanas* —dije—. Seguro que esta sí sale en el diccionario de Murray.

—Sí, aunque aún faltan años para que lleguen a ella. Sin embargo, Esme dice que los ejemplos que han recopilado no incluyen este sentido.

Levantó el pliego para permitirme ver la entrada completa.

HERMANAS

Mujeres (conocidas o desconocidas) unidas por una experiencia compartida, por un objetivo político compartido, por un deseo de cambio compartido.

1906 TILDA TAYLOR: «Hermanas, gracias por uniros a la lucha».

1908 LIZZIE LESTER: «No hace falta ser de la misma sangre para ser como hermanas, basta con querer lo mejor la una para la otra».

1913 BETTY ANGRAVE: «No olvidemos a aquellas de nuestras hermanas que trabajan para ganarse la vida, que no tienen propiedades, que carecen de medios para acceder a la educación».

Acaricié el nombre de Tilda, sus palabras. Las había pronunciado en todas y cada una de las reuniones a las que mi madre nos había llevado. «Hermanas», llamaba Tilda a las mujeres que asistían, a pesar de que a la mayoría de ellas ni siquiera las conocía. En alguna ocasión, aquella palabra me había despertado un sentimiento de odio, porque, cuando se refería a Maude y a mí, se convertía en singular. «Las hermanas, las gemelas, las chicas.» Éramos indistinguibles y, para la mayoría de la gente, tratar de definirnos por separado era demasiado esfuerzo. Era un término de conveniencia que me hacía desaparecer. No obstante, cuando Tilda lo utilizaba en aquellas reuniones, sonaba intencionado y fuerte. Yo quería ser una de esas hermanas y, al imaginarme que lo era, me sentía visible.

—Ha captado algo, ¿no te parece?

La voz del capataz me devolvió de golpe al taller de encuadernación.

Leí las demás citas, releí la definición. «Mujeres (conocidas o desconocidas) unidas por una experiencia compartida.» Lo que me atrajo de la enamorada del señor Owen no fueron las palabras en sí, sino la imagen que me formé de sus bolsillos llenos de fichas y de su cabeza llena de anhelo por ser más de lo que se le permitía ser. «Un deseo de cambio compartido.»

—Sí —contesté—. Tiene todo el sentido del mundo.

—Podría haberla sacado del mismísimo *Nuevo diccionario de inglés*.

—Pero ha utilizado una fuente distinta —señalé—. ¿Cuál es?

—Baskerville —contestó.

—¿Por qué?

Un silencio, como el espacio en blanco entre un párrafo y otro. Estaba pensando en ella.

—Por su claridad y belleza.

Dejó caer los pliegos en una pila ordenada.

—No sabría ni por dónde empezar a plegarlos, todas las páginas están desordenadas.

Con gestos ostentosos, giré el montón para que estuviera bien orientado.

—Si no se colocan bien los pliegos desde el principio, se fastidia todo el cuadernillo. —Miré hacia donde estaba mi hermana—. ¿A que sí, Maudie?

Asintió, pero no levantó la vista.

—Todo el cuadernillo, a lo mejor todo el libro.

El señor Owen sonrió.

—La primera página boca abajo y a mi izquierda. Entendido.

Preparé el primer pliego, sujeté el borde derecho y lo llevé hasta el izquierdo.

—Estas marcas de impresión tienen que estar alineadas. Si no, las páginas quedarán sin justificar. —Las ajusté bien y luego utilicé la plegadera de hueso de mi madre para afinar la doblez—. Primer pliegue —dije—. Ahora se le da la vuelta de manera que el pliegue quede junto a la barriga y se repite el proceso. Segundo pliegue. —Lo giré una última vez—. Hay ocho páginas por cada lado, así que es un octavo y requiere tres pliegues.

—A ver si lo adivino —dijo—: el lado derecho sobre el izquierdo, justificar, afinar la doblez.

—Sí, pero ahora debemos marcar la doblez con la plegadera de hueso desde el interior del pliegue; a estas alturas, el grosor del cuadernillo puede provocar arrugas.

Terminé el tercer pliegue y le entregué el cuadernillo al capataz. Intentó hojearlo.

—Para poder pasar bien las páginas, hay que cortarlo antes.

—¿Y eso cuándo ocurre?

—Cuando todos los cuadernillos están plegados y montados, cosidos y prensados.

—¿Prensados?

—Para expulsar todo el aire del taco.

Asintió.

—¿Puedo probar?

Me aparté de la mesa y lo dejé sentarse en mi silla. Agarró el siguiente pliego, pero Maude estiró la mano y la puso encima del papel para que no pudiera acercárselo.

—Practica —dijo, y me miró con el ceño fruncido.

—Buena idea.

Busqué unos pliegos sobrantes y se los puse delante a nuestro alumno. Maude y yo nos situamos una a cada lado mientras el cajista cogía el pliego superior y, despacio, reproducía los pasos que ya le había enseñado. Me llevé el dedo a los labios para impedir que mi hermana lo corrigiera.

—Basura —le dijo al señor Owen cuando este levantó su primer cuadernillo, que tenía los bordes mal alineados.

—Se me han olvidado las marcas de impresión.

—Y no ha orientado bien el pliego —añadí—. Las páginas están desordenadas.

—Di por hecho que ya estaba bien colocado.

—Nunca dar por hecho —apuntó mi gemela.

El cajista dobló cinco pliegos más antes de recordar bien todos los pasos. Otros cinco antes de completar un cuadernillo sin que el papel se le resbalara y se estropeara la justificación.

—¿Crees que está listo, Maude?

—Listo —dijo ella.

Retiré los pliegos de práctica y mi hermana volvió a acercarle los de las palabras de mujeres deslizándolos por la mesa.

El capataz se preparó. Creo que estaba esperando a que le dijera que podía empezar. Pero no lo hice, no inmediatamente. Miré las palabras que su enamorada había recopilado y sentí un escalofrío de emoción. Tenía algo que ver con los nombres que precedían a las citas y con el modo en el que había plasmado la forma de hablar de esas mujeres. Supuse que algunas de ellas no serían capaces de leer las palabras que habían pronunciado y, sin embargo, allí estaban, impresas. Ahora sus nombres formaban parte de la crónica. Pero mi emoción también tenía algo que ver con el hombre que se había sentado ante los pliegos dispuesto a doblarlos, con el modo en el que se había enderezado.

Le dije que empezara.

Ver cómo las palabras de las mujeres iban y venían en manos de aquel hombre me producía un placer extraño. Al final, doce cuadernillos quedaron amontonados uno encima de otro a la izquierda del cajista. Se volvió hacia Maude y luego hacia mí. Parecía un niño en busca de halagos, aunque debía de rondar los cuarenta años.

—Bien —dije—. Y ya montados en el orden correcto.

Maude hojeó los cuadernillos, una última comprobación. Cogió un lápiz y rubricó la última página: «MJ». El señor Owen frunció el ceño.

—Control de calidad —dije—. Todos los tacos reciben el mismo tratamiento. Las guardas lo ocultarán.

El hombre cogió los cuadernillos montados que le tendía Maude, los envolvió en papel de estraza y ató el paquete con un cordel. Cuando me ofrecí a guardárselos en el taller hasta la siguiente ocasión, rechazó la sugerencia.

UNOS DÍAS MÁS tarde, el señor Owen apareció de nuevo en el umbral del lado de las chicas. La señora Stoddard se inventó que Maude tenía que hacer horas extras plegando, y yo guie al cajista por el lado masculino del taller de encuadernación. Las máquinas estaban

calladas. Al lado de las guillotinas descansaban pilas de cuadernillos montados, recién recortados. El señor Owen se detuvo ante una
y cogió el de más arriba.

—*Sinsabor a Soflama* —dijo mientras lo hojeaba.

—El próximo fascículo del diccionario —dije—. Llegó al lado
femenino a principios de esta semana.

Había buscado *sinsubstancia* y me alegré de ver que habría escapado a la pluma del editor.

Se echo a reír.

—¡Pero si corregí las formas justo la semana pasada! —exclamó—.
La composición va a paso de tortuga en comparación con las demás
partes del proceso.

—¿Trabaja siempre en el *Diccionario*?

—Casi todos los cajistas tenemos una especialidad, y la mía son
los diccionarios.

—¿Cuánto tiempo lleva componiendo el *Nuevo diccionario de
inglés*?

—Desde mi primer año como aprendiz. Mi mentor estaba espe-
cializado en diccionarios, así que ahora yo también lo estoy.

—Debe de tener un buen vocabulario.

Lo había dicho en broma, pero su respuesta fue seria:

—Mejor del que habría imaginado, sin duda —dijo—. Trabajando aquí es inevitable aprender alguna que otra cosa.

—Pero ¿usted no lo ve todo al revés?

—Aprendí a leer la imagen especular... Supongo que igual que
tú habrás aprendido a leer al revés y de lado.

—¿Qué le hace pensar que leo lo que pliego?

Volvió a dejar en su sitio las páginas de *Sinsabor a Soflama*.

—¿No lo lees?

La respuesta hizo que se me sonrojaran las mejillas. Me volví
hacia la sala de restauración.

Eb estaba encorvado sobre una prensa de acabado y quitando la
cola del lomo de un libro viejo. Levantó la vista cuando entramos.
Se ajustó las gafas.

—Gracias por ayudarnos, Ebenezer —dijo el señor Owen.

El hombre negó con la cabeza, siempre cohibido ante la gratitud. El cajista sacó el paquete de su cartera y lo dejó sobre la mesa. Eb tiró del cordel y el papel marrón se abrió hasta dejar los cuadernillos al descubierto. Durante unos segundos, no dijo nada, no hizo nada, pero era incapaz de apartar la mirada de ellos. Aquellas páginas contenían las palabras menos valiosas de la lengua inglesa, pero era como si acabara de desenvolver el *first folio* de Shakespeare.

Nos pusimos manos a la obra.

Eb cortó los cuadernillos mientras yo ensartaba cinco cordeles de lino entre la parte superior e inferior del telar de encuadernación. Invité al cajista a sentarse a mi lado en la mesa de trabajo.

—Coseremos los cuadernillos a estos cordeles —dije, y coloqué el primero en el telar, con el pliegue central contra los cordeles—. Cuando hayamos terminado, los cordeles actuarán como una especie de muelles que nos permitirán abrir y cerrar el libro sin que pierda la forma.

—Fuerza y flexibilidad —dijo Eb—. Un libro necesita ambas cosas.

Coloqué el telar a mi gusto y cosí el primer cuadernillo para hacerle una demostración, pero mis manos se conocían todos los movimientos sin que tuviera siquiera que pensarlos y el señor Owen se sintió apabullado al instante.

Recordé el dolor y la frustración de mi primera clase. «Tus puntadas serán lo que mantendrá la historia unida», me dijo mi madre cuando quise renunciar a intentarlo.

Tardé dos días en coser un único libro cuando, en ese mismo tiempo, otras mujeres eran capaces de coser ocho. Cuando lo terminé, la tensión era desigual y los cuadernillos estaban mal alineados. No tenía la calidad suficiente para ponerle las guardas y las tapas, así que la señora Stoddard me dejó llevármelo a casa. Era *El origen de las especies mediante la selección natural*; mi madre lo había elegido a propósito porque sabía que la torpeza de mis dedos conseguiría que acabara en una de sus estanterías.

Añadí el siguiente cuadernillo de *Palabras de mujeres* y ralenticé mis movimientos.

—Si los encuadernamos bien —dije—, nuestro trabajo será invisible.

Me desplacé hacia un lado y dejé que el cajista se sentara delante del telar. Los siguientes cuadernillos avanzaron despacio. Las manos del señor Owen se movían con torpeza y las puntadas tan pronto quedaban demasiado sueltas como demasiado apretadas. Pero luego encontró una especie de ritmo. Lo vi pasar la aguja por el centro del cuadernillo y después rodear con ella el primer cordel, el segundo y el tercero. Sus puntadas estaban bien alineadas y, para cuando llegó al quinto cordel, el cuadernillo se había asentado con bastante comodidad sobre los anteriores. Eb y yo guardamos silencio mientras el cajista colocaba el siguiente cuadernillo. Y después el siguiente. Cuando colocó el noveno, me di cuenta de que hacía una pausa.

Coser las diferentes partes de un libro genera una gran satisfacción. Es unir una idea con otra, una palabra con otra, reunir frases con su principio y su final. El proceso de cosido puede transformarse en un acto de reverencia y, cuando ya hay más cuadernillos en el telar que en la mesa, empiezas a esperar el momento en el que las partes se convierten en un todo.

Quedaban tres cuadernillos y el señor Owen se había percatado de ello. Perdió el ritmo. Apretó demasiado y la aguja se le clavó en la punta del dedo, que empezó a sangrarle. Me estremecí. Se echó hacia atrás y se aplicó presión sobre la pequeña herida. Eb le pasó un paño limpio.

—Ahora tenemos que esperar —dije mientras le señalaba el dedo con un gesto de la cabeza—, porque, si no, manchará las páginas.

—¿Qué pasa cuando un libro está mal cosido?

—El taco perderá la forma y eso debilitará las tapas.

—Peg es muy aficionada a los libros mal cosidos —dijo Eb.

Le lancé una mirada asesina. El cajista sonrió.

—No te preocupes, Peggy, ya sé lo de tu colección de libros defectuosos.

Jack. Intenté parecer molesta, pero no me salió. Me gustaba la idea de que hablaran de mí. Me volví hacia el telar.

Me encantaban los libros en esta etapa del proceso, y era cierto que el *Calíope* estaba atestado de ellos. De libros que se habían cosido y después habían sufrido algún tipo de daño. Se les había roto alguna página o alguien les había derramado cola por encima o algo menos obvio: fallos en el redondeo o el escuadrado del lomo, un defecto que un buen revestimiento de tela podría haber ocultado, pero que no se había tapado. Pasé el dedo por el lomo desnudo de *Palabras de mujeres*. Los lomos de los cuadernillos parecían vértebras, y los cordeles a los que los estaban cosiendo, las ballenas de un corsé.

Quería que la encuadernación de aquellas palabras de mujeres no se acabara nunca, pero solo tenía noventa y seis páginas y estaba formado por un único volumen. Preveía su ausencia, como ya me había ocurrido en otras ocasiones con los libros a los que le cogía cariño a fuerza de plegarlos y montarlos y, sobre todo, de coserlos. Pero en este caso no habría sobrantes. No cabía la menor posibilidad de que una parte de *Palabras de mujeres*, aunque fuera pequeña, acabara en el *Calíope*.

—¿Se ha planteado imprimir más ejemplares? —pregunté.

Negó con la cabeza.

—Solo este. No era consciente de las muchas formas en las que sería capaz de destrozarlo.

Me reí.

—Eb no le permitirá destrozarlo, y yo tampoco. Pero creo que podría haber más personas interesadas en este diccionario.

Frunció el ceño, un gesto muy leve, y de repente me impacienté. Quizá todo aquel esfuerzo no hubiera sido más que un gesto, como enmarcar el bordado de una señora para que cuelgue en la salita. Caí en la cuenta de que tal vez él no viera aquellas palabras del mismo modo que yo: como una idea nueva, un debate de algún tipo, una reparación o una corrección. La mente se me aceleró como un tren a punto de descarrilar. No paraba de pensar en la miríada de formas en las que nuestras palabras habían quedado excluidas de los libros. Y aquí estaban, por fin. Y solo había un maldito ejemplar.

—Me he quedado las formas —dijo. El tren empezó a frenar—. Imprimiré más. Pero este tenía que ser único. Singular. El suyo no debía ser una copia más. —El tren se detuvo. Recuperé la paciencia—. ¿Lo comprendes? —dijo, como si necesitara que le dijese que sí.

Lo entendía a la perfección.

—El único de su especie —dije—. Al menos durante un tiempo.

Se quitó el paño del dedo. Había dejado de sangrar. Cosió el siguiente cuadernillo.

.

8

TILDA ESTABA CHARLANDO con Rosie en el camino que conducía a nuestro hogar. Maude fue la primera en verla y, al echar a correr, espantó a los patos que se habían congregado cerca de las mujeres. Tilda la abrazó con fuerza y, cuando llegué a su altura, mantuvo un brazo alrededor de mi hermana y me rodeó con el otro. «Imponente», había llamado mi madre a Tilda en una ocasión. Habíamos crecido todo lo que teníamos que crecer y apenas le llegábamos a los hombros.

—Me sientan bien, ¿no crees? —le preguntó a Rosie antes de darnos un beso en la cabeza, primero a Maude y luego a mí.

—No son baratijas que se cuelguen de las orejas —contestó Rosie.

—Si pudiera, me las colgaría. Así me las llevaría conmigo a todas partes.

«Ojalá lo hicieras», pensé.

—¿Y qué te hace pensar que querríamos irnos contigo?

—Uy, tú sí querrías venir conmigo, Peg. Esta, en cambio... —Abrazó a Maude un poco más fuerte—. Creo que ya es feliz donde está.

—Feliz donde está —repitió Maude.

Hicimos un pícnic allí mismo. Tilda había llevado una cuña de Stilton, un tarro de cebollas encurtidas y un pan blanco grande. También había llevado suficientes anécdotas como para tenernos muertas de risa y algo escandalizadas hasta que la luz se desvaneció y la anciana señora Rowntree empezó a tiritar. Nos retiramos a nuestros respectivos barcos.

Dentro, preparé chocolate caliente y le acerqué una taza a Maude. Tilda rechazó la suya.

—¿Cuándo empiezas la formación de enfermería? —pregunté mientras me sentaba a la mesa.

Se sirvió un trago de whisky.

—Pasado mañana. —Solo dos días. Me quedé paralizada con la taza a medio camino de la boca—. Ya, ya lo sé. Quieres que me quede para siempre.

Bebí un sorbo.

—Para siempre no —dije.

Tilda habló y nosotras escuchamos. Las horas transcurrieron entre dramas y giros cómicos. Nos empapamos de la vida que había vivido desde la última vez que la habíamos visto. Y, de repente, se quedó callada.

—Basta de hablar de mí —dijo, y miró a su alrededor como si acabara de darse cuenta de dónde estaba—. ¿A qué os habéis dedicado vosotras?

En respuesta, Maude levantó un cisne de papel.

—Basta de hablar de mí —dijo.

Tilda se echó a reír. Una de sus enormes carcajadas.

—*Touché* —dijo—. Pero no finjas que no te interesan mis idas y venidas, Maudie. Estás pendiente de hasta la última de mis palabras.

Mi hermana asintió.

—¿Y qué hay de ti, Pegs? ¿Qué ha cambiado?

Tilda era como una tormenta. Llegaba como una ráfaga de viento, agitaba las cosas y sacaba a la luz lo que yo intentaba mantener sumergido.

—No ha cambiado nada —respondí—. Pliego, monto, coso. Cuando vi tu carta, pensé en inscribirme en el VAD. Pero me di cuenta de que no puedo.

—Está Maude —intervino Maude.

—No es eso, Maudie —le dije.

—Por supuesto que no —dijo Tilda—. Solo las mujeres con medios y sin obligaciones pueden inscribirse en el VAD. Es solo que Peg siente que no está siendo útil.

—Es que no lo soy.

—Aún es pronto —replicó ella—. Oxford está a punto de recibir una avalancha de magullados y fracturados... Seguro que te surge algo. —Se sirvió otro whisky y se recostó contra el respaldo de la silla—. Bueno, cuéntame qué libros has estado plegando... ¿alguno que te apeteciera traerte a casa?

—Pues la verdad es que sí.

Y empecé a contarle lo de las palabras de mujeres.

Tilda le dio un sorbo a su bebida y me prestó una atención poco habitual en ella. Se le dibujó una sonrisa extraña en los labios.

—Esa tiene que ser Esme —dijo ella.

—Me imaginaba que la conocías. Vi tu nombre.

—Más de una vez, espero. Le he presentado a Esme todo un nuevo mundo de palabras.

—¿Es tu amiga la palabrera? —pregunté.

—Sí.

—¿Por qué no nos la has presentado?

—Helen la vio una vez, en una de nuestras reuniones de sufragistas.

—Eso no es una respuesta.

Me crucé de brazos. Esperé.

Se sirvió otro whisky.

—No quiero compartirte —contestó—. No quiero compartiros a ninguna. Soy una egoísta, ¿te acuerdas? —Cogió el vaso y lo apuró de un trago—. No quiero explicarle a nadie lo que fue Helen, Peg. Ni siquiera a Esme. —Luego rompió a reír—. A Esme menos que a nadie.

—¿Qué te hace tanta gracia?

—Me la estoy imaginando escribiendo el nombre de Helen en la parte superior de una de sus fichas de papel e intentando definirla.

Se le borró la sonrisa y, durante un rato, permanecimos en silencio. El movimiento de las manos de Maude se había ralentizado.

Entonces Tilda levantó la mirada del vaso vacío.

—Es imposible, ¿no te parece?

La sonrisa que me había ofrecido flaqueó.

Dos DÍAS DESPUÉS, le dijimos adiós a Tilda en la estación. El rumor de las despedidas llorosas colmaba el ambiente: hombres jóvenes vestidos de uniforme con la raya de los pantalones bien marcada y los botones brillantes, con el rostro rebosante de una aventura imaginada. Sus promesas de mantenerse a salvo resonaban en el andén. Todos y cada uno de ellos creían que tenían lo que hacía falta para conservar la vida. Pensé en Jack: estaba convencido de ello.

Tilda se asomó por la ventanilla abierta más cercana a su asiento.

—Escríbenos —grité.

—Si tengo tiempo —me gritó ella.

LA SEÑORA HOGG tocó la campana y nos unimos a la marea de mujeres que abandonaba el taller de encuadernación tras completar su jornada.

—Hola, Peggy.

Estaba de pie justo al otro lado de la puerta, intentando en vano no interrumpir el paso.

—Señor Owen —dije, consciente de las cabezas que se volvían hacia nosotros: la onda de la perturbación causada en la marea por la presencia de un hombre tan cerca del lado de las mujeres.

—Hola, Gareth —lo saludó Maude sin preocuparse lo más mínimo por las cabezas que se volvían.

—Hola, Maude —contestó él, y luego, en voz más baja, añadió—: He pensado que a lo mejor a Peggy y a ti os apetecería venir conmigo a dar los últimos retoques.

—*Palabras de mujeres* —dijo mi hermana sin ningún tipo de discreción.

Él asintió.

EB LO TENÍA todo preparado. Había despejado su mesa de trabajo de encargos oficiales y, en el centro, había colocado un volumen delgado, del tamaño y la forma de un fascículo de diccionario, con una preciosa encuadernación en cuero verde. El señor Owen se apartó para que Maude y yo pudiéramos acercarnos.

Ya habían estampado un diseño sencillo alrededor del borde de la cubierta y grabado el título en la parte delantera y en el lomo. *Palabras de mujeres y su significado*. Era un susurro de aquello en lo que se convertiría una vez añadido el pan de oro.

Junto al volumen, descansaba la hoja de papel cuadriculado en la que habían dibujado el diseño del borde, que, además, mostraba indicios de haber sido también la utilizada para estamparlo. Cogí uno de los pequeños sellos metálicos de los que el señor Owen se había servido para ello, me lo acerqué a la palma de la mano y presioné. El dibujo era una concha sencilla y la muesca desapareció en un instante, pero la herramienta aún conservaba restos de papel, grafito y cuero, todo ello fusionado por el calor. El dibujo permanecería en mi piel hasta que me lo lavara.

Puse la mano sobre el volumen.

—¿Puedo? —le pregunté al señor Owen.

—Creo que sí —respondió mirando a Eb.

El hombre asintió y abrí la cubierta, pasé a las primeras páginas impresas.

Palabras de mujeres y su significado
Editado por Esme Nicoll

Una oleada de sentimientos, cálida y hormigueante. Envidia y algo más. Un susurro al oído. «¿Por qué no?»

—¿Preparados? —preguntó Eb.

Levanté la vista y me di cuenta de que todos me estaban mirando.

—¿Qué opinas, Peggy? ¿Lo terminamos? —me preguntó el señor Owen.

Su regalo se había convertido en algo importante para mí, y él lo sabía. Durante unos instantes, me pregunté si le estaría molestando compartir la experiencia. Decidí que no. Me aparté de la mesa y le hice un gesto para que ocupara mi lugar.

Ebenezer sujetó el volumen en una prensa de acabado para poder trabajar primero en el lomo. Luego nos explicó el proceso para aplicar el pan de oro.

—Aglutinante, grasa, pan de oro —dijo mientras colocaba los tres elementos al alcance del cajista.

—Aglutinante, grasa, pan de oro —repitió Maude.

—¿Qué es el aglutinante? —pregunté.

Las chicas del taller de encuadernación no aprendíamos a dorar los libros.

—Clara de huevo, básicamente —contestó Eb—. Ayuda a preparar el cuero para que se le adhiera el pan de oro. —Cogió un pincel pequeño, lo untó en el aglutinante y lo aplicó al adorno estampado en la parte superior del lomo. Después se lo tendió al señor Owen—. Haga usted el resto. No dañará el cuero, pero procure no aplicar una capa demasiado gruesa, porque tenemos que dar dos y esperar a que se sequen antes de aplicar la grasa.

—Es como pintar el hojaldre con huevo —le dije a Maude.

Una vez aplicada la grasa, Eb nos enseñó a manipular el pan de oro.

Agitó una espátula estrecha junto al borde de las hojas para hacer correr el aire entre ellas. La hoja superior se levantó y Ebenezer la atrapó con la espátula. La transfirió a una pequeña alfombrilla de goma y luego, sirviéndose de la misma herramienta, la cortó en tiras de varios tamaños.

—Se estropea con facilidad —nos explicó—. Hay que aprender a mover el aire a su alrededor.

Colocó la espátula en el borde inferior de una tira pequeña y sopló con suavidad para levantarla. Luego, con una rapidez y una delicadeza extraordinarias, la cogió con la herramienta, la trasladó hasta el lomo de cuero y la depositó sobre él. El pan de oro se acomodó en los valles de la estampación, como aliviado de haber llegado al fin a casa. Eb eliminó el exceso con un pincel. El dibujo brillaba. Me tendió la espátula.

—¿Por qué no haces tú el lomo?

—Buena suerte —dijo Maude.

Como me temblaba la mano, las hojas de pan de oro se doblaban sobre sí mismas; me ocurrió una, dos, tres veces.

—Parece que lo único que se me da bien es plegar —dije tras desbaratar la tercera.

Eb intervino. Me pasó la espátula con una tira de pan de oro y señaló el lomo del libro con la cabeza.

—Es lo bastante grande como para cubrir el «mujeres» —me dijo.

Posé el pan de oro sobre la palabra y sentí la atracción estática que tiraba de él hacia el texto. Eliminé la parte de la hoja que sobraba y después coloqué otra, y otra. Por fin, todo el título quedó iluminado.

Ebenezer quitó el libro de la prensa de acabado para que el señor Owen trabajase en la cubierta. El cajista dudó. Me di cuenta de que aquella era la última tarea. Cuando terminara, el regalo estaría listo.

—He estado practicando —dijo.

Señaló un retal de cuero cubierto de marcas y de letras aleatorias doradas. Levantó la primera hoja de pan de oro. No poseía ni la rapidez ni la delicadeza de nuestro mentor, pero consiguió dorar las palabras sin ayuda.

Y, cuando acabó, nadie abrió la boca.

—Gracias —dijo el cajista al final.

Me tendió la mano y luego hizo lo mismo con Maude.

—Gracias —dijo Maude, y, puede que fuera un eco, pero me dio la sensación de que lo decía en serio.

—Dele las gracias a ella —dije—. A la señorita Nicoll.

Por las palabras, podría haber añadido; por recopilarlas, por comprenderlas, por prestarles atención. Me di la vuelta a toda prisa y me fui.

9 de octubre de 1914

Hola, Pegs:

Si te sirve de consuelo, esto no es la aventura que me esperaba: no hacemos más que ordenar taquillas, limpiar cuñas y enrollar vendas. Nuestro principal deber, sin embargo, es «lucir el uniforme con orgullo».

Las debutantes de San Bartolomé se lo toman muy en serio y se pasan la vida planchando y lustrando zapatos. Para la mayoría de ellas es algo nuevo (puesto que siempre han tenido criados en casa, las pobres) y se comportan como si fuera una especie de juego de imitación. A mí el aspecto me importa mucho menos y no paran de reprenderme por las arrugas, las rozaduras y por ser desobediente en general. La hermana, la supervisora de las enfermeras, me ha sugerido que quizá sea más apta para otras tareas. Tiene razón, lo cual me resulta muy irritante, así que, por fastidiar, me he inscrito hasta que acabe la guerra. Solo la enfermedad, la muerte o el matrimonio me liberarán.

Besos,

Tilda

P.D. ¿Qué tal se te da el francés? Los periódicos dicen que hay un tren cargado de belgas que va para allá... A lo mejor te da algo que hacer.

P.P.D. Intenta no pensar en Maude como en una cruz; no os hará ningún bien a ninguna de las dos.

9

MAUDE IBA VESTIDA con sus mejores galas y se entretenía plegando con las manos una página suelta de un libro que no tenía nada interesante que contar. Dejé el café puesto a fuego lento en la cocina y entré en el dormitorio para arreglarme el pelo, la cara. Me pellizqué las mejillas y cogí el lápiz de labios del cajón que había encima de nuestra cama. Había sido de Tilda, en su día. Yo lo usaba con moderación. Junté los labios, los rocé el uno contra el otro y vi cómo el color se esparcía y se desvanecía para pasar del rojo intenso a algo más respetable. Me entraron ganas de aplicarme más, pero no íbamos precisamente a un baile. Dejé el lápiz labial y luego levanté la mirada, deprisa, tratando de pillar desprevenido a mi reflejo.

Era algo que hacía a veces, con la esperanza de que el rostro que me devolvía la mirada fuera el mío. Pero casi siempre era el de Maude, y entonces experimentaba la incomodidad de no saber quién era. «Leer la imagen especular», pensé, recordando las palabras del cajista. Aparté la vista, volví a mirar.

Los labios pintados y las mejillas pellizcadas ayudaban. Tal vez fueran los ojos, de un azul más intenso en contraste con el tizne del kohl, pero allí estaba yo. Peggy Jones. La preciosa Peggy Jones. Cogí el lápiz de labios y agregué más color.

El olor del café me devolvió al instante al barco, a Maude con su mejor vestido, al tren que se dirigía hacia Oxford. Regresé a la cocina y llené dos termos de café. Los metí en la cesta, junto con dos paquetes de galletas.

Rosie nos llamó desde el camino de sirga.

—Es hora de irse, Maudie —le dije mientras levantaba su abrigo en el aire para que metiera los brazos por las mangas.

Obedeció. Le entregué la cesta y mi hermana añadió un montoncito de regalos plegados: abanicos, marcapáginas, pájaros con alas batientes.

Rosie llevaba su segundo mejor vestido y el sombrero de ir a la iglesia bien sujeto a los rizos entreverados de canas. Aquella no era una ocasión para ir de barquera. Nos miramos con aprobación.

—Estás guapísima —me dijo Rosie, y esperé a que le repitiera el cumplido a Maude.

Sin embargo, no lo hizo, y se lo agradecí.

Maude echó un vistazo por debajo de la tela que cubría la cesta de Rosie.

—Panecillos dulces —declaró.

—Puedes comerte uno ahora o luego, Maude —dijo Rosie—. Pero no ahora y luego. Son para los refugiados.

—Ahora y luego —dijo Maude.

Rosie apartó la cesta.

—Ahora o luego —sentenció.

—Ahora —dijo mi hermana, y nuestra vecina levantó la tela de la cesta.

Maude se lo tomó con calma, eligió el más grande y le dio un mordisco. Una voluta de calor se elevó en el aire otoñal.

—Huelen muy bien —dije, y Rosie me tendió la cesta.

Rompí mi panecillo por la mitad y dejé que el vapor me subiera hasta la nariz. Olía a manzana y a una mezcla de especias que hacía que todo lo que Rosie cocinaba estuviese un poquito más delicioso que lo de los demás.

Avanzamos hasta el puente de Hythe y luego nos sumamos a una pequeña caravana de gente que se dirigía hacia la estación. La mayoría éramos mujeres, todas vestidas de domingo a pesar de ser miércoles. Íbamos cargadas con todo tipo de cestas y bolsas. Parecía que fuéramos a una feria.

Llegamos pronto, por supuesto. El tren tardaría aún media hora en llegar, pero queríamos estar preparadas. El viaje de los belgas había sido muy largo. Estarían cansados, hambrientos, asustados. Estarían traumatizados. Los periódicos se referían a la invasión alemana como «la violación de Bélgica». Casas saqueadas e incendiadas, ciudades destruidas, civiles golpeados y fusilados, aunque estuviesen desarmados, aunque fueran mujeres o niños. Algunos habían sobrevivido ocultándose en sótanos durante semanas, otros habían huido y las vallas electrificadas habían acabado con su vida. Los rumores de lo que les hacían a las mujeres eran peores que las pesadillas. Queríamos que se sintieran seguros, bienvenidos. Queríamos que supieran que éramos mejores que los alemanes.

La señora Stoddard ya estaba allí, colocando una mesa de caballete cubierta con un mantel blanco. Otra mujer estaba desplegando una pancarta con las palabras «Comité de refugiados de guerra de Oxford» pintadas con torpeza en horizontal. La sujetó a la mesa con latas de judías.

Maude vio a la señora Stoddard y la saludó con la mano. La supervisora sonrió con ganas. Nuestra presencia allí era obra suya. Había hablado con el señor Hart para que Maude y yo pudiéramos estar en la estación cuando llegasen los refugiados.

Rosie y yo dejamos los panecillos, las galletas y los termos de café en la mesa. Cada vez llegaban más mujeres, así que ayudé a la señora Stoddard a colocar los platos con comida y los recipientes con bebidas calientes de tal manera que garantizaran una eficiente circulación de personas de un extremo a otro de la mesa. Me imaginé a cada belga como un cuadernillo de un libro y me pregunté qué historia contarían si estuvieran todos cosidos.

La visión de toda aquella comida resultó irresistible para Maude. La vi coger otro de los panecillos de Rosie, pero estaba demasiado lejos para detenerla. Una o dos mujeres la miraron frunciendo el ceño y se encargaron de que todo el mundo viera que les daban un cachete en la mano a sus hijos, que pensaron en seguir el ejemplo de mi hermana. Ella no se percató de nada. Yo me percaté de hasta el último gesto.

Me encaminé hacia mi hermana, pero la señora Stoddard se me adelantó.

—Maude —dijo justo con la misma voz que empleaba cuando le encargaba alguna tarea especial en el taller—, he visto que has traído regalos para nuestros visitantes en la cesta.

Mi gemela levantó la mirada del plato de panecillos y asintió. Luego la desvió hacia mí.

—¿Regalos?

Saqué la cesta de debajo de la mesa de caballete: una colección de tesoros doblados y medio panecillo de manzana y especias. Saqué el panecillo y le entregué la cesta a Maude en el mismo momento en el que empezó a oírse el traqueteo de una locomotora. No me dio tiempo a impedirle que se acercara al borde del andén junto con una decena de niños. Me uní a los gritos de las madres pidiéndoles que se alejaran.

El silbato cantó, estruendoso y alegre. Después, el andén se llenó de vapor. La señora Stoddard me pasó una fuente llena de manzanas.

—Llévatelas y ofréceselas a la gente a medida que vayan bajando.

Me abrí paso entre la multitud de mujeres y niños que se agolpaba para intentar atisbar cuanto antes a los recién llegados. Maude estaba delante, sujetando un regalo en la mano para entregárselo a la primera persona que bajara del vagón. Un par de niños se asomaron al interior de la cesta y le preguntaron si les daba un pájaro de papel.

—No —contestó ella, y los niños se apartaron, obedientes.

Sonreí. Era imposible malinterpretar a Maude cuando decía sí o no. Su cara, sus manos, todo su cuerpo concordaba con la palabra que le salía de la boca y sus interlocutores rara vez necesitaban más explicaciones. Los niños, sobre todo, parecían darse cuenta de que no había negociación posible.

El guardia recorrió el tren de la cabeza a la cola pidiéndole a la gente que se apartara, que les dejase espacio a los viajeros. La multitud retrocedía y luego avanzaba. Como una ola a su paso.

Miré a la señora Stoddard, que esperaba detrás de la mesa junto con Rosie y otras tres mujeres del comité de refugiados. Se estaba enderezando el sombrero. Mi vecina se había puesto de puntillas para intentar ver por encima de la multitud.

¿Qué nos esperábamos?, me pregunté de repente.

Había tres vagones. Se abrieron las puertas.

Una mujer salió al escalón superior del segundo vagón, donde el numeroso comité de bienvenida estaba repleto de niños, madres y ruido. Llevaba varias capas de ropa: bajo un pesado abrigo se veían el dobladillo de dos faldas y el cuello de dos blusas. Sostenía un pequeño baúl en la mano, demasiado pequeño para contener una vida entera. No hizo además de bajar al andén y la expresión de su rostro me convenció de que iba a darse la vuelta y a abrirse paso a empujones de nuevo hacia el interior del vagón. («Un refugio —pensé— para huir del afán de quienes se lo quieren proporcionar.») Tenía un rostro hermoso. La piel pálida emborronada por la mugre del viaje, el pelo pálido escapándosele de las horquillas, los ojos azul pálido desconcertados.

Eché un vistazo a mi alrededor. Aquella mujer había llegado a una celebración. Pensé en todas las cosas de las que quizá estuviera huyendo y sentí vergüenza. De mi mejor vestido, del carmín de mis labios. Me llevé la fuente de manzanas a la cadera y me saqué el pañuelo del puño de la manga. Me limpié la boca.

Y de pronto Maude estaba allí, junto a la puerta del segundo carruaje, con su cesta de regalos. Le tendió un abanico de papel y la mujer pálida lo miró como si no tuviera ni idea de qué era. Como si no tuviera ni idea de qué estaba pasando. Mi hermana esperó. No le ofreció ninguna explicación, nunca lo hacía. Al cabo de unos instantes, Maude abrió el abanico como lo habría hecho una mujer española: una única mano, un único movimiento, y los pliegues se abrieron como la cola de un pavo real. Era uno de los abanicos cuyo borde había adornado con rosas azules. «¿Por qué azules?», le había preguntado mientras los coloreaba. Se había encogido de hombros.

Mi gemela levantó el abanico hacia la cara de la mujer y vi que la brisa que creaba le agitaba los mechones sueltos, cabellos como hebras de gasa. Vi que la mujer bajaba del tren, vi que el baúl se le resbalaba de entre los dedos y caía. Era casi imposible que el andén se hubiera sumido en el silencio, pero esa fue la sensación que me dio. Parecía un reencuentro y yo lo observaba, como lo haría una desconocida, intentando discernir la relación que unía a aquellas dos mujeres. Experimenté un momento de separación de mi hermana, la rara impresión de que era una extraña, cuando la recién llegada la rodeó con los brazos y estalló en sollozos.

Aunque *sollozos* no es la palabra adecuada. Eran mucho más que eso. Algo se desembarazó de la mujer. Algo que llevaba tiempo anclado en lo más profundo de su ser. A lo mejor sí nos quedamos callados. Su angustia nos confrontaba. Nos avergonzaba. No la comprendíamos. La multitud retrocedió para apartarse de ella. La gente, ahora vacilante, empezó a volver el rostro hacia las demás personas que bajaban del tren. Vi el alivio que los inundaba cuando se topaban con una sonrisa. Vi que se apresuraban a cogerles las maletas a los belgas mejor vestidos. A los menos traumatizados. Que los acompañaban a la mesa, les servían café, les daban dulces a sus hijos.

Maude era la única que se sentía cómoda con el dolor de la mujer. No flaqueó y le devolvió el abrazo. La mujer era alta y su rostro blanco se inclinaba sobre la coronilla oscura de mi hermana. La estrechaba con más fuerza de la que podría considerarse apropiada para una extraña, como una madre abrazaría a una hija extraviada a la que acaba de encontrar. Supuse que Maude se apartaría, que su tolerancia al contacto con una desconocida se agotaría. Pero aquella mujer necesitaba a alguien a quien aferrarse y mi hermana había decidido que podía ser ella.

Me dirigí hacia el hueco que rodeaba el abrazo. Se separaron antes de que llegara y la mujer dio un paso atrás, desorientada. Miró a Maude a los ojos, como si ella pudiera explicarle algo. Mi gemela se limitó a asentir y a sostenerle la mirada, como mamá siempre le había dicho que hiciera.

Al parecer, fue suficiente.

Me acerqué y Maude se volvió. La mujer también. Hizo lo que todo el mundo hacía y desvió la mirada de mí hacia mi hermana y de vuelta a mí. Por una vez, me alegré de ello. Su rostro había adoptado una expresión que reconocí.

—Gemelas —dije.

—Es obvio.

Hablaba inglés.

—Yo me llamo Peggy y ella es Maude.

Mi hermana levantó el abanico y la mujer lo cogió. Lo abrió, cerró los ojos y se abanicó la cara.

—Gracias —susurró.

—Gracias —repitió Maude con el mismo acento y la misma voz susurrante que la recién llegada.

«Ay, Maude —pensé—, ahora no.»

La mujer abrió los ojos y miró a mi hermana de hito en hito. Maude la miró de hito en hito a ella.

La señora Stoddard tenía la cara sonrojada y sonriente. La mesa estaba casi vacía, el andén también. A la mayoría de los belgas se los habían llevado al colegio universitario Ruskin, en el que ya no había estudiantes porque se habían alistado casi todos. Sería su hogar hasta que se encontrara una solución más permanente. Sin embargo, unas cuantas se habían quedado atrás con sus hospedadoras y las estaban ayudando a recoger. Eran mujeres, solas. Apilaron tazas y platos en cestas, doblaron el mantel sucio que había cubierto la mesa. La mujer alta y pálida se contaba entre ellas y, mientras raspaba los platos para quitarles las migas y las galletas de avena a medio comer, su angustia apenas resultaba perceptible.

Desde su llegada, la mayor parte de aquellas mujeres tenían la misma cara que una persona que acaba de despertarse. Me había fijado en que una o dos se volvían para mirar hacia el tren, como si se hubieran dejado algo a bordo. «Un marido —pensé—. Un amante, un hermano, un sombrero favorito.» Aceptaban tazas de café con las manos sucias. Cogían galletas y panecillos y comían demasiado deprisa. Cada vez que la situación lo requería, se les dibujaba una sonrisa en el rostro agotado, pero se les desvanecía al instante. Solo ahora, mientras se afanaban entre los escombros de su llegada, me pareció que empezaban a sentirse cómodas.

La señora Stoddard me entregó un paño de cocina repleto de sobras.

—Vuestra recompensa por quedaros a limpiar —me dijo. Lo guardé en nuestra cesta. «Galletas de avena y manzanas para el té», pensé—. Pero, antes de marcharos, venid a conocer a las demás.

La señora Stoddard nos guio hasta donde las señoras del comité se estaban quitando los delantales. Nos presentó.

La señorita Bruce estaba al mando.

—La señorita Pamela Bruce —aclaró la señora Stoddard pronunciando el nombre de pila con gran énfasis—. Su hermana es la señorita Alice Bruce, subdirectora del Somerville.

La señorita Pamela Bruce era una mujer sólida y firme; llevaba el pelo de color gris acero recogido en lo alto de la cabeza y eso la hacía parecer más alta de lo que era. Me tendió la mano y se la estreché; luego se la tendió a Maude, que no se movió.

—Peggy adora el Somerville —dijo mi hermana.

La habría pellizcado si no hubiera habido testigos.

—El edificio —dije enseguida—. Que da a Walton Street.

La señorita Bruce estudió a mi hermana, se percató de la candidez de su expresión y respondió a sus palabras con una sonrisa amable. Luego se volvió hacia mí.

—El edificio es bastante mediocre, para ser un colegio universitario.

—Y esta —dijo la señora Stoddard tras ponerle una mano en el brazo a la mujer de los ojos tan pálidos como su pelo— es Lotte Goossens.

Debió de presentarme a las demás belgas, pero el único nombre que parece que oí fue el de Lotte.

—Lotte se alojará en mi casa —continuó la señora Stoddard—. Cuando esté preparada, empezará a trabajar en el taller de encuadernación.

SEGUNDA PARTE

Los panfletos
de Oxford

De octubre de 1914 a junio de 1915

10

ERA UNA MAÑANA clara, fría y despejada como solían serlo en octubre.

—Sangre, barro, lluvia —dijo Maude cuando entramos en el quiosco de Turner para recoger nuestro correo—. Carrera hacia el mar. Los aliados se atrincheran en Ypres —dijo—. La instrucción comienza en Port Meadow —dijo.

—Si se cansara de la imprenta, podría vender periódicos, señorita Jones —le dijo el señor Turner.

Pensé en los belgas de la estación, que habían escapado justo a tiempo. Luego traté de pensar en todos los hombres de la imprenta que quizá estuvieran en Flandes. Eran demasiados.

Cuando llegamos al trabajo, solo la mitad de las mesas tenían pilas de cuadernillos impresos.

—Los de la sala de máquinas todavía se están adaptando —anunció la señora Hogg—. Hasta que lo hagan, la señora Stoddard insiste en que no estés de brazos cruzados.

Me tendió un par de agujas de tejer y un ovillo de lana.

—¿Qué quiere que haga con esto? —le pregunté.

—A ver si no va a ser tan lista como parecía, ¿eh, señorita Jones?

—Bufandas —me dijo Lou cuando me senté entre el resto de las trabajadoras a las que estaba instruyendo.

No era la única que había olvidado lo que nos habían enseñado en la escuela.

—Espero que las belgas sepan tejer —dije.

—La señora Stoddard dice que, cuando empiecen, habrá mucho que hacer.

87

Miré a mi hermana. No creían que ella fuera capaz de tejer, así que en su mesa había un montón de pliegos impresos. Me incliné hacia Maude para ver qué estaba plegando.

Poesía. Un volumen pequeño: un cuadernillo, dieciséis páginas. Doce sonetos más la página de la portada y la de la contraportada. A juzgar por la pila, debían de ser unos cuarenta ejemplares. Cada semana imprimíamos más libros de aquel tipo. Emanaciones de dolor o de gloria escritas por hombres y mujeres que podían hacer frente a los costes cada vez más elevados de una impresión. Aunque el papel cada vez subía más de precio, aquellos pequeños volúmenes llegaban a montones. Nos encantaba mofarnos de ellos, pero les estábamos agradecidas. Sin esos libros, habríamos tenido aún menos que hacer, y el señor Hart habría tenido aún menos motivos para pagarnos. Leí varios versos en voz alta.

El amanecer de un cielo inglés de rojo se empieza a pintar,
titubea el canto matutino de las aves.
El amanecer conoce mis llantos nocturnos y graves,
pero mi pena no puede alterar.

Novio, hermano, amigo. Me habría gustado saber a quién había perdido.

Y luego, antes de poder contenerme:

—Ojalá se hubiera dedicado a tejer en lugar de a la poesía. El mundo estaría muchísimo mejor.

—Sé buena, Peg —dijo Maude.

Una frase que mi madre me había dicho un par de veces.

—Maldita sea.

Me había saltado un punto.

—Esa lengua, señorita Jones.

Nuestra capataz rondaba por allí.

—Perdón, señora Stoddard —me disculpé—. Esto nunca se me ha dado bien. Pobre del soldado al que le toque... —levanté mi bufanda— lo que quiera que sea esto.

—Tu principal problema es la tensión. Es inconsistente. —Me quitó la labor de las manos y tiró de ella. Miró a Lou, que se encogió de hombros—. Por suerte para ti, acabamos de recibir una entrega de pliegos.

—¿De qué son?

—¿Acaso importa? —Ella sabía que sí. Sonrió—. Uno de los Panfletos de Oxford. *Poder es razón*, de sir Walter Raleigh.

Primer pliegue.

«Es una doctrina muy peligrosa cuando se convierte en el credo de un pueblo estúpido...»

Segundo pliegue.

«Una nación de hombres que confunden la violencia con la fuerza y la astucia con la sabiduría...»

Tercer pliegue.

«Puede que Inglaterra esté orgullosa de morir; pero, sin duda, todavía no le ha llegado la hora.»

11

UNA SEMANA MÁS tarde, el señor Hart empezó a recibir a los belgas en la imprenta. Si hablaban un inglés lo bastante bueno, a los hombres se les asignaban puestos en la papelería y en la fundición de tipos. Si no, los enviaban al sótano de humectación, los secaderos y el almacén. Puede que fueran adultos, pero los trataban como a aprendices de catorce años. Las mujeres iban al taller de encuadernación.

Lotte y otras dos belgas llegaron al lado femenino un lunes después de comer. Mientras la señora Stoddard les enseñaba lo que se hacía en las distintas mesas, el murmullo de los chismorreos se acalló. Ralentizamos el ritmo de plegado, hicimos una pausa en el baile del montaje. Era muy habitual que empezaran chicas nuevas, pero eran chicas de Jericho y apenas parábamos para darles la bienvenida. Aquellas mujeres eran extrañas.

La capataz tocó la campana, aunque en realidad no era necesario: todas estábamos prestando atención.

—Como sabéis, Oxford ha acogido a doscientos belgas, y me siento muy honrada de presentaros a tres de ellos.

Miró a las mujeres que tenía al lado. Solo Lotte le devolvió el gesto. Las otras dos agacharon la cabeza como si las estuviera riñendo la directora de la escuela, y me di cuenta de que eran mucho más jóvenes que Lotte, seguramente más jóvenes que yo. Debían de tener diecisiete o dieciocho años, no más. La señora Stoddard les fue poniendo una mano en el hombro mientras decía el nombre de cada una de ellas.

—Esta es Lotte, esta es Gudrun y esta es Veronique.

La primera asintió al oír su nombre. Gudrun levantó la vista y se puso colorada como un tomate. Veronique intentó sonreír y luego rompió a llorar. Lou no tardó ni un segundo en llegar a su lado, le pasó un brazo por los hombros y le secó la cara con un pañuelo.

—Gracias, Louise —dijo la señora Stoddard, y luego se dirigió a todas las demás—: Como ya os imaginaréis, chicas, este es un momento muy emotivo para nuestras invitadas. Por favor, sed amables y ayudadlas a adaptarse. Espero que todas las apoyéis.

La idea fue recibida con un entusiasmo generalizado y varias mujeres se ofrecieron para formar a las recién llegadas. No obstante, la señora Stoddard ya había decidido a quiénes nos asignaría esa tarea y había dispuesto los espacios necesarios junto a nuestras sillas respectivas.

Lou se llevó a Veronique al asiento contiguo al suyo. Lotte se sentó entre Maude y yo. Gudrun se acomodó al otro lado de Aggie. Estábamos plegando un libro de la colección Clásicos Mundiales de Oxford —*Lorna Doone*—, y nos sentamos formando una hilera a lo largo de nuestra mesa de trabajo. Lou, Aggie, Maude y yo habíamos ido juntas a clase en el colegio San Bernabé y todas nos habíamos incorporado al taller de encuadernación a los doce años. No recordábamos una época en la que no hubiéramos sido amigas. Aquello formaba parte del plan de la señora Stoddard.

«Pueden pasar a formar parte de vuestro grupo. Vosotras las ayudáis con el inglés y que ellas se ayuden entre sí cuando el idioma sea una traba. Lotte es la que mejor lo habla y, además, es la mayor. Las más jóvenes han venido con sus familiares. —En aquel momento, se había quedado callada, como si tuviese algo más que decir pero no estuviera segura de si debía decirlo—. Creo que es mejor no separarlas.»

Era un privilegio que nos lo pidieran, que se fiasen de nosotras, y todas le agradecimos a la señora Stoddard la confianza que había depositado en nosotras. Sin embargo, cuando Lotte se sentó entre Maude y yo, de repente me molestó tener que compartirla.

Veronique seguía llorando, así que Lou se limitó a rodearla de nuevo con el brazo y a apartar la impresión, con mucho cuidado, de donde pudieran caer sus lágrimas. Más allá, Aggie ya le estaba explicando los pliegues a Gudrun, y sus palabras seguían el mismo ritmo veloz que sus manos. La muchacha se quedó mirando el papel mientras se reducía al tamaño de una sola página en cuestión de segundos.

—Ve más despacio, Aggie —le dije.

Mi amiga miró a Gudrun.

—Lo entiendes, ¿verdad? —La joven no dijo nada, así que Aggie lo repitió en voz más alta—. ¿Entiendes?

Gudrun negó con la cabeza.

—Es muy sencillo, empecemos otra vez. —Aggie se colocó otro pliego delante y lo dobló igual de deprisa que la vez anterior—. ¿Ves? Fácil. Prueba tú.

Deslizó un pliego hacia Gudrun, que parecía totalmente perpleja y no hizo el menor ademán de comenzar. Aggie recuperó el pliego y repitió el proceso otra vez, tan rápida y eficaz como siempre.

Observé el mismo proceso a lo largo de tres intentos más, fascinada. El optimismo de Aggie no decayó en ningún momento, su velocidad tampoco. Gudrun centró en ella toda su atención y, al quinto intento, lo consiguió. Aggie la abrazó. La muchacha esbozó una gran sonrisa.

Cuando Veronique por fin dejó de llorar, Lou adoptó un enfoque diferente. Colocó un pliego entre ambas y puso una mano encima de la de Veronique. La ayudó a encontrar las marcas de impresión y a alinear los bordes del papel; luego, cogió la plegadera de hueso y animó a la muchacha a presionar el papel hasta formar una doblez. Trabajaron así con cinco pliegos y, después, Lou se apartó y dejó que Veronique probara sola. Cuando terminó, mi amiga le hizo una corrección simple y volvió a observarla mientras plegaba el siguiente. Por último, dejó una mano de pliegos junto a su aprendiza. De vez en cuando, comprobaba que las dobleces estuvieran rectas, pero Veronique acabó con los veinticuatro pliegos sin cometer ningún error.

Me había quedado tan absorta observando a Aggie y a Lou que había desatendido a Lotte. Me volví hacia la derecha y vi un montoncito de cuadernillos plegados con pulcritud. Maude los iba doblando despacio, Lotte la imitaba. De vez en cuando, mi hermana se fijaba en el trabajo de la recién llegada. Si no había errores, asentía. Si algo no encajaba, decía «no», pero no la corregía. Lotte había aprendido enseguida a esperar a que Maude llegara al paso correspondiente con su siguiente pliego, y entonces la imitaba y aguardaba el gesto de aprobación de mi gemela. Así había aprendido Tilda a plegar estrellas de Navidad, aunque me dio la sensación de que Lotte trabajaba con una precisión de la que nuestra amiga carecía. Sus cuadernillos acabados descansaban uno encima de otro, alineados a la perfección.

No podía aportar nada. Miré la mano de pliegos que tenía delante y la doblé, tal como habría hecho si las belgas no hubieran estado en el taller. Cuando terminé con ella, levanté la mano para que recogieran los cuadernillos y empecé con la siguiente. Iba por la mitad cuando oí a Maude decir:

—Ese vale para la biblioteca de casa.

Miré y me di cuenta de que a Lotte se le había resbalado la plegadera de hueso y había rasgado un poco el papel. La aprendiza se volvió hacia mí por primera vez desde que nos habíamos sentado a trabajar.

—¿Biblioteca de casa?

—A veces me llevo a casa los pliegos estropeados —dije.

—¿Lo permiten?

—Nadie me ha dicho que no pueda hacerlo. No con esas palabras. Y, de lo contrario, se desperdiciarían.

Me pasó el cuadernillo rasgado, el inicio del capítulo dieciséis: «Lorna se torna formidable». Lo escondí bajo mi mano de pliegos aún intactos.

La señora Hogg tocó la campana para que el primer turno saliera a tomar el té.

—Cosa Pecosa —dijo Maude cuando Lotte se volvió hacia el tañido.

—Señora Hogg —la corregí.

—Nos toca —dijo Aggie. Hizo su último pliegue a toda velocidad y se volvió hacia Gudrun—. ¿Qué prefieres beber, té fuerte o café aguado?

Gudrun parecía desconcertada, otra vez.

—El té siempre está fuerte y el café siempre está aguado, ¿cuál te gusta más? —preguntó en voz más alta.

—No está sorda, Aggie. Habla más despacio y con menos palabras —dije.

—¿Más despacio? No sé si voy a poder, Peg. —Sonrió y se levantó. Gudrun la siguió. Entonces Aggie la cogió del brazo y echaron a andar hacia la salida del taller de encuadernación—. Si quieres que te vaya bien aquí, vas a tener que aprender más inglés. Y, si vamos a ser amigas, tengo que ponerte un apodo. ¿Puedo llamarte Goodie? Claro que sí. Te tendré hablando inglés en un plis plas, Goodie.

Las demás esperamos a que Veronique terminara el pliego con el que estaba trabajando. Maude miró los pliegues de Lotte. Asintió.

—Gracias, Maude —le dijo ella.

LAS BELGAS MEJORABAN poco a poco. Lotte era, con diferencia, la que aprendía más rápido, aunque quizá se debiera a que Maude era la mejor profesora. Mi hermana no se precipitaba como Aggie. Tampoco se dejaba distraer por las circunstancias que habían llevado a su aprendiz a Inglaterra. Lou empezaba todas las jornadas preguntándole a Veronique cómo llevaba la adaptación. Daba igual cómo lo enfocara, la muchacha siempre rompía a llorar.

«Deja de preguntarle, Lou —le dije al final—. Sé que tus intenciones son buenas, pero no la estás ayudando.»

Se sintió muy avergonzada y dejó de preguntarle de inmediato. No obstante, sustituyó las palabras por gestos. Una mano en el brazo de la muchacha, una mirada elocuente, un abrazo cuando cometía un error. Me planteé decirle a la señora Stoddard que a Veronique no le iría nada mal una dosis de Aggie y que a Goodie le sentaría bien una dosis de Lou.

En cuanto a Lotte y Maude, estaban hechas la una para la otra. Hablaban de plegar y de poco más. Me sacaba de mis casillas. Lo único que podía aportar yo era conversación, y rara vez la recibían de buen grado.

—¿De qué parte de Bélgica eres, Lotte? —le pregunté cuando ya llevábamos dos días trabajando en sillas contiguas.

Se quedó callada, con la plegadera en una mano y el papel en la otra, camino del segundo pliegue.

Yo estaba doblando páginas del *Diccionario*: las primeras pruebas de *Soflama a solar*. En aquel silencio, leí tres palabras de la página que tenía delante. *Soflama; soflamar; soflamero:* Que usa soflamas; que perora. «A Tilda le gusta perorar», pensé mientras Lotte terminaba el pliegue.

—De Lovaina —contestó.

El nombre me sonaba de algo.

—¿Cómo es? —preguntó Aggie, que siempre tenía un oído atento a las conversaciones ajenas.

Lotte inhaló despacio.

—Era como Oxford. Ahora es como el infierno.

—Ah —dijo Aggie, arrepentida.

Lovaina. ¿Qué había leído?

Maude estiró un brazo para poner la mano sobre la pila de cuadernillos de su aprendiza, que había alcanzado una altura considerable.

—Basta —dijo—. Todos nos caemos.

Iba a explicarle a Lotte qué había querido decir mi hermana, pero la belga se puso de pie y cogió su montón de cuadernillos.

—Solo tienes que levantar la mano —le dije—. La chica del carrito vendrá a por ellos.

Me oyó, pero ni se sentó ni levantó la mano. Se limitó a alejarse con su montaña de cuadernillos.

Lovaina. Me devané los sesos. Un titular del *Oxford Chronicle*. La señora Stoddard tocó la campana y perdí el hilo del recuerdo.

DURANTE SU CUARTA jornada en el taller, enseñamos a las belgas a montar cuadernillos.

A Aggie, como a mí, le encantaba el baile que terminaba convirtiéndolos en tacos, y su aprendiza no tardó en asimilar los pasos.

Goodie hablaba cada vez más, aunque a veces sus palabras resultaban incomprensibles y, de vez en cuando, las dos estallaban en carcajadas tras algún malentendido.

Por lo general, Maude no montaba cuadernillos, así que me encargué personalmente de la instrucción de Lotte. La alargué todo lo posible, pues quería tener una excusa para estar cerca de ella, para estudiarle el rostro e intentar entenderla, para que me mirase como miraba a Maude.

Me paró los pies.

—Entiendo. Gracias, Peggy.

Ocupamos nuestros respectivos puestos, una a cada lado de la larga mesa de montaje, el suyo un reflejo perfecto del mío. Me coloqué la primera sección en el antebrazo. Ella hizo lo mismo. Luego la segunda, la tercera. Lotte no bailaba, pero, al cabo de unas cuantas rondas, encontró su propio ritmo.

«Es demasiado lista para este trabajo», pensé, y quise preguntarle a qué se dedicaba en Bélgica. Quién era antes. De vez en cuando, mientras ella continuaba en su lado de la mesa y yo en el mío, levantaba la vista hacia su cara pálida. Las arrugas y la tensión que la atenazaban fueron desapareciendo a medida que su destreza aumentaba. Se parecía a Maude: la repetición la confortaba. Acallaba el ruido y las distracciones. Silenciaba el pensamiento. Tal vez embotara la memoria.

Veronique estaba con Lou y con Maude en el extremo de la mesa de montaje. Mi hermana ordenaba los tacos cuando se los entregábamos. Lou los revisaba y luego se los pasaba a la belga, cuya única tarea consistía en depositarlos en un carrito.

La señora Stoddard tocó la campana para que hiciéramos estiramientos. Era una firme defensora de que el movimiento era bueno para el cuerpo y para la mente, y había elaborado rutinas de dos minutos que rompían la monotonía de las labores de encuadernación. A las horas en punto, tocaba la campana y todas las chicas del taller parábamos de trabajar y nos agachábamos, estirábamos y girábamos, con movimientos específicos según la tarea que estuviéramos desempeñando.

Lotte y yo terminamos la ronda del libro que estábamos montando e iniciamos la rutina. Moví la cabeza de un lado a otro y ella hizo lo mismo. Miré al techo y luego al suelo. Levanté los dos brazos en línea recta y utilicé la mano izquierda para estirar el lado derecho, y luego la derecha para estirar el izquierdo. Lotte copió todos mis movimientos y, cuando terminé, nos quedamos plantadas la una frente a la otra. Ella sonrió.

—Me gusta esta costumbre —dijo.

Le devolví la sonrisa. Retomamos el montaje y, aunque Lotte seguía sin bailar a lo largo de la mesa, parecía más relajada.

Veronique, en cambio, estaba tensa. Lou le estaba enseñando cómo se comprobaba que los cuadernillos montados estuvieran en el orden correcto y mirando hacia donde debían.

—Lou, no creo que sepa leerlos —dije cuando dejé mi siguiente taco delante de Maude—. Es posible que le cueste distinguir lo que va arriba y lo que va abajo.

—Ay, Peg, tienes razón. Pobre chica. No puedo ni imaginármelo.

Le cogió la mano a Veronique y le dio unas palmaditas. Cuando terminé de montar mi siguiente montón de cuadernillos, la belga había sustituido a Maude en la tarea de golpear y ordenar los tacos y mi hermana estaba jugueteando con los bordes de un cuadernillo que formaba parte de un bloque ya revisado y colocado en el carrito.

—Maude —dije.

Levantó la vista y le hice un leve gesto de negación con la cabeza. Apartó las manos del taco y dejó caer los brazos a los lados. Empezó a manipular la tela de la falda con los dedos para convertirla en un acordeón de pliegues.

CUANDO, AL DÍA siguiente, volvimos a la mesa de plegado, Goodie y Veronique ya se habían acostumbrado a Aggie y a Lou, y Lotte seguía recurriendo a Maude cada vez que necesitaba algún tipo de instrucción. Yo no pintaba nada sentada entre ellas.

Bajé la guardia. No me percaté del cambio de ritmo de Maude, pero vi que Lotte se quedaba quieta antes de terminar un cuadernillo.

No movió el resto del cuerpo, pero volvió la cabeza hacia mi hermana. Miré a Maude y reconocí su cambio de postura: el suave balanceo que acompañaba al movimiento de las manos cuando manipulaba el papel para crear sus propios diseños.

Tenía su nombre en la punta de la lengua. Si la detenía a tiempo, no haría falta nada más, pero llegaba un momento en el que era imposible hacerla parar. Maude necesitaba terminar lo que había empezado, como si fuera una respiración. «Es como pedirte a ti que cierres un libro dejando un párrafo a medias», me decía mi madre antes de que al fin lo entendiera.

Sin embargo, su nombre nunca llegó a salir de mis labios. Lotte estiró la mano y la posó sobre la de Maude. Un gesto sin palabras. Escudriñé a mi hermana en busca de síntomas de incomodidad: los dientes sobre el labio inferior, el balanceo rítmico. Continuaba moviendo los dedos bajo los de la belga y esperé a ver si se zafaba de ellos. Pero Lotte no se los estaba conteniendo, solo los seguía. Ella también movía los dedos, en sincronía con los de Maude, pero ralentizando la marcha poco a poco, reduciéndola. Deteniéndola.

Lotte apartó la mano y luego, muy despacio, alisó las dobleces que Maude había creado en las esquinas del pliego. Entre un movimiento y otro, paraba. Se quedaba inmóvil. A la espera, como yo, de una señal que indicara que había ido demasiado lejos. Como no llegaba, pasaba al siguiente.

Cogió la plegadera de hueso de Maude. Se quedó quieta. Se la tendió. Mi hermana la aceptó e hizo el primer pliegue, el segundo. Lotte volvió a sus propias páginas.

Me sentí más redundante que nunca.

22 de octubre

Hola, Pegs:

En realidad no quieres inscribirte en el VAD, solo quieres HACER algo. No me malinterpretes, creo que serías una magnífica VAD, pero no cumples todos los requisitos. La verdad es que la mayoría de nosotras no tenemos nada mejor que hacer.

Como actriz acabada, por fin he encontrado mi lugar entre las jóvenes pudientes. Debido a mi avanzada edad y mis «interesantes antecedentes», durante un tiempo no tuve nada claro que fuera a conseguirlo. Las debutantes odian emplear la expresión «clase trabajadora», la palabra «actriz» las hace sonrojarse y la mitad de ellas susurran «sufragista» como si fuera una palabrota (y ellas nunca dicen palabrotas). Pero yo les he sacado partido a todas estas cosas y ahora me dedico al asesoramiento sobre el mercado negro. Artículos de maquillaje y peluquería, sobre todo. A veces anticonceptivos. (Según la enfermera jefe, los mejores anticonceptivos son el trato profesional y las caras sin maquillaje. Ni que decir tiene que también recibo a alguna que otra debutante que me pregunta qué hacer cuando el trato profesional y la cara limpia no han sido eficaces.)

El subtexto, por supuesto, es que aquí me tienes si necesitas consejo sobre cualquiera de los temas anteriores.

Besos,

Tilda

P.D. Encontrarás preservativos en un bolso de terciopelo negro dentro de la caja que he dejado en el armario de Helen.

P.P.D. Si de verdad quieres hacer algo, ¿por qué no te presentas voluntaria en uno de los hospitales militares que se están montando en Oxford? La matanza de Ypres ha llenado hasta la última cama del San Bartolomé. Estoy segura de que Oxford empezará a recibir trenes ambulancia llenos de heridos y no hay manos suficientes para hacer todo lo que debe hacerse.

12

«¿Por qué no te presentas voluntaria?», había sugerido Tilda.

Iba caminando por High Street, más nerviosa de lo que me gustaría. Cuando llegué al edificio de las Escuelas de Examen, dudé. Lo habían convertido en un hospital, pero llevaba muchísimo tiempo soñando con entrar allí vestida con una toga negra, sentarme entre los demás alumnos y escribir lo que supiera en una de las hojas de examen. Aquellas hojas se imprimían en Clarendon Press. Yo misma las había plegado y cotejado. Me habían explicado las consecuencias de compartir las preguntas que contenían, aunque nadie que trabajara con ellas tendría la oportunidad de hacerlo. Nosotros éramos «Ciudad», los estudiantes eran «Universidad». Como el agua y el aceite, por lo general. A veces, algún alumno intentaba sobornar a uno de los aprendices de la imprenta. Esperaban junto a la barra de la taberna Jericho o del Radcliffe Arms para entablar conversación con ellos cuando los aprendices entraban a tomar una pinta. Estos les daban falsas esperanzas, se bebían la cerveza que les pagaban, se reían. Pero no aceptaban el dinero. Si los pillaban, no tendrían que enfrentarse únicamente al interventor, sino también a sus hermanos, a sus tíos y a sus padres. Decepcionar a la imprenta era como decepcionar a la familia. Los universitarios salían del establecimiento tan ignorantes como cuando habían entrado, pero con unos cuantos chelines menos.

Puede que, con una encuadernadora, hubieran tenido más suerte. Pasábamos más tiempo con las páginas y teníamos más ocasión de leer lo que decían. Se me ocurrían por lo menos diez a las que podrían haber convencido a base de halagos, aunque pocas tenían la capacidad de retener una pregunta en la memoria con algún tipo de garantía. Y la memoria era lo único que teníamos. El proceso de encuadernación de las páginas de examen se controlaba con gran rigurosidad. Si me encontraba con una página defectuosa, se la entregaba a la señora Stoddard. Ella anotaba el título del examen y el número de página, así como el defecto. Si era un error de imprenta, refunfuñaba y se la enviaba a nuestro lector. El lector del taller de encuadernación era el último de una larga serie de lectores cuyo trabajo consistía en comprobar que el texto era correcto. El coste del error aumentaba cada vez que pasaba de una sección de la imprenta a otra. El interventor se aseguraba de que todos tuviéramos muy presente ese dato y añadía más normas y procesos cada vez que un error de texto llegaba hasta el taller de encuadernación.

Se contabilizaban todas y cada una de las páginas de las hojas de examen, así que, aunque nunca me llevaba las defectuosas a casa, no podía evitar memorizar alguna que otra pregunta. Me atraían la Literatura, la Historia y las Lenguas Clásicas. No entendía ni jota de griego antiguo, pero me gustaban los relatos. A mi madre siempre le había encantado leerlos, recontarlos, y el *Caliope* se aferraba con fuerza a sus favoritos. Sin embargo, había muchísimos que no teníamos, de manera que, al final de una jornada de plegado, si los nombres antiguos que me había encontrado no me sonaban de nada, iba caminando con Maude hasta el Instituto Clarendon y pasaba una hora en la biblioteca buscándolos en las historias que les correspondían. El señor Hart había abastecido las estanterías de Historia General, Filosofía y Literatura, algo de Ciencias Naturales y mucha Teología. Predominaban los Clásicos Mundiales de Oxford, y por ahí empezaba siempre mis pesquisas. Le confería sentido a las preguntas, pero sabía que mis respuestas nunca serían mejores que las de la biblioteca a la que tenía acceso.

La entrada de las Escuelas de Examen que daba a High Street era grandiosa, como la de todos los edificios universitarios de esa calle. Si no hubiera sido porque pasaba todos los días por debajo del imponente arco de Clarendon Press, me habría dado la vuelta y me habría ido a casa, demasiado intimidada como para dejar atrás las columnas de piedra y franquear las pesadas hojas de la puerta ornamentada. La imprenta formaba parte de la Universidad, siempre lo había sabido. Lo sentía todas las mañanas cuando entraba en el patio cuadrangular, pasaba junto a la fuente con sus enormes vasijas y me dirigía hacia el ala sur. La hilera de bicicletas bajo la piedra cubierta de hiedra podría engañar a cualquier visitante y llevarlo a pensar que se trataba de un colegio universitario, pero nuestro patio era de grava, no de césped, y, si entraba en el edificio, captaría el olor de la tinta, la cola y el aceite. El zumbido de las prensas le invadiría los oídos. En cuanto me ponía el delantal y me sentaba a mi mesa, sabía que lo que reclamaba la Universidad eran el edificio y los libros. No a mí, ni a Maude, ni a la señora Stoddard. Ni siquiera al señor Hart. Solo éramos piezas de la maquinaria que imprimía sus ideas y abastecía sus bibliotecas.

Me quedé parada en el sendero, contemplando cómo se abría y se cerraba la pesada puerta de las Escuelas de Examen cada vez que entraba y salía algún hombre. La mayoría iban vestidos de uniforme. Algunos llevaban la bata blanca de los médicos. Un par lucían la toga de los académicos. Un reflejo me hizo bajar la mirada para comprobar que no llevaba el delantal de las encuadernadoras.

Cuando me dispuse a entrar, un hombre uniformado me detuvo.

—¿Viene a hacerse voluntaria?

Era alto y robusto. Bienhablado. El uniforme era de oficial.

Asentí.

—Encontrará el mostrador de inscripción a la vuelta de la esquina, en Merton Street.

La puerta de servicio.

—Gracias —dije.

—Gracias a usted, señorita —dijo sonriendo—. No sabe cuánto van a agradecérselo esos muchachos.

¿Me enderecé un poco? Creo que sí.

Si las Escuelas de Examen tenían una puerta de servicio, no era aquella. Pasé entre dos pilares de piedra y llegué a un patio tan bien cuidado como el de cualquier colegio universitario, pero lleno de hombres con uniforme en lugar de con toga. Había otra mujer con cara de andar perdida y, cuando le señalaron una puerta, la seguí.

Aquel edificio no tenía nada de funcional. Las paredes estaban revestidas de paneles de roble y el techo era de metal estampado. Las baldosas del suelo eran de colores. Unos carteles nos guiaron hacia una amplia escalera de piedra que llevaba al primer piso. La mujer comenzó a subirla sin detenerse a mirar a su alrededor. Pensé que debía de estar acostumbrada a ese tipo de entornos, aunque su ropa parecía sencilla. Me fijé con más detenimiento en la falda que llevaba —era de lana fina— y en el puño de las mangas —de un encaje sencillo y sin deshilachar—. Se había vestido con sencillez a propósito. Yo me había puesto la ropa de los domingos.

No titubeó al abrir la puerta de la oficina de inscripción. A pesar del cartel que nos decía «Pasen», yo habría llamado con los nudillos. Cuando la sujetó para dejarme entrar, tuve la impresión de que se trataba de una maestra de escuela. Era más alta que yo, como la mayoría de la gente, pero el porte y el peinado estilo *pompadour* le añadían altura. Me pregunté cuánto tiempo habría tardado en hacérselo. Le di las gracias con un gesto de la cabeza y me obligué a caminar delante de ella hacia el interior de la sala.

El empleado levantó la vista. Llevaba unas gafas gruesas que le hacían los ojos enormes de una manera cómica.

—¿Vienen a presentarse voluntarias?

—Qué magnífica deducción —dijo mi compañera, y su tono le arrancó una sonrisa al oficinista.

—¿Y qué le gustaría hacer?

—Bueno, eso depende de lo que se necesite que haga —contestó ella.

El hombre la observó durante unos segundos con aquellos ojos gigantescos y, al final, posó la mirada en el puño de encaje de la mujer.

—Necesitamos lectoras y escritoras de cartas —dijo—. Hay muchas voluntarias sin disposición para ninguna de las dos cosas, así que ahora nos sobran mujeres que enrollen vendas y agarren manos.

—Decidido, entonces —sentenció ella.

—Perfecto. —El señor cogió un formulario de la bandeja que tenía a la derecha—. ¿Nombre completo?

—Guinevere Hertha Artemisia Jane Lumley.

El oficinista enarcó las cejas.

—Lo sé —dijo ella—. Háblelo con mi madre.

Entonces el hombre me miró.

—¿Y usted?

—Margaret Jones.

—Eres una chica con suerte —dijo Guinevere Hertha Artemisia Jane Lumley.

Mientras el empleado completaba el papeleo, la puerta volvió a abrirse a nuestra espalda. Entraron tres mujeres más. Sin encaje en los puños. Con faldas de sarga recia, como la mía.

El empleado le entregó el formulario a la señorita Lumley.

—Déselo a la enfermera jefe de la planta baja, pabellón general.

—Será un placer —contestó ella.

El hombre miró hacia la entrada y les hizo un gesto a las otras mujeres para que se acercaran. Di un paso atrás, sin tener muy claro qué debía hacer.

—Te han puesto conmigo, al parecer. —La señorita Lumley me tendió la mano—. Encantada de conocerte, Margaret Jones. Soy Gwen.

—Nunca he respondido a Margaret —dije al mismo tiempo que le agarraba la mano y se la estrechaba con firmeza—. Así que mejor llámame Peggy.

LA ENFERMERA JEFE nos pidió que fuéramos todos los sábados por la tarde a leer y escribir y, en general, a hacerles compañía a los hombres.

—Tenemos unas trescientas cincuenta camas y más de la mitad están ya ocupadas. Calculo que, antes de Navidad, lo estarán todas —nos dijo la mujer—. Si tienen tiempo, también agradeceríamos que vinieran entre semana. Después de cenar, si les parece bien. Algunos se alteran cuando llega el anochecer. Un chico que parece estar perfectamente cuerdo puede empezar a preguntar de pronto dónde está y si es de día. No es raro. Pero, a veces, mantenerlos tranquilos requiere un tiempo con el que no contamos.

—Estoy a su entera disposición, enfermera jefe —dijo Gwen.

—Diría que eso es ir demasiado lejos —contestó la mujer.

—Pues es un alivio —dije, sin poder evitar que el pensamiento se me escapara de la boca.

Gwen se echó a reír, sin malicia, mientras la enfermera me examinaba. Se detuvo en un puño desgastado.

—¿Usted trabaja, señorita Jones?

Asentí. Ella hizo el mismo gesto y se volvió hacia Gwen. Se fijó en el remate de encaje de la manga.

—¿Cómo llena usted sus días, señorita Lumley?

—Acabo de llegar al Somerville, así que debería llenarlos leyendo.

—¿Debería?

—Sí, bueno, es que es tan fácil no hacerlo..., ¿verdad?

La enfermera no respondió.

—Y usted, señorita Jones, ¿dónde trabaja?

—En Clarendon Press —contesté—. En Jericho. Trabajo en el taller de encuadernación.

—¡Oh, qué maravilla! —exclamó Gwen—. ¿Qué estáis encuadernando esta semana?

—Acabamos de terminar *Lorna Doone*. Ahora vendrán varios Panfletos de Oxford y el *Nuevo diccionario de inglés*.

—¿En serio? —Parecía impresionada—. Papá lo va coleccionando a medida que se publica; ¿por dónde van?

—Por *subterráneo* —respondí.

—Bajo tierra —dijo.

—Que existe u opera de la vista —dije—. Un sentido alternativo.

La enfermera carraspeó.

—¿Puedo interrumpirlas?

—Por supuesto, enfermera —contestó Gwen como si la mujer quisiera ofrecer una tercera definición de *subterráneo*.

La enfermera respiró hondo.

—Las apuntaré para los sábados por la tarde. Deben estar aquí a las dos. Cuando los pabellones empiecen a llenarse, quizá les apetezca añadir otro turno. —Me miró—. Después de la jornada laboral, por supuesto.

—¿Así que somos un equipo? —preguntó Gwen.

—Sí, son un equipo —respondió—. Si no han estado nunca en un pabellón de hospital, puede que al principio les resulte un poco complicado. Creo que tener una amiga cerca las ayudará.

—Vamos a ser amigas, Peggy. ¿Qué te parece? —dijo Gwen.

Me pareció poco probable.

—Estoy segura de que nos llevaremos a las mil maravillas—dije.

13

Rosie y yo estábamos charlando fuera. Era casi de noche y ella ya se había cambiado de ropa para irse a la cama. Me escuchaba con los brazos cruzados sobre el pecho.

—Se ha pegado a Maude como un perro callejero al chico de la carnicería —dije—. Es raro.

—¿Qué tiene de raro?

—En cuanto la gente se da cuenta de cómo es Maude, suele resultarles más fácil hablar conmigo —dije—. Pero Lotte es diferente. Cuanto más lo intento, más se aferra a Maude. Es como si yo no existiera.

Rosie rompió a reír.

—Peggy Jones, creo que estás celosa.

—Es solo que no creo que me necesite.

—¿Quién no te necesita?

—Lotte, ¿quién va a ser?

Arqueó las cejas.

—Claro, ¿quién va a ser?

—Me siento un estorbo.

—Así que te has presentado voluntaria.

—Necesito hacer algo.

—Y Maude está de acuerdo, ¿no? ¿Con quedarse sentada a tu lado mientras lees a esos chicos? ¿Y si de repente decide que no quiere estar allí? ¿Dejarás al pobre muchacho a media frase y te la traerás a casa?

Sabía dónde iba a acabar aquella conversación, por eso la había iniciado.

—Aún no lo sabe —dije.

Rosie descruzó los brazos.

—Dile que pasará los sábados por la tarde con la anciana señora Rowntree y conmigo.

Sonreí.

—Gracias, Rosie.

—Bueno, necesito hacer algo —dijo—. Estoy segura de que a las dos nos darán una medalla por nuestros sacrificios.

La abracé con fuerza y volví al *Calíope*. Maude estaba extendiendo el resto de las hojas de colores que le había enviado Tilda sobre la mesa. A veces, en lugar de plegarlas, hacía eso, y me la imaginé sopesando el potencial de cada cuadrado. Planeando su siguiente movimiento, como un general. Levantó la vista cuando entré.

—Necesito hacer algo.

—¿Estabas escuchando a escondidas?

—Sí.

—¿Te importa pasar los sábados por la tarde con Rosie?

—No.

—¿Qué les leo a los soldados?

Miró a su alrededor, hacia los estantes de libros y las montañas de manuscritos sin encuadernar que atestaban el suelo. Se centró en la estantería de nuestra madre.

—*Jane Eyre* —dijo.

Luego volvió a mirar sus papeles como si la decisión estuviera tomada.

Jane Eyre. Mi primer libro para adultos. «Vas a desgastar las palabras», me había dicho mamá al verme leer la última página y volver de inmediato a la primera.

ME ENCONTRÉ CON Gwen en Merton Street, tal como habíamos planeado. Yo llegué un poquito pronto, ella llegó un poquito tarde.

—¿Preparada? —me preguntó al acercarse.

—Eso creo.

—Debo confesarte que estoy un poco nerviosa. He oído historias horribles sobre extremidades amputadas. —Clavó la vista en el edificio—. Espero no quedarme mirando cuando no deba.

—Espero no ponerme a mirar hacia otro lado —dije yo.

Gwen me cogió del brazo. Me sorprendió, pero no dejé que se me notara. Nos encaminamos juntas hacia las Escuelas de Examen. Nos llevaron a un pabellón general.

—La mayoría estarán aquí una o dos semanas —nos dijo el empleado—. Después pasarán varias semanas más recuperándose en casa y, finalmente, los enviarán de vuelta con su pelotón. —Nos sujetó la puerta para que entráramos—. Algunas pobres almas pasarán aquí meses, puede que incluso más. —Se colocó bien las gafas—. No los enviarán de vuelta.

Había unas cuarenta camas, solo dos tercios de las cuales estaban ocupadas. Algunos hombres caminaban ayudándose de muletas, y había bastante bullicio mientras el carrito del té iba de un paciente al siguiente y los hombres mantenían conversaciones de un lado a otro del pabellón. El empleado hizo un gesto para llamar la atención de la supervisora de las enfermeras.

—Dos voluntarias para usted, hermana. Lectoras.

—Las estábamos esperando —dijo la mujer, que nos tendió la mano mientras se acercaba.

Gwen se la estrechó y yo me puse a pensar en las pocas veces que me habían tendido una mano para estrecharla. Dudé demasiado y la hermana la apartó. Durante el resto de la conversación, se dirigió solo a Gwen.

—Son unos alborotadores, me temo. —Miró hacia el pabellón y sonrió—. La mitad de ellos están a punto de recibir el alta y cuesta mantenerlos tranquilos por la tarde. Hay varios que apenas saben leer y dos que han perdido la vista, esperamos que de forma temporal. Ambos necesitan que les lean las cartas que reciben y ayuda para responderlas.

Gwen se echó a reír.

—Creo que le he dado demasiadas vueltas a mi nuevo puesto de lectora.

Abrió el bolso y mostró una colección de libros encuadernados en piel.

La hermana señaló dos camas cercanas al mostrador de enfermería con un gesto de la cabeza.

—El soldado Dawes y el teniente Shaw-Smith —dijo—. El especialista ha querido que los pusiéramos juntos porque le facilita las rondas. Evidentemente, no podíamos meter a un soldado en el pabellón de oficiales, así que el joven teniente estará con nosotros mientras lo necesite.

«Evidentemente», pensé.

Ambos estaban incorporados, con sendas tazas de té humeante sobre la mesita que tenían junto a la cama y un vendaje idéntico cubriéndoles los ojos. Los dos tenían el pelo oscuro y la cara bien afeitada. Uno tenía la nariz grande y la barbilla fuerte. El otro, unos cuantos granos a lo largo de la mandíbula. A pesar de las mantas, adiviné que ambos estaban delgados, y el de la nariz grande parecía un poco mayor que el del mentón con granos, pero me habría sorprendido que alguno de ellos me sacara muchos años.

Echamos a andar hacia ellos y empezaron a mover la cabeza a pequeños intervalos hacia la dirección desde la que les llegaba el repiqueteo de nuestros zapatos contra el suelo de piedra. Eran como gorriones, pensé. Alertas, preparados para echar a volar.

—Caballeros —dijo la enfermera. Los hombres movieron la cabeza al unísono, inclinaron el cuerpo hacia su voz—, me gustaría presentarles a las señoritas Lumley y Jones. Se han ofrecido a ayudarles con su correspondencia.

Giraron la cabeza un poco hacia aquí, un poco hacia allá.

—Encantada de conocerles —dije. Las cabezas se detuvieron, mirando hacia mí—. Soy Peggy, Peggy Jones.

—Uy, sí, encantada de conocerles —dijo Gwen en un tono demasiado alto.

Las cabezas se movieron de golpe hacia ella.

El chico del acné estiró la mano. Quedó suspendida en el aire unos instantes antes de que Gwen se la estrechara.

—El placer es todo nuestro, estoy seguro —dijo.

Hablaba con las vocales bien articuladas de un caballero bien formado. Aunque los granos no me cuadraban, supuse, por el acento, que se trataba del teniente Shaw-Smith. Me acerqué al lado de la cama del otro muchacho.

—Usted debe de ser el soldado Dawes —dije.

—Así es, señorita Jones. Pero creo que puede llamarme Will.

—Y tú puedes llamarme Peggy.

—A mí podéis llamarme todos Gwen —dijo mi compañera, aún un poco alto—. ¿Y cómo debemos llamarle a usted, teniente?

—Harold.

—Tengo un hermano que se llama Harold.

—Espero que le vaya mejor que a mí, señorita Lumley.

—Ah, seguro. El asma lo mantendrá sentado detrás de un escritorio en la Oficina de Guerra. Se siente muy avergonzado por ello.

Durante un instante, todo fueron ceños fruncidos y silencio. Entonces Gwen le cogió la mano a Harold.

—¿Qué quieres que te lea?

Les leímos sus cartas y escribimos las respuestas. Al cabo de una hora, la hermana vino a decirnos que era hora de dejarlos descansar.

—Creo que ha ido muy bien —dijo—. A veces el bullicio del pabellón los desorienta bastante. Ayer a una enfermera se le cayó una cuña y el soldado Dawes creyó que estaba de vuelta en Francia, el pobre. Creo que concentrarse en una sola voz, sobre todo si es la voz de una mujer, podría ayudarlo a darse cuenta de que no es así.

Yo misma me había percatado de la diferencia. Ya no movían la cabeza de un lado a otro constantemente.

—Sé que solo están inscritas los sábados, pero, si pudieran venir cada dos días o así, les harían muchísimo bien. No tardarán en darles el alta, así que la situación no se alargaría mucho.

—Por supuesto —contestó Gwen—. ¿Qué dices tú, Peggy?

Dudé. Seguían esperando.

—No veo por qué no —respondí, aunque sabía muy bien por qué no.

—La enfermera jefe me ha comentado que trabaja en la imprenta de Jericho, ¿es así? —me preguntó la hermana.

—Sí, así es.

—Después del trabajo, entonces. ¿Le iría bien a las seis?

Claro que no, pensé. Apenas tendría tiempo de llegar a casa y dejar a Maude.

—Me irá más que bien —dije.

Unos días después, recorrí a toda prisa las calles de Jericho con Maude hasta llegar a casa. El *Calíope* estaba tan frío como un bloque de hielo cuando subimos a bordo y me maldije por no haber atizado la estufa aquella mañana. Mi hermana se quitó el sombrero, pero se dejó el abrigo puesto. Luego se sentó a la mesa y retomó el trabajo de plegado que había empezado por la mañana.

—Te he comprado un capricho, Maudie —le dije.

Levantó la vista y me saqué un pastel de Eccles del bolso.

—Tengo que salir —le dije—. Voy a leerles otra vez a los soldados.

Maude extendió la mano, pero no le di el pastel.

—Cuando hayas plegado unos cuantos corazones.

Fui a la cocina y dejé el pastel de Eccles en un platillo. Luego abrí la estufa y removí un poco el carbón, con la esperanza de que algo se prendiera. Cuando lo conseguí, eran casi las seis.

—Volveré a las siete y media.

Nunca la había dejado sola tanto tiempo. Sobre la mesa, había un mosaico de papeles de colores. Un cálculo rápido. Conté doce cuadrados y los dispuse en una pila.

—Doce corazones —dije al acercárselos al codo. Maude era como un metrónomo: una vez que se ponía en marcha, seguía hasta que alguien le paraba la mano. Contaba con ello—. Prepararé la cena cuando vuelva a casa —dije.

Harold le estaba dictando una carta a Gwen cuando llegué a las Escuelas de Examen.

—Con un cordial saludo, teniente Harold Shaw-Smith —dijo.

Gwen no lo escribió.

—¿Esta Felicity es tu novia, Harold?

—Bueno, sí. No es oficial. Pero, sí.

—Pues, si terminas tus cartas firmándolas con tu rango y tu nombre completo, es posible que ella no sea consciente de ese dato. Y eso por no hablar del «cordial saludo». ¿Cómo te llama?

—Harold —contestó.

—¿No utiliza ningún tipo de apodo o de apelativo cariñoso?

El joven vaciló.

—Te estás sonrojando, Harold. Y eso significa que Felicity sí te ha puesto un mote cariñoso. Es muy buena noticia. —Gwen se inclinó hacia delante y bajó la voz—. ¿Te molesta que te dé un consejito?

Él negó con la cabeza.

—Tu Felicity ha comprobado el correo a diario desde el día en el que te marchaste a Francia. Cuando le llegue esta carta, la abrirá al instante y la leerá con gran atención en busca de noticias sobre tu salud y de alguna muestra de tu afecto. Si llega al final y ve que la carta viene de «Con un cordial saludo, teniente Harold Shaw-Smith», doblará las páginas con mucho cuidado, las devolverá al sobre y las dejará en la mesita auxiliar del recibidor hasta que llegue el momento de leérsela a la familia después de cenar. Pero, si la carta, por sosa que sea, está firmada por el hombre del que está enamorada, se la llevará a su dormitorio y la leerá una y otra vez, intentando encontrar más muestras de afecto entre la relación de las semanas que has pasado en Francia y del aburrimiento de tu ceguera temporal. Se la estrechará contra el pecho y, sin duda, derramará alguna que otra lágrima. —Guardó silencio unos instantes para dejar que el joven asimilara sus palabras—. ¿Qué escenario prefieres, Harold?

Él tragó saliva con dificultad.

—El segundo, señorita Lumley.

—Claro —dijo ella—. Entonces, ¿cómo te gustaría firmar realmente esta carta?

—Con cariño, teniente Harold.

Gwen frunció el ceño.

—«Teniente.» ¿En serio?

113

—Sí, señorita Lumley. —Se aclaró la garganta—. Así me llama Flick cuando...

No consiguió terminar la frase e inclinó la cabeza vendada hacia la sábana en un intento, tal vez, de ocultar una sonrisa íntima. No le valió de nada, ya que Gwen tan solo tuvo que cambiar un poco de postura para no perderse ni un solo rictus.

—Ah, ya entiendo —dijo—. Entonces nos quedamos con «teniente» Harold. —Gwen también esbozó una amplia sonrisa mientras firmaba la carta—. Y, ahora, ¿hay alguna cosa que quieras decirle a Flick y que no sea prudente que lea en voz alta en el salón después de cenar? Podemos añadirlo en una página aparte.

Mi compañera sacó otra hoja de papel de carta y se inclinó aún más hacia el teniente. Harold bajó la voz y dictó hasta que no quedó espacio en la página. Cuando acabó, le ardía el rostro.

—¿Tienes novia, Will? —pregunté yo.

—No, todavía no, señorita. ¿Por qué, le interesa?

—No seas descarado —contesté sonriendo.

Will me hizo un gesto para que me acercara.

—Puede llamarme «soldado» Will, si quiere.

Se me escapó la risa por la nariz y eso le arrancó una carcajada al joven. Tardamos unos minutos en calmarnos y centrarnos en la tarea de responder educadamente a su tía Lyn.

—Sienta bien, ¿verdad? —comentó Gwen cuando salimos de las Escuelas de Examen y echamos a andar por High Street.

—Depende. —Levanté la mirada hacia el cielo gris—. ¿Te refieres a esta dichosa llovizna o a leerles cartas a Will y al «teniente» Harold?

Gwen se rio, abrió el paraguas y lo sostuvo sobre la cabeza de ambas.

—A lo segundo, claro. Pero sospecho que lo que más bien les hace es que los ayudemos a responder sus cartas.

Giramos hacia Cornmarket.

—Yo diría que al «teniente» Harold todavía no se le ha pasado el sofoco. ¿Qué narices te pidió que escribieras?

—Digamos que, cuando reciba la carta, Flick también tendrá motivos para acalorarse.

—¿Y cuando caiga en la cuenta de que otra mujer se ha enterado de lo que se le pasa por la cabeza a su teniente?

Gwen se detuvo de golpe.

—Uy. No lo había pensado. —Se encogió de hombros y seguimos caminando—. Me imagino que Flick, o sentirá un extra de excitación al pensarlo, o lo reprenderá. En cualquier caso, su relación avanzará en la dirección adecuada.

Llegamos al Memorial de los Mártires y doblamos hacia Beaumont Street. No era la ruta más directa a casa, pero, desde que Oxford se había llenado de soldados, evitábamos coger el camino de sirga y pasar por el puente de Hythe una vez que anochecía.

—Sí sienta bien —contesté al fin, y, en mi cabeza, ya estaba redactando una carta en la que le explicaba a Tilda lo útil que era mi labor.

Subí con Gwen por Walton Street. Cuando llegamos al Somerville, me cogió la mano y me la apretó.

—Me voy corriendo, llego tarde al comedor. Hoy hay pollo asado para cenar, y por lo general es comestible. ¿Nos vemos pronto?

La cena. Había perdido la noción del tiempo.

—Sí —contesté—. Pasado mañana.

Tendría que haberme dado prisa, pero no lo hice. Me quedé plantada en la acera mientras ella franqueaba la entrada del edificio. La comodidad con la que lo hizo me llevó a odiarla, solo un poco.

EL OLOR ME asaltó en cuanto abrí la escotilla. Ácido, quemado. El estómago se me subió a la garganta antes de que a mis ojos les diera tiempo a comprobar que no había daños.

Y tampoco rastro de Maude, aunque la lámpara seguía encendida.

Salí corriendo de nuevo y salté a la cubierta de proa de Rosie. Aporreé la puerta.

—¡Rosie! ¡Rosie!

La puerta se abrió y mi vecina me puso la mano en el brazo.

—Cálmate, Peg. Casi no ha habido daños —dijo—. Solo una olla quemada y un huevo desperdiciado.

Se volvió y seguí la dirección de su mirada. Maude estaba sentada, jugando al ajedrez con la anciana señora Rowntree. Ya se había olvidado de la olla.

Me desplomé contra el marco de la escotilla y vi que mi hermana se comía el alfil de la suegra de Rosie. Solo una olla quemada, pero podría haber sido mucho peor. Pensé en todo el papel que había en el barco y me entraron ganas de vomitar. Decidí que no iba a ser capaz de compaginarlo todo e, inmediatamente, empecé a echar de menos a Will, al «teniente» Harold e incluso a Gwen, mi más que improbable amiga.

El caballo de Maude se comió la reina de la anciana señora Rowntree.

«Una cruz», pensé.

14

A LA MAÑANA siguiente, enfilamos Walton Street en silencio. Maude no experimentaba ninguna necesidad de llenarlo. Me cogió del brazo como si no hubiera ocurrido nada e intenté no mostrarme resentida. Me imaginé a otra mujer sentada junto a la cama de Will, escribiéndole las cartas. Sería joven y guapa, tendría tiempo de sobra y ningún motivo para llegar tarde o marcharse pronto. Sería bienhablada, bien educada. Una alumna del colegio universitario San Hugo, o una amiga de Gwen del Somerville.

—Te quiero, Maudie —le dije.

Porque, en ese preciso instante, no la quería.

ESTÁBAMOS PLEGANDO LAS páginas de *Dot y el canguro*. Plegado en octavo. Tres pliegues. Las mismas páginas, una y otra vez.

—Canguro —dijo Maude para probar la palabra—. Canguro —repitió.

Lou y Aggie charlaban con sus aprendizas. La primera seguía hablándole a Veronique con gran suavidad. La segunda seguía sin hacerle ninguna adaptación a Goodie. Sin embargo, las dos jóvenes belgas iban mejorando. Sonreían más. No podía decirse lo mismo de Lotte. Lo entendía todo, pero evitaba las conversaciones que flotaban a su alrededor. Yo había aprendido a no hacerle preguntas sobre su vida en Bélgica, pero conseguía deducir fragmentos cuando respondía a Maude. Mi hermana era la única persona con la que Lotte se molestaba en hablar.

—Aggie habla como una locomotora —dijo Maude en tono objetivo.

Me había costado bastante explicarle el símil, pero al final lo había entendido y le gustaba repetirlo. Hacía tiempo que Aggie me había perdonado.

—Pero el inglés de Gudrun va mejorando —repuso Lotte.

—Tú lo hablas mejor —señaló Maude.

No era una pregunta, solo un hecho, pero la belga se explicó:

—Estudié inglés.

—¿En la universidad? —pregunté.

Lotte me miró y me di cuenta de que la había incomodado.

—Sí.

—¿Por qué inglés?

—Para poder trabajar en la biblioteca de la universidad —dijo en voz muy baja.

—Leer los libros —dijo Maude con la voz igual de baja.

—Sí. Leer los libros, los libros ingleses. Estudiarlos.

Apenas había sido un susurro.

—Como Peggy —dijo Maude.

Y, durante un momento, Lotte sintió curiosidad. Lo noté en la mirada rápida que me lanzó, pero luego se desvaneció.

La señora Hogg tocó la campana que anunciaba el final de la jornada y terminamos nuestros respectivos pliegues. Aggie empezó a hablar a cien por hora y Goodie aguzó el oído para intentar comprender aquel galimatías. Esbozaba una sonrisa cada vez que descifraba una palabra o una frase. Ellas encabezaron la marcha hacia la salida del taller, con Lou y Veronique pisándoles los talones. Lotte las seguía. Yo esperé a Maude.

La señora Stoddard entró en el guardarropa mientras nos prendíamos el sombrero.

—Salgo dentro de diez minutos, Lotte —dijo—. Si no te importa esperar, nos vamos a casa juntas.

—Esperaré —contestó la belga.

—¿Qué tal el voluntariado en las Escuelas de Examen, Peggy? —me preguntó la capataz.

—No creo que siga —respondí.

—Pensé que te gustaba.

Claro que me gustaba. Me gustaba ser útil, me gustaba hablar con Gwen, me gustaba caminar por High Street y fingir que era la única mujer de Oxford que tenía mi mismo aspecto.

—No era lo que esperaba —añadí.

La señora Stoddard frunció el ceño.

—Olla quemada —dijo Maude—. Un huevo desperdiciado.

La señora Stoddard suspiró. El rostro se le suavizó en una expresión de lástima.

La gente no se daba cuenta de que la lástima hacía que me sintiera peor. Era más fácil cuando cambiaban de tema.

—Es solo una olla —dije. Luego cogí el abrigo de mi hermana del gancho—. Vámonos, Maudie.

Cruzamos el patio y pasamos por debajo del arco. En Walton Street, nos detuvimos un momento. El Somerville se estaba iluminando. Las estudiantes empezaban a volver a las habitaciones tras un día de clases, reuniones con sus tutores, una larga tarde en la Bodleiana leyendo sobre Historia, Filosofía, Química. Agarré a Maude de la mano y respiré hondo para evitar clavarle las uñas en la piel. Nos dimos la vuelta para volver a casa.

—¡Peggy!

Lotte caminaba a paso ligero, tratando de alcanzarnos. Dejamos de andar.

—Me gustaría... —Buscó las palabras adecuadas, luego miró a Maude y una sonrisa le relajó el rostro—. Maude, me gustaría tener una compañera de paseo. ¿Quieres salir conmigo el sábado?

Eran muy pocas las ocasiones en las que le pedían a Maude que hiciera algo sin mí, así que esperé a que se volviera hacia mí en busca de la respuesta. No lo hizo. Se limitó a mirar a Lotte hasta que dio con la contestación por sí misma.

—Sábado —dijo—. Sí.

—Te lo agradeceré —contestó Lotte.

EL SÁBADO, GWEN ya estaba sentada junto al teniente Harold cuando llegué, tarde y sin aliento.

—Ya puedes tranquilizarte, Will. Peggy acaba de llegar. —Se volvió hacia mí—. No sabíamos si ibas a venir. En lugar de respondiendo cartas, hemos pasado el rato intentando adivinar qué había sido de ti. Se me ocurrió que a lo mejor te habían pedido que encuadernaras las obras completas de William Shakespeare sin ninguna ayuda...

«Casi», pensé con una sonrisa. Tenía el telar cargado con el peso de las obras, ya solo me faltaban los sonetos.

—Harold sugirió que te habían reclutado como espía y Will insistió en que habías quedado con un pretendiente y te habías olvidado por completo de nosotros. Creo que estaba un poco celoso.

—No es cierto, señorita —dijo Will—. Es demasiado mayor para mí.

—Pero ¿tú cuántos años tienes, Will Dawes?

—Veintiuno.

—Los mismos que yo.

El muchacho se sonrojó.

—Obviamente, no me había basado en su aspecto, es que su voz parece tan...

—¿Sabia? —dijo Gwen.

El soldado se echó a reír.

—Sí. Sabia, eso es.

Mi amiga me guiñó un ojo. Me senté en la silla junto a Will. Respiré hondo. Pensé en Lotte y en Maude y en cómo se llevaban.

—¿Has recibido alguna carta, Will?

—Muchas.

Buscó a tientas con la mano el tirador del cajón de su taquilla. Intentó agarrar los sobres y contuve el impulso de ayudarlo. «Tienen que aprender a arreglárselas solos —nos había dicho la hermana—. Por si acaso.»

—¿Te ha pasado algo estos últimos días? —me preguntó Gwen mientras nos alejábamos de las Escuelas de Examen.

—Ha sido por mi hermana —respondí—. Creía que podía dejarla sola, pero, al parecer, no es así.

—No sabía que tenías una hermana. ¿Cuántos años tiene?

—Somos gemelas. Es... Bueno, ella es diferente. Es difícil de explicar.

Gwen no me pidió que lo intentara.

—¿Con quién está ahora?

Le hablé de Lotte.

—Su inglés es mejor que el de las demás, pero no habla ni la mitad que ellas y, por lo general, solo con Maude.

—¿Sabes de dónde es?

—De Lovaina. Trabajaba en la Universidad Católica, en la biblioteca.

Gwen inhaló aire de golpe.

—Uf, pobre mujer. —Me enhebró el brazo con el suyo—. Da miedo imaginárselo.

—¿Qué es lo que da miedo imaginarse?

—La destruyeron. La quemaron. Con tantos libros, debió de prender como una hoguera.

RECORRÍ LA ORILLA a toda prisa, husmeando el aire en busca de los posibles indicios de algún percance. No los encontré. Cuando llegué al *Calíope*, me asomé por la ventana de la cocina. Lotte estaba sentada frente a Maude, plegando. Podría haber sido Tilda, y me di cuenta de que ambas adoptaban una postura similar cuando se sentaban con Maude: la espalda larga, normalmente tan recta y algo rígida, se les flexibilizaba; sus movimientos se tornaban despreocupados, como si nadie les estuviera prestando atención. Maude lograba apaciguar algo en el interior de las dos mujeres.

Lotte levantó la vista cuando entré. Se tensó un poco. Pero sonrió, una sonrisa pequeña, y me la creí.

—Maude me está enseñando su arte de plegadora. Tiene mucho talento.

Más palabras de las que había pronunciado de manera voluntaria desde que había llegado al taller de encuadernación.

—Lotte es mejor que Tilda —dijo Maude.

—¿Tilda?

—Una amiga —aclaré— que tiene muy poco talento para el plegado.

—Tilda tiene talento para la vida —dijo Maude.

Era algo que mamá decía a menudo. Maude continuó plegando. Lotte me miró.

—Tilda era muy amiga de nuestra madre —dije.

—Mamá está muerta —soltó Maude, y me estremecí.

—Tengo que irme ya —dijo Lotte.

A WILL LE quitaron el vendaje una semana más tarde. Seguí visitándolo mientras intentaba enfocar la vista en las personas, luego en los objetos y, por último, en las palabras de una página. Tardó días, pero al final logró leer su propio correo.

—Un par de meses en casa me dejarán como nuevo —me dijo—. Y luego, a Francia otra vez. —Lo dijo con aire despreocupado, pero le temblaron los labios y se le llenaron los ojos de lágrimas—. Todavía no me he acostumbrado a lo deslumbrante que es todo —dijo mientras se los enjugaba con la manga—. Es la leche de molesto.

El día en que enviaron a Will a casa, la supervisora de las enfermeras nos dijo que iban a trasladar a Harold a otro pabellón. Había desarrollado una infección. Las esperanzas de que volviera a ver eran escasas.

—No volverá a Francia —dijo.

Gwen se quedó callada. Conmovida.

—¿Hay algo que se pueda hacer? —pregunté.

La hermana suspiró.

—Acostumbrarse.

15

NOS LEVANTAMOS Y nos vestimos como siempre para ir a trabajar, pero insistí en que nos pusiéramos los sombreros buenos y me esmeré aún más que de costumbre en recogerle el pelo a Maude en un moño tenso. Después, me entresaqué unos cuantos mechones alrededor de la cara y me los ricé.

Mientras caminábamos por Jericho, Maude daba saltitos como si la Navidad estuviera a la vuelta de la esquina. En lugar de espumillón y abetos, las ventanas estaban adornadas de rojo, amarillo y negro. Los colores se agitaban en las ramas de los árboles y había guirnaldas colgadas en una de cada dos puertas. Todavía era temprano, pero, cuando giramos hacia Walton Street, vimos a una joven vendiendo pequeñas guirnaldas y alfileres de solapa delante de El príncipe de Gales. Los hombres, jóvenes y mayores, insistían en que la chica se acercara para prendérselos en la chaqueta. El ambiente festivo arrancaba sonrisas en lugar de reprimendas a las madres y a las tías de Jericho que esperaban a que les llegara el turno de depositar sus monedas en la caja de recaudación de la muchacha.

El alcalde de Oxford había declarado el 7 de noviembre como Día de los Belgas, y las guirnaldas y los alfileres de colores se vendían para recaudar fondos para los refugiados. A cada lado del arco de entrada de Clarendon Press había una mujer con su bandeja de alfileres de solapa. Impresores, cajistas, recaderos y fundidores hacían cola para comprarlas.

—Una ayuda para los belgas a los que les han destrozado la vida —gritó la joven que teníamos más cerca—. Compren un alfiler. ¡Compren dos!

Maude se adelantó y se unió a la cola.

La noche anterior nos habíamos quedado hasta tarde en la imprenta, junto con Lou, Aggie y varias chicas más, para decorar el lado femenino del taller de encuadernación. La señora Stoddard nos había proporcionado el crepé y lo habíamos enrollado alrededor de las columnas y colgado de los extremos de las mesas. Cuando llegamos, había pocas mujeres sin los colores de Bélgica prendidos del cuello de la blusa. Entramos a toda prisa entre otras trabajadoras del taller que también se habían entretenido comprando alfileres. La señora Stoddard no nos reprendió, pero la cólera de otras mujeres no me pasó desapercibida. Que no llevaran el cuello de la blusa adornado dejaba clara su opinión, y algunas incluso habían quitado el crepé de colores de las mesas.

Ocupé mi asiento entre Lotte y Aggie.

—¿Por qué está tan enfadada Martha Burton? —le pregunté a Aggie.

Mi amiga se acercó para hablarme en voz baja.

—Su sobrino estaba en Ypres. Su hermana recibió ayer un telegrama.

—No nos lo hemos buscado nosotros —dijo Lotte sin levantar la vista de sus pliegues.

Pensé que hablaba del Día de los Belgas, pero quizá se refiriera a la guerra. Puede que a ambas cosas.

Aggie esbozó una mueca de dolor, dijo «perdón» moviendo solo los labios y se volvió hacia Goodie, que estaba disfrutando de la atención extra que le había granjeado el Día de los Belgas. En lugar de plegando, estaba charlando con otras chicas de la mesa sobre el armario lleno de vestidos y de sombreros buenos que había tenido que dejar cuando huyó.

—¿Dejaste también a algún hermano? —le preguntó una de ellas.

—No, solo vestidos —respondió Gudrun—. Pero ahora solo un pequeño armario, así que cosa buena, sí.

Intenté centrarme en mis páginas, pero no podía evitar mirar de reojo a Lotte de vez en cuando. Tenía la mandíbula apretada. Respiraba profundamente. Maude también la miraba. Una cavilación provocó que frunciera el ceño.

Si hubiera podido estirar el brazo y ponerle la mano en la boca a mi hermana, lo habría hecho. «Deja en paz a Lotte», le habría susurrado.

—Les han destrozado la vida —dijo Maude.

Lotte dejó de plegar. Yo dejé de doblar. Me preparé para intervenir, para explicar las palabras de mi gemela. No eran más que un eco. Pero solo eran ecos si no conocías el código. En lugar de tensarse, el cuerpo de la belga se relajó. Miró a Maude y habló en voz muy baja:

—Es lo que se siente.

Mi hermana asintió. No necesitaba más.

La señora Stoddard tocó la campana a las once y nos animó a salir y disfrutar de la jornada.

—Hasta el último penique que gastéis irá destinado a los refugiados.

—Una buena excusa para darse un capricho —dijo Aggie mientras nos poníamos el sombrero.

—Ahórrate el dinero, Agatha —le espetó Martha Burton—. ¿No les basta con que nuestros chicos estén muriendo por ellos, ahora también quieren nuestro dinero? La mitad viven mejor que nosotros.

Miró a Goodie de soslayo.

Aggie se quedó boquiabierta. Lotte se quedó inmóvil, de espaldas a Martha, con la mano apoyada en el gancho en el que acababa de colgar el delantal.

—Viven mejor que nosotros —repitió Maude.

—Por una vez dices algo sensato, Maude Jones.

Mi hermana buscó más palabras.

—Destrozado —fue lo único que acertó a decir.

Fue Martha la que estalló. Fue a Martha a la que se le desbordaron los ojos en lágrimas cuando empezó a gritar:

—En eso también tienes razón. Destrozado. Sí. Es innegable. A mi hermana le han destrozado la vida, no hay ninguna duda. ¿Y para qué?

Clavó la mirada en la espalda de Lotte y me di cuenta de que la chica seguía teniendo la mano en el gancho, de que tenía los nudillos blancos de rabia o de miedo, o quizá solo de contenerse.

Había muchísima gente en Walton Street. Cientos de trabajadores de la imprenta con la tarde libre se mezclaban con hombres ataviados con uniformes caqui o con pijamas azules y batas de hospital. Eran pacientes del Hospital Radcliffe. A algunos los habían sacado en silla de ruedas, otros se apoyaban en muletas o en el brazo de un visitante. Todos llevaban alfileres prendidos al cuello.

—¡Peggy!

Miré a mi alrededor. Seguía habiendo mujeres apostadas a ambos lados de la entrada de Clarendon Press, con las bandejas ya casi vacías. Una de ellas me estaba saludando.

Les dije a Aggie y a las demás que las alcanzaríamos cerca del ayuntamiento. Se encaminaron hacia Oxford y yo me encaminé hacia Gwen. Luego, dudé.

—¿Por qué no me esperas aquí, Maudie? No tardaré ni un minuto.

Negó con la cabeza y me agarró del brazo.

—Pégate como la cola —dijo.

Una instrucción de la infancia.

—¡Cielo santo! —exclamó Gwen cuando nos vio acercarnos—. No me habías dicho que erais idénticas. —Miró a Maude y luego me miró a mí. Un gesto habitual—. Madre mía, ¿cómo os distingue la gente?

—Ojos amables —dijo mi hermana mirando a Gwen.

A ella le hizo gracia el comentario y se puso a examinarnos los ojos con gesto afectado.

—Es verdad, tienes unos ojos amables, Maude, pero eso no quiere decir que los de tu hermana sean crueles. —Entonces se volvió hacia mí y me sostuvo la mirada, burlona—. Los ojos de Peggy son... —Guardó silencio unos instantes, como si estuviera pensando—. Curiosos. ¿Es curiosa, Maude?

—Como un gato —respondió mi hermana.

—Como un gato —repitió Gwen.

Desvié la mirada.

—Tenemos que irnos, Maudie —dije—. Hemos quedado con Aggie y con Lou.

—Os acompaño —soltó Gwen—. Hoy he ganado una pequeña fortuna, es hora de jugar.

—Hora de jugar —asintió Maude.

—Voy a dejar esto en el Somerville. Venid conmigo.

No era una pregunta y, antes de que me diera tiempo a negarme, ya estaba cruzando Walton Street.

Cuando llegó a la entrada, me detuve. Era el umbral entre la «Ciudad» y la «Universidad».

—Esperaremos aquí —dije.

—¿Estás segura?

Estaba muy segura. Me había imaginado entrando en el Somerville cientos de veces, pero nunca detrás de una chica como Gwen, y ni una sola vez con Maude caminando a mi lado.

—No tardaré ni un minuto —dijo.

Veinte minutos después, Gwen volvió a salir del Somerville.

—Estáis oficialmente invitadas al té de la tarde del próximo sábado —anunció.

—¿Cómo dices?

—Es para las familias belgas que se alojan en Oxford. El Somerville va a organizarles un té y estáis invitadas.

—¿Por qué? No somos belgas.

—Eso he dicho, pero la señorita Bruce ha insistido. Es la jefa del comité de refugiados y la hermana mayor de nuestra subdirectora, a la que, por inconveniente que parezca, también conocemos como señorita Bruce. La primera es Pamela, la segunda, Alice. Resultaría muy útil que una de las dos se casara. En fin, le he contado a la señorita Bruce, a Pamela, a la del comité de refugiados, que os había dejado a Maude y a ti esperando en la calle y me ha dicho que os había conocido en la estación.

La señorita Pamela Bruce. Sólida, firme y acerada. ¿Se habría acordado de mí si hubiera ido sola?

—No me lo habías contado —continuó Gwen—. Es una persona maravillosa, la verdad. Y un par de manos extras nunca vienen mal.

Imaginé la conversación que debía de haber mantenido Gwen: «Son totalmente idénticas —habría dicho—. Trabajan en la imprenta».

—Los sábados por la tarde tenemos que ir a leer a los soldados heridos.

Agitó la mano en el aire como si estuviera espantando una mosca.

—Sobrevivirán. Hablaré con la enfermera jefe cuando vayamos esta tarde.

No tenía la menor intención de entrar en el Somerville como un par de manos extras.

EL SÁBADO SIGUIENTE, Gwen volvía a estar a la puerta de Clarendon Press.

—Aquí estáis —dijo—. Os estaba esperando.

Estábamos en Walton Street, con el Somerville detrás de Gwen y la imprenta detrás de Maude y de mí.

—¿Para qué?

—Para recordaros lo de esta tarde.

Fruncí el ceño y fingí no saber a qué se refería.

—El té que han organizado para los belgas.

Lo dijo en el momento preciso en el que Lotte salía de la imprenta. Maude la saludó y ella se acercó. Le presenté a Gwen.

—Tú también tienes que venir —le dijo esta.

—No, gracias —contestó.

—No, gracias —repitió Maude.

—¡Tú no lo digas, Peg! —exclamó Gwen—. La señorita Bruce querrá saber qué he hecho para ofenderte.

«Un par de manos extras», pensé. «No, gracias» era justo lo que quería decir.

—Estoy convencida de que sobran estudiantes dispuestas a pasar las bandejas de pasteles —dije.

—Sí, es cierto. Todo el mundo quiere aportar su granito de arena, y a pasear las bandejas de pasteles se han inscrito más alumnas que a cualquier otra actividad que haya propuesto la señorita Bruce.

—Pues ahí lo tienes. No seré más que un estorbo.

—Tonterías. Ayer mismo, la señorita Bruce me preguntó por ti en concreto. De hecho, dijo, y son palabras literales: «Asegúrese de que su amiga sepa que no le pediremos que sirva el té».

Gwen se dio cuenta de que me había quedado sin excusas. Triunfante, regresó al Somerville, y yo me quedé mirando a Lotte y a Maude mientras echaban a andar hacia la ciudad. La belga enhebró el brazo con el de mi hermana y esperé a que ella se soltara. Cuando lo hizo, sentí una satisfacción infantil. Sin embargo, un instante después, agarró a su amiga de la mano.

Crucé Walton Street para no perderlas de vista, pero no tardaron en convertirse en dos mujeres que caminaban de la mano: amigas íntimas, primas. Hermanas, quizá. Luego su edad se tornó indefinida. Una era alta, la otra baja. Podrían haber sido una madre y su hija. Y fue entonces cuando empezaron a escocerme los ojos. Cuando se me nubló la imagen.

Fue extraño volver sola al *Calíope* y no ver a Maude sentada a la mesa plegando papeles. No es que no hubiese sucedido nunca, pero me resultaba raro e inquietante, y no supe muy bien qué hacer hasta al cabo de unos instantes.

Me quité la falda y, después de olisquearme bajo los brazos, me quité también la camisa. Abrí la cortina de nuestro minúsculo armario para sopesar mis opciones. No quería parecer una encuadernadora, pero tampoco quería que diera la sensación de que intentaba parecer otra persona. Algo me decía que la señorita Bruce no lo vería con buenos ojos.

Lavé cualquier rastro que hubiera podido dejar la imprenta en la cara, las manos y las axilas; luego me puse la falda de los domingos y la blusa blanca con cuello. Después entré en el espacio de mamá. Ni Maude ni yo lo habíamos ocupado. Se lo habíamos dejado a Tilda: la cama, los pequeños armarios que tenía debajo y encima. El ropero, idéntico al nuestro, oculto tras una cortina. La descorrí: las cosas de mi madre y las de Tilda, unas al lado de otras.

«Coged lo que queráis», nos había dicho Tilda, pero no podíamos ponernos gran cosa. Ella era muy alta y nosotras muy bajas. Aun así, tenía sombreros, cinturones y pañuelos. Y tenía dos corbatas anchas de señora.

16

—QUÉ VESTIMENTA TAN apropiada.

Gwen salió del edificio. Me llevé la mano a la corbata que me rodeaba el cuello; no había sabido anudármela muy bien.

Ella me apartó la mano. Desató el nudo y volvió a hacérmelo. Dio un paso atrás y me inspeccionó.

—Encajarás a la perfección.

Luego me cogió del brazo y me acompañó a la portería.

—Mi amiga, la señorita Jones —anunció—. Es mi invitada para el té.

Observé a la portera mientras anotaba mi nombre en el libro de visitas. No era exactamente como me lo había imaginado, pero, de momento, no me sentía decepcionada.

Intenté absorber con la mirada los edificios, el césped y los parterres. Me fijé en la sencilla vestimenta de las mujeres, jóvenes y maduras: sabían que tenían algo más que ofrecer al margen de su silueta y de su rostro, pensé. Saludaban a Gwen y todas me sonreían con calidez. ¿Creían que era belga? ¿Actuarían de otro modo si supieran que no lo era?

Cuando entramos en el salón, nos recibió una alumna con un saludo tan efusivo que tuve que dar un paso atrás. Pero ella no se inmutó. Su sonrisa se hizo aún más amplia y me cogió la mano entre las suyas. Luego me habló en voz muy alta y me preguntó si quería beber algo: «Prendre un verre?». Sin darme tiempo a responder, me preguntó si quería tarta: «Prendre le gateau?». Asintió varias veces con la cabeza y me apretó la mano con un poco más de fuerza. Creía que era una refugiada y no iba a permitir que me zafara de su generosidad. Me di cuenta de que quizá pensara que su bienvenida tenía la capacidad de deshacer el trauma de una invasión alemana. Le respondí, en un inglés a todas luces característico de la «Ciudad», que de momento no quería tomar nada, y se le descompuso el rostro.

Gwen se echó a reír.

—Miriam, esta es Peggy, trabaja enfrente. —Su compañera frunció el ceño—. En la imprenta. Es una de las chicas de Vanessa Stoddard.

—Ah —dijo Miriam, cuyo entusiasmo se había esfumado por completo—. Entonces os dejo tranquilas. Encantada de conocerte, Penny.

Y, antes de que ninguna de las dos pudiéramos corregirla, se encaminó hacia una familia de belgas con tal apasionamiento que los refugiados se apiñaron para absorber el impacto como uno solo.

—No sabía que la señora Stoddard fuera tan conocida en el Somerville —dije.

—Lo es, al menos entre las que ayudamos a la señorita Bruce. Es muy activa en el Comité de Refugiados de Guerra de Oxford. La señorita Bruce tiene muy buena opinión de ella. Todas la tenemos.

Una mujer guapa se acercó a Gwen a toda prisa.

—Te necesitamos, Gwen —dijo—. Sin contar a Miriam, solo hay tres que hablemos francés, y la mitad de los invitados están por ahí dando vueltas sin nadie que los interprete.

—Ay, Vee, esta es Peggy Jones. Peggy, esta es Vera Brittain, una compañera de primer año.

La reconocí. La mujer del despacho del señor Hart. La que llevaba un vestido de color lila. «Me trasladaré al Somerville a estudiar Lengua y Literatura Inglesas», había dicho.

—Peggy trabaja en la imprenta, es una de las chicas de Vanessa.

Vera sonrió con ganas.

—¿De verdad? —Me tendió la mano. No dudé, se la estreché como si estuviera acostumbrada a esos saludos—. Mi padre fabrica papel para la imprenta —dijo.

Durante un segundo, me imaginé a su padre removiendo fibras de algodón en un caldero humeante. Pero fue solo un segundo.

—Les suministra el papel indio para las biblias y los diccionarios —continuó.

Era el dueño de la fábrica.

—¿Hablas francés? —me preguntó.

—Muy poco —dije.

Había recibido tres años de clases nocturnas en el instituto y leía francés con cierta confianza, pero nunca había tenido la necesidad de hablarlo.

—¿Te molestaría mucho que te robara a Gwen? Es una de las que mejor lo hablan.

«Sí», pensé.

—Claro que no —dije.

Gwen paseó la mirada por la sala y yo la imité. Pequeños grupos formados por parejas belgas y señoras inglesas. Muchos gestos con las manos. Inglés entrecortado, francés entrecortado. Algún que otro niño en brazos de su madre o colgado de sus faldas. Sabía que Lotte no iba a asistir, pero si Goodie o Veronique andaban por allí, podría cobijarme entre ellas.

—No veo a la señorita Bruce por ninguna parte —dijo Gwen—. Sé que quiere hablar contigo, ¿te sentirías cómoda buscándola tú misma?

—Por supuesto —dije, aterrorizada ante la idea.

—Estupendo. Prueba en el gimnasio. —Hizo un gesto en una dirección vaga—. A lo mejor está jugando con los niños.

Luego me dejó allí plantada, muy apropiada con mi falda de los domingos y mi corbata de señora, pero con la sensación de ser mala poesía con una encuadernación de cuero.

Dejé el salón y acerté a salir a un pequeño patio ajardinado. Me senté en el banco más cercano. No tenía ninguna prisa por encontrar a la señorita Bruce.

Llevaba toda la vida pasando por delante del Somerville, imaginando cómo sería la vida al otro lado del muro que separaba el colegio universitario de Jericho y envidiando a las mujeres que la vivían. Y, ahora, aquí estaba. Un trocito de Jericho ensuciando un patio de Oxford. Recordé la primera vez que pensé que quería ser una de ellas: después de haber escuchado una conversación que no debía. «Sería idónea para el Instituto de Oxford», había dicho mi profesora. «Ya lo sé —había contestado mi madre—, pero no se separará de Maude.» Mi profesora había suspirado. «Verá, es lo bastante lista como para ir a la universidad. Tal vez incluso para obtener una beca.» Mi madre no había dicho nada y yo había pensado en los ingresos que empezaría a ganar en la imprenta, en la diferencia que supondrían, y me había alejado.

Me levanté del banco y crucé el césped. De pronto, me pregunté si estaría permitido pisarlo y me sorprendí deseando que no fuera así. «Cuando un privilegio se niega de manera injusta —le gustaba decir a Tilda—, hay que usurparlo.»

Los chillidos de los niños apenas se oían. Atravesé una puerta abierta y sentí que los ecos del juego retumbaban en el pasillo. Agucé el oído un momento y luego eché a andar en dirección contraria.

La mayoría de las puertas estaban cerradas, así que durante un rato me conformé con pasear y asimilarlo todo. El Somerville estaba más desvencijado de lo que me esperaba. La madera del suelo estaba desgastada y opaca y las paredes seguían teniendo las manchas de las luces de gas, a pesar de las nuevas bombillas eléctricas.

Probé a abrir una puerta y cedió. Era un almacén con fregonas, cubos y bolsas de lo que debía de ser ropa sucia. En un rincón había una silla y olía mucho a tabaco rancio. Vi una cesta raída con un chal de punto. «Aquí no hay privilegios», pensé, y cerré la puerta.

Mientras subía las escaleras hacia el primer piso, me aparté contra la pared de ladrillo al ver bajar a dos mujeres. Caminaban con paso seguro y rápido, sin parar de charlar en ningún momento.

—Lo siento, casi te atropello —dijo una.

Y después desaparecieron. Sin preguntas. Yo podría haber sido una de ellas.

Me imaginé que, por lo general, los edificios estarían atestados de mujeres que iban y venían de sus respectivos dormitorios, sus clases, el gimnasio, el comedor, la sala de estudiantes. Tendrían acceso a todas las zonas, pensé, mientras que al otro lado de la calle nosotras estábamos confinadas al taller de encuadernación. Las salas de máquinas, la fundición, el almacén y el depósito eran, o demasiado peligrosos, o demasiado burdos. Al parecer, la restricción era para protegernos.

La puerta que había al final de la escalera daba a un pasillo estrecho forrado de libros. Lo recorrí arrastrando las manos por las estanterías que había a ambos lados. Deseaba desordenarlos con todas mis fuerzas. Entonces, otra puerta.

La abrí, me quedé en el umbral e inhalé. Papel, cuero y tinta. Algunos olores más fuertes de lo que estaba acostumbrada, otros más débiles. Me había imaginado la biblioteca miles de veces, pero ni siquiera me había acercado a la realidad. Aquello explicaba el ahorro en el resto del colegio: lo que valoraban eran los libros, más que ninguna otra cosa.

Crucé el umbral. El escritorio al que normalmente estaría sentada la bibliotecaria estaba vacío, pasé por delante de él sin detenerme. Las estanterías se extendían ante mí, una detrás de otra, y sabía que contenían libros con el escudo de Clarendon Press estampado en las primeras páginas. Sentí curiosidad por saber cuánto tiempo tardaría en encontrar un libro con páginas que yo hubiera plegado, montado, cosido. Cuánto tiempo tardaría en encontrar un libro que me hubieran dicho que no leyese. Que no estropeara arrugándole el lomo.

Avancé. Las estanterías estaban colocadas a intervalos regulares. Dividían la larga habitación en secciones, y cada sección tenía una ventana alta y un escritorio grande. Habían dejado encendidas unas cuantas lámparas y me di cuenta de que la débil luz de la tarde apenas te permitiría leer. Lo toqué todo: un escritorio, el respaldo de una silla. Me aparté del calor de la pantalla de una lámpara con un respingo. Acaricié los lomos de los libros con los dedos. Clásicos. Estantería tras estantería.

Casi no me di cuenta de lo que estaba haciendo hasta que lo hice. Era un volumen delgado, forrado en tela, con la identidad desgastada por el uso. Un privilegio lo bastante pequeño para caberme en el bolsillo de la falda.

AL LLEGAR AL gimnasio, encontré la explicación a los pasillos vacíos, la biblioteca desierta. Parecía que se estuviera celebrando una fiesta escolar. Había aros y bolos, una larga cuerda de saltar con una mujer girándola en cada extremo y niñas que entraban y salían corriendo. Los críos hundían las manos en una tina de salvado y sacaban juguetes pequeñitos. Se estaba disputando algún tipo de juego en el que debían vendarse los ojos y que llenaba la sala de chillidos entusiasmados que obligaban a un par de las mujeres mayores a sonreír y taparse los oídos con las manos. En un extremo había una mesa de caballete con magdalenas, pan, mantequilla y jarras de refresco de lima. Vi a la señorita Bruce de pie detrás de ella. La señora Stoddard estaba a su lado. Caray, qué bendito alivio.

—Señorita Jones —dijo la señorita Bruce cuando vio que me acercaba—, me alegro mucho de que haya venido.

Odiaba ruborizarme, pero sentí el calor que me subía por el cuello. Me habría gustado saber qué le había contado Gwen y, de pronto, se me apareció una imagen de ellas sentadas en unos sillones mullidos, bebiendo jerez y reflexionando sobre Maude y sobre mí.

—Ha sido muy amable al invitarme, señorita Bruce —dije. Luego, de mala gana, añadí—: ¿En qué puedo ayudar?

—Bueno, si insistes, puedes ayudarnos a Vanessa y a mí con los tentempiés. Les dejaré jugar cinco minutos más y luego tocaré la campana. Descubrirás que se comportan con algo más de firmeza que cuando llegaron a la estación de tren.

Rodeé la mesa y me situé junto a la señora Stoddard.

—Vanessa, ¿te importa que la compartamos? —dijo la señorita Bruce—. Quiero hacerle unas cuentas preguntas a tu encuadernadora.

La capataz se mostró más que encantada de compartirme. Se apartó y me hizo colocarme en el hueco que quedaba entre la señorita Bruce y ella. Pensé que ojalá fuera más alta. Que ojalá pudiera mirar a la señorita Bruce a los ojos. Me palpé el nudo de la corbata, la corbata de Tilda. «No basta con parecerte a tus personajes ni con hablar como tus personajes —me dijo una vez—. Para resultar convincente, tienes que sentirte como ellos.»

—¿Puedo llamarte Peggy? —me preguntó la señorita Bruce.

«¿Puedo llamarte Pamela?», pensé.

—Sí. Por supuesto, señorita Bruce —contesté.

—Háblame de tu trabajo en la imprenta, ¿te gusta?

¿Me gustaba? Nunca me habían hecho esa pregunta y nunca me había planteado cómo responderla.

—No me parece una pregunta tan complicada, ¿no? —me espoleó la señorita Bruce.

Si decía que sí, me preguntaría qué me gustaba. Si decía que no, me preguntaría por qué no.

—No es complicado hacerla, señorita Bruce, pero sí contestarla —dije, y me arrepentí al instante.

Enarcó las cejas; sentí que se avecinaba una reprimenda.

—Tómate el tiempo que necesites, entonces —dijo.

Le escudriñé el rostro en busca de algún atisbo de burla. No lo encontré. Noté que la señora Stoddard se alejaba un poco, lo justo para no oírme.

—Para mí, trabajar en la imprenta nunca fue una decisión, señorita Bruce. Era algo que iba a suceder de todos modos. No es como ir a un baile.

—¿Por qué no es como ir a un baile?

—Bueno, en un baile, si te cansas, puedes sentarte; si no te gustan la música o los invitados, puedes irte y, si alguien te pide el siguiente baile, puedes rechazarlo.

—Continúa.

Fruncí el ceño, no tenía claro si la mujer me estaba provocando o era una auténtica ignorante.

—Si no me gusta mi trabajo, señorita Bruce, no puedo negarme a ir. Trabajar en el taller de encuadernación no es un pasatiempo, es comida, ropa y carbón. No sirve de nada pensar en si me gusta o no.

—Entonces, ¿no te gusta tu trabajo?

Me sentí atrapada. Una mirada rápida hacia la señora Stoddard.

—No siempre.

—¿Y eso por qué?

—Porque a veces es aburrido.

—Pero si estás rodeada de libros, palabras, ideas...

Ya me había hartado. La interrumpí:

—«Agua y agua por doquier, para beber ni una gota»[*], señorita Bruce.

Sonrió.

—Coleridge —dijo.

—*La balada del viejo marinero* —dije para volver a poner la pelota en su tejado.

Me posó una mano en el hombro.

—Esté atenta al albatros, señorita Jones. Y tenga cuidado de no dispararle[**].

Entonces tocó la campana y los niños se abalanzaron sobre nosotras.

MÁS TARDE, CUANDO la fiesta terminó y emprendí el camino de regreso a casa por las calles de Jericho, me saqué el libro del bolsillo de la falda. Tenía la esperanza de que fuera de Eurípides, el griego favorito de mi madre. O tal vez de Virgilio, su romano favorito. Miré el lomo.

Abbott y Mansfield. Ingleses, sin ninguna duda. *Manual básico de gramática griega.*

Se me cayó el alma a los pies.

AL DÍA SIGUIENTE era domingo. Estaba fregando las cosas del desayuno cuando las robustas botas altas de cordones de Rosie aparecieron ante el marco de la ventana de nuestra cocina. Las siguieron las

---

[*] Traducción extraída de *Poemas sobrenaturales,* de Samuel Coleridge, traducción de Pedro Pérez Prieto, Sial/Contrapunto, Madrid, 2021.

[**] En el poema de Coleridge, el marinero dispara a un albatros, que simboliza un augurio de buena suerte, con una ballesta.

botas con clavos de Oberon y, después, un tercer par, normales y conocidas.

—Jack —dijo Maude.

Lo dijo en tono neutral, pero salió corriendo a saludarlo.

Esperé hasta que los pies de Maude se reunieron con los de los demás. Mi hermana llevaba unas zapatillas viejas que no eran en absoluto apropiadas para el camino de sirga. Suspiré y entonces Jack se acercó a ella y las zapatillas abandonaron el suelo.

Cowley estaba en el otro extremo de Oxford, así que Jack venía a vernos durante unas horas cada pocas semanas. Llegaba sin previo aviso, como una postal, y nos reuníamos en torno a él para escuchar sus historias: la escasez de uniformes, la instrucción con armas de madera, las sutilezas de cavar una trinchera y fabricar un catre. Siempre nos hablaba de las ganas que tenía de que lo enviaran a ultramar. «Solo hay que esperar a que se llene la esclusa», decía su padre si estaba allí para oírlo.

Oberon ató más fuerte el *Regreso de Rosie* y guardó silencio mientras Jack nos contaba que lo habían elegido para un programa de instrucción especial.

—¿Qué hacen los francotiradores? —preguntó Rosie.

—Es como disparar a los conejos —respondió Jack sin atreverse a mirarla a la cara.

—Pero tú no has disparado a un conejo en tu vida —replicó su madre.

—Creen que tengo buen ojo. La instrucción me mantendrá ocupado hasta mi cumpleaños.

—¿Y luego qué? —preguntó Rosie.

Pasó un segundo, luego otro.

—Y luego ya tendrá edad para matar alemanes —contestó Oberon.

17

LA LLUVIA HIZO acto de presencia la mayor parte de los días de diciembre y de casi todo enero, un tamborileo constante que sentía en el cuerpo y que me zumbaba en la cabeza incluso cuando no estaba en el *Calíope*. El barco olía a manta húmeda y estoy segura de que nosotras también, pero Lotte jamás dijo nada al respecto. Siguió pasando ratos con Maude, una tarde a la semana y varias horas los sábados, para que yo acudiera al voluntariado.

Esperaba con impaciencia mis turnos en las Escuelas de Examen: eran un espacio seco, cálido y bien iluminado, y la insistente percusión de la lluvia sobre la madera y el agua no entorpecía las conversaciones. Sin embargo, también me alegraba volver al *Calíope*, recorrer la orilla y ver la luz de la lámpara al otro lado de las ventanas del barco. Saber que Lotte estaba allí y que no habría habido ningún problema con Maude. Antes de subir, las observaba. Lo normal era que estuvieran plegando, sin intercambiar una sola palabra, pero también sin el menor atisbo de tensión. A veces Lotte sostenía un libro entre las manos, uno de los nuestros. Lo tenía abierto, pero, aunque la mirara durante varios minutos, nunca pasaba la página. La observaba contemplar a mi hermana y me intrigaba la expresión de su rostro. Una mezcla de pena y añoranza.

Cuando entraba, Lotte cerraba el libro a toda prisa y lo devolvía a la estantería o a la pila de la que lo hubiera sacado. Mientras se ponía el abrigo y se prendía el sombrero, me contaba lo que habían hecho como si de un reportaje periodístico se tratara. Le ponía una mano en el hombro a Maude y me hacía un gesto de despedida con la cabeza. Me ofrecía a acompañarla hasta el puente de Walton Well, pero ella siempre se negaba. «En la oscuridad no hay nada que pueda hacerme daño», dijo una vez.

—LOTTE, ¿TE GUSTARÍA quedarte a cenar con nosotras esta noche cuando vuelva del hospital? —Íbamos caminando hacia casa desde la imprenta, en dirección al canal—. No será nada especial, pero me gustaría darte las gracias.

La belga no respondió al instante.

—Darte las gracias —dijo Maude.

—De acuerdo —contestó Lotte—. Gracias.

—Mi hermana solo repetía...

—Ya lo sé —dijo Lotte con el vestigio de una sonrisa.

Aquello era un fragmento de lo que había sido, pensé. Bastante guapa cuando sonreía. Divertida, seguramente. Le devolví el gesto.

CUANDO GWEN Y yo nos incorporamos a nuestro turno, la enfermera jefe nos llevó a un aparte.

—Como norma general, no le asignaría un oficial, señorita Jones, pero me han asegurado que es bastante apta.

Le lancé una mirada a Gwen; había adoptado una expresión de candidez nada habitual en ella.

—Bastante —repetí.

—Entonces, si no le incomoda... —Enarcó las cejas y yo negué con la cabeza, me mordí la lengua—. Entonces no veo qué mal puede hacer.

El pabellón de oficiales tenía menos camas, más luz gracias a que las ventanas eran más grandes y flores junto a todas las camas. En un extremo de la sala había sillones colocados frente a una chimenea. Había una mesa con un tapete y dos pacientes jugaban a las damas. La enfermera jefe nos dejó en manos de una hermana de aspecto severo y con un uniforme muy almidonado.

—Este es el pabellón de cirugía general —nos dijo—, aunque la gravedad de las lesiones varía. Algunos se recuperarán por completo y volverán con su pelotón, mientras que a otros los mandarán a casa con menos extremidades de las que tenían al nacer.

Nos escrutó el rostro mientras hablaba y pareció satisfecha de que no fuéramos de esas mujeres que sufren desmayos o emociones excesivas.

—También tenemos dos oficiales belgas en el pabellón. La enfermera jefe me ha dicho que ambas hablan francés, ¿es así?

—Sí —contestó Gwen, que me miró de soslayo.

Me di cuenta de que eso era lo que me había hecho «apta».

—Se los presentaré, entonces —dijo la mujer.

La seguimos por la sala.

Gwen palideció. Se quedó callada de golpe. Estaba mirando a uno de los belgas. El oficial tenía el cuerpo amortajado bajo una sábana blanca y un armazón le protegía una pierna de su propio peso. Le habían vendado la cara y las manos casi por completo.

«El hombre invisible», pensé antes de imaginarme lo que habría bajo los vendajes. Me alivió ver el contorno de la nariz y el suave color rosado del labio inferior. Solo tenía un ojo sin tapar. Estaba abierto. Nos estaba mirando.

—*Bonjour* —dije.

—*Bonjour*.

Le costó articularlo y apenas alcanzó el volumen de un susurro.

La enfermera sonrió.

—Señorita Jones, este es el sargento Peeters.

Ladeó la cabeza hacia la silla que había junto a la cama. Capté el mensaje y me senté.

A Gwen le presentaron al sargento Jansen. Tenía menos vendajes que el sargento Peeters y enseguida le dio su nombre de pila, Nicolas, y le tendió la mano sin vendar. Mi amiga se sentó a su lado y recuperó el color del rostro. El francés de Gwen estaba más que a la altura del nivel de conversación y, un instante después de que la hermana se marchara, Nicolas y ella ya estaban hablando como si fuesen viejos amigos. Yo entendía muy poco de lo que decían.

Estaba intentando componer una frase en francés cuando mi hombre invisible empezó a hablar. Sus palabras eran trabajosas y débiles. Me acerqué más.

—Soy Bastiaan —dijo en inglés.

—Gracias a Dios —dije, aliviada—. No porque te llames Bastiaan, aunque es un buen nombre, un nombre precioso. Me alegro de que hables inglés. En realidad mi francés es pésimo.

Estaba nerviosa. Intentaba no apartar la mirada de su único ojo. Intentaba dejar de pensar en lo que quizá hubiera bajo las vendas. Las palabras me brotaban de los labios a tal velocidad que se atropellaban unas con otras. Era imposible que me hubiera entendido.

Bajé la mirada hacia el regazo de mi falda y me alisé las arrugas. Cogí aire y volví a mirar hacia arriba. Su único ojo estaba esperando.

—*Je m'appelle* Peggy —dije.

Dio la impresión de asentir. Intenté que se me ocurriera algo más que decir, pero el único francés que recordaba en aquel momento era: *où est la gare; où est la plage; où est l'hôpital.*

Hizo un ruido que interpreté como:

—Habla en inglés.

—¿Te sientes cómodo con el inglés?

Se le hinchó el pecho y exhaló la palabra.

—Sí.

Me di cuenta de que no podía mover la mandíbula.

—¿Te duele al hablar?

Asintió y me pregunté si eso también le dolía.

—Es necesario —dijo.

—¿Es lo que te han dicho los médicos?

Volvió a asentir y cerró el ojo unos instantes. No tenía ni idea de qué más decir.

—Lo siento —conseguí articular al fin.

Abrió el ojo.

—¿Por qué? —exhaló.

«Porque no soy apta para esto», pensé.

—Por lo que ha pasado —dije.

El ojo que me miraba era de un color gris pizarra, pero supe que sería azul en un día de verano y que tendería al verde cuando mirase al mar. Cerró el párpado y me pregunté si sería la única parte del cuerpo de Bastiaan que seguía ilesa. Permanecimos sentados en silencio hasta que la hermana nos dijo que era hora de marcharse.

ME ASOMÉ HACIA el interior por la ventana de la cocina y vi a Lotte junto a los fogones. Me llegó el olor de las cebollas que estaba friendo. Maude estaba sentada a la mesa, plegando las servilletas buenas de nuestra madre, creando decoraciones elaboradas. Las servilletas que la vieja tía Comosellame le regaló a la abuela. La mesa estaba puesta para tres. Me molestó que Lotte estuviera cocinando, pero también me alivió.

La belga se volvió hacia mí cuando entré por la escotilla. Se limpió las manos en el delantal que llevaba puesto; el delantal que solía ponerme yo. Parecía relajada.

—Maude me ha enseñado el Mercado Cubierto —dijo—. Hemos comprado *moules*.

—*Moules* —repitió Maude.

—¿Mejillones? —aventuré.

Olían muy bien.

—Sí —dijo Lotte—. Y patatas. Voy a hacer *frites*.

—¿Mejillones y patatas fritas?

Lotte asintió.

—¿Hablas francés?

—Ojalá —dije mientras me quitaba el sombrero y colgaba el abrigo—. Me han pedido que le haga compañía a un oficial belga.

Negó con la cabeza de una forma casi imperceptible. Se volvió hacia los fogones.

—La cena todavía tardará un cuarto de hora en estar lista —dijo—. Siéntate.

—Siéntate —repitió Maude.

Me senté.

Lotte continuó cocinando, con la espalda rígida ahora que yo había vuelto a casa. Daba la impresión de que no existía nada capaz de derribarla, pero yo sabía que no era así, porque yo misma había ido interponiéndole en el camino cosas capaces de hacerlo desde el día en el que nos conocimos, y eso la había obligado a retraerse. No tendría que haber mencionado al oficial belga.

Me puse de pie y entré en nuestro dormitorio. Me tumbé en la cama, con la cortina echada. Escuché los ruidos habituales de cuando alguien cocina: un cuchillo contra la tabla de madera, la sartén al posarse sobre la placa caliente, un cajón que se abre, el repicar de los cubiertos, el cajón que se cierra. Las patatas cortadas en rodajas al caer en la grasa, el chisporroteo repentino. Notaba un olor que no era capaz de identificar.

Se me hizo la boca agua y me di cuenta de que, la última vez que me había quedado tumbada en la cama esperando la cena, mi madre todavía estaba viva y sana. Saqué un papel y un bolígrafo y empecé a escribirle una carta a Tilda.

«¿Por qué nunca cocinas cuando te quedas con nosotras, Tilda? ¿Es porque no sabes o porque eliges no hacerlo?»

Maude abrió la cortina.

—La cena está lista.

Cerré los ojos y deseé que fuera mi madre quien estuviera en la cocina.

Fue extraño que Lotte me recibiera en nuestra mesa. Maude y ella la habían preparado con las cosas más elegantes de mamá. La belga habría preguntado dónde estaban el mantel, los cuencos y los platos, las servilletas, y Maude se lo habría dicho. Pero a mi hermana no se le habría ocurrido decirle que solo usábamos las cosas normales y corrientes. Que los platos con hojas pintadas en los bordes eran un regalo de boda, para la abuela, no para nuestra madre, aunque a veces fingíamos lo contrario. Me recordaron a la última vez que mamá cocinó el asado de los domingos.

En el centro de la mesa estaba la sartén llena de mejillones, aún con las conchas, humeantes y fragantes. A su izquierda había un cuenco de patatas fritas, más finas de lo que las habría hecho yo. A la derecha había un plato de coles de Bruselas. En lugar de hervidas, estaban fritas. Cada una teníamos un platillo con una gruesa rebanada de pan.

Lotte sirvió los mejillones en cuencos y luego nos colocó uno a cada una en nuestro plato.

—Las *frites* tenéis que cogerlas vosotras. Y las coles. —Se sirvió y se sentó—. El pan es para mojar en el caldo.

Hizo una demostración.

Maude cogió un puñado de patatas fritas. Lotte le pasó las coles de Bruselas. Mi hermana negó con la cabeza.

—¿Por qué no?— preguntó Lotte.

—Come una col y escúpela en el bol.

La última vez que había dicho esa frase, aún éramos pequeñas. Almacenaba las frases como un impresor almacenaba las planchas: con las palabras listas para usarlas cuando hiciera falta.

—Eso es cierto cuando las cocinan los ingleses —dijo Lotte—, pero yo no soy inglesa.

Cogió el plato de coles y se sirvió una buena cantidad. Cuando soltó el plato, lo dejó más cerca de Maude que antes, pero no volvió a sugerirle que las probara.

Observé a mi hermana mientras ella observaba a Lotte comerse una col de Bruselas, luego dos, luego tres. Me di cuenta de que la belga se relamía los labios con sutileza; oí el discreto gemido de satisfacción que le brotaba del fondo de la garganta. No levantó la vista de su cena.

—Huelen muy bien —dije.

—Porque no las he hervido —dijo ella.

Maude se inclinó hacia delante para olerlas.

—¿Cómo las has cocinado? —pregunté.

—Las he frito con mantequilla y ajo, sal y pimienta. No es difícil.

—Mantequilla y ajo —repitió Maude.

—La mantequilla le da buen sabor a todo —dijo Lotte—. El ajo hace que todo sepa mejor.

Alejó el plato de Maude y me lo acercó a mí.

Capté la indirecta. Me serví un montoncito de coles en el plato. Estaba preparada para fingir que me encantaban, pero no fue necesario. Me las comí todas y alargué la mano para servirme más.

—No seas avariciosa —dijo Maude.

Volvió a acercarse el plato de las coles y cogió dos.

Lotte y yo no dijimos nada. Nos concentramos cada una en nuestro plato, sacamos los mejillones de las conchas, cogimos trocitos de pan y los mojamos en el caldo. Maude se comió las coles que había cogido y, después, unas cuantas más.

Levanté mi servilleta y los pliegues de Maude se deshicieron. Me limpié la boca y vi que Lotte estaba mirando a mi hermana mientras comía. Pena y añoranza. La actuación había terminado y se le había relajado el rostro pálido. «Ya ha hecho esto antes», pensé.

18

DEMASIADOS POCOS HIJOS volvieron a casa por Navidad o por Año Nuevo y, a finales de enero de 1915, los repartidores de periódicos no paraban de gritar sobre las incursiones con dirigibles que mataban a la gente de la costa de Norfolk. Los que estaban furiosos o afligidos arrancaban de las paredes los carteles que nos pedían «No te olvides de Bélgica». Pero el rostro de Kitchener* no tardaba en reemplazarlos. Señalaba a los muchachos demasiado jóvenes, a los hombres demasiado viejos y a todos los que estaban en el medio y no llevaban uniforme. Los miraba con actitud acusadora por encima de su enorme bigote.

Empezaron a aparecer plumas blancas en diversos puntos de la imprenta. Las dejaban en las jambas de las puertas, en las mesas de trabajo de los cajistas y en las camas planas de las prensas. Pegaron una a la mesa de reparaciones sobre la que Ebenezer había estado trabajando en la encuadernación de una vieja edición de *Las mil y una noches*. Lo observé desde la puerta mientras retiraba la pluma con un bisturí, con cuidado de no doblar el raquis y de no desgarrar las barbas. Se la guardó en el bolsillo en lugar de tirarla a la papelera.

En el taller de encuadernación, estábamos reimprimiendo los populares Panfletos de Oxford, ensayos sobre la guerra. Explicaciones. Justificaciones. *La guerra contra la guerra* había pasado por mis manos unas cuantas veces, y los cuadernillos ya volvían a apilarse. Acerqué el borde derecho al izquierdo. Un pliegue, folio;

---

* Militar británico nombrado ministro de la Guerra durante la Primera Guerra Mundial. Organizó el mayor ejército de voluntarios de la historia de Gran Bretaña.

vuelta, repetición. Dos pliegues, cuarto; vuelta, repetición. Tres pliegues, octavo; vuelta, repetición. Cuatro pliegues. Un panfleto.

Doblaba las palabras como Rosie incorporaba las claras de huevo batidas a un pudin. Era cuidadosa, rítmica, y las palabras desaparecían antes de que tuviera oportunidad de leerlas. Así funcionaban las cosas: si hacíamos bien nuestro trabajo, apenas había ocasión de leer. Solo cuando el cuadernillo estaba terminado, en el tiempo que tardabas en colocarlo sobre la pila, tenías un instante para que una frase te llamara la atención. «Una odiosa necesidad» fue una de ellas. «En la situación inmediata estábamos libres de culpa» fue otra. «Estamos haciendo la guerra contra la guerra y somos capaces de soportar todo el sufrimiento y el horror que la guerra conlleva.»

«¿Somos capaces?», pensé.

Y entonces ya estaba otra vez en el principio. Haciendo el primer pliegue, el segundo pliegue, el tercero, el cuarto. Colocando el cuadernillo en el montón que tenía a la izquierda.

«Somos capaces de soportar todo el sufrimiento y el horror.»

¿Qué significaba aquello exactamente? ¿Quiénes tendrían que soportarlo, cómo lo soportarían?

Primer pliegue, segundo, tercero, cuarto: mis movimientos tan regulares como los de un metrónomo; una pequeña arruga en la frente, la única señal de que en realidad estaba utilizando el cerebro. De que estaba pensando, haciéndome preguntas. Intenté adivinar qué habría dicho la señora Hogg si se hubiera dado cuenta. «Su trabajo no es pensar, señorita Jones.» Y, maldita sea, nunca lo sería, pensé.

EL SÁBADO POR la tarde, Maude me preguntó si podíamos coger el autobús para ir a Cowley.

—Jack ya no está, Maudie, ya lo sabes.

Se encogió de hombros, pues quería ir de todos modos.

Mi hermana se puso cómoda para el trayecto —las palmas de las manos apoyadas en el asiento para sentir el gruñido del motor, la mirada lista para ver pasar las calles a toda prisa— y yo desdoblé un cuadernillo estropeado de otro Panfleto de Oxford. *Reflexiones sobre la guerra*. Estaba escrito por un catedrático de Oxford, Gilbert Murray. Había reconocido su nombre de la estantería de mi madre. Era el traductor de *Las mujeres de Troya*, de Eurípides, el griego favorito de mamá.

Había guardado el cuadernillo, desgarrado por un resbalón de la plegadera de hueso («descuidada», había dicho Maude; «en absoluto», le había contestado yo) porque sus reflexiones sobre la guerra se dirigían al hombre trabajador (y yo me consideraba uno de ellos, aunque no tenía claro si el profesor Murray sería de la misma opinión). La guerra, opinaba él, había suavizado el sentimiento entre su gente y la mía, entre la «Universidad» y la «Ciudad», entre los «señoritos» y la «chusma». Había creado una «banda de hermanos» con un enemigo común. «Gracias a Dios que no nos odiábamos tanto como imaginábamos», escribió.

¿Nos odiábamos?, me pregunté. ¿De verdad tenían motivos para odiarnos?

Ya no, según el profesor Murray, porque el hombre trabajador, desde Jericho hasta los suburbios de la India, estaba dispuesto a hacer cola ante las oficinas de reclutamiento de todo el mundo solo para tener la oportunidad de sangrar por Inglaterra. «En el fondo, nos queríamos.»

Resoplé con desdén. Era un idealista; era fácil serlo cuando vestías la toga de la Universidad. La guerra lo sacaba a relucir en todo el mundo. Pasé las páginas, intenté leer entre líneas. Los hombres trabajadores no tenían ningún derecho sobre Inglaterra, no tenían ningún interés en la tierra y a muchos no se les permitiría acercarse a las urnas, como a mí. Aun así, hacían cola. Sangraban y morían por un país sobre el que no tenían derechos legales, y sus respectivas esposas e hijas trabajaban fabricando bombas. Puede que eso inquietara a los dueños, a los terratenientes, a los legisladores. Si nos amaban, entonces «nuestra muerte» se convertiría en «su» sacrificio y podrían dormir más tranquilos. Amarnos en aquel momento podría no ser más que algo conveniente para ellos.

Me imaginé escribiendo un panfleto al respecto.

Volví a resoplar y me guardé *Reflexiones sobre la guerra* en el bolso.

—¿Un sándwich, Maudie?

Asintió. Comimos y vimos pasar las calles por la ventana.

Cuando el autobús se detuvo ante el cuartel de Cowley, solo un puñado de hombres se apeó para sumarse a la cola. El carnaval de los primeros días se había visto empañado por las listas de nombres que aparecían en todos los periódicos del país.

Pero había algunos que llevaban seis meses esperando a alcanzar la mayoría de edad. Daban saltitos de puntillas para mirar con impaciencia hacia el final de la fila que desembocaba en la oficina de reclutamiento. Los demás eran los precavidos o los arengados. Habían esperado a ver qué pasaba. Cuando el Tercer Hospital General del Sur empezó a expandirse más allá de las Escuelas de Examen y a adentrarse en los colegios universitarios y el ayuntamiento, respondieron a la llamada de Kitchener, a pesar de su miedo y de su buen juicio. Se unieron a la cola, pero no tenían ninguna prisa por llegar al inicio.

—¿Jack? —preguntó Maude.

—Ahora está de instrucción en Salisbury. Envió una postal de la catedral, ¿te acuerdas?

—El tirador con más puntería de la batería —dijo.

—Eso dice él.

—No sabrán ni por dónde les van los tiros.

Miré la cola de hombres y me pregunté si sería mejor saber lo que te esperaba o dejarse inspirar por alguna imagen infantil de San Jorge. Pensé en mi belga invisible y en lo que debía haber oculto bajo sus vendas. ¿Cuántos de aquellos hombres volverían así a casa? ¿Cuántos de ellos volverían a casa?

Varios jóvenes salieron de los barracones y echaron a correr para coger el autobús. La fila de los futuros reclutas avanzó cuando las puertas del vehículo se cerraron.

—Ebenezer —dijo Maude.

Y allí estaba él, al inicio de la cola, quitándose la gorra y subiéndose las gafas hasta el puente de la nariz. El autobús arrancó y yo estiré el cuello para no perder a Eb de vista. Bajó la mirada hacia el escalón, como hacía siempre, para asegurarse de que no tropezaba, y, después, la oficina de contratación lo devoró.

ANTES DE EMPEZAR a trabajar el lunes, Maude y yo pasamos por el lado masculino del taller de encuadernación y nos asomamos a la sala de reparación de libros. Ebenezer estaba sentado a su mesa. Lo vi colocar una hoja de pan de oro y levantarse las gruesas gafas para poder observar el resultado.

—Más ciego que un topo —dijo Maude.

—Gracias a Dios —dije yo.

1 de marzo de 1915

Hola, mis niñas:

No adivinaríais jamás dónde estoy.

En Étaples. Francia.

Dios mío. Esto es inmenso, enorme, tan extenso como un suburbio londinense. ████████████████████████████████████
██

████████████

Me impresionó, no puedo negarlo. No sé muy bien qué me espe-raba, quizá algo más pequeño, más limpio, con un olor más agradable. El tufo era abrumador. Me avergüenza decir que esperaba encontrarme a los soldados que nos sonríen por toda Inglaterra desde los carteles, pero fue como entrar en una iglesia en la que crees que va a celebrarse una boda y, de repente, darte cuenta de que estás en un funeral.

Al cabo de un rato, dejamos de saludar con la mano a las filas de hombres que marchaban junto a nuestro camión. Llegamos a la sede de la Cruz Roja con más aspecto de refugiadas que de refuerzos. Una pobre chica lloraba con tal violencia que tuvieron que llevársela a primeros auxilios para que le administraran un sedante.

Un soldado que, o había adelgazado mucho, o aún no había con-seguido llenar el uniforme, se encaramó a la parte superior del camión para recuperar nuestras pertenencias. Le dediqué mi mejor sonrisa de actriz, pero no me la devolvió, ni se sonrojó, ni se dio la vuelta. Se

151

limitó a seguir mirándome unos segundos. «Bienvenida al purgatorio», me dijo, inexpresivo. Luego me soltó la bolsa en los brazos y dijo el nombre de otra mujer a gritos. No creo que sea la vanidad lo que me hace plantearme su estado mental, pero es bastante difícil resistirse a mis encantos, como ambas sabéis, y él ni se inmutó. Mientras escribo esto, aún me pregunto si no sería un fantasma.

Con mucho cariño,

Tilda

ESCUDRIÑÉ LAS LÍNEAS tachadas. Eran solo dos, pero eclipsaban toda la carta. Me volví loca intentando descifrar qué había escrito Tilda. Raspé el negro con el filo de un cuchillo, acerqué la página a la lámpara. Al final, la arrojé sobre la mesa.

—¿Qué es lo que no quieren que sepamos? —pregunté.

—La verdad —contestó Maude sin dejar de plegar.

LOTTE SE LLEVÓ a Maude a casa dando un paseo desde la imprenta y yo me fui directamente a las Escuelas de Examen.

El Hombre Invisible estaba dormido cuando llegué. Le habían quitado el armazón de la pierna, pero poco más, así que sus rasgos continuaban siendo un misterio. Aun así, me senté junto a su cama y saqué el cuadernillo que me había llevado del taller de encuadernación. Me pondría a leer hasta que se despertara. Era otro Panfleto de Oxford: *¿Cómo puede ser justa la guerra?* Gilbert Murray, otra vez. «La guerra —escribía— es enemiga del progreso social, la amabilidad y la gentileza, el arte, la literatura y el aprendizaje.» Siempre había sido «un defensor de la paz», escribía.

El Hombre Invisible se agitó, gimió. Movió las manos vendadas contra la cama como si estuviera intentando cavar un túnel para escapar de ella. Solté a Gilbert Murray y le agarré las manos vendadas. Se las sostuve con suavidad, hasta que la tensión pasó y el Hombre Invisible se calmó.

Seguí leyendo. La primera gran denuncia de la guerra en la literatura europea se dio, según Gilbert Murray, en *Las troyanas*. «Eurípides da voz a las mujeres —me había dicho mi madre una vez—. Las hace poderosas.»

El Hombre Invisible gritó y empezó a sacudir la cabeza de un lado a otro. La enfermera entró corriendo.

—Se hará más daño —dijo ella mientras se situaba al otro lado de la cama y le sujetaba el rostro entre las manos.

Le habló en voz baja, palabras tranquilizadoras y repetitivas. Él dejó de agitarse y la mujer se apartó de la cama.

—Es posible que siga durmiendo otro rato —me dijo.

—Esperaré.

Volví con Gilbert Murray. «Sin embargo, creo firmemente que no hicimos bien al declararle la guerra a Alemania.»

Entonces el Hombre Invisible abrió el ojo y habló.

—*Morte* —dijo.

Dejó la vista fija, pero no en mí, sino en algo que aparecía en su sueño. Un recuerdo, tal vez. Cerró el ojo y durmió un poquito más. Cuando despertó, me miró a la cara.

—¿Te apetece dictarme una carta? —le pregunté.

—¿Para quién?

—¿Para tu familia?

Y, al decirlo, me di cuenta de todas las preguntas que contenía. Se volvió hacia la taquilla que tenía junto a la cama.

—En el cajón.

Había un reloj de pulsera con la esfera destrozada. Me pregunté por qué lo conservaba. Un volumen de poesía lo bastante pequeño como para caber en un bolsillo: *Fusées*, de Baudelaire. Una fotografía.

Una mujer sentada, vestida para el retrato, con la cara un poco tensa. Un niño de pie a su derecha, de diez, once, doce años, tal vez, sonriendo. Un joven a la izquierda de la mujer. También sonriente, alto y de uniforme. Miré al Hombre Invisible y de nuevo la imagen. El fotógrafo les había coloreado las mejillas de rosa.

—Mi madre y mi hermano —dijo—. Se llama Gabriel.

Cada vez se le entendía mejor, pero me di cuenta de que el esfuerzo de hablar seguía provocándole dolor.

—¿Y este eres tú?

Negó con la cabeza.

—Ya no.

—¿Dónde están? —pregunté.

—*Je ne sais pas.*

CUANDO LLEGUÉ A la sala de reparación de libros, todo estaba listo.

Era un ejemplar único. Un trabajo especial. Todos los trabajadores de la imprenta —todos los trabajadores que quedaban en la imprenta— habíamos participado. Como mínimo, habíamos firmado con nuestro nombre en los pliegos que habían pasado por todos los departamentos, de mano en mano. En la parte superior de la hoja que había firmado yo, habían impreso la palabra ENCUADERNACIÓN. Un remate rojo con un diseño sencillo. Los nombres de veinte hombres y de casi cincuenta mujeres ya figuraban en ella. Tenía que llevársela a Ebenezer.

—La tuya es la última firma, Eb.

Cogió la hoja, la colocó con cuidado en la mesa y añadió su nombre. Lo recordé en la cola del cuartel de Cowley y me escocieron los ojos.

—¿Estás bien, Peg?

—Me cuesta imaginarme la imprenta sin él —dije.

«Y sin ti», pensé.

Muy pocos recordábamos una época en la que el señor Hart no hubiera sido el interventor. Había desempeñado su cargo de manera estricta, pero justa. Nos había dado el acceso al Instituto Clarendon y la mayoría lo habíamos utilizado para mejorar nuestra educación. Nadie podía decir que fuera exactamente amigo suyo, pero todos le estábamos agradecidos. Su jubilación se había convertido en una necesidad, pero, aun así, resultaba difícil asimilarla.

—No soportaría enterarse de que los alemanes han matado a otro aprendiz —dijo Eb.

—Pero soy incapaz de imaginarme la imprenta sin él —dije.

—Yo no me lo imagino a él sin la imprenta.

Homenaje a Horace Hart, masterado en Artes
interventor de la imprenta
e
impresor de la Universidad.
Obsequio de los empleados de la Oxford University Press

Eb ya había preparado el revestimiento para nuestro discurso de despedida. Cuero de Marruecos azul con detalles y letras doradas. Yo me había encargado de plegarlo, montarlo y coserlo.

Los pliegos eran más gruesos de lo habitual y eso me valió de excusa para tomármelo con calma. Quería honrar al señor Hart con las habilidades que había desarrollado desde los doce años, desde que él se había convertido en mi interventor. Pero fue difícil prolongarlo. Un pliegue. Folio. Eso era lo único que necesitaban.

Monté los cuadernillos y comprobé el orden. Rubriqué la última página, aunque no era necesario, y luego coloqué el primer cuadernillo en el telar de costura. Esta labor era la más lenta, mi favorita. Cosí todos los cuadernillos a los cordeles y entre sí. Los até bien y supe que mis puntadas sobrevivirían a todas las personas que habían firmado con su nombre.

—Terminado —dije.

Eb inspeccionó las puntadas. Pasó el dedo por el lomo.

—Es una pena que tengamos que ponerle tapas —dijo.

19

18 de marzo de 1915

Hola, mis niñas:

Puede que esté en Francia, pero este campamento es británico hasta la médula, hasta el té Twinings y las galletas McVitie's. Me he instalado en una cabaña con otras siete VAD, debutantes en su mayoría, aunque hay otra mujer de linaje ordinario. Es más joven que yo, pero parece mayor. Es viuda, sospecho. Se unen al VAD cuando matan a sus maridos. Tristes, todas ellas, pero diligentes. Nadie enrolla una venda como una viuda. Me han asignado a un pabellón de cirugía, un trabajo menos interesante de lo que parece. Me dedico sobre todo a ordenar taquillas y limpiar cuñas. El momento más destacado de mi turno es cuando toca ayudar a comer y a afeitarse a los hombres con los brazos o las manos lesionados. Nos da la oportunidad de charlar. De coquetear un poco. Es cuando me siento más útil.

Besos,

Tilda

P.D. Helen describía a tu señor Hart como un hombre severo, pero también decía que fue bueno con ella en el único momento que importaba. Creo que se habría alegrado de que vuestros nombres figuren en su tarjeta.

P.P.D. He hecho un paquete con todas las cosas que ni siquiera tendría que haberme molestado en traerme en la maleta: blusas, faldas, el vestido de color albaricoque con el que tanto le gustaba verme a tu madre, un par de zapatos de tacón (¿en qué estaba pensando?) y la mitad de mi maquillaje. Parece que mi tono de pintalabios es el

156

preferido de las mujeres del segundo burdel de Étaples y, en dos ocasiones, en mis días libres, me han confundido con una «chica de vida alegre». ¡Y ni siquiera de las de primera clase! El paquete debería llegaros dentro de una o dos semanas. Aprovechad bien todo lo que os valga y no te pases con el pintalabios rojo cereza. No conviene que te confundan con una «chica de vida alegre».

—¿UNA CHICA DE vida alegre? —dijo Maude.

No sabía muy bien cómo explicárselo.

—Una mujer a la que le gusta pasar el rato con hombres, Maudie.

A PRINCIPIOS DE abril, la sala de las Escuelas de Examen estaba abarrotada de gente. De padres ansiosos por ver a sus hijos y de madres ansiosas por tocarlos. De novias sin habla sentadas junto a las camas, con su futuro arruinado bajo las sábanas blancas. A veces una cama vacía que no esperábamos, y no siempre nos atrevíamos a preguntar. Los belgas eran los únicos que no tenían adónde ir.

La cara de Bastiaan seguía amortajada de blanco, pero le habían quitado las vendas de las manos y, con cada semana que pasaba, se volvían más expresivas. Me había acostumbrado al encaje de cicatrices y al mosaico texturizado de piel, huesos rotos y quemaduras. Levantó la mano derecha en una especie de saludo. El ojo destapado sonrió.

—No tardarás en poder sujetar los libros con la mano, puede que incluso un bolígrafo, y entonces no tendré nada que hacer.

Intentó mover los dedos para imitar el gesto de agarrar algo. Excepto el pulgar, todos se mantuvieron obstinadamente rígidos.

—Has mejorado respecto a la última vez —dije, aunque no estaba segura—. ¿Quieres que te lea o que escriba?

—Que escribas. —Tenía el papel preparado sobre la cama, apoyó la mano encima—. A mi madre y mi hermano. Los han encontrado, en Holanda.

—¡Ay, Bastiaan!

Estiré la mano y la posé sobre la suya.

—En Roosendaal —dijo—. Tengo una dirección postal.

—Tendrá que ser una carta sencilla, mi oído para el francés es...

—No muy bueno —dijo—. Usaremos el inglés. Es mejor que Gabriel aprenda.

—Adelante, entonces —dije, pero me había agarrado la punta de los dedos con el pulgar y no me soltó al instante.

Unos días más tarde, Gwen y yo recorrimos los pasillos ya familiares de las Escuelas de Examen entrando en algún pabellón que otro para saludar a las caras conocidas. Preguntábamos por los padres, las hermanas y los hermanos pequeños, las granjas y los negocios familiares. A Gwen le encantaba acercarse y preguntar por las amantes. Llevaba la cuenta de cuántas cartas de petición de matrimonio había escrito y estaba ansiosa por conocer el resultado de sus esfuerzos. Se atribuía un mérito considerable cuando había una boda en el horizonte y se ofendía sobremanera cuando se enteraba de algún rechazo. «No sé cómo ha podido negarse —me dijo una vez—. Era una carta preciosa.»

Nos habíamos acostumbrado a ciertas cosas, Gwen y yo. A los desvaríos ocasionales de algunos pacientes, a las carreras de los médicos y los movimientos apresurados de las enfermeras; al despliegue de un biombo alrededor de la cama de alguien para darle privacidad y luego al lamento de una madre, sofocado con premura. Pero, desde el inicio del año, había empezado a notar algo más sutil: un murmullo de disconformidad. Lo había captado en las conversaciones susurradas tras la batalla de Ypres el otoño anterior, y lo veía en el ceño fruncido de la gente que leía los periódicos. Esa disconformidad seguía a los padres cuando abandonaban el costado del lecho de un muchacho cuyo futuro no se parecería en nada al que ellos habían planeado, y se compartía, junto con los cigarrillos, entre los hombres a los que iban a mandar de vuelta a Francia. Cuando Lotte pedía mejillones en el Mercado Cubierto, aparecía en los ojos del pescadero, y también estaba en la forma en la que, en la imprenta, algunas personas habían empezado a darles la espalda a las trabajadoras belgas.

En el pabellón de oficiales, al menos, nadie estaba resentido con los belgas. Aquellos hombres habían visto demasiados muertos tirados en las calles de Mons, Dinant y Lovaina. Hombres, mujeres, niños. Si había ocurrido en las calles de Bélgica, ¿por qué no iba a suceder en las de Inglaterra? Le abrí la puerta a Gwen para que entrara y la seguí hacia el interior de la sala. La mayoría de los hombres nos conocían, con independencia de si llevaban allí mucho o poco tiempo, Gwen se había asegurado de ello. Poseía una confianza que procedía del hecho de que todo el mundo le había mantenido las puertas abiertas, literal y figuradamente, a lo largo de toda su vida. No todas ellas, pero sí la mayoría. En el pabellón de oficiales nadie cuestionaba su presencia y, por lo tanto, nadie cuestionaba la mía.

Los que estaban lo bastante cerca de la cama de Bastiaan como para oírnos se mostraban encantados con la poesía que le leía y con las historias que le contaba y, si mi paciente se quedaba dormido, algunos me pedían que me sentara con ellos para leerles una o dos estrofas. Pensé que a lo mejor lo que decía aquel Panfleto de Oxford era cierto: que no nos odiábamos tanto como imaginábamos, sino que, antes de la guerra, no nos conocíamos muy bien.

Aquel día en concreto, Bastiaan estaba incorporado en la cama y Nicolas sentado en la silla que solía ocupar yo. Cuando nos acercamos, el sargento se levantó ayudándose con una muleta. Me hizo un gesto para que me sentara.

—Le mantengo el asiento caliente, señorita Jones.

—¿Cuánto hace que nos conocemos, Nicolas? —le pregunté.

Pensó.

—Creo que tres meses.

—Y sigues llamándome señorita Jones. —Me crucé de brazos—. Si no empiezas a llamarme Peggy, tendré que dejar de venir a visitaros.

Bastiaan se aclaró la garganta.

—Llámala Peggy, Nicki. Si deja de venir a vernos, no te lo perdonaré.

No se lo perdonaría. Sus palabras me pillaron por sorpresa.

—Te mantengo el asiento caliente, Peggy.

Nicolas se había colocado detrás de la silla y estaba sujetando el respaldo. Me senté y él la acercó un poco más a la cama de su compañero.

—¿Seguirás visitándonos? —preguntó Bastiaan cuando Nicolas se alejó hacia Gwen.

«Hasta que tú quieras», pensé.

—Hasta que no necesites que te lean —contesté.

—¿Y si lo que quiero es hablar?

—¿Sigue doliéndote?

Se encogió de hombros.

—No tanto.

—Entonces puedes hablar todo lo que quieras y yo te escucharé.

—¿Y si lo que quiero es escuchar?

Durante una hora él habló, yo hablé y ambos escuchamos. Le hablé de Maude, de mi madre y del *Calíope*. De la imprenta y de Jericho. Me contó que su madre amaba tanto la música como la mía amaba los libros cuando estaba viva, y que en su casa nunca paraba de sonar. Luego, su padre había muerto y su casa se había sumido en el silencio. Para cuando llegó la hora de marcharme, Bastiaan había dejado de ser invisible.

Gwen nos tapó a ambas con su paraguas cuando salimos de las Escuelas de Examen.

—Nos echan —dijo.

—¿A qué te refieres?

—La Oficina de Guerra ha requisado el Somerville. Van a convertirlo en otro hospital y se rumorea que trasladarán allí a todos los oficiales de nuestro pabellón.

—¿Cuándo?

—Tenemos que estar fuera dentro de dos semanas. Los pacientes se trasladarán en mayo.

—¿Dónde vais a meteros todas? —quise saber.

—En el colegio universitario Oriel. Nos han ofrecido las habitaciones de los sirvientes.

—Estás de broma —le dije—. Los colegios masculinos están medio vacíos, ¿no pueden ofreceros algo mejor?

—Sí, estoy de broma. —Ladeó la cabeza—. Al menos, eso creo. En realidad, no importa, porque seguro que las habitaciones de los criados de los colegios masculinos son más cómodas que las de las alumnas en el Somerville.

LA ENFERMERA ME dio una caja para que empaquetara las cosas de Bastiaan. «Demasiado grande», pensé cuando abrí el cajón de su taquilla. Un reloj de pulsera que no daba la hora. Un libro de poesía. Una fotografía. Lo guardé todo.

—A lo mejor te ponen en la antigua habitación de Gwen —le dije.

—Espero que no —soltó ella—. Hay una corriente horrible. —Cogió el ejemplar de la revista Punch que había encima de la taquilla—. ¿Te guardamos esto en la caja?

Él negó con la cabeza.

—No es mío.

—¿Y esto?

Un reloj pequeño.

—Tampoco es mío.

—¿Y esto? —preguntó Gwen, esperanzada.

Era una traducción al inglés de la poesía de Baudelaire.

—Es de Peggy —dijo Bastiaan.

—Vaya, ¿por qué no me sorprende? —Me miró con una sonrisa burlona—. Vale mucho la pena leerlo en el original, Peg. —Un silencio para acoger mi expresión de hastío—. El sargento podría enseñarte francés.

Bastiaan ya me estaba ayudando a leerlo en francés, pero, antes de que ninguno de los dos pudiéramos responder, Gwen se agachó y abrió la puerta de la taquilla.

—Esto sí debe de ser tuyo, ¿no? —Levantó el objeto, una prenda de lana, verde, mal tejida. Más corta de lo que debería—. ¿Qué narices es?

—Una *buzanda* —respondió Bastiaan.

—Bufanda —lo corregí.

—¿En serio? —dijo Gwen—. No es lo bastante larga. No creo que te abrigue el cuello.

Metió el dedo por uno de los agujeros más grandes.

—Metedla en la caja, por favor —dijo Bastiaan.

—Como quieras... —contestó ella.

Se la quité de entre las manos y la guardé. Al menos, impediría que todo lo demás fuera dando tumbos por la caja.

A LAS VOLUNTARIAS nos pidieron que nos mantuviéramos alejadas del nuevo hospital del Somerville hasta que todos los pacientes estuvieran instalados y las rutinas de enfermería bien establecidas. Fueron solo unas semanas, pero el tiempo transcurría muy despacio. Daba igual lo que plegara, lo que montase o lo que ayudara a Eb a coser: no había nada que pareciera acelerarlo, así que fue un alivio que la señora Stoddard nos pidiera que la acompañásemos a una boda.

—¿Quién se casa? —preguntó Aggie.

—El señor Owen —contestó la capataz, y luego me miró.

—¡Le dijo que sí! —exclamé.

—¿Lo dudaste en algún momento?

«Ni por asomo», pensé.

—Vamos a ser una especie de regalo de boda de parte de la imprenta —continuó la señora Stoddard—. Quieren que unas cuantas «voces dulces», según las palabras del propio interventor, acompañen al coro de la imprenta en una interpretación de *By the Light of the Silvery Moon*. Ya os la sabréis, espero.

Lotte negó con la cabeza. Aggie, Lou y yo asentimos; mi hermana empezó a cantar.

—Conserva la voz, Maude, para cuando la feliz pareja salga de la iglesia. —La señora Stoddard se volvió hacia Lotte—. Estaremos encantadas de que te unas a nosotras, Lotte. No hace falta que cantes, pero tendrás que tirar arroz.

—No, gracias, señora Stoddard. Me quedaré aquí.

Empezamos a cantar en cuanto se abrieron las puertas de San Bernabé y, cuando los novios salieron a la luz del sol, les lanzamos arroz. Él la había llamado señorita Nichol, pero ahora era la señora Owen. No llevaba velo y el arroz se le quedó atrapado en los rizos. Entonces su marido la besó y, cuando ella se volvió, las pequeñas cuentas que llevaba cosidas en el vestido reflejaron el sol. Sentí una punzada de algo, en el corazón y en las tripas. No era envidia, aunque era innegable que el señor Owen estaba muy guapo con su uniforme de oficial, tal como Aggie estaba diciendo en un tono lo suficientemente alto como para que la oyera todo el coro. Era algo más difícil de identificar. Algo relacionado con la alegría del momento. Era una sensación muy... optimista.

Seguimos a la comitiva nupcial en alegre procesión por las calles de Jericho. En el Bookbinders Arms, los viejos trabajadores de la imprenta que esperaban con pintas a todo hombre que quisiera una, estallaron en una gran ovación. La gente salía de las casas y de las tiendas para darle la enhorabuena a la pareja y los niños correteaban a su lado. Cuando llegamos a Walton Street, nos separamos. La comitiva nupcial se encaminó hacia Banbury Road para comer sándwiches y tarta en el Scriptorium y los demás volvimos a la imprenta.

8 de mayo de 1915

Querida Pegs:

Es tarde y quizá no debería escribir esto, pero ¿cómo vas a saber cómo son aquí las cosas si no lo hago? Leo los mismos periódicos que tú —siempre desactualizados—, pero analizo hasta el último detalle en blanco y negro en busca de algo que se parezca a mis días. ▉▉▉

▉▉▉▉▉▉▉▉▉▉▉▉▉▉▉▉▉▉▉▉▉▉▉▉▉▉▉▉▉▉▉▉▉▉▉

▉▉ Ahí no había nada de eso. Supongo que mis días son de poco interés para los hombres que los leen en su club y las mujeres que los leen en su salón. Y hay que mantener la moral alta.

Por lo general estoy muy a favor —de la moral—, pero lo de este chico me afectó. Tenía las mismas pecas ridículas que mi hermano, y los ojos de un verde del mismo tono. Era más joven y, por alguna razón, eso lo hacía aún peor.

Había estado en ███████████████████████████████████████

██

█████████Tenía las manos destrozadas. Sus preciosas manos de niño, que también me imaginé cubiertas de pecas, como las de Bill. Aunque me resultó imposible comprobarlo. Sostuve la lámpara mientras el médico le lavaba la sangre. Me dieron arcadas cuando la hermana le pasó la sierra. Horas después, el muchacho se despertó, confuso y con aspecto de ser aún más joven. Por la forma en la que me miraba, bien podría haber sido yo su madre. Tengo la edad suficiente y, en este lugar, a veces soy lo más cercano. Le preparé un té, la leche es en polvo, pero el azúcar es dulce, y le añadí una cucharada extra. Me senté en el borde de su cama y le levanté la cabeza de la almohada para poder darle de comer. Ya se había tomado la mitad del té cuando caí en la cuenta. Aquel crío, al que habían enviado a Francia para que fuera un hombre, siempre necesitaría que alguien le metiera la comida en la boca con una cuchara y le acercara la taza a los labios.

Pero ¿quién lo hará, Peg? Eso es lo que me está quitando el sueño esta noche. No tiene ninguna novia esperándolo, solo un padre y dos hermanos menores. El médico le dijo que tenía suerte de seguir vivo. «¿La tengo?», me preguntó. Oh, Peg, ¿qué iba a decirle?

¿Y cómo está tu hombre invisible? ¿Habla? ¿Se ríe? Si se ríe, hay esperanza y tu trabajo será más sencillo. He atendido a una buena cantidad de hombres invisibles y, en algunos casos, es como si la aniquilación de su rostro hubiera silenciado a quienesquiera que fuesen antes. Es como si se hubieran perdido a sí mismos.

A veces les deseo la muerte, Peg. ¿Te escandaliza? Verás, me han pedido que se la provoque. Y he sentido el odio de más de un muchacho destrozado tras negarme. Me dan la espalda y se niegan a comer o a beber. Tardan más, pero algunos lo consiguen. El médico anota que han muerto a causa de las heridas o por infección, pero en realidad algunos lo han decidido.

Dile a Maude que sus estrellas de papel tienen bastantes admiradoras por aquí, en Francia. Me he quedado sin espacio alrededor de mi catre y he empezado a colgarlas en las ventanas de la cabaña. Una de las nuevas debutantes me preguntó si eran amuletos para mantenernos a salvo. Estaba claro que quería que le dijera que sí, así que lo hice. Se ha adaptado muy bien y me he dado cuenta de que toca la estrella que he colgado junto a la puerta cada vez que sale para hacer su turno y cada vez que regresa.

Besos,

Tilda

P.D. Gracias por describirme la boda de Esme y Gareth. Está claro que a ella le encantó su regalo.

P.P.D. Me darán un permiso en junio. Dos semanas, ¿me acogeréis? Claro que sí.

LEVANTÉ LA MIRADA de la carta de Tilda y vi a mi hermana plegando papeles. La vela que tenía delante estaba a punto de consumirse, pero ella no se había dado cuenta. Encendí la lámpara de la pared.

—Tilda quiere que le envíes más estrellas, Maudie. Ayudan a que las enfermeras se sientan a salvo.

Frunció el ceño.

—¿Tilda está a salvo?

No lo tenía claro.

—Claro —contesté—. Ni siquiera los alemanes lanzarían bombas contra un hospital.

20

Estaba en medio de Walton Street con Maude y con Lotte, las tres mirando hacia las ventanas del Somerville.

—Me cuesta imaginármelo lleno de hombres —dije, más para mí que para ellas.

—¿De qué suele estar lleno? —preguntó Lotte.

—De mujeres —contesté—. Es un colegio universitario femenino.

Maude señaló la habitación que había encima de la entrada.

—La habitación de Peggy —dijo.

Lotte frunció el ceño y mi hermana intentó aclarárselo.

—Leer los libros, no encuadernarlos, maldita sea.

¿Cuántas veces me habría oído decirlo?

—No digas palabrotas, Maudie —le pedí.

Bajé la vista hacia la calle y me fijé en la gente que entraba y salía del colegio. Hombres con atuendo militar o con bata blanca. Enfermeras y VAD con el gorro al estilo de la hermana Dora, la famosa enfermera de Walsall, enfermeras jefe con el velo almidonado. «Como monjas», pensé, y una imagen de Tilda vestida con un hábito blanco virginal me arrancó una carcajada.

—¿De qué te ríes? —preguntó Lotte.

La miré y me volví hacia la conversación.

—El Somerville no es un lugar para las encuadernadoras, Lotte. En épocas normales, la única manera de que una mujer de Jericho pueda atravesar esa puerta es como bedela, cargada con una fregona, un cubo y betún de botas.

—¿Bedela?

—Sirvienta de la universidad.

—Pero hoy entrarás con un bolígrafo, papel y un libro.

Fue por cómo lo dijo. Entendía lo que significaba y no pude evitar la sonrisa que se me dibujó en el rostro.

—Sus defensas han caído —dije—. Tomaré la plaza por asalto.

Le di un beso a Maude en la mejilla y me volví para cruzar Walton Street.

Entré en la portería. El portero lucía un uniforme militar y me pregunté si la anciana que ocupaba antes su puesto se habría ido a Oriel con todas las alumnas que vivían antes en el Somerville.

Di mi nombre y contuve la respiración.

—¿El belga, dice?

Asentí. Miró su libro de visitas.

—Cruce el patio hacia el edificio de la biblioteca. Allí le darán más instrucciones.

El belga. Bastiaan era el último. Cinco habían muerto y ya estaban enterrados en el cementerio de Botley, y Nicolas se había recuperado lo suficiente como para que lo mandaran a Elisabethville, el pueblo para refugiados belgas que habían construido en Durham.

El patio había cambiado desde el día en el que habían celebrado el té. Unas tiendas de campaña enormes llenaban el césped, y había que tener cuidado para no tropezar con las cuerdas que las sujetaban. Las solapas de las puertas estaban abiertas para dejar entrar el aire primaveral, así que vi que todas estaban llenas de catres y que todos los catres estaban ocupados. Todas las voces eran masculinas y me alegró oírlas. Ya no era el colegio universitario para mujeres al que no podía asistir. Era un hospital y yo era tan bien recibida como cualquier otro visitante.

Subí los escalones de la logia. Sabía que me llevarían a la biblioteca si giraba a la derecha una vez dentro del edificio, pero giré a la izquierda.

Una VAD me señaló la cama que había a la derecha de la chimenea y vi a un hombre alto, demasiado delgado para su complexión.

Era una versión nueva del hombre al que había llegado a conocer en las Escuelas de Examen; «el último borrador», pensé. Seguía teniendo un vendaje enorme que le ocultaba la mayor parte del lado izquierdo de la cara, desde lo alto de la frente hasta la mandíbula reconstruida, pero le habían quitado las vendas que le envolvían la cabeza. El lado derecho del rostro estaba destapado y atisbé un pómulo afiladísimo y la costura que tenía a la altura de la barbilla, allá donde la piel nueva se juntaba con la vieja. Solo la comisura izquierda de la boca parecía emborronada, como si el artista hubiera pasado la mano por la pintura del retrato antes de que terminara de secarse.

Bastiaan giró ligeramente la cabeza para verme con el ojo bueno mientras cruzaba la habitación. Me senté a su derecha y me costó no quedarme mirando sus rasgos recién descubiertos.

—He oído decir que todos tenemos un lado bueno —comenzó—. Antes creía que el mío era el izquierdo.

Se llevó la mano a la barbilla, puede que para explorar la piel suave y cerosa o quizá para intentar ocultarla. Durante meses, había querido saber qué aspecto tenía. Había reunido pistas gracias a algunos vislumbres: la piel aceitunada, algo amarillenta tras meses sin tomar el aire; el vello oscuro de los antebrazos; la fina estructura ósea de unas manos que parecían de pianista y que se habrían roto con facilidad en una pelea a puñetazos. Cosas que no quedaban claras en su fotografía.

Mi imaginación no se había alejado mucho de la verdad. Le veía el lado de la cara que no había resultado dañado. El ojo parecía más azul que gris en contraste con el tono ictérico de la piel y le habían enderezado la nariz. El apósito grande seguía cubriéndole el ojo, la mejilla y la mandíbula izquierdos. Me imaginé las cicatrices nítidas y los huesos soldados.

—¿Cuándo te han quitado las vendas?

—Hace diez días.

—Nos dijeron que solo se permitían visitas de familiares mientras os acomodaban a todos.

—Se me ha hecho largo —dijo. Se le crispó la boca—. He echado de menos tus lecturas. Puede que mi inglés haya empeorado por la falta de conversación.

—Qué curioso —dije—. Yo he pensado lo mismo.

Frunció el ceño y tuve que morderme el labio inferior para impedir que me temblara. Los vendajes me habían ocultado tantas cosas. Me sentía abrumada por los detalles de Bastiaan.

—Detesto decirlo, pero tu inglés es mejor que el de algunas de las personas con las que trabajo.

La crispación se convirtió en una especie de sonrisa, aunque el borrón apenas se movió. Deslizó la mano derecha hasta el borde de la cama y se la cubrí con la mía. Cerró el ojo y giró la cabeza sobre la almohada. De perfil, parecía que estuviera indemne.

—¿Qué me vas a leer hoy?

Saqué un libro de poemas y lo levanté hacia él.

—Rupert Brooke —dije.

Negó con la cabeza.

—Ya he oído esos poemas. Por favor, Peggy, no quiero volver a oírlos.

—Es muy popular.

—Sí. Su guerra está llena de... —Se quedó callado un momento—. De una especie de gloria. Para mí, no ha sido así.

Volví a guardarme a Rupert Brooke en la cartera. Palpé el otro libro, la encuadernación desgastada, los bordes suaves de las páginas.

—¿Tienes otro? —me preguntó.

Se lo enseñé. Leyó el título.

—*Manual básico de gramática griega.* —Frunció el ceño, a medias—. ¿Estás aprendiendo griego?

—No. Claro que no. Lo cogí prestado. Más o menos. De la biblioteca de aquí, del Somerville. —Era una confesión y se me trababa la lengua. Cogí aire—. En realidad, tengo que devolverlo.

—Bueno, entonces, ¿qué te lo impide?

—Tu mano.

Su sonrisa. También a medias. Me sonrojé. Fue un quebrantamiento de la voluntad.

—¿Crees que la biblioteca de estas mujeres tendrá algo de Rudyard Kipling? —preguntó.

—Supongo que sí.

—¿Y podrías pedirlo prestado en mi nombre?

—No veo por qué no —respondí, aunque seguramente fuera imposible.

Me soltó la mano.

—¿Es usted alumna del colegio? —indagó la bibliotecaria.

Me pregunté si me pediría que lo demostrara si le decía que sí. Pulí mi acento.

—Soy voluntaria. Leo libros y escribo cartas.

—Entonces me temo que la respuesta debe ser no. Solo las alumnas de Somerville tienen acceso a esta biblioteca.

—No voy a sacar el libro de las instalaciones —dije—. Solo quiero leérselo al oficial belga. Es un paciente de la planta baja.

La bibliotecaria cambió de postura, se le suavizó la boca. «Siempre sabes cuando te los has metido en el bolsillo», me dijo una vez Tilda al hablarme del público.

—El pobrecito lleva en el hospital desde enero —continué—. Tiene unas heridas terribles. —Me tapé la boca con la mano, fingí angustia—. Puede que no... —Me interrumpí, no me sentía preparada para soltar la mentira que había planeado—. Se te rompe el corazón solo con verlo.

Se me llenaron los ojos de lágrimas; fue algo involuntario. Tilda me habría aplaudido.

La bibliotecaria estaba en vilo.

—No para de pedirme que le lea a Rudyard Kipling. Pero no tengo ningún libro de ese autor. Intenta no sentirse decepcionado, pero...

—¿Qué libro? —me preguntó.

—¿Cómo dice? —contesté, como si no estuviera esperando justo esa pregunta. «Dales la oportunidad de presumir —me había enseñado Tilda—. Así es más probable que hagan lo que les pidas.»

—¿Qué libro le gustaría que le leyera?

—Bueno, no sé el nombre. Me ha dicho que es una mezcla de cuentos y poemas. Le compró una edición ilustrada a su hermano pequeño para ayudarlo con el inglés. Antes de la guerra. Creo que son los poemas lo que le gustaría que le leyera.

—Tenemos unos cuantos títulos, pero creo que se refiere es a *Hadas y recompensas*. Es un libro para niños, pero uno de los poemas se ha hecho bastante popular entre los adultos.

El reto de encontrar el libro adecuado la había animado.

Contuve mi entusiasmo. Miré hacia abajo con serenidad. Me mordí la lengua. «No es necesario abrir la boca cuando les llevas ventaja —me decía Tilda—. Por lo general, es mejor no hacerlo.»

—Utilizamos un catálogo de fichas —dijo la bibliotecaria, que desvió la mirada hacia el grupo de cajoncitos de madera—. Supongo que estará familiarizada con él, ¿no?

Asentí.

—Si la memoria no me falla, Kipling está en la segunda sección de la sala principal. Tráigamelo cuando lo encuentre y le firmaré la salida.

Me observó mientras me encaminaba hacia el catálogo. Cuando encontré la tarjeta adecuada, sonrió; me dirigí a la sala principal y me interné en la segunda sección. Esperaba que la bibliotecaria siguiera todos y cada uno de mis movimientos. Su escritorio estaba perfectamente situado para vigilarlo todo. Encontré a Kipling y volví sobre mis pasos. La mujer estaba mirando el libro de registros. Me detuve, apenas un momento. Me saqué el *Manual básico de gramática griega* de debajo de la chaqueta y lo dejé en un carrito de devoluciones vacío.

—Necesitaré su nombre.

Tenía el lápiz preparado.

—Pegg... Es decir, Margaret Jones.

La vi anotar mi nombre en el libro de registros de la biblioteca del Somerville. Me quedé mirándolo. Una prueba. De algo. No de gran cosa, pero de algo.

—¿Se encuentra bien, señorita Jones?

—Muy bien —contesté.

—De acuerdo. Devuélvame el libro dentro de una hora, por favor. He tenido una jornada muy complicada atendiendo las peticiones de las alumnas y del personal y le agradecería mucho no tener que perseguirla.

—Tiene mi palabra, señora...

—Señorita Garnell.

—Señorita Garnell. Tiene mi palabra.

Bastiaan estaba esperando mi regreso. Levanté el libro.

—Ese es —dijo cuando me senté a su lado.

—Es un libro infantil, ¿lo sabías?

—Sí, claro.

—¿Empiezo por el principio?

—No. Lee el poema de la página ciento setenta y cinco. Está después de «Hermano Mojigato».

—Si te sabes el número de la página, sospecho que podrías recitar el poema de memoria.

—Podría. Pero me gusta el sonido de tu voz.

Leí:

—«Si no pierdes la cabeza cuando todos alrededor la están perdiendo*...»

Bastiaan empezó a reírse. Al principio fue una risa silenciosa, como si su cuerpo intentara contenerla, pero no tuvo suficiente fuerza. Un sonido entrecortado hizo que algunos pacientes se volvieran hacia él, y entonces su carcajada brotó sin restricciones. Era profunda, rotunda y regular como un tambor. El esfuerzo de reírse le agitaba el pecho y le arrancaba lágrimas de los ojos.

Esperé, con el libro preparado para continuar, a que la risa menguara. Todos esperamos, pero, cuando se le calmó el cuerpo, el tamborileo de su alegría se tornó irregular y alzó la mano buena para secarse las lágrimas que le corrían por la mejilla izquierda, los demás pacientes volvieron a sus asuntos.

—¿Qué te hace tanta gracia? —pregunté.

—Es una metáfora, ¿no?

---

* Traducción de Rafael Squirru.

—Sí.

—Pero no para mí. Y acabo de entenderlo. No he perdido la cabeza por los pelos —dijo, y rompió a reír de nuevo—. Cuando todos alrededor la estaban perdiendo.

No distinguí cuándo cesó la risa y comenzó el duelo. El pecho se le agitaba y le caían lágrimas de los ojos, sus sollozos eran profundos, rotundos y regulares como un tambor.

Nadie se volvió hacia él. Nadie reconoció su dolor.

«Así es como no perdemos la cabeza», pensé.

21

Tilda llegó de manera inesperada.

—No tiene sentido escribir para avisar de que vengo —dijo mientras vaciaba el contenido de su bolsa de viaje en la cama de mamá—, porque siempre nos cancelan el permiso en el último momento. Es mejor llevarse una sorpresa que una decepción. —Sacó una cuña de queso duro y una botella de vino tinto—. *Le dîner* —anunció.

Al día siguiente era domingo y Gwen nos acompañó al Cherwell. Se sentó a mi lado, frente a Maude y Tilda. Esta había pagado a un chico de unos catorce años para que llevara la batea.

—Descríbenos un día normal —le pidió Gwen.

Vi que Tilda cambiaba de postura, que respiraba hondo y el pecho se le elevaba.

La noche de su llegada habíamos hablado durante horas sobre su último día. Había asistido en diez amputaciones, una tras otra. «Es como trabajar en un matadero», había dicho. Prefería las manos y los brazos a las piernas y los pies. «Pie de trinchera», me había dicho, y la cara se le afeó al recordarlo. El tufo le perduraba en las fosas nasales y contaminaba sus sueños. Yo no había dicho gran cosa; ella no lo necesitaba. «¿Manos y brazos, piernas y pies?», le había preguntado Maude. Tilda lo entendió, rompió a reír y se sirvió otro vaso de whisky. «Incineradoras —había sido su respuesta—. Intentan encenderlas solo cuando la brisa es favorable, pero a veces no les queda otro remedio.» Frunció la nariz y negó con la cabeza, luego levantó el vaso y lo apuró de un trago. Me imaginé que el alcohol arrastraba las imágenes de aquellos miembros muertos hasta lo más profundo de sus entrañas. Que las ahogaba durante un tiempo.

Cuando se fue a la cama, me pidió que me tumbara a su lado hasta que se quedara dormida. Le dio vergüenza hacerlo. «Solo esta noche —me aseguró—. Y deja la cortina abierta cuando te vayas. Me he acostumbrado a dormir en una cabaña llena de mujeres.»

Me tumbé de lado y Tilda cerró los ojos. Le acaricié unos mechones de pelo de la frente y recordé a mi madre haciendo lo mismo cuando se tumbaba a su lado. Seguía teniendo un rostro bello, pero las arrugas eran más profundas y las sombras más oscuras. Había hebras plateadas entre el cabello color miel. ¿Cuántos años tenía ya? ¿Treinta y nueve? ¿Cuarenta? Más que mamá cuando murió.

Por la mañana, su vulnerabilidad se había desvanecido. Gracias a Dios.

La luz del sol jugaba sobre la superficie del Cherwell. Le iluminaba el rostro a Tilda y me di cuenta de que Gwen estaba embelesada. Sentí un orgullo extraño: Gwen y yo nos conocíamos desde hacía ocho meses y aquella era la primera vez que conseguía ofrecerle algo de valor.

—Es como una colmena —contestó Tilda—. Zumba todo el día y bulle toda la noche. Por allí pasan miles de hombres de todo el mundo. Llegan, reciben la instrucción militar, los soldados rasos pasan unas horas preciosas en el pueblo de Étaples comiendo pasteles y visitando burdeles. Los oficiales cruzan el puente hacia Le Touquet. Los pasteles y los burdeles no son mejores, pero la playa es preciosa y el sol se pone sobre el océano: justo lo que necesitan para echar una cana al aire con una VAD antes de que los envíen al frente. —Parpadeó una vez, dos—. Muchos de ellos vuelven del frente a los pocos días.

—¿De dónde son? —quiso saber Gwen.

—De Gran Bretaña, por supuesto. De la India, Canadá, Australia, Nueva Zelanda. Hay unos veinte hospitales, cosa que me pareció excesiva. —Se quedó callada un segundo—. Se rumorea que estarán llenos antes de julio. Por eso me han dado este permiso ahora, para que vuelva a tiempo.

—¿A tiempo de qué?

—No lo sé. De algún tipo de ofensiva, aunque incluso el rumor es confidencial. Por lo general, no nos informan mucho. En fin, ¿por dónde iba? —Tilda sonrió, teatral—. Los indios y los canadienses son educados; los australianos no, pero eso los hace divertidos. Los neozelandeses están a medio camino entre los unos y los otros. —Se inclinó hacia delante—. Yo tengo debilidad por los neozelandeses, aunque solo Dios sabe qué los empuja a seguir viniendo. Apenas hay riesgo de que invadan su país. Dudo que el káiser Bill sepa siquiera dónde está Nueva Zelanda.

—Supongo que es una forma de ver mundo... —dijo Gwen.

—No creo que acabe siendo el *grand tour* con el que esperan encontrarse —replicó Tilda.

—Te ha dado mucho el sol —le dije a Tilda ya de vuelta en el *Calíope*.

Yo estaba en la cocina y ella sentada en el sillón de mamá, con la boca llena de alfileres. Maude estaba de pie ante ella, encima de una pila de libros, y el vestido albaricoque de Tilda le colgaba suelto sobre el cuerpo diminuto.

Tilda se encogió de hombros. Antes le importaban las pecas, pero al parecer ahora ya no.

—Estate quieta, Maude, o al final te pincharé.

Las palabras perdían la forma al intentar sortear los alfileres. Primero usó uno para ajustar y luego otro para acortar.

—No sabía que supieras coser —dije.

—Bill me enseñó lo más básico.

Su hermano. No tenía claro si debía preguntarle por él.

—¿Cómo está?

Antes, algunas preguntas eran fáciles.

—Hace una semana estaba bien.

—¿Y dónde está?

Se echó hacia atrás y miró a Maude.

—En Bélgica, creo. Tal vez en Francia. Su teniente se toma muy en serio su trabajo de censor. Los nombres de los pueblos, de las calles, de las cafeterías, lo tachan todo. Por lo que sé, hasta podría estar en Brighton. —Volvió a inclinarse hacia delante y retocó el dobladillo—. Muy bien, Maudie. Ahora ya puedes dar vueltas.

Mi hermana se bajó de los libros y empezó a dar vueltas. Tilda frunció el ceño.

—El escote podría ser un poco más pronunciado, creo.

—A mí me parece que está bien así —dije.

—Un poco más pronunciado —dijo Maude.

Tilda le guiñó un ojo.

—Algo con lo que animar a los chicos, ¿eh, Maude?

Mi hermana asintió y le lanzó un beso a Tilda. Ella se lo devolvió, se levantó y le bajó el escote con los alfileres. Luego, dio un paso atrás.

—Estás preciosa —le dijo—. Ahora, quítatelo para que lo pase por la máquina de Rosie.

Lotte pasó menos tiempo en el barco mientras Tilda estuvo allí. Acompañaba a Maude a casa cuando yo me iba al hospital, pero, cuando Maude subía al *Calíope*, no la seguía.

—¿Por qué no le insistes? —le pregunté a Tilda cuando volví una tarde después de visitar a Bastiaan.

—Le insisto, pero se niega. No puedo obligarla, Peg.

Observé la escena: Maude estaba plegando en la mesa sin poner; no había nada en los fogones. Tilda llevaba un pijama de seda roja, bordado y abotonado al estilo oriental, y tenía un whisky en la mano.

—Creo que haces que se sienta incómoda —dije.

—¿Y eso?

La recorrí con la mirada desde las pantuflas que le cubrían los pies hasta el whisky. Ladeé la cabeza.

—Ay, Peg, ¿en serio? Tu belga ha sobrellevado cosas peores que esto.

Se señaló el cuerpo de arriba abajo.

—Sin duda, pero a veces intimidas bastante. Sobre todo cuando estás en pijama de seda.

Tilda dejó el vaso sobre la mesa y se sentó junto a Maude. Cogió un cuadrado de papel y empezó a plegarlo. Las manos le temblaban ligeramente.

—No es mi pijama lo que intimida a Lotte —aseguró—. No tuvo ningún problema en entrar la primera vez que nos vimos. Se sentó donde estás tú ahora mismo, nos tomamos un café y compartimos un panecillo que había comprado en el Mercado Cubierto. Le pregunté si le gustaba trabajar en el taller de encuadernación y ella me preguntó a qué me dedicaba yo. —Dejó de plegar y bebió un sorbo de licor—. ¿Por qué no le dijiste que era VAD en Francia?

—No pretendía ocultárselo.

—¿De qué parte de Bélgica es?

—De Lovaina.

—Ah.

Tilda acarició con el dedo el borde del vaso, luego lo levantó y se bebió el último trago. Contempló la botella durante un instante; yo la contemplé a ella. Decidió no rellenarse el vaso y lo dejó sobre la mesa, a un brazo de distancia. Había dejado de temblarle la mano.

—Me parece que tu amiga ya ha tenido suficientes experiencias con esta guerra como para que le llenen las noches durante el resto de su vida. Es mi proximidad a la guerra lo que la mantiene alejada, Peg, no mi pijama. Yo diría que intenta no saber nada más sobre el tema para protegerse.

Miró otra vez la botella y se volvió hacia mi hermana.

—¿Cuántas estrellas has hecho mientras nosotras charlábamos, Maude?

Mi hermana contó sus figuras terminadas mientras yo me levantaba de la mesa.

—Seis —contestó.

Recogí la botella de whisky y la coloqué en el estante que había encima de la cocina.

Tilda estaba roncando cuando me metí en la cama con Maude. Ya estábamos acostumbradas de antes, pero ahora sus ronquidos parecían más fuertes, más irregulares. Le agarré la mano a Maude.

—¿Por qué no se lo has dicho? —me preguntó.

Maude nunca era ajena a lo que ocurría a su alrededor, y yo siempre esperaba que repitiera algún fragmento de la conversación una vez que su mente se liberara de la atadura de los pliegues. Pero aquella noche no era capaz de identificar qué parte estaba repitiendo como un loro.

—Tilda —dijo, y luego cerró los ojos para ahondar en su memoria—. Trabajar en un matadero.

«Organiza las frases como el doctor Frankenstein organiza las partes del cuerpo», pensé.

—Es un hospital, Maudie. No un matadero.

—¿No un matadero?

Hice caso omiso de la inflexión, pero me percaté de que seguía esperando. Tal vez se hubiera conformado con algunas distinciones superficiales: humanos, no animales; soldados, no comida. Pero había buscado esa frase concreta y la había utilizado con un objetivo. «No dejes que su lenguaje te engañe —solía decirme nuestra madre—. Maude piensa tan bien como cualquier otra persona.» Yo sabía descifrar el código de Maude, pero a veces estaba demasiado cansada para tomarme esa molestia. Otras veces, solo quería evitar la verdad que ella buscaba o decía. ¿Por qué no le había contado a Lotte lo de Tilda?

—No quería compartirla, Maudie.

—Egoísta —dijo ella.

—Ha sido reconstituyente —dijo Tilda cuando salimos de la sala de cine hacia el vestíbulo del Electra Palace—. *Las aventuras de Alicia en el país de las maravillas* era mi libro favorito cuando era pequeña.

—El mío también —afirmó Gwen—. Tenemos más en común de lo que podríamos haber pensado en un principio.

Tilda se echó a reír.

—Lo dudo, Gwen. También era mi único libro.

La estudiante apenas se inmutó.

—Vaya, pobrecita, pero, si solo puedes tener un libro, ese es sin duda el mejor.

—Sin duda —repitió Tilda, aún con una sonrisa en la cara—. Bill y yo siempre andábamos representando escenas sacadas de él, así que creo que hay que atribuirle cierto mérito por mi mediocre carrera de actriz.

—Seguro que tu Alicia era formidable —dijo Gwen.

—Uy, qué va —replicó Tilda—. Vestía a Bill de Alicia porque así yo podía hacer del Conejo, del Gato de Cheshire, del Sombrerero y de la Reina de Corazones.

—Tilda es famosa por su versatilidad —señalé.

—Ojalá fuera cierto —dijo ella, y después abrió de un empujón la puerta del cine y salimos de nuevo a Queen Street y al mundo real.

Había uniformes caqui por todas partes, algunos más astrosos que otros, como la cara de los hombres que los lucían. Y, sentado contra la pared, junto a la entrada del cine, un soldado con la cabeza gacha y las perneras del pantalón cuidadosamente dobladas justo por debajo de donde tendrían que haber estado sus rodillas.

—Temo ahogarme en mis propias lágrimas —dijo Maude, repitiendo una frase de la película.

Tilda se sacó unas monedas del bolso y se las echó en la gorra.

—Gracias, señorita —dijo el hombre sin levantar la cara.

—Gracias a usted, soldado —respondió ella.

Noté el enfado en la voz de mi amiga y yo también eché unas cuantas monedas en la gorra. Gwen puso un billete de una libra, se lo pensó mejor y añadió otro. Nos alejamos y no dijimos ni una sola palabra sobre aquel hombre.

—Ven a comer el domingo —le dijo Tilda a Gwen cuando nos acercamos al río.

Gwen me miró, tan consciente como yo de que nunca la había invitado a visitar el *Calíope*.

—Claro, ven —dije.

Pero ¿qué opinión le merecería a ella nuestro barco? Se había quejado de las corrientes de aire de su habitación del Somerville, de que los muelles del colchón crujían, de la comida. Cuando me permitía pensar en su casa familiar, me la imaginaba con demasiadas habitaciones y un ejército de criados que la limpiaban. Nunca le había preguntado por los detalles y siempre me había mostrado vaga respecto a mis propias circunstancias.

—Haré un asado con toda la guarnición —anunció Tilda.

—Odias cocinar —dije, y recordé sus esfuerzos durante las semanas previas a la muerte de mi madre y su total falta de dedicación desde entonces.

—Sí, siempre fue cosa de Bill, pero llevo casi dos semanas con vosotras y no he movido ni un dedo.

—Ni un dedo —repitió Maude.

Tilda se rio.

—¿Te das cuenta, Gwen, de la carga que he sido? Supongo que también tendré que hacer un postre, porque si no las chicas me echarán antes de que se me acabe el permiso.

—¿Has hecho alguna vez un postre? —le pregunté.

—¿Por qué no lo llevo yo? —dijo Gwen—. Odiaría que Tilda se quedara sin casa.

LE PEDÍ A Maude que pusiera la mesa con las cosas buenas de mamá. Empezó a plegar las servilletas en forma de capullo de rosa.

—No me parece que sea de esas mujeres que se preocupan por las servilletas, Peg —dijo Tilda, que se apartó un mechón de pelo de la cara y se manchó la frente de manteca de cerdo—. No creo que vaya a juzgarte.

—Es una de esas mujeres que no tienen que preocuparse por las servilletas, Tilda. Siempre están ahí cuando se sienta a comer. —Sonreí—. Llevo meses intentando ocultar mis verdaderos orígenes y, en un instante, has echado a perder todos mis empeños. Echará un vistazo al lugar donde vivimos y pensará que somos gitanas.

Tilda metió las patatas en el horno.

—Estoy segura de que tus sombreros de los domingos y tu acento fingido no la han engañado, Peg. Le caes bien a pesar de todo. En cuanto al lugar donde vivís... —Miró de un extremo al otro del *Calíope*—, echará un vistazo y pensará que es una puñetera biblioteca flotante.

Media hora más tarde, Gwen se quedó inmóvil nada más cruzar la escotilla, con una caja de una pastelería en las manos y la boca abierta.

—Sabía que te gustaba leer, Peg, pero esto es...

Gwen negó con la cabeza, incapaz de encontrar las palabras.

—Una puñetera biblioteca flotante —dijo Maude.

TILDA ESTABA SONROJADA y despeinada cuando al fin nos sentamos a comer.

—No te importa que coma con esta pinta, ¿verdad? —le preguntó a Gwen—. La comida se enfriará si me pongo a arreglarme. —Miró todos los platos que había sobre la mesa y negó con la cabeza—. No creía que fuera tan difícil.

—Yo apenas sé hervir un huevo —dijo Gwen—. Estoy segura de que acabaría bastante más rendida si intentara cocinar todo esto.

Trinché el pollo, serví las judías verdes y las patatas. Luego me acerqué al pudin de Yorkshire.

—Vas a tener que despegarlo con fuerza de la bandeja —dijo Tilda—. Se me ha olvidado engrasarla.

Me aparté.

—¿Y si nos vamos pasando la bandeja con la salsa y una cuchara?

A Maude siempre le había encantado el pudin de Yorkshire. Estiró la mano para ser la primera en coger la bandeja. Todas la miramos para ver qué hacía con ella.

Miró los pudines, cada uno en su hueco, hundidos y planos. Frunció el ceño y trató de sacar uno, pero estaba muy pegado. Un profundo suspiro de resignación y luego levantó la salsera de nuestra madre. La salsa tardó en llegar. Cuando lo hizo, cayó como una boñiga de vaca en uno de los pudines.

—Plof —dijo mi hermana. Luego miró a Tilda—. Fiasco.

—Gracias por la crítica, Maude —dijo ella—. Ahora, come.

Maude arrancó los pedazos de pudin directamente de la bandeja y luego la pasó por la mesa junto con la salsera. A todas nos llegó nuestro turno, pero nos resultaba difícil comer porque estábamos muertas de risa.

—¿Cómo has conseguido que las patatas te queden tan crujientes? —preguntó Gwen con la expresión más seria que fue capaz de adoptar.

—Me alegra que me lo preguntes, Gwen —dijo Tilda, que apuñaló una patata con el cuchillo y la alzó para inspeccionarla—. Las he quemado.

—¿Y las judías? —pregunté—. ¿Cómo has conseguido este tono de gris tan intenso?

Tilda levantó una judía flácida con el tenedor.

—Las he hervido hasta dejarlas sin un ápice de vida y no les he echado sal.

Ahora Gwen tenía la cara crispada por completo.

—¿Y el pollo?

Tilda le lanzó una mirada intensa y recurrió a su lady Macbeth.

—Lo que está hecho no se puede deshacer —dijo—. Toda la salsa del mundo no podrá humedecer esta ave seca y marchita.

Durante unos instantes, fuimos su público cautivo, pero entonces Maude habló:

—Seca y arrugada —repitió justo en el mismo tono.

Nos llenamos a base de carcajadas.

—En serio, es un delito estropear tanta comida. ¿No habrá alguna ley que lo prohíba hoy en día? —preguntó Tilda.

—Estoy segura de que Rosie sabrá qué hacer con ella —dije—. Maude, ve a pedirle que venga.

Cuando llegó Rosie, Tilda cogió la botella de whisky y un par de vasos.

—Me temo que es una causa perdida. ¿Un trago?

—Venga, sí —contestó la recién llegada. Les dio unos golpecitos a los restos de comida con el dedo—. Córtale los trozos negros y añádele bechamel. Si lo sazonas, tendrás un sabroso pastel de pollo. —Miró a Tilda—. ¿Te ofenderías si lo hiciera yo?

—Por supuesto que sí. Pero soy la generosidad personificada, así que insisto en que haga lo que le plazca, señora Rowntree.

—Es usted muy amable, señorita Taylor. —Luego se volvió hacia Gwen—. Y usted debe de ser la distinguida invitada del Somerville. A lo mejor le han guardado algo de cena.

—Espero que no, señora Rowntree...

—Déjate de «señora Rowntree». Ese es el nombre de mi suegra. Tilda sabe que me saca de mis casillas que me llamen así. Llámame Rosie.

—Vale, pues entonces, Rosie, pásame ese cuchillo, que he traído una tarta de Grimbly Hughes.

«Menuda repipi», decía la expresión de Rosie.

Nos comimos la tarta como niñas, metiéndonos en la boca más de lo que nos cabía y manchándonos la nariz y la barbilla de nata. Fueron el hambre, la sidra y el whisky, pero también había algo más. Gwen le cortó a Maude un segundo pedazo y se chupó los dedos. Rosie se recostó contra el respaldo de la silla, se rio de algo que había dicho Tilda y entrechocaron los vasos.

Estábamos de celebración, pensé. Pero ¿de qué? Bebí un sorbo de mi vaso. Era un momento de espontaneidad. La relajación de la vigilancia y la preocupación. La alegría inesperada de los contratiempos ordinarios y la amistad fácil.

Maude tiró de la caja de la tarta hacia ella y cogió las migas con las yemas de los dedos.

—Todo acabado —dijo una vez que la caja quedó limpia.

—Muy bien. —Tilda dio un manotazo en la mesa, con más fuerza de la que pretendía. Todas nos sobresaltamos—. Tengo un plan.

—¿Un plan? —preguntó Rosie.

—Para burlar a los censores —dijo Tilda—. Peg me ha enseñado lo que les han hecho a mis cartas, y que me aspen si pienso permitir que sigan borrando mis palabras.

—Las cartas de Jack apenas pueden leerse, en el mejor de los casos, pero la vieja señora Rowntree y yo nos hemos pasado horas sosteniéndolas a la luz —dijo—. Sé que es inútil, pero son las palabras de mi hijo, todas y cada una de ellas, y estaban destinadas a mí. Es como si me las hubieran robado.

—Es que te han robado —dijo Tilda—. Te han robado su experiencia. Y a Jack le han robado la posibilidad de compartir la carga. Me he sentado junto a suficientes camas como para saber que contarla les ayuda. Y he visto a chicos derrumbarse cuando les llega una carta sin ninguna referencia a lo que han compartido.

Rosie se quedó inmóvil, sin duda pensando en sus cartas a Jack. Ni una palabra que reconociera el dolor que quizá había ocultado la pluma del censor.

—¿Qué es lo que no quieren que sepa?

Fue un susurro, casi para sí.

—Los movimientos de las tropas, sobre todo —dijo Gwen, y vi el alivio que inundaba a Rosie—. Mi hermano dice que tachan los nombres de las ciudades, de los puentes e incluso de los restaurantes, por si delatan la próxima gran ofensiva.

—También ocultan todo aquello que pueda incomodar al público británico —agregó Tilda, que estaba demasiado borracha para darse cuenta de que Gwen intentaba consolar a Rosie—. Aunque algunos están más atentos que otros a ese tipo de cosas.

—¿A qué cosas te refieres? —preguntó Rosie, cuyo cuerpo ya se estaba alejando de la posible respuesta.

Tilda se volvió hacia mí.

—¿Has recibido mi última carta, la que tiene matasellos francés?

Fue Maude quien respondió. Se levantó, hurgó en los bolsillos de su chaqueta y volvió a la mesa con un sobre.

—Correo —dijo al mismo tiempo que se la entregaba a Tilda, y me di cuenta de que la carta debía de haber llegado el mismo día que nuestra amiga.

Tilda la deslizó hacia Rosie.

—A estas —le dijo.

Rosie cogió el sobre. Le dio varias vueltas en la mano.

—¿Me la lees? —me preguntó.

Dudé.

—¿Estás segura?

Rosie abrió el sobre. Sacó la carta, solo una página. Me la entregó para que la leyera en voz alta:

Querida Pegs:

Has guardado silencio sobre algunas de las cosas que he compartido contigo y empezaba a pensar que eras de esas que prefieren esconder la cabeza en la arena. Luego he caído en la cuenta de que es posible que hayan censurado mis palabras. Mi opinión sobre ti ha mejorado de inmediato y le he pedido a mi amiga Iso que envíe esta carta a través del sistema postal francés. Iso es una artista australiana, pero hace años que vive en Étaples con su madre y su hermana (me cuesta creer que este lugar fuera una colonia de artistas antes de la guerra, y me cuesta aún más entender por qué se han quedado, pero la vida sería mucho más dura sin ella). Puede que no esquive por completo a los censores, pero al menos esquivará a mi enfermera jefe y a los de la oficina de censura.

No sobrevivió, Peg. El chico de las pecas. El que me recordaba a Bill. Ypres fue una masacre, según me dijo. Lo oigo todos los días: la mitad de las veces, los generales no saben ni por dónde andan, no hacen caso a los oficiales que están en las trincheras y los amenazan con un consejo de guerra si no envían a sus hombres al campo de batalla. Están entre la espada y la pared: muertos si lo hacen, muertos si no lo hacen. Preferirían una bala alemana a una de las nuestras...

Gwen carraspeó para interrumpirme. Seguí su mirada y vi que Rosie tenía los ojos abiertos como platos, que las comisuras de la boca le temblaban de miedo. Tilda cogió la carta y la dobló. La guardó de nuevo en el sobre. Se estaba endureciendo, me dije, y pensé en todas las cosas que habría intentado contarme y en las que ni siquiera compartiría.

—¿Tu amiga es artista bélica? —preguntó Gwen.

Tilda soltó un bufido.

—Solicitó un puesto, pero Australia no permite que las mujeres pinten sobre la guerra, al menos no oficialmente. Oficialmente, solo les permiten limpiar, consolar y cuidar, así que se hizo VAD. Pero retrata la guerra entre un turno y otro. Su guerra, al menos. Que es la mía. A veces la miro mientras pinta, es hermoso lo que hace. No solo el cuadro en sí, sino también el acto. Coge una de sus pinturas pasteles y todas las cosas horribles que ha visto encuentran la forma de salir de ella. —Se sirvió lo que quedaba de whisky y se lo bebió de un trago—. Cuando vuelve a su casita del pueblo, no tiene que rendirle cuentas a nadie, por suerte para nosotras.

—¿Por suerte para nosotras? —inquirió Maude.

—El ejército cuenta con un batallón de entrometidos, Maude. Leen todas nuestras cartas y tachan cualquier cosa que revele sus posiciones, pero también todo aquello que moleste u ofenda. Enviarlas a través del correo local no garantiza que no acaben en manos de uno de esos metomentodos, pero reduce las posibilidades.

TILDA SE MARCHÓ unos cuantos días más tarde. Estaba dormida en la cama de nuestra madre cuando nos fuimos a trabajar y, cuando volvimos para comer, había desaparecido. Sabíamos que se iría, pero, aun así, fue una tortura. La cama sin hacer me sirvió de consuelo. Quité las sábanas y olí su perfume. Cuando abrí el armario que había debajo de la cama de mamá, encontré un pañuelo, horquillas, un bolígrafo y cuatro postales en blanco de la High Street de Oxford, todas idénticas y con los sellos verdes del rey Jorge V ya pegados. En el armario de al lado, Tilda había dejado varias prendas de ropa interior y accesorios, maquillaje y algunas joyas. Saqué un largo collar de cuentas y me lo puse. Me llegaba por debajo de la cintura.

—De vuelta antes de que te des cuenta.

Me volví.

—¿Te lo ha dicho ella, Maudie?

—De vuelta antes de que te des cuenta —repitió.

Estaba intentando tranquilizarse, y también a mí. Le agarré la mano y se la apreté.

TERCERA PARTE

Un libro de poesía alemana

De junio de 1915 a julio de 1916

22

PÁGINAS DE PRUEBAS. Varios textos, con varios tamaños de página: dos capítulos de *La Inglaterra de Shakespeare*; el *Doctor Fausto* de Marlowe con una introducción de sir Adolphus Ward; una nueva edición de *El libro Oxford de la poesía alemana*; el siguiente fascículo del *Nuevo diccionario de inglés: Soler a sustituir*. Calculé un par de horas de trabajo. Empecé por las páginas del Diccionario, deseosa de aprender una palabra nueva.

Supernova: «Estrella supernova. Explosión de una estrella en la que se libera gran cantidad de energía».

«El *Calíope* está lleno de estrellas supernovas», pensé.

Plegué el resto, puse los cuadernillos en un carrito y atravesé el taller en dirección al despacho de la señora Stoddard. Estaba cerrado. El nuevo interventor, el señor Hall, estaba dentro con ella. Cuando la puerta se abrió, salió un perro lobo.

—No muerde —dijo el señor Hall—. Es una perra muy buena.

Aun así, interpuse el carrito entre la bestia y mi cuerpo. El interventor esbozó una sonrisa relajada.

—¿Qué tenemos aquí?

—Páginas de prueba, señor. De todo tipo.

Echó un vistazo a los cuadernillos, asintiendo ante cada uno de los textos. Cuando llegó a *El libro Oxford de la poesía alemana*, negó con la cabeza

—¿Ocurre algo, señor Hall?

De nuevo la sonrisa, tan relajada como antes.

—No, señorita...

—Jones, señor.

—No hay ningún problema con su trabajo, señorita Jones, es solo que algunas de estas páginas están causando cierto revuelo.

Se dio una palmadita en el muslo y se marchó. Su perra lo siguió.

Pronuncié todos los títulos en voz alta mientras la señora Stoddard anotaba las páginas de prueba en su libro de registro.

—*El libro Oxford de la poesía alemana* —dije.

La capataz soltó el bolígrafo y miró los cuadernillos que yo aún no había soltado. .

—Puede que esa edición no pase de esas pruebas.

—¿Por eso estaba aquí el señor Hall?

—Sí. Si no siguen adelante con la impresión, afectará a nuestro calendario de trabajo.

—Pero, si lo imprimimos cada pocos años, ¿por qué se plantean no seguir adelante esta vez?

—Les preocupa que parezca que apoyamos a Alemania.

—¿Estamos en guerra contra su poesía? —pregunté.

—Eso parece. —Cogió el bolígrafo y escribió *El libro Oxford de la poesía alemana* en el libro de registro—. El profesor Cannan ha sugerido un cambio de título. Esperemos que sea suficiente.

23

LOTTE PARECIÓ ALEGRARSE cuando la invité a pasar la tarde con Maude.

—¿Cocinaré yo? —preguntó.

—Si no te importa —contesté.

Eso pareció alegrarla aún más.

Mientras cruzábamos el patio, enlazó un brazo con el de mi hermana y sincronizaron sus pasos.

—Lamento no haber ido a visitaros mientras vuestra amiga estaba aquí —dijo la belga—. No ha sido de buena educación.

Recordé lo que Tilda me había dicho sobre Lotte.

—La buena educación puede ser tediosa, o incluso peor —dije.

—¿Qué hay peor que ser tediosa?

—Ser deshonesta.

Lotte me miró, ladeó la cabeza y sonrió.

—Deshonesta. Sí. La buena educación suele serlo.

Las observé mientras se alejaban. Creo que empezaba a entender lo que Lotte necesitaba y lo que Maude le ofrecía. No sabía qué le había hecho la guerra a aquella mujer, pero sí que vivía en una tierra que no la conocía, con personas que no podían ni imaginarse lo que debía de haber sufrido. Escuchaba las preguntas corteses de las chicas del taller de encuadernación y de las tías de Jericho: «¿De dónde eres?», «¿Te estás adaptando bien?», «¿Echas de menos el chocolate belga?». Y oía sus verdaderas intenciones: «Cuéntanos lo que pasó», «Cuéntanos lo brutal que fue», «Cuéntanos que lo has perdido todo y que nuestros chicos están muriendo por una buena causa».

Si era tan terrible como decían los periódicos, ¿cómo iba a soportar recordarlo, y menos aún contarlo una y otra vez?

Y luego estaba Maude. Mi hermana poseía una simplicidad que ponía nerviosa a la gente, y una honestidad que los incomodaba. A la mayoría le convenía pensar que sus palabras no eran más que sonidos que rebotaban contra las paredes de una habitación vacía. Les convenía pensar que era tonta.

Nuestra madre siempre había sabido que no era así. A Maude no le resultaba sencillo componer una frase original, pero elegía qué repetir. Entendía, creo, que la mayor parte de lo que decían los demás carecía de sentido. Que la gente hablaba para llenar el silencio o para pasar el rato; que, a pesar de nuestro dominio de las palabras y de nuestra capacidad para combinarlas de infinitas maneras, a la mayoría nos costaba decir lo que pensábamos realmente. Maude filtraba la conversación como un prisma lo hace con la luz: la descomponía para que cada frase se comprendiera como la articulación de algo singular. La verdad de lo que decía podía resultar inoportuna. A veces, malinterpretarla te simplificaba la vida.

Pero me percaté de que lo que desconcertaba a la mayoría de las personas tranquilizaba a Lotte. No me quedaba muy claro cómo, pero ella había entendido a Maude desde el primer momento, por alguna razón la reconocía y se sentía cómoda a su lado. Lotte no malinterpretaba a Maude, y mi hermana estaba empezando a quererla por ello.

CRUCÉ WALTON STREET. Gwen me estaba esperando cerca de la logia del Somerville.

—Hueles a papel —me dijo cuando se acercó para darme un beso en la mejilla—. Cuando nos conocimos, pensé que era algún tipo de perfume exótico. Estuve a punto de preguntarte cuál era, pero solo es el olor del papel.

Estaba satisfecha de sí misma.

—No puede decirse que sea algo bueno —dije.

—Uy, claro que lo es. —Me cogió del brazo y entramos en el colegio—. Sobre todo en esta ciudad. Hueles a libro nuevo, resulta de lo más embriagador.

—Eres un poco rara, Gwen, ¿lo sabes?

Se encogió de hombros y me apretó un poquito más el brazo. Recorrimos el perímetro del patio de la biblioteca, que estaba lleno de tiendas de campaña. Gwen apenas levantaba la vista hacia los edificios y me di cuenta de que ella formaba parte del Somerville tanto como yo del taller de encuadernación. Ni la intimidaba ni la impresionaba. Apenas le interesaba.

Aunque llevaba meses visitando a Bastiaan en aquel colegio universitario, yo seguía empapándome de los detalles.

Y Bastiaan se empapaba de los míos. En cuanto franqueé la puerta del pabellón, se volvió para observar todos mis pasos. Estaba sentado en una silla y yo coloqué otra a su lado. Me incliné hacia él y le recoloqué la colcha que le tapaba las rodillas, no porque fuera necesario, sino porque me gustaba que me sirviese de excusa para acercarme un poco más. Le serví agua en un vaso y se la ofrecí. Cuando negó con la cabeza, lo dejé en su sitio. Arrimé aún más mi silla.

Aunque una enfermera había entrado y salido y había una VAD coqueteando con un oficial justo en la cama de enfrente, él no dejaba de mirarme. Era una mirada intensa y un poco perturbadora: un único ojo, la cabeza ligeramente ladeada.

Le posé una mano sobre la rodilla, por encima de la colcha. Cuadrados tejidos a mano por colegialas, todos unidos como un mosaico. «Aportan su granito de arena», pensé. Le pregunté cómo se encontraba. Una vez más, inclinándome hacia él. Apoyó una mano sobre la mía y me rodeó la muñeca con los dedos. Mi pulso latió contra ellos y sentí que se relajaba.

—No he perdido la cabeza —dijo.

Dejé a Bastiaan con sus rutinas nocturnas y me reuní de nuevo con Gwen en la logia.

—Me parece un desperdicio volver a Oriel tan pronto cuando me han dado permiso para no regresar hasta las nueve y media.

Gwen me miró, expectante.

—¿Por qué no vienes a cenar con nosotras? —le propuse.

Por alguna razón, no me apetecía volver al *Calíope* y sentarme a solas con Maude y Lotte. No podía evitar sentirme un ejemplar inferior, un excedente innecesario.

—¿Habrá suficiente?

—Con un poco de suerte, Lotte habrá encontrado las salchichas que compré y las habrá convertido en algo delicioso.

—La famosa Lotte —dijo Gwen—. ¿Qué harías sin ella?

Gwen no esperaba una respuesta, pero me pasé todo el camino de vuelta a casa reflexionando sobre la pregunta.

Desde que mi madre había muerto, siempre habíamos tenido a Rosie, pero ahora la anciana señora Rowntree necesitaba que la bañaran y la vistieran. Sus temblores se habían vuelto tan violentos que ya apenas podía alimentarse por sí misma, así que Rosie se pasaba el día lavando ropa. La tendía en los setos que había frente al *Quedarse en Tierra*, un recordatorio constante de que ya tenía bastante que hacer.

Y entonces Lotte entró en escena. Quería pasar el rato con Maude, y a Maude le gustaba pasar el rato con ella. De hecho, a veces lo prefería, y tal vez por eso yo ya no le decía siempre a Lotte cuando tenía turno en el hospital y había empezado a dejar sola a mi hermana, una hora aquí, dos horas allá. La ansiedad que me provocaba disminuía en cada ocasión.

Era la imagen de Maude y Lotte alejándose de mí, cogidas del brazo, camino del canal o del Mercado Cubierto. La familiaridad del gesto. Cuando veía a mi hermana con Lotte, recordaba la naturalidad con la que Maude y nuestra madre habían encajado siempre. La cantidad de veces que había caminado detrás de ellas y la cantidad de veces que había deseado cambiarle el sitio a Maude. Y luego, cuando mamá murió, la cantidad de veces que deseé haberle preguntado cómo lo hacía. Cómo podía querer a Maude sin reservas.

—Espero que ese olor proceda de tu barco y no del de Rosie —dijo Gwen, y sus palabras me sacaron de golpe de mi introspección—. ¿Qué más habías dejado en la despensa, aparte de las salchichas?

—Puerros y patatas —dije.

Gwen se encogió de hombros.

—No suena muy prometedor.

Pero cambió de opinión cuando entramos por la escotilla. Lotte estaba encorvada delante del horno, sacando una fuente burbujeante llena de queso y de una salsa blanca que olía a ajo. Las salchichas estaban en una sartén en el fogón, abiertas por la mitad, doradas y crujientes. Había suficiente para todas.

—No sé cómo lo has hecho, Lotte —dijo Gwen—. Las salchichas, los puerros y las patatas son alimentos habituales para los cocineros del Somerville, pero los de ellos nunca saben tan bien.

Lotte sonrió y asintió. Estaba acostumbrada a esos cumplidos, pensé, y no pude evitar sentir curiosidad por saber quién se los haría.

—Si alguna vez te cansas de encuadernar libros, quizá podrías hacerte cargo de la gestión de las cocinas del Somerville.

—Trabajar en una cocina no es mi ambición —dijo Lotte.

—Pues claro que no —contestó Gwen, sin siquiera un ápice de inquietud por si la había ofendido—. Eres de Lovaina, ¿verdad? Peggy me ha dicho que trabajabas en la universidad. —Hizo un gesto de negación con la cabeza—. Terrible.

La belga recogió los platos vacíos. Los llevó a la cocina.

—Seguro que tu ambición y la mía no son tan distintas —continuó Gwen.

—¿Y cuál es tu ambición? —preguntó Lotte.

Levantó el hervidor de agua del fogón, vertió el agua caliente en la pila y añadió un puñado de escamas de jabón.

—Bueno, ya sabes.

—No, no lo sé.

—Pues, a grandes rasgos, licenciarme y participar en el debate, supongo.

—¿En qué debate? —preguntó Lotte.

Limpió todos los platos, tenedores y cuchillos. Los puso a secar sobre un paño limpio.

—Ah, bueno, es algo que cambia constantemente, ¿no? Tan pronto es la cuestión de la mujer como la moralidad de la guerra. El servicio militar obligatorio, la educación de las mujeres, los derechos de los trabajadores.

Me eché a reír.

—¿Y qué vas a saber tú de los derechos de los trabajadores, Gwen?

—Nada, la verdad. Nunca he tenido que trabajar. —Sonrió sin el menor asomo de vergüenza—. Pero eso no debería impedirme participar en el debate.

—Tienes razón, Gwen —dijo Lotte. Se volvió hacia la mesa—. Mi ambición era participar en el debate, como dices tú. Trabajaba en la biblioteca, leía libros y me formaba opiniones. Presentaba argumentos que tendrían que haber hecho cambiar de opinión a la gente, pero por lo general no lo conseguían. Pensaba que era importante participar en el debate.

—¿Y ahora? —pregunté.

—¿Ahora? —dijo, y la homogeneidad de su expresión se alteró, como la superficie de un estanque con el azote del viento. Se volvió a toda prisa hacia la mesa y recuperó la compostura. Cuando levantó la vista, apenas se le atisbaba una ondulación en la cara—. Todo es cenizas —dijo.

—Cenizas —repitió Maude.

Lotte se acercó a la silla de mi hermana y le dio un beso en la coronilla. Luego cogió su abrigo y nos dio las buenas noches.

—Ay, madre —dijo Gwen—. He metido la pata, ¿verdad?

—Tal vez —le dije—. Pero tal vez no. Es más de lo que ha dicho en todo el tiempo que ha pasado desde que la conozco.

—¿Qué habrá querido decir? —preguntó Gwen.

—¿Con qué?

—Con lo de las cenizas. ¿Que es todo cenizas?

—Su biblioteca, Gwen. La quemaron hasta los cimientos. Los libros y los manuscritos antiguos. Todo. Me lo dijiste tú.

—Hay algo más, Peg. Ha dicho que «todo es cenizas». Todo. Estoy convencida de que hay algo más, aparte de bibliotecaria.

—No sé casi nada de ella —dije—. Al principio le hice unas cuantas preguntas, pero está decidida a guardar sus secretos.

Gwen miró a mi hermana.

—¿Qué sabes tú, Maude?

De repente me sentí incómoda.

—No creo que debas preguntárselo —dije.

—¿Por qué no?

Mi hermana me estaba mirando, esperando, tal vez, a oír lo que le decía. Intenté formular una respuesta que sonara lógica.

—Si Lotte habla con Maude, es porque confía en ella. —Me costaba encontrar las palabras adecuadas con mi hermana delante. Gwen era paciente; la mirada de Maude, inquebrantable—. Es difícil de explicar —dije, y luego me volví hacia mi gemela—. ¿Puedo intentarlo?

Asintió. Miré a Gwen de nuevo.

—Maude no tiene segundas intenciones. —Una cita de mi madre—. No intenta agradar ni hacer daño. Si Lotte ha pasado por un infierno, es posible que Maude sea la única persona en la que le parece seguro confiar. —Me quedé callada y alargué una mano para acariciar la de mi hermana—. Maude no finge —concluí.

Gwen se volvió también hacia ella.

—Eres justo quien pareces ser, Maude. Así da gusto.

—Da gusto —dijo mi hermana.

—Y tu relación con Lotte tiene todo el sentido del mundo.

Me escoció, pero intenté parecer curiosa.

—¿Qué sentido tiene, Gwen?

Sonrió.

—¿Te importa, Maude?

Mi gemela negó con la cabeza y me pregunté qué opinaría de las interpretaciones que estábamos haciendo de ella.

—Bueno, tengo la sensación de que Lotte necesita a alguien a quien hacerle de madre, y Maude encaja a la perfección en ese papel.

Miré a mi hermana, que se encogió de hombros. No le interesaba mucho la opinión de Gwen. Pero no pude evitar sentirme un poco ofendida.

24

Agosto, y Jack volvió a casa para su decimonoveno cumpleaños. Estaba más corpulento, más alto. La piel se le había oscurecido y hacía que sus ojos parecieran más verdes. El uniforme le quedaba perfecto.

—Por fin tengo mis órdenes —anunció.

—¿Dónde? —pregunté.

—Francia. En el pelotón de mi antiguo capataz. Será mi teniente.

—¿El señor Owen?

—Ahora, para mí, es el teniente Owen.

—Supongo que él no ha tenido nada que ver —dijo Oberon.

Jack empezó a reír y vi el esfuerzo que Rosie tuvo que hacer para sonreír.

Cenamos en el huerto de Rosie en la margen del camino. Puso su mejor mantel sobre un cajón, llenó seis vasos de sidra y sirvió un pastel de pescado. Jack no se quitó ni la guerrera ni el sombrero, y todos nos sentamos un poco más erguidos. Un poco más orgullosos.

Habíamos comido así cientos de veces, pero nunca nos habían interrumpido tan a menudo. Varios trabajadores de Wolvercote Mill utilizaban el camino de sirga para volver a casa por la tarde, a pie o en bicicleta. Por lo general, iban pensando en un sillón mullido y en una comida caliente y ofrecían poco más que un saludo vago al pasar. Pero allí estaba Jack, con su uniforme, y ni una sola persona pasó sin hacerle algún comentario: «Bien hecho, Jack», «No tardaré en unirme a ti, Jack», «Mata un huno por mí, Jack», «Buena suerte, Jack».

—No necesitará suerte —dijo Rosie—. Míralo, está tan en forma que podría enfrentarse a todo el ejército alemán.

—Todo el ejército alemán —repitió Maude como un eco.

Llevé los platos vacíos a la cocina de Rosie. Los lavé, los sequé y escuché los rumores apagados de la conversación a través de la ventana. No distinguía muy bien lo que decían, pero noté que los silencios eran más largos de lo habitual. ¿Qué le dices a tu hijo, a tu nieto, antes de que se vaya a la guerra?

Jack dijo algo y Maude empezó a cantar: *After the ball is over...* Las sillas crujieron cuando la madre, el padre y la abuela se relajaron y se recostaron en ellas. Aquel sería el día más largo y el más corto de su vida.

A LA MAÑANA siguiente, todos salimos para despedir a Jack. Oberon, con unos pantalones de pana y un chaleco limpios; Rosie, con sus mejores prendas de barquera. La anciana señora Rowntree le ofreció a Jack su desgastado ejemplar de los sonetos de Shakespeare. Empezó a temblarle la mano y su nieto se la sujetó.

—¿Qué quieres que haga con estos poemas? —preguntó.

—Leerlos —contestó su abuela, y ahora era la voz lo que le temblaba.

—Y después traerlos a casa —añadió Rosie.

—Traerlos a casa —dijo Maude.

Un silencio. Mi corazón. Había cosas que no decíamos, pero que resonaban en el silencio.

—Y esto es de mi parte y de la de Maude.

Le di nuestro regalo.

Desde que había llegado a casa, Jack se había mostrado animado en todo momento, pero, cuando le puse el paquete en las manos, vi la mentira que ocultaba, el tic delator en la comisura de la sonrisa.

—Ábrelo —le pedí.

Rompió el envoltorio de periódico y levantó el rollo de papel higiénico para que todos lo viéramos. Percibí su alivio.

—Lo guardaré como un tesoro —dijo.

Su sonrisa se hizo más amplia, el tic desapareció.

—Lo que tienes que guardar como un tesoro es el Shakespeare de tu abuela —dije—. Esto es para usarlo. Si eres frugal y evitas las judías, tendría que durarte hasta el final de la guerra.

—Evitas las judías —fue el eco de Maude, y Jack se rio.

Le dio un abrazo y ella se lo permitió. Luego me abrazó a mí y, después, a la vieja señora Rowntree. Por último, llegó ante sus padres. Oberon se quitó el pañuelo del cuello y se lo dio a su esposa. Ella estiró las manos y se lo ató a Jack al cuello. Su hijo la abrazó. Pasó mucho tiempo antes de que Rosie lo soltara.

10 de agosto de 1915

Querida Pegs:

Empezaré por los alemanes. No te asustes: están todos postrados en cama, más o menos, salvo el doctor Henning. No sabría decirte si esto es un ascenso o una degradación. Nadie quiere trabajar en el pabellón de los alemanes, así que puede que haya ofendido a alguien. Por otra parte, tengo más libertad y responsabilidades, así que quizá haya demostrado que soy competente. La reputación de la enfermera jefe es legendaria: es una arpía, según dicen. Me moría de ganas de conocerla. No siente la menor compasión por los «hunos asquerosos», como ella los llama, pero les cambia los vendajes con una delicadeza tremenda y les alisa las sábanas a todos y cada uno de ellos antes de abandonar el pabellón por la noche. Una arpía de la mejor calidad. Si tenemos la misma noche libre, me acompaña a las dunas cercanas al campamento y me ayuda a ventilarme una botella de whisky mientras Iso dibuja.

Como en cualquier otro pabellón, el suelo está siempre cubierto de barro y de sangre, hace un calor abrasador (y me imagino que un frío glacial en invierno) y nunca hay ni vendas ni cuñas suficientes. Por descontado, nuestros pacientes son prisioneros, así que el ejército británico les ha asignado solo una VAD, en lugar de las dos o tres habituales. (Un castigo, supongo, pero ¿para quién? Al final, somos nosotras las que nos sentimos como si nos hubieran dado una paliza.) No hay ni una sola enfermera del ejército, salvo la enfermera jefe, y, mientras los médicos ingleses sierran piernas y brazos alemanes y vuelven a meter tripas alemanas en abdómenes alemanes, el doctor Henning (Hugo) se ocupa de todo lo demás. Él también es un prisionero de guerra, y muy capaz, según la enfermera jefe (aunque fue obvio que le molestó hacerle el cumplido). Que el doctor Henning sea un regalo para la vista y esté en plenas facultades para trabajar son puntos a su favor.

El caso es, Pegs, que parece que seguiré aquí hasta el final de la guerra. Me han instruido en «cómo comportarse con el enemigo y en sus inmediaciones» y, como quien no quiere la cosa, me han sugerido que utilice siempre el correo del ejército «para garantizar que la entrega se realice a tiempo». Seguiré enviando alguna que otra postal por medio de los canales oficiales (no quiero que piensen que no tengo amigos), pero Iso me ha dado indicaciones sobre cómo camuflar mis cartas para que parezca que proceden de tu vieja e irrelevante tía francesa en lugar de tu guapa e irrelevante... Vaya, me he quedado sin palabras. Nunca había tenido que pararme a pensar qué soy para Maude y para ti. Os considero mi familia, Peg. Maude y tú aparecéis justo al lado de Bill cada vez que me da por rezar (cosa que parece que hago más a menudo desde que llegué a Étaples, aunque dudo que nadie me esté escuchando).

Besos,

Tilda

P.D. Si resulta que no basta con la escritura y el matasellos franceses, intentaré ser más creativa. Confío en que la descifres.

BASTIAAN ESPERÓ A que me sentara antes de apartar la mirada de la ventana abierta, pero, en lugar de dirigirla hacia mí, se limitó a clavarla en el techo. Una brisa le agitó los mechones oscuros del pelo y me llegó el olor del jabón que habían usado para lavárselo. Los pétalos de las flores que le había llevado hacía unos días habían empezado a caerse. La brisa los esparció por la superficie de la taquilla que tenía junto a la cama. Los tiró al suelo. Hice ademán de coger el jarrón.

—Déjalo. Por favor.

—No me importa —dije—. Ya no están en su mejor momento, Bastiaan. Te traeré flores frescas mañana.

Se volvió para poder verlas. En ese momento, le vi el otro lado de la cara. Sin vendajes, sin ojo, la piel con la apariencia de unas vísceras, sin pómulo. ¿Dónde estaban sus huesos? Aparté la mirada, la devolví a las flores, al jarrón, a los pétalos en el suelo. Me tragué el vómito que me había subido a la boca.

—No son perfectas —escupió—. Pero tampoco están muertas.

La cabeza, la estaba perdiendo.

Seguí mirando al suelo.

—No están muertas —repitió, esta vez un poco más alto.

—Tienes razón —dije, con la voz un poco más baja. Me acerqué a ellas para oler las que aún estaban intactas—. Y todavía conservan el perfume.

Aunque apenas era un vestigio. Empecé a recoger los pétalos que se habían caído, con las manos tan temblorosas como las de la anciana señora Rowntree.

—Mírame.

En tono grave, como el de una tormenta lejana.

Empecé a frotar los pétalos entre el pulgar y el resto de los dedos. Me los acerqué a la cara. Con cada instante que lo demoraba, me odiaba un poco más.

—Mírame.

Más alto. Más cerca.

Pero, aun así, no lo hice.

—Te lo suplico. Mírame. Mírame. Mírame.

Como una ráfaga de lluvia o granizo. O de ametralladora.

Miré. Y hasta el último músculo de mi rostro delató las náuseas que me contraían las entrañas.

Bastiaan se volvió de nuevo hacia la ventana.

—Estoy cansado —dijo.

Me sentía demasiado avergonzada hasta para pedirle perdón.

—LLEGAS PRONTO —DIJO Lotte cuando volví a casa—. No he terminado de hacer la cena.

—He hecho algo horrible.

—No lo creo.

Me senté en el banco y me desplomé sobre la mesa.

—He mirado hacia otro lado, Lotte. He mirado hacia otro lado cuando él quería que lo viera.

Negó con la cabeza.

—Los ingleses habláis en clave —dijo.

—No sabía qué hacer.

—No sabía qué decir —dijo Maude.

Me pasó la caja que acababa de plegar y recordé los regalitos que mamá y yo le hacíamos cuando los otros niños rechazaban sus intentos de hacer amigos. Recordé cómo los justificábamos.

Se la devolví.

—No me la merezco, Maudie. Tendría que haber sabido qué hacer y qué decir con exactitud.

—¿Por qué? —preguntó Lotte. Se apartó de los fogones y me miró—. ¿Por qué tendrías que haberlo sabido «con exactitud»?

Dudé.

—Hace meses que sé lo de sus heridas, Lotte. Tendría que haberme preparado mejor.

—¿Crees que él estaba preparado? ¿Crees que alguno de nosotros lo estábamos? —Se volvió de nuevo hacia los fogones—. Perdónate —dijo con desagrado—. Lo que has hecho es poca cosa. No es nada. Él seguirá adelante con su vida.

Empezó a temblar.

Maude terminó lo que estaba plegando. Sin prisas. Cuando acabó, se acercó a Lotte y le tendió una mariposa abriendo la palma de la mano. La belga la cogió, tal como había cogido el abanico de papel cuando se bajó del tren en Oxford, y, una vez más, vi cómo rodeaba a mi hermana con los brazos y rompía a llorar.

VOLVÍ AL PABELLÓN de Bastiaan dos días más tarde. Las flores seguían allí, con la cabezuela casi calva, y los pétalos caídos se acumulaban encima de la taquilla. Me quedé de pie junto a su cama.

—Al menos les has dejado barrer el suelo —dije.

No me hizo caso. Mantuvo la cabeza orientada hacia la ventana.

—Perdóname, Bastiaan.

—Era inevitable —dijo.

—Tendría que haberlo intentado.

—Habría sido mentira.

—No es tan sencillo.

—Sí, sí lo es. Te dio asco.

—Estoy avergonzada, Bastiaan. Esperaba más de mí. Pensaba que lo entendía mejor. Pero fue una gran conmoción para mí. Era algo que escapaba a los límites de mi experiencia y no supe qué hacer ni qué decir.

No abrió la boca.

—Bastiaan, flaqueé. Y ojalá no lo hubiera hecho.

Continuó sin decir nada. Me di cuenta de que empezaba a enfadarme.

—Dime una cosa, ¿qué hiciste cuando el médico te quitó las vendas y te puso el espejo delante?

Seguía siendo perfectamente capaz de expresarse con un lado de la cara, así que la comisura de su ojo derecho me dejó claro que había captado mi pregunta. Esperé y, a su debido tiempo, volvió la cabeza a medias y miró al techo.

—Le di un manotazo y tiré el espejo al suelo. Se hizo añicos.

—¿Y has vuelto a mirarte a algún espejo desde entonces?

—Sí.

—¿Y los has tirado todos al suelo?

—Claro que no.

—¿Por qué?

—Ya no me asusta.

—Pues ahí lo tienes —dije.

—Pues ahí lo tienes —repitió.

Los últimos pétalos cayeron cuando cogí el jarrón de flores. Bastiaan empezó a protestar, pero lo interrumpí.

—Para lo único que valen es para ser bonitas —dije. Me permití recorrer con la mirada los contornos de su rostro, los del lado bueno y los del malo—. Por suerte, tú no eres una flor.

Y, antes de que pudiera responderme, me di media vuelta y me encaminé hacia el mostrador de las enfermeras, cerca de la puerta. Tiré las flores muertas a la papelera y dejé el jarrón, con su agua pútrida, en el carrito de la cocina. La enfermera asintió en señal de aprobación; me sostuvo la mano y la mirada hasta que se me calmó el corazón.

Cuando volví junto a Bastiaan, cogí la silla y la coloqué en el lado izquierdo de la cama.

UNOS DÍAS MÁS tarde, Bastiaan y yo salimos a pasear alrededor del patio para poner a prueba su pierna, para que empezara a recuperar fuerzas.

—Mi padre era cojo —me dijo—. Caminaba con bastón y por eso tenía pinta de viejo cuando aún era joven.

—No tienes pinta de viejo, Bastiaan. Tienes pinta de haber luchado en una guerra.

—Creo que, a pesar de ser cojo, si hubiera estado vivo, habría combatido en esta guerra.

—¿A qué se dedicaba? —le pregunté.

—Era arquitecto. Cuando vuelva a Bélgica, terminaré mis estudios y yo también lo seré. Habrá muchas cosas que reconstruir.

—¿Eras estudiante?

—Sí, en la Real Academia de Bruselas.

Lo miré e intenté imaginarme al joven que debía de haber sido. Había mentido al decirle que no parecía viejo.

—¿Y qué hacía tu padre, Peggy? —Habló con cautela—. Nunca me lo has contado.

No había mucho que contar.

—Era «Universidad» —dije.

«Como tú», pensé.

«Estaba lleno de palabras que me nublaban el juicio —me decía mi madre—, pero resultó que la mayoría no significaba nada y que otras se volvieron muy crueles.» Yo insistía en que me contara más y ella decía: «No era el hombre que parecía ser», y, por lo general,

207

eso era todo. Salvo una vez en la que me eché a llorar y comprendió que necesitaba más. «Estaba en el Christ Church —me dijo—. Estudiaba Clásicas. Estaba escribiendo un tratado sobre Hiponacte, al que admiraba muchísimo, pero yo no sabía nada de eso cuando nos conocimos.» Dejé de llorar. «¿Habría supuesto alguna diferencia?», le pregunté. Me miró y vi tristeza, arrepentimiento y otras cosas que no supe nombrar. «Hiponacte es el griego que menos me gusta», contestó.

—¿Qué quieres decir con eso? ¿Con lo de que «era Universidad»? —preguntó Bastiaan.

—Que, como estudiante, solo se relacionaba con personas del mundo académico —dije, y luego, para dejárselo lo más claro posible, añadí—: Mi madre era «Ciudad». Son dos grupos que no suelen mezclarse.

Seguimos caminando hasta que se le cansó la pierna y nos sentamos en un banco.

—Las estanterías de muchas casas de postín están llenas de montones de páginas en blanco encuadernadas en cuero —dijo.

—¿En serio?

—Sí, lo vi de niño, en la biblioteca de un hombre con el que mi padre había ido a hacer negocios. Mientras hablaban, trepé por la escalera de mano para ver qué libros había en los estantes superiores. Estaban muy bien encuadernados y pensé que a lo mejor eran libros poco convenientes para un niño. —Sonrió al decir esto último—. Pero, cuando saqué uno, vi que las páginas estaban vacías. Saqué otro y me encontré lo mismo. Y así un libro tras otro. Cubiertas preciosas sin nada de valor dentro.

—Te gustaría el *Calíope* —dije.

—¿Por qué?

—Porque está lleno de historias interesantes con la encuadernación destrozada.

—Pero ¿a ti te gustan de todos modos? —preguntó.

—Sí.

25

Un domingo de septiembre, llegué temprano al Somerville. Las enfermeras estaban ocupadas con los desayunos, los baños y los vendajes matutinos, y yo no hacía más que estorbar. Sin embargo, la hermana que estaba a cargo del pabellón de Bastiaan me estaba esperando.

—Está nervioso —me dijo.

«Yo también lo estaría», pensé.

—No son monstruos mientras están aquí dentro —continuó la mujer—. Saben que cuando salgan será distinto.

Bastiaan estaba sentado en la silla que había junto a su cama. Iba vestido de paisano de pies a cabeza. Ropa donada, no exactamente de su talla. Tenía las manos sobre el regazo, inquietas, y no paraba de mover de un lado a otro la pierna buena. Estaba mirando por la ventana, «por última vez», pensé. ¿Se alegraba o echaba ya de menos su consuelo?

Carraspeé y se volvió. Una máscara de tela de gran tamaño le cubría el ojo ciego, el hueso hecho pedazos, la piel derretida. Ya me había acostumbrado al paisaje de su rostro. Durante un segundo, me quedé mirándolo y me sentí como una extraña. Él miró hacia otro lado.

Me senté en la cama y le sostuve las manos inquietas entre las mías. Esperé a que se volviera hacia mí.

—Te tapa la mayor parte de la cara —le dije.

—Ese es el objetivo.

Tan solo podía mirarlo al ojo bueno.

—¿Qué pasa? —me preguntó.

—Me siento como si me estuvieran negando algo.

—Más bien te están ahorrando algo —dijo.

—¿Qué me están ahorrando?

—La incomodidad de mirar el desastre que ha creado la guerra.

Ambos bajamos la mirada hacia nuestras manos. Le acaricié las cicatrices que le recorrían todos los dedos con los pulgares. Levanté la vista y me fijé de nuevo en la máscara. Era como la pluma del censor; ocultaba lo que la guerra había hecho, lo que estaba haciendo. Lo ocultaba a él.

—Y a mí me ahorrará la lástima —añadió Bastiaan.

Tenía razón y, a la vez, estaba equivocado. Pensé en la primera vez que le vi la cara. Me di la vuelta para poder negar el ojo que le faltaba, la mejilla hundida, la textura antinatural de la piel. En aquel momento, su experiencia era irrelevante, la mía lo era todo. La lástima llegó más tarde, pero fue efímera: cuanto más le miraba el rostro, menos extraño me resultaba.

Me encogí de hombros.

—La máscara hará que la gente se sienta más cómoda, Bastiaan, pero no creo que impida que te miren con lástima.

UN VOLUNTARIO ESTABA esperando a Bastiaan para llevarlo a su alojamiento de St Margaret's Road. Le abrió la puerta del coche, pero el sargento no subió.

—¿Qué hago ahora?

—Subirte al coche.

—Me llevará lejos de ti.

—No mucho. St Margaret's Road está a un cuarto de hora a pie.

Aun así, no subió. Metí la caja con sus cosas en el asiento trasero.

—Me he acostumbrado a tus visitas —dijo—. Echaré de menos verte.

«Yo también echaré de menos verte», pensé.

—No tendrás tiempo de echarme de menos, estarás demasiado ocupado dándoles clases de francés a los aprendices de la imprenta en el Insti.

—¿El Insti?

—Sí, en el Instituto Clarendon.

Asintió al oír el nombre formal.

—¿Le darás las gracias a tu señora Stoddard por haberlo organizado todo?

Había sido una petición egoísta, para mantenerlo cerca de mí.

—De tu parte —contesté.

—¿Crees que es posible que nos veamos allí?

«Ese era el plan», pensé.

—Quizá —dije.

EL SOMERVILLE PERDIÓ su atractivo en cuanto le dieron el alta a Bastiaan, pero, durante las semanas siguientes, seguí acudiendo con Gwen todos los jueves por la noche y todos los sábados por la tarde. Visitábamos a los oficiales de distintos pabellones, a conveniencia de la hermana que estuviera de guardia. A los hombres a los que les hacía compañía rara vez les importaban mi acento, el estado de los puños de mi blusa o que les hablara sobre mi trabajo. Pensé que Gilbert Murray debía de tener razón cuando escribió sus *Reflexiones sobre la guerra*: en realidad no nos odiábamos. Empecé a caminar por los pasillos casi con tanta confianza como Gwen.

Pero, entonces, hubo un oficial al que mi situación sí pareció importarle mucho.

—Enfermera —gritó. Una, dos, tres veces hasta que la mujer acabó lo que estaba haciendo y pudo acercarse—. ¿Por qué me han asignado a esta?

Tenía la mano derecha vendada, pero se las arregló para señalarme.

La mujer me miró; yo me encogí de hombros. La carta que había empezado a dictarme yacía abandonada sobre la cama, donde me había ordenado dejarla.

—Debería estar atendiendo a los de su clase en el Hospital Radcliffe, no visitando un hospital de oficiales.

Me había preguntado quién era mi padre y yo le había contestado que no tenía. «Solo somos mi hermana y yo, vivimos en el canal y trabajamos en la imprenta.» No hizo el menor esfuerzo por ocultar su desprecio. «¿Trabaja?», dijo.

—Mis asuntos no son de su incumbencia. Ella no debería estar aquí.

La hermana se disculpó, aunque no estoy segura de con quién. Miró el reloj.

—Son casi las siete —dijo—. ¿Por qué no te vas ya a casa?

No volví.

—ÚNETE AL CLUB hortícola de Port Meadow —me dijo Lou desde el otro lado de la mesa de montaje—. Por fin hemos conseguido que las vacas no pisoteen toda la parcela y las verduras están creciendo estupendamente. Nos vendría muy bien contar con unas cuantas manos más.

Le pasé mis cuadernillos a Maude; ella les dio unos golpecitos contra la mesa para ajustarlos.

—Es un trabajo bastante sucio —intervino Aggie—. Desde luego, no tan repipi como leerles a los oficiales, y, encima, seguro que Lou te asigna al destacamento de estiércol.

Hojeó los cuadernillos para comprobar el orden y luego rubricó la última página.

—Es el secreto de nuestro éxito —afirmó Lou.

—Destacamento de estiércol —dijo Maude.

Aggie puso el taco en el carrito.

—Te dará una pala y una carretilla y te señalará dónde están las vacas —dijo Aggie—. Pero, si tienes suerte, las vacas estarán cerca del aeródromo y a lo mejor conoces a un piloto.

En ese momento, llegó la señora Hogg y la conversación se detuvo por completo.

ESTABA CON GWEN ante la puerta del Somerville.

—Podrías venir conmigo, ayudarme a cultivar patatas.

—Ni hablar —contestó—, mi talento son las cartas de amor, no la horticultura. Además, tengo que volver a casa. Me lo ha ordenado mi mamá. Volveré cuando empiece el trimestre de otoño. Te traeré crema para las manos.

ROSIE DIO UNOS golpecitos en la ventana de nuestra cocina y agitó la carta. Señalé la cubierta de proa y fui a abrir la escotilla. Me puso el sobre en la mano.

—¿Es de Tilda? —pregunté, sorprendida de que nuestra amiga le hubiera escrito a pesar de que sabía que le costaría leerlo.

—Es sobre Jack.

Estaba pálida. Saqué la carta.

—¿Por qué no le has pedido a la anciana señora Rowntree que te la lea?

—Dice que no consigue concentrarse.

«Es posible que no quiera», pensé.

—¿Has logrado descifrar algo? —dije, y contuve la respiración.

—Lo justo para saber que no está muerto.

Exhalé.

—Pero no tanto como para saber que no se está muriendo.

Maude dejó de plegar y se acercó a nosotras. Agarró a Rosie por el codo y la guio al sillón de nuestra madre.

—Siéntate —dijo.

Cuando Rosie obedeció, mi hermana se acomodó en el brazo.

—Lee —me dijo.

4 de octubre de 1915

Querida Rosie:

Jack se pondrá bien, eso es lo primero que debo decirte. Si tuviera más tiempo, te daría más detalles, pero tu hijo es uno de los cientos de heridos que han llegado desde Loos a lo largo de la última semana. De hecho, es un puñetero milagro que me haya cruzado con él. El suyo es un caso de muletas, y nadie les echa un vistazo hasta que se ha hecho el triaje de todos los casos de camilla. Pero no dejaba de repetir mi

213

nombre. Pensé que sería un bumerán, un chico al que ya había tratado y que había vuelto a por más, pero estaba cubierto de barro de pies a cabeza y no lo reconocí. Fingí, por supuesto. «No podías mantenerte alejado de mí, ¿eh?» Entonces sonrió, inconfundible. «Soy Jack», gritó (aún medio sordo por la explosión que le ha llenado el muslo de metralla). Entonces me abrazó, el muy bribón, y llevo su mugre encima desde hace cinco horas.

Ahora mismo, Jack está feliz de seguir vivo, Rosie, pero ha habido tres bajas en su batallón, y una de ellas ha sido su teniente. Para algunos, es como perder a un padre, así que lo vigilaré de cerca.

Un beso,

Tilda

Rosie se dejó caer contra Maude. Alivio.

Mi hermana la rodeó con los brazos.

Me concentré en la última línea, la leí de nuevo y luego otra vez. Las piezas fueron encajando como en un grotesco rompecabezas. «Una de ellas ha sido su teniente», había escrito Tilda. «Llámame Gareth», me había dicho cuando no era más que un cajista. Había compuesto las palabras del *Nuevo diccionario de inglés*. Y las del otro diccionario. *Palabras de mujeres*. Se había casado con ella. Estuvimos en la puerta de San Bernabé con la señora Stoddard, con Eb y con otros trabajadores de la imprenta, y cantamos *By the Light of the Silvery Moo*n.

Me pregunté si ella lo sabría. Comprobarían el nombre de su marido, verificarían las circunstancias. ¿Por cuántas manos pasaría la carta que le enviarían? Era imposible que lo supiera ya.

«Llámame Gareth», me había dicho. Nunca llegué a hacerlo, maldita sea. «Demasiado informal», pensé, pero ahora estaba llorando.

Un día, varias semanas más tarde, el señor Hart fue a hablar con la señora Stoddard. Llevaba seis meses jubilado, pero aún lo veíamos de vez en cuando paseando por los pasillos junto con el señor Hall y su perra loba, intentando morderse la lengua.

El señor Hart no estaba con el señor Hall cuando cruzó el taller de encuadernación y, en cuanto se marchó, la señora Stoddard pidió hablar conmigo.

Le vi la cara y me preparé para recibir más noticias de muertes.

—Es el señor Owen —me dijo.

En cierto sentido, fue un alivio saberlo ya. Me limité a asentir, que era lo que hacíamos a aquellas alturas.

—Conservó las formas —continuó la capataz—. Las de las páginas con las que te pidió que lo ayudaras.

Eso también lo sabía.

—El señor Hart me ha pedido que lo ayude a encuadernar varios ejemplares más.

—Pero si se suponía que el señor Hart no lo sabía —dije.

—Hizo la vista gorda.

Entonces lo sentí.

—He pensado que quizá te gustaría hacerlo —prosiguió la señora Stoddard.

Era incapaz de hablar. Solo podía asentir una y otra vez. Así es como no perdía la cabeza.

—El señor Hart los está imprimiendo ahora mismo.

PLEGUÉ LOS CUADERNILLOS lo más lenta y cuidadosamente que pude. Susurré las palabras e intenté encontrar la voz de las mujeres que las habían pronunciado. Maude me ayudó. Repetía las frases y los nombres como un eco: Mabel O'Shaughnessy; Lizzie Lester; Tilda Taylor.

—Nuestra Tilda —le dije.

—Nuestra Tilda —dijo.

«En letra de imprenta», pensé. Dejé que la plegadera de hueso se me resbalara, solo un poquito. Lo justo para rasgar un poco el cuadernillo. Lo aparté, reuní a sus hermanos y los coloqué a su lado.

—No veo por qué no —dijo la señora Stoddard cuando le pregunté si podía quedármelos.

Todas las noches, durante cinco días seguidos, Eb y yo nos quedamos hasta tarde en su taller de reparación de libros. Yo cosía las palabras con cordel e hilo y él le proporcionaba a cada volumen unas tapas sencillas, incluido el del pequeño desgarro. Nada de cuero. Nada de pan de oro. Eso solo lo tendría ella. Cuando terminamos, me senté con mi ejemplar y pasé todas las páginas hasta llegar a las últimas, todas en blanco.

Y, entonces, en la guarda, «Amor, eterno» en tipografía Baskerville. La había elegido por su claridad y belleza, me había dicho.

No me parecía bien que mi ejemplar las tuviera. Cogí la plegadera de hueso de la mesa de trabajo y rasgué las palabras de la página.

Rasgué las palabras de todos los volúmenes y después me marché de la sala de reparaciones.

26

BASTIAAN EMPEZÓ A dar clases de francés en el Insti los lunes y los viernes, y Maude y yo quedábamos para comer allí con él cuando terminaba. Lotte nos acompañó una vez, pero, cuando Bastiaan se sentó, puso una excusa y se marchó enseguida.

Un mediodía de diciembre, cuando me di la vuelta para caminar hacia el Insti en lugar de hacia el canal, Maude se detuvo y dijo:

—No.

—¿Por qué no?

Lou se acercó por detrás y cogió a mi hermana del brazo.

—Porque no hay ni una sola nube en el cielo y Maude prefiere venirse a dar un paseo conmigo antes que estar encerrada en el Insti esperando a tu novio.

—No es mi novio, Lou.

Aggie salió de la imprenta en aquel momento y se agarró al otro brazo de Maude.

—Claro que lo es —dijo.

—Claro que lo es —repitió mi gemela, que puso los ojos en blanco exactamente igual que Aggie.

—Venga, vete ya —dijo Aggie—. Nos lo pasaremos genial con Maude y te veremos después de comer en el taller.

—HACE UN DÍA precioso —dijo Bastiaan cuando terminó su clase.

—Sí.

—Pero ¿estás aquí?

Pasé las páginas del *Oxford Chronicle* y fingí que me concentraba en los titulares.

—¿Cómo va la guerra? —me preguntó.

Ojeé un artículo.

—Se ha producido un aumento en el número de hombres que se alistan desde que los alemanes ejecutaron a Edith Cavell —dije.

—¿La enfermera inglesa?

Asentí y ojeé otro artículo.

—La retirada de las bahías de Anzac y Suvla ha sido un éxito rotundo. Los turcos no tenían ni idea.

—¿Por qué crees que luchan?

—¿Quiénes?

—Esos hombres de Australia, Nueva Zelanda, la India. Si se hubieran quedado en casa, estarían a salvo.

—Porque se lo pidieron —dije.

LA HORA DE la comida de los lunes y la de los viernes se convirtieron en mis momentos favoritos de la semana. La forma de masticar de Bastiaan se convirtió en algo normal. La manera en la que posicionaba las palabras en las frases me parecía perfecta. Un día lo miré a la cara y me di cuenta de que no me detenía en su extrañeza. Se había convertido en... él. Era la cara que buscaba cada vez que entraba en el Insti. Cuando me preguntó si quería acompañarlo a dar un paseo de vez en cuando, fue un alivio.

—Te vendrá bien para fortalecer la pierna —contesté para compensar mi entusiasmo.

Su media sonrisa.

—No te lo he pedido por la pierna.

EN FEBRERO, LA pierna de Bastiaan ya era capaz de llevarlo hasta Broad Street. Nos detuvimos en la acera y nos quedamos mirando los libros sobre la Inglaterra de Shakespeare expuestos en el escaparate de Blackwell. Bastiaan se ayudaba de un bastón, que no era suyo, como se empeñaba en señalar. No iba a quedárselo. Pero, por el momento, lo necesitaba. Y también necesitaba mi brazo.

Parecíamos una pareja cualquiera disfrutando de las maravillas de Broad Street: el Trinity College, el Sheldonian, el Old Ashmolean y la Bodlei, como le gustaba llamarla a Gwen. Una pareja cualquiera intentando arrancarle un día a la guerra.

—Las prensas trabajaron sin descanso para imprimirlo a tiempo.

—¿A tiempo para qué?

—Para el tercer centenario de su muerte.

—¿Por qué crees que es un escritor tan importante? —preguntó Bastiaan.

Me reí.

—Si no fuera por Shakespeare, un buen número de señores con toga de esta ciudad se quedarían con los brazos cruzados: siguen siendo relevantes gracias a él. Por eso es importante.

—Pero no son ellos los que lo han hecho tan popular.

—No, Shakespeare siempre ha sido popular, pero los de la Universidad lo han hecho suyo.

—¿Y de qué va? —Bastiaan señaló los libros del escaparate con el bastón—. ¿De qué habla *La Inglaterra de Shakespeare*?

—De la Inglaterra de la que nacieron sus historias.

—¿Y *de dónde nació* sus historias?

—De dónde nacieron —lo corregí.

—De dónde provienen —dijo.

—De la gente corriente, sobre todo. Escribía sobre nosotros incluso cuando escribía sobre reyes y reinas. Sobre lo que queremos.

Apartó la vista de *La Inglaterra de Shakespeare* y se volvió hacia mí.

—¿Y qué queremos?

Recordé las páginas plegadas, los fragmentos de ideas.

—Amor —respondí—. Poder. Libertad.

—¿Libertad?

—De la culpa o de la locura —aclaré.

Hizo un gesto de asentimiento.

—O de las expectativas —añadí.

—O ios muertos —dijo él.

—¿A qué te refieres?

—Queremos resucitar a los muertos o hacerlos callar —contestó—. En cualquiera de los dos casos, deseamos librarnos del peso de la muerte.

Hubo una época en la que me imaginaba desenterrando a mi madre de su tumba, pero ahora, cuando oía su voz en mi cabeza, me resultaba una compañía agradable.

—¿A quién harías callar, Bastiaan?

Se volvió una vez más hacia el escaparate.

Esperé.

—A la gente de Lovaina —respondió.

Era el final de una jornada larga en el que las únicas páginas que habían pasado por debajo de mi plegadera de hueso estaban cubiertas de fórmulas matemáticas. Pero todavía lucía el sol cuando salimos de la imprenta y Bastiaan estaba apoyado contra la valla, esperando... El corazón me dio un pequeño vuelco. Cuando nos vio, se colocó bien el sombrero y se giró un poco, de manera que el rostro que se había traído de la guerra quedó orientado hacia el otro lado, pero no oculto del todo.

—Así que tú eres Bastiaan —dijo Aggie sin inmutarse—. Hemos oído hablar mucho de ti.

—No tanto —repliqué.

—Ya, claro, no tanto —dijo Lou.

—Hola, Bastiaan —lo saludó Maude.

—Hola, Maude —le contestó él con una media sonrisa—. ¿Puedo llevarme a Peggy *a un paseo*?

Maude asintió.

—Sí, llévatela —dijo Aggie—. Maude, Lou y yo tenemos planes y vosotros dos no haríais más que estorbarnos.

—¿Adónde vamos? —le pregunté.

—Ya lo verás —contestó.

Nos adentramos en Jericho, dejamos atrás la Taberna y el Príncipe de Gales. Solo nos detuvimos al llegar al callejón que se desviaba hacia el cementerio de San Sepulcro.

Bastiaan lo enfiló, pero yo me quedé en Walton Street.

—No sabía que creías en los fantasmas —me dijo.

—Es que no creo.

Volvió a mi lado.

—¿Te dan miedo los muertos, entonces?

«Un poco», pensé.

—Claro que no —dije.

Bastiaan me agarró el brazo para que lo enhebrara con el suyo y dejé que me guiara hacia delante. El sendero estaba cubierto de maleza y sombrío a pesar de que el día era soleado. En la portería no había luz, pero, cuando pasamos ante ella, vi la hornacina de la puerta de la casa del guarda y me tranquilicé pensando en que el vigilante del cementerio estaría dentro. En que su esposa le estaría preparando la cena. Bastiaan se detuvo y miré más allá de la portería, hacia el cementerio.

Había una cruz de piedra, tumbas elevadas y lápidas grandes y pequeñas que brotaban del suelo como dientes retorcidos. Parecía caótico, pero yo sabía que las cosas tenían un orden, que los que habían sido vecinos de vivos también eran vecinos una vez muertos. Que los difuntos de Jericho yacían juntos a lo largo del muro norte, y los difuntos de Balliol, Trinity y St Johns a lo largo del muro sur.

Allí estaba la avenida de tejos, cubierta de flores primaverales, y, al otro lado, la capilla. La recordé y vacilé de nuevo. Sabía que, si pasábamos de la capilla hacia el muro norte, encontraría las diminutas lápidas de mi familia: de bisabuelos, de tíos abuelos, de niños que nunca habían llegado a crecer. «Dejad que os resuma de qué murieron —le gustaba decirnos a mamá cuando íbamos a limpiar las tumbas la víspera de Todos los Santos—: de una tos, de mala suerte, de un pedo líquido. De lujuria, de asesinato y de desamor.» Maude siempre lo repetía y nuestra madre se reía. Yo le pedía que me explicara algún fallecimiento y ella me contaba las historias de mis familiares.

Habían pasado cinco años desde que enterramos a mamá. Maude me había agarrado de la mano aquel día. Teníamos diecisiete años, pero yo me sentía diez años más pequeña que ella. Mi hermana iba caminando medio paso por delante de mí, aceptando todas las condolencias con ecos de las buenas intenciones de la gente. Yo no quería estar allí en aquel momento, pero tampoco pretendía mantenerme alejada tanto tiempo.

Bastiaan evitó la avenida de tejos y agradecí que decidiera no adentrarse demasiado en el cementerio. Me llevó hacia el muro sur.

Caminaba con paso resuelto y conocía todas las raíces de los árboles y todas las lápidas rotas. Sentí intriga por saber con cuánta frecuencia acudiría al cementerio y por qué razón lo haría. Llegamos a una tumba elevada, cubierta con una lápida de piedra lisa, y se detuvo.

—No pretenderás sentarte encima, ¿no? —pregunté.

—Claro, ¿por qué no?

—Pues porque es una tumba.

—O sea que sí te dan miedo los muertos.

—Soy respetuosa con los muertos.

Bastiaan se quitó el abrigo y lo extendió sobre la piedra.

—Si yo estuviera muerto, recibiría con agrado a los amigos que se sentaran en mi tumba.

Se sentó y colocó la pierna mala en un ángulo cómodo. Yo me quedé de pie. Sacó un paquete de un bolsillo del abrigo y empezó a desenvolverlo.

—Bollitos de Chelsea —dijo.

Capté el olor de las especias y se me hizo la boca agua al anticipar el glaseado dulce y pegajoso, pero no me senté.

—Son de hoy, los he comprado en el Mercado Cubierto. —Dio unas palmaditas sobre la lápida, a su lado—. *Madame* Wood murió en 1868, hace mucho tiempo, y su tumba está mal cuidada. Creo que es posible que se haya esfumado de la memoria de la gente.

Di un paso hacia Bastiaan y sus bollitos de Chelsea.

—¿Te sabes su nombre?

—Por supuesto. Me he convertido en un visitante habitual y es una mujer de lo más acomodaticia.

—Puede que seas el primero que pronuncia su nombre desde hace décadas —dije.

Levantó la mirada hacia mí y terminó de masticar.

—Creo que eso es cierto para muchas de las personas que hay aquí enterradas. —Volvió a dar varias palmaditas a su lado—. Le he hablado mucho de ti a *madame* Wood. Te estaba esperando.

Cuando metieron a mi madre bajo tierra, me entraron arcadas. Me dio por pensar que la estaban enterrando viva y que no podía comunicarlo. Era ilógico, una locura, pero yo no la había visto morir —me había negado a hacerlo— y, por tanto, no había visto cómo la abandonaba el dolor, cómo se le relajaba la cara, cómo le descansaban las extremidades. No había experimentado el silencio que vino después. Su respiración agitada seguía atormentándome. Tilda me estrechó contra ella y volvió a contarme los últimos momentos de mi madre. Fueron buenos, dijo, y Maude lo repitió. Mi hermana había sido más valiente, no se había dejado invadir por la rabia. Le había sujetado la mano a nuestra madre y se había despedido por las dos. Después, cuando me inundó el arrepentimiento, albergué la esperanza de que mi madre estuviera lo bastante confusa como para pensar, al menos durante un rato, que Maude era yo, aunque en realidad sabía que era imposible. Para nuestra madre, no nos parecíamos en nada.

Cuando Tilda estaba en Jericho, Maude y ella visitaban juntas la tumba de mamá. Habían dejado de pedirme que las acompañara.

Me senté junto a Bastiaan sobre el sarcófago de la señora Wood. Pasé la mano por la piedra desnuda, más allá del abrigo de Bastiaan, y palpé los valles de las letras grabadas. Alguien había elegido las palabras, una hija quizá. «¿Venía a visitarte cuando te fuiste?», pensé.

Bastiaan me pasó un bollito y me observó mientras le daba un mordisco, mientras masticaba y sonreía, algo cohibida, bajo su mirada. Me lamí la dulzura pegajosa de la boca, aunque no toda, y él se inclinó hacia mí y buscó lo que me quedaba en los labios con los suyos. Se movió con cuidado, quizá sin saber cómo se besaba con aquella boca nueva. Sin saber si yo querría que lo intentara. Me sentí incómoda y me aparté.

—Lo siento —dijo.

—No lo sientas.

Me puse de pie y me coloqué entre sus piernas. Le sujeté la cara con las manos. Estaba muy familiarizada con ella, pero nunca se la había tocado. Noté la diferencia entre la mano izquierda y la derecha: la textura de la piel; los contornos de los huesos que había debajo, uno roto y otro intacto. Volví a buscarle la boca. Tardaría un tiempo, pensé, en aprender a besarlo.

Cuando los refugiados serbios llegaron en abril, muchos de los belgas se marcharon, Goodie y Veronique entre ellos. La señora Stoddard nos llamó a su despacho.

—Pensaron que estarían más cómodas en Elisabethville —nos dijo.

—¿Qué tiene Elisabethville que no tengamos nosotras? —preguntó Aggie, que se había tomado la noticia como una afrenta personal.

—Es un trocito de Bélgica en el corazón de Inglaterra —dijo Lou—. No se lo reprocho. Podrán hablar su idioma, comer sus platos. Veronique me ha dicho que incluso usan su propia moneda. Ella va a echar una mano en la escuela primaria. Nunca la había visto tan contenta.

La felicidad de Veronique no bastó para apaciguar a Aggie.

—Bueno, ¿y qué se supone que tengo que hacer ahora?

—Considerar que Goodie ha sido todo un éxito y buscarte un proyecto nuevo —contestó la señora Stoddard—. No faltan cosas a las que puedas contribuir, Agatha.

—No faltan cosas —dijo Maude.

—¿Y Lotte? —pregunté.

—Por suerte para nosotras, Lotte no tiene ningún interés en vivir en una Bélgica en miniatura —respondió la señora Stoddard.

Unas semanas más tarde, Aggie presentó su dimisión.

—He conseguido un puesto en la nueva fábrica de municiones de Banbury —dijo—. Empiezo a finales de junio.

Lou se quedó de piedra.

—¿O sea que ya no vas a trabajar en la imprenta?

—Pero qué lista eres, Lou —se burló Aggie.

Desde que, a los cuatro años, habíamos empezado el colegio en San Bernabé, apenas habíamos pasado un solo día sin vernos todas.

—No se va de Jericho, Lou. La veremos en el estercolero de Port Meadow —dije.

—Pero ¿qué tiene la fábrica de municiones que no tengamos nosotras? —dijo Lou.

—Una paga más alta —respondió Aggie—. ¡Y que puedo ponerme mono!

27

BASTIAAN ESTABA ESPERANDO. Se había sentado en el murete de piedra que había delante de la iglesia de Santa Margarita y miraba hacia Kingston Road. Pasaría otro minuto antes de que tuviera la certeza de que la figura que se acercaba hacia él era yo. Un minuto durante el que yo podría estudiarlo con detenimiento.

Vi la deliberación con la que se había colocado: la postura del cuerpo, la inclinación de la cabeza, la gorra suave un poco más calada hacia la izquierda. La cara que se había traído de la guerra estaba orientada hacia Santa Margarita, como si la iglesia fuera a ser más indulgente. Parecía incómodo. Aceleré el paso.

Me vio y se le relajó el cuerpo. Volvió la cabeza, apartándola del refugio de la iglesia, y una niña se detuvo para mirarlo. Su madre tiró de ella sin decir una sola palabra, pero Bastiaan pareció no darse cuenta. Ahora estaba concentrado en mí, en mi imagen, que iba llenando poco a poco su campo de visión y lo hacía sonreír. De repente, me sentí cohibida. Tímida. Había sentido el peso de las miradas de la gente durante toda mi vida, pero solo porque Maude iba a mi lado. Ahora ella no iba a mi lado. La sonrisa de Bastiaan y su escrutinio eran solo para mí. Le interesaba yo, por mí misma, y cada paso que daba hacia él me resultaba más fácil que el anterior. Aunque no era una sensación del todo cómoda. Sentía que me estaba alejando de Maude, como un barco que se suelta de su amarre, y hubo un momento en el que pensé en mirar hacia atrás para comprobar si la tenía al alcance de la mano. Era a lo que estaba costumbrada. Pero deseaba con todas mis fuerzas lo que quiera que fuese aquello. Quería perderme, que ella me perdiera. Aparté todo pensamiento sobre mi hermana de mi mente.

—Eres tú —dijo.

—Sí, soy yo.

Las casas de St Margaret's Road eran todas iguales. Eran altas, con el tejado a dos aguas, hechas de un ladrillo rojo uniforme que no necesitaba pulimento. Eran demasiado grandes para Jericho y, a pesar de la larga distancia que las separaba de Broad Street y de la corta distancia que las separaba de la Taberna de Jericho, el correo que les llegaba a las pesadas puertas iba destinado a una dirección de Oxford.

Caminamos despacio y me dio tiempo a fingir que encajaba en aquella calle bordeada de árboles, que Bastiaan era mi marido, que la guerra había terminado.

—Estas casas se construyeron cuando mi madre era pequeña —dije—. En aquella época, esta calle se llamaba Rackham Lane y no era mejor que cualquier otra de las de la zona. Según me contaba, los niños de Jericho vieron cómo levantaban Santa Margarita desde los cimientos.

—¿Siempre vivió aquí?

Dije que sí con la cabeza.

—En una casita húmeda de un callejón estrecho cerca del canal. La misma casita húmeda en la que se había criado su padre. La misma casita húmeda en la que murieron su madre y su hermano pequeño. Los niños de Jericho se pasaban la vida tosiendo, decía. Pensaban que estas casas las estaban construyendo para ellos.

—A los niños no les cuesta imaginar cosas mejores.

—Mi madre nunca dejó de imaginárselas.

Bastiaan se detuvo ante la verja de una de las casas. Fingí que era la nuestra. Tenía tres pisos y ventanas altas en todos ellos. «Cuánta luz —pensé—. Cuánto aire fresco.»

—La familia ha prestado la habitación del sótano para los refugiados —dijo Bastiaan.

Abrió la verja, pero no lo seguí cuando la cruzó. Nadie se creería que tenía derecho a hacerlo.

—Se han ido a pasar una temporada junto al mar.

Me ofreció la mano.

—Qué oportuno —dije, y crucé el umbral sin su ayuda.

El sótano tenía una entrada propia tras bajar unos escalones por el lateral de la casa. Era una habitación grande con dos camas (estrechas, pero con muelles), dos sillones (viejos, pero muy mullidos), una alfombra en el suelo sobre las losas frías y un lavamanos con la pila y la jarra a juego. Bastiaan tiró de un cable y la luz eléctrica lo iluminó todo.

—¿La compartes?

—Antes sí —respondió Bastiaan—. Con otro belga, pero no estaba a gusto.

—¿No estaba a gusto? —pregunté—. Os da el sol por la mañana y hay dos sillones. En el *Calíope* solo nos cabe uno. Me había imaginado una especie de mazmorra.

—No era por los muebles —dijo Bastiaan.

Volvió su cara de la guerra hacia mí.

—Tienes que estar de broma —dije.

—Huyó antes de que llegaran los alemanes. Mi cara, para él, era una humillación, creo.

Me senté en uno de los sillones.

—Entonces, ¿esto es temporal, volverás a tener otro compañero de piso pronto?

—Todo es temporal.

Bastiaan se sentó en la alfombra y apoyó la espalda contra la sólida estructura del sillón que había ocupado yo. Estiró la pierna dolorida.

—Mejor nos cambiamos de sitio —sugerí.

—Estoy cómodo.

Habría dicho que tenía el pelo marrón oscuro, pero, ahora que estábamos allí sentados, la luz eléctrica que nos iluminaba desde lo alto se lo teñía de colores. Castaño, caoba, varios mechones de un rojo fuego. Se movió y los colores se agitaron.

Le toqué la coronilla con la yema de los dedos. Tenía el cabello limpio, no se lo había aceitado. Lo sentí sedoso bajo la palma de la mano. Bastiaan cambió de postura ligeramente para apoyarme el rostro de guerra en el muslo. Sus heridas desaparecieron y la guerra se desvaneció. Lo vi como había sido. Antes de que nos conociéramos.

Noté que el peso de su cabeza aumentaba y que empezaba a respirar más hondo. Le hundí los dedos en el pelo y le recorrí el cráneo con ellos. Luego me puse a hacer inventario: labios carnosos, mentón fuerte, mandíbula recta, pómulo alto. Rasgos sacados de una revista. En Bélgica debía de haber atraído miradas, recibido sonrisas y favores. «No seré la primera mujer a la que le haga el amor», pensé, y un rubor y una oleada de calor me recorrieron de arriba abajo. Acaricié con un dedo las superficies inalteradas de su rostro: la cresta de la ceja, la línea recta de la nariz. Cuando abrió los labios, percibí el calor de su aliento. La mandíbula, bien afeitada, casi lisa, con el único defecto de una zona en la que la cuchilla no había apurado tanto. El lóbulo de la oreja, tan suave como cualquier otro; se lo sujeté entre el pulgar y el dedo, lo sentí ceder, sentí que Bastiaan suspiraba, sentí que se me ponía la piel de gallina y vi que a él se le erizaba. Era un hombre hermoso.

—No pares —me dijo.

No me había dado cuenta de que me había quedado quieta.

—Mi madre me hacía esto cuando era pequeño.

Le pasé las yemas de los dedos por el pómulo, alrededor del ojo.

—No soy tu madre, Bastiaan.

Se le agitó el párpado. Se lo toqué. Se lo calmé.

—Eres algo para lo que no tengo palabras —dijo.

—¿Tu amiga?

—Por supuesto. Pero también algo más.

El dorso de mis dedos sobre su mejilla.

—Tu lectora. Tu escritora.

—Sí y sí.

—Tu confidente.

—Eso se acerca, pero no es del todo exacto. Necesitaba que alguien se sentara a mi lado y apareciste tú.

—Un poquito de suerte —dije.

—Nunca me sentí extraño contigo.

—Nunca me has parecido extraño.

—Te lo tomas a broma, pero eso es justo a lo que me refiero —dijo—. Para mí, todo era extraño: el idioma, los olores del hospital, los tañidos de las campanas de Oxford. El dolor.

Una respiración profunda. Levantó una mano para apretar la mía contra su mejilla.

—Todo era ausencia: no veía, no sentía allá donde se me había quemado la piel, no podía moverme como antes. No me reconocía. Tú hiciste que me sintiera familiar.

—Entonces soy como de la familia —dije en tono burlón.

—Durante aquellas primeras semanas, me pregunté si una hermana me habría proporcionado tanto consuelo.

—¡Una hermana!

—Durante aquellas primeras semanas.

—¿Y ahora?

Separó los labios y luego volvió a cerrarlos. Se los toqué. Atrapé la palabra que jugaba entre ellos.

—Una amante —dije.

Una sonrisa bajo mis dedos. Bajo mis dedos temblorosos.

Levantó la cabeza de mi regazo. Se volvió para mirarme.

—Quiero que así sea.

Le sostuve el rostro entre las manos. Me agaché y le besé el labio que no podía sonreír, le besé la barbilla rota, le besé la mandíbula escarpada y la mejilla hundida, y le besé el párpado que nunca se cerraba sobre el ojo vidrioso que no veía. Bastiaan intentó ponerse de pie, pero se lo impedí. Me levanté del sillón y cerré las cortinas.

Me quedé erguida ante él. Me quité todas y cada una de las prendas que llevaba puestas y lo observé mientras me observaba. Era algo que ansiaba desde hacía tiempo. Que alguien me viera entera. Exclusivamente. Cuando vio la curva de mis pechos, vi que se le hinchaba el pecho. Cuando me bajé la ropa interior, lo oí gemir. Me movía despacio, sin precipitación. No quería ser descuidada ni con un solo movimiento. Una vez que estuve desnuda, me arrodillé en la alfombra a su lado y lo ayudé a desvestirse.

DORMIMOS. NOS QUEDAMOS dormidos en el suelo, sobre la alfombra, delante del sillón. Era una sensación íntima: el peso de mi cabeza sobre su pecho, su cuerpo contra el mío, mi pierna enredada con la suya. Cuando me desperté, Bastiaan tenía la mano justo encima de mi pecho izquierdo. Sentía los latidos de mi corazón contra la presión de su palma.

Me moví. Él se apartó.

—Perdón —dijo.

—No te disculpes.

Volví a ponerle la mano donde la tenía.

—He soñado que estabas muerta.

Apenas un susurro.

Se me aceleró el corazón y me pregunté cuánto tiempo llevaría allí tumbado, necesitando una prueba de que estaba viva.

Para mí, la prueba estaba por todas partes. La notaba en el aroma de nuestra unión, en su axila y en mi piel. La veía esparcida por el suelo: mi ropa y la suya, el preservativo que había sacado del bolso de terciopelo negro de Tilda. La sentía como una punzada, entre las piernas y en el corazón.

Le levanté la mano de mi pecho para llevármela a la boca. Sonrió y las sombras de sus muertos desaparecieron de la habitación. Me moví para sentarme a horcajadas sobre él. Le agarré la cara entre las manos y le besé el labio que no podía sonreír, le besé la barbilla rota, le besé la mandíbula escarpada y la mejilla hundida. Le besé el ojo que miraba pero que no veía y sentí su frialdad contra mi labio.

RECOGÍ TODAS LAS prendas que me había quitado y Bastiaan me observó mientras me vestía. Lo miré mientras me miraba. Fui más despacio. Me acerqué al espejo y me recogí el pelo, luego me puse el sombrero. Él seguía los movimientos de mis manos en el reflejo.

—Tengo que irme —dije.

—Te acompañaré. Me gustaría ver dónde vives.

—No, todavía queda un poco de luz y tendré que ir casi corriendo.

Me había ausentado más de una hora. Más de dos. La luz empezaba a desvanecerse. Cuando vi el *Calíope*, mis pensamientos pasaron de Bastiaan a Maude. La piel que antes me hormigueaba, ahora me parecía pesada. Me pregunté brevemente si a Rosie se le habría ocurrido asomar la cabeza. Lo habría hecho si se lo hubiera pedido. ¿Por qué no lo había hecho? Porque estaba harta de pedir.

Apenas quedaba luz en el cielo cuando abrí la escotilla. Calculé que serían las diez y media. La lámpara estaba fría, volví a encenderla. Recogí del suelo el pañuelo amarillo de Maude, vi su chaqueta de verano en el respaldo del sillón; no se había puesto ninguna de las dos cosas para ir al trabajo. La mesa estaba sembrada de papeles y también había seis estrellas terminadas, un plato sucio y medio vaso de leche al que ya se le estaba formando una costra de nata.

Recogí el plato sucio y el medio vaso de leche y los llevé a la cocina. Le añadí vinagre a la leche y la dejé a un lado para que se cortara. Metí el plato en la pila, que ya estaba llena de los cacharros de la mañana. Un reflejo en la ventana de la cocina, una imagen tan distorsionada que ni siquiera yo distinguí si era mía o de Maude. Ya era de noche, una noche negra como el carbón. La había dejado sola demasiado tiempo.

Descorrí la cortina de nuestro dormitorio. Maude era capaz de hacerse tan pequeña que cualquier otra persona habría pensado que la cama estaba vacía, teniendo en cuenta que el colchón estaba viejo y lleno de bultos. Pero yo reconocí su forma. Toqué la curva que formaba su cadera y sentí que se me ralentizaba el pulso. Tenía las sábanas agarradas con fuerza bajo la barbilla. La respiración se le escapaba en bocanadas rítmicas a causa del sueño a través de los labios suaves, de color rojo cereza. Cerré la cortina y volví a la cocina.

Rojo cereza.

No estaba preparada para irme a la cama. No quería que el sueño me arrebatara el placer de la vigilia y lo relegase todo al mundo de lo onírico, todavía no. Me preparé un té flojo y, en lugar de llevármelo a la mesa, me senté en el sillón, en el de mi madre, sólido y con muelles. Tapizado en terciopelo verde, pero desgastado hasta la trama en muchos sitios. Era demasiado grande para nuestro barco de canal, pero mamá se había negado a sustituirlo por algo más pequeño.

El sillón estaba encima de una alfombra desgastada por el peso de los pies. Me quité los zapatos y me bajé las medias para sentir el tejido desigual. Pájaros y emparrados en todos rojos, verdes y azules descoloridos: «un oasis de imaginación», decía nuestra madre cuando se acomodaba para leernos los cuentos de *Las mil y una noches*. Nos sentábamos a sus pies, Maude perdida en los patrones de la alfombra, yo perdida en la magia que hilaba la voz de mamá. Ella era mi Scheherezade y yo estaba pendiente de cada una de sus palabras, jugaba con cada idea. Cuando cerraba el libro, se agachaba y me cogía la barbilla. «No lo olvides, Peg.» Yo asentía, sabiendo lo que se avecinaba, anticipándolo como la frase favorita de un cuento. «Si te encoges para encajar en la pequeñez de tus circunstancias, no tardarás en desaparecer.»

Casi nunca me sentaba en el sillón de mamá. No lo evitaba, pero éramos dos y en el sillón solo cabía una. La mesa nos iba mejor.

¿Me había encogido?

Me tomé el té. La lámpara se apagó. Me levanté y llevé la taza vacía a la pila del fregadero.

Me desnudé. Cada prenda, cada movimiento, una recreación. Cerré los ojos para recuperar una imagen, un sonido, un aroma. Me desabroché los botones de la blusa y me quité la combinación. Cuando la tela me rozó los pechos, sentí las cicatrices de las yemas de sus dedos. Cuando el aire se movió a mi alrededor, lo sentí susurrarme contra el cuello. Me había hablado en francés y, aunque no había reconocido ni la mitad de las palabras, lo había entendido.

Levanté las mantas y me metí en la cama junto a mi hermana. Capté un ligero olor al tabaco que Tilda fumaba a veces.

ME AVANCÉ A las campanadas de San Bernabé y me desperté antes de que sonaran. El *Calíope* estaba sombrío bajo el sol naciente y deduje que me quedaba un cuarto de hora antes de tener que despertar a Maude. Me destapé y me senté en el borde del colchón. Me calcé las pantuflas y cogí el chal que había a los pies de la cama. Había tenido un sueño y, mientras me cubría los hombros con el chal, intenté recordar de qué trataba. De Bastiaan, pero no conseguí acordarme de nada más.

Entonces le vi el pie con medias.

Eché un vistazo bajo las sábanas. Maude estaba vestida de pies a cabeza, con el vestido albaricoque de Tilda.

Los labios: rojo cereza. El color le manchaba también la mejilla.

Disfraces. Era algo que hacíamos cuando éramos pequeñas. Oculté mi ceño fruncido tras una sonrisa, la tapé y me fui a la cocina.

—Huevos revueltos —dije al ponerle el plato delante a Maude cuando se sentó a la mesa.

Seguía llevando el vestido. Las medias.

Apartó el plato.

—Pero si te encantan los huevos revueltos.

Volvió a tirar del plato hacia ella y empezó a comer.

—Eso está mejor.

Me senté a la mesa con mi café.

—Te encantan los huevos revueltos —dijo Maude al mismo tiempo que señalaba con el tenedor el espacio vacío que tenía delante.

—No tengo mucha hambre —dije, y Maude volvió a su desayuno—. Anoche te olvidaste de ponerte el camisón, Maudie —continué—. Te fuiste a la cama con tu vestido nuevo.

—Algo con lo que animar a los chicos —dijo.

Era lo que le había dicho Tilda mientras daba vueltas delante de ella.

—Es un vestido muy bonito —dije.

—Un vestido bonito, para un loro bonito.

No fui capaz de ubicar la frase. Se me enfrió el café.

28

No FUI CAPAZ de convencer a Maude de que se cambiara, así que fue a trabajar con el vestido de color albaricoque. Llamaba la atención en las calles de Jericho, donde las mujeres iban vestidas para encargarse de las tareas domésticas, trabajar en la imprenta o pasar una larga jornada detrás de un mostrador. Varios hombres se quitaron la gorra y, cuando un soldado le dio los buenos días, Maude repitió: «Buenos días» y dio una vuelta.

Nos detuvimos en el quiosco de Turner para comprarle dulces a Aggie.

—Qué vestido tan bonito, señorita Jones —dijo el señor Turner.

—Es el último día de Aggie —añadí, como si eso lo explicara todo.

ESTÁBAMOS REPARTIDAS ALREDEDOR de la mesa de montaje, un poco más habladoras de lo que deberíamos, un poco más relajadas. Aggie hablaba más alto que de costumbre, pero la señora Hogg sabía que había perdido su autoridad y fingía no darse cuenta.

Lotte y yo estábamos montando los cuadernillos. Se había aprendido los pasos que lo hacían más eficiente y me gustaba esperar el momento en el que el rostro se le suavizaba, cuando encontraba el ritmo con el cuerpo. Estaba segura de que ella no era consciente del cambio, así que nunca se lo comenté, me limitaba a asegurarme de que mis pasos reflejaban los suyos para que no se desalentara.

Aquel día, Lotte se movía a lo largo de la mesa de montaje como una mujer que intenta domar unos zapatos nuevos. Estaba torpe, así que no me esforcé en imitar su ritmo. Me colocaba un cuadernillo tras otro sobre el brazo y establecí un ritmo lánguido mientras pensaba en Bastiaan.

Lotte le entregó a Lou su primer montón de cuadernillos. Unos instantes después, yo le entregué el mío a Maude.

—Tortuga —dijo mi hermana, pero no era una reprimenda, solo una observación.

Golpeteó los bordes contra la mesa, los enrasó y se los entregó a Aggie para que los comprobara.

«Mi querida Maude», pensé, y me incliné para darle un beso en la mejilla. En el último momento, volvió la cabeza y me atrapó los labios con los suyos. Estudió mi cara de asombro y se echó a reír. Fue un sonido extraño.

—¿No está tan mal?

Una pregunta.

No supe cómo responder.

—No está tan mal —respondió ella misma.

Aggie hojeó los cuadernillos que Maude le había pasado.

—No sé qué va arriba y qué va abajo —dijo—. ¿Qué idioma es este?

—Alemán —respondió Lotte, que ya estaba entregándole su segundo montón a Lou.

Esta golpeteó los bordes. Los enrasó.

—¿Alemán? —repitió Aggie—. ¿Por qué estamos imprimiendo libros alemanes?

Presté más atención en mi segunda ronda: veinte cuadernillos con cuatro pliegues, treinta y dos páginas en cada uno. Eché un vistazo a las primeras páginas. *Un libro de poesía alemana: De Lutero a Liliencron. Editado por H. G. Fiedler.* Me imaginé al profesor Cannan discutiendo con los delegados de la imprenta: «Si quitamos el "Oxford" del título, nadie podrá acusarnos de simpatizantes».

—Es poesía —dije.

—Poesía alemana —insistió Aggie.

—Poesía —repitió Maude.

Lotte dejó de montar cuadernillos, así que hice lo mismo. Estaba leyendo uno de los poemas, murmurando las palabras.

—Léenoslo a todas, Lotte —le pedí.

O Mutter, Mutter! hin ist hin!
Verloren ist verloren!
Der tod, der Tod ist mein Gewinn!
O wär' ich nie geboren!

—¿Qué quiere decir?

Me miró desde el otro lado de la mesa y me pareció que nos separaba una distancia enorme. Luego volvió a mirar el poema, pero no dijo nada durante un buen rato. Supuse que le estaba costando traducirlo. Cuando por fin habló, lo hizo en un susurro:

¡Oh, madre, madre, se ha ido!
¡Perdido está perdido!
La muerte, la muerte es mi alivio.
¡Ojalá nunca hubiera nacido!

Reanudó su trayecto a lo largo de la mesa de montaje y yo también, pero el ritmo fácil de mis pasos se había esfumado.

—¿Conoces estos poemas? —le pregunté.

—En Bélgica, aprendemos tanto la poesía como la lengua de nuestros vecinos.

—Tiene lógica, claro —dije.

—¿Qué lógica tiene?

A Lotte se le cayó la máscara y me pareció que quizá estuviera esbozando una mueca de desdén. No tenía ni idea de qué contestarle, pero sabía que no apartaría la mirada hasta que lo hiciera.

—Está claro que es mejor entender a tus vecinos que no entenderlos.

—Eso creía yo.

No dije nada. Continuamos nuestra ronda, entregamos nuestros cuadernillos, empezamos de nuevo.

—Si mi vecino se convirtiera en mi enemigo —dije, sin estar convencida de si debía siquiera abrir la boca—, creo que me gustaría saber lo que dice.

Lotte se detuvo. Yo me detuve. Tenía los ojos de un azul penetrante, libres de la sombra de sus párpados habitualmente bajos. No levantó la voz, pero pronunció todas y cada una de sus palabras con precisión. El esfuerzo por no gritar hacía que le temblara el labio superior.

—Los alemanes no son mis enemigos, Peggy. Pero hay algunos que han utilizado su lengua como un arma, para compartir la maldad de sus pensamientos, los detalles de lo que harán para humillarte, herirte. Lo que ya han hecho.

Se quedó callada de golpe y me dio la sensación de que había violado una especie de código de confidencialidad autoimpuesto. La vi contener la fuga, sacudir la cabeza, bajar los párpados. Cuando levantó la vista, el azul se había atenuado y su voz era firme:

—¿Cómo es ese dicho sobre las ofensas que se les dice a los niños?

Maude contestó antes de que yo tuviera oportunidad de hacerlo.

—No ofende quien quiere, sino quien puede.

Se lo sabía muy bien porque se lo habían dicho mil veces.

Lotte miró a mi hermana y me pregunté si se le escaparía algo más. Pero, de pronto, se le aflojó el cuerpo, como si la capacidad de lucha la hubiera abandonado.

—Es mentira —dijo tras volverse hacia mí—. Maude lo sabe.

—Es mentira —repitió Maude.

—Ojalá hubiera sido sorda a todo aquello —dijo Lotte.

Colocó el siguiente cuadernillo sobre la pila que ya llevaba en el brazo; la imité. No volvimos a hablar hasta que sonó la campana para el descanso de la mañana.

AL FINAL DE la jornada, habían apartado un taco de todos los demás.

—¿Qué le pasa a este? —pregunté.

Aggie señaló a Maude con la cabeza.

—Mientras Lotte y tú debatíais sobre «poesía», tu hermana hizo un churro con un cuadernillo del medio.

—¿Un churro?

—Sí, un churro.

Aggie me enseñó lo que había hecho Maude.

—Son pliegues sin sentido —dije.

Mi amiga me quitó el cuadernillo de las manos y lo giró hacia uno y otro lado.

—Sigo sin distinguir qué va arriba y qué va abajo.

Eché un vistazo en torno al taller: la señora Stoddard tenía la cabeza inclinada sobre un libro de registro; la señora Hogg estaba riñendo a una de las chicas nuevas de San Bernabé por charlar.

Me guardé el cuadernillo sin sentido de Maude en el bolsillo del delantal.

Esa noche, cuando llegamos a casa, sentimos el calor de hojalata del *Calíope*. Dejamos la escotilla abierta, apoyada en *Historia del ajedrez*, y abrí las ventanas de ambos lados. Fue un alivio sentir la corriente de aire que atravesaba el barco.

Maude se sentó a la mesa y cogió la lata de galletas que contenía sus papeles. Se dejó el sombrero puesto, igual que se había dejado puesto el vestido de color albaricoque, toda la noche y todo el día. Me coloqué detrás de ella. La observé un momento mientras empezaba a plegar, luego me eché hacia delante, le rodeé los hombros con los brazos y le susurré al oído.

—¿Piensas salir otra vez esta noche, Maudie?

Quería provocarle confusión, ¿qué podría querer decir con lo de «otra vez»? Pero ella se encogió de hombros. Puede que saliera otra vez, o puede que no. Y también estaba el ligero tufo del tabaco.

Había que mantener una conversación nueva, y ni Maude ni yo teníamos el guion. Esperó a que le hiciera más preguntas, a que me sentara a su lado como lo habría hecho nuestra madre y la ayudara a encontrar el vocabulario que necesitaba.

—El sombrero, tonta —fue lo único que dije.

Me obligué a sonreír y le quité el sombrero de la cabeza. Lo colgué en el gancho que había junto a la escotilla y me asomé para contemplar el agua del canal. Había una capa de suciedad en la superficie, un arcoíris de aceite de cocina y otras cosas. Una lata vacía pasó flotando y me pregunté cuánto tardaría en llenarse de agua y hundirse hasta el fondo.

Tenía pensado hacer salchichas y puré, pero decidí prepararlas con pudin de Yorkshire, uno de los platos favoritos de Maude. Batí la masa durante más tiempo y con más fuerza de lo habitual. Mientras se cocinaba, creció hasta tragarse las salchichas, como solía hacer la de nuestra madre. Mi hermana aplaudió cuando lo puse en la mesa, y nuestra conversación durante la cena siguió su patrón habitual.

Comimos melocotones de postre, frescos. Maude apartó sus pliegues del peligro mientras se comía los trozos de fruta pegajosa. La vi lamerse los dedos y limpiárselos en el vestido. No la reprendí.

Cuando retomó el plegado, seguí los primeros movimientos y supe que sería un corazón.

—¿Para quién es ese corazón, Maudie? —pregunté.

Se encogió de hombros.

Saqué de mi bolso el cuadernillo de poesías alemanas y lo dejé sobre la mesa. Maude se estiró para verlo.

—Poesía —dijo.

—Poesía alemana —dije imitando a Aggie en el tono y en la expresión facial.

Ella sonrió.

Respiré hondo y toqueteé los pliegues sin sentido.

—¿Qué es esto, Maudie?

Movió la cabeza hacia delante y hacia atrás, empezó a balancearse. No sabía decirlo. Estaba confusa. «No le insistan en que diga algo para lo que no tiene palabras —les decía mamá a nuestros profesores—. Ayúdenla a expresarlo de otro modo.»

—¿Puedo alisarlo?

Puse la mano encima del cuadernillo.

Empezó a asentir, dejó de balancearse.

—Alisarlo —dijo.

Abrí el cuadernillo y lo plegué correctamente.

—¿Le pedimos a Lotte que nos traduzca un poco más?

—Ofende quien quiere.

—Podría pedírselo a Bastiaan.

—Ofende quien quiere.

—¿Le mando un par de poemas a Tilda? Podría pedirle a su médico alemán que se los traduzca.

Maude asintió.

—Hugo.

23 de junio de 1916

Querida Pegs:

Los poemas han hecho llorar a Hugo. Cuando le pedí que me los tradujera, pensó que eran algo que había escrito uno de los prisioneros alemanes. Se alegró mucho cuando vio que se trataba de un poema de Liliencron. Tradujo el título como «Muerte entre las mazorcas de maíz» y leyó los primeros versos de la página en voz alta. Se lo sabía, Peg, y recitó el resto de la estrofa de memoria. «Podrían haberse escrito ayer mismo —dijo—, pero se compusieron hace décadas, tratan sobre otra guerra de Prusia con Francia.»

Lo sabe todo sobre Oxford y el *Calíope*. Sobre Maude y sobre ti, y sobre Helen, por supuesto. No se escandaliza ni se pone celoso cuando le hablo de ella. Este lugar ha menguado nuestra capacidad de sentir cualquiera de esas dos cosas. Cuando le dije que habías robado los poemas del taller de encuadernación, sonrió. «Podrían haberse negado a imprimir las palabras de los alemanes», dijo. El hecho de que no fuera así le da esperanzas. «Por nuestra poesía nos conoceréis —dijo—. Es la misma que la vuestra.»

Es muy romántico, ¿verdad? Pero yo me puse furiosa. Le dije que ya estaba harta de los poemas que pintaban a los hombres normales como si fueran santos solo por sufrir una muerte peor que las normales, o por sufrir heridas que harán que vivan una vida peor que las normales. Le dije que morir en un puñetero maizal no tenía nada de noble.

Hugo me dejó despotricar sin interrumpirme ni una sola vez. Necesito que me planten cara para sostener una rabia indignada, así que al final me quedé sin fuerzas. Cuando recuperé el aliento, Hugo besó la boca que lo había arengado y, con una lógica exasperante, dijo:

241

«La poesía es como soportamos lo insoportable. A veces tiene que ser mentira».

Comprendí, entonces, por qué Alison (la enfermera jefe Livingstone) insiste en llamar «hunos asquerosos» a nuestros pacientes. Pensar en ellos de otro modo, considerarlos hombres normales, haría que toda esta experiencia resultase insoportable.

Un beso,

Tilda

LEí «MUERTE ENTRE las mazorcas de maíz». Luego leí «*Wer Weiss Wo*». Hugo lo había traducido como «Quién sabe dónde» y el primer verso decía: «Sobre sangre y cadáveres, escombros y humo». No había la menor gloria en todo aquello y, cuando llegué al final, me pregunté si la verdad que contenía el poema habría satisfecho a Tilda. Imaginé que no, pero supuse que tampoco la habría enfurecido; solo la habría entristecido terriblemente.

29

AÚN ERA DE día cuando Bastiaan y yo salimos del cine. Oxford estaba abarrotado de gente y, de no haber sido por los uniformes, podría haber sido una noche de verano cualquiera. Las pandillas de oficiales jóvenes salían de los mismos pubs de los que salían cuando aún eran estudiantes. Las jóvenes caminaban por la calle en grupo de dos o de tres. Las parejas paseaban cogidas del brazo y se detenían ante un colegio universitario o ante una iglesia para admirar la arquitectura. Oxford seguía atrayendo a los turistas, a pesar de la guerra. Y, a pesar de la guerra, una noche cálida de verano aún podía hacer que te sintieras en paz.

Por lo general, evitaba el camino de sirga cuando volvía a casa desde Oxford a última hora de la tarde, pero aún estaba anocheciendo y Bastiaan me acompañaba. Nos parecía más romántico que la calle. Cuando nos acercamos al puente de Hythe, vislumbramos a los hombres. Algunos llevaban uniforme, otros camisa blanca con cuello. Varios vestían el mono del trabajo y estaba claro que no habían vuelto a casa tras finalizar su jornada; avanzaban dando tumbos, con la barriga llena de cerveza.

—Creo que ese acabará en el río —dijo Bastiaan.

—Puede que sea justo lo que necesita.

Él se echó a reír y yo me volví para mirarlo: las carcajadas le transformaban el rostro y yo aún estaba recopilando todas las razones por las que lo hacían.

Entonces, una voz. Desconocida.

—Vaya, hola otra vez.

No sé de dónde había salido, pero, de repente, un hombre se plantó frente a nosotros en el camino. Llevaba uniforme, pero no tenía nada de pulcro. Me miró de arriba abajo, como les gusta hacer a algunos hombres, y la confianza que había sentido al ponerme el vestido aquella misma tarde desapareció. Sentí que la brisa del canal me rozaba los hombros, las clavículas, el pecho. Pensé que el escote quizá fuera demasiado holgado, la tela demasiado transparente. Era uno de los de Tilda. Le solté la mano a Bastiaan, pero me acerqué a él. Me rodeó los hombros con el brazo y sentí que se le tensaban los músculos del pecho.

—He dicho «hola». —El hombre se balanceó un poco, sonrió un poco. Miró a Bastiaan y luego volvió a mirarme a mí—. Ahora te toca a ti decírmelo.

Pasamos de largo a su lado.

—No seas así, mi loro bonito.

Me di la vuelta de golpe.

—¿Cómo me has llamado?

Una contracción en la frente. Confusión. Se inclinó hacia mí.

—Mi loro bonito.

Intentó sonreír. Olía a tabaco.

—¿Por qué?

—Te gusta.

Una vez más, la contracción. Y entonces cayó en la cuenta, en el mismo momento en el que caí yo. Retrocedió tambaleándose, miró a Bastiaan. Se estremeció.

—¿Qué has hecho? —siseé.

—Está borracho —dijo Bastiaan, y me abrazó con más fuerza, no sé si para tranquilizarme o para contenerme.

—¿Qué le has hecho? —grité.

El hombre me miró de nuevo, como si estuviera buscando errores, el más mínimo error de imprenta. Solo se convenció cuando llegó a los ojos. Negó con la cabeza.

—¿Tu «loro bonito»? —le escupí.

—No le hice nada —dijo.

—Le hiciste algo.

Una rápida mirada a Bastiaan.

—Nada que ella no quisiera que le hiciera.

Lo empujé poniéndole ambas manos en el pecho enclenque, tal como empujaba a los matones de San Bernabé cuando se burlaban de Maude. Me zafé de Bastiaan. Eché a correr.

—¡Maude! ¡Maude!

El sillón estaba vacío. La cocina estaba vacía. No había nadie sentado a la mesa.

—Está dormida. Es tarde.

Lotte salió de detrás de la cortina de nuestro dormitorio.

Hice caso omiso de la instrucción tácita de que dejara a mi hermana en paz y, cuando Lotte entró en la cocina, pasé a toda prisa a su lado y abrí la cortina de nuestro dormitorio.

Maude estaba acurrucada en la cama, abrazada a una almohada, y los párpados le temblaban mientras soñaba. Le toqué la mejilla. Estaba caliente, segura. Le besé la frente. No se movió. El vestido de color albaricoque estaba extendido a los pies de la cama.

Lotte me observó mientras cerraba la cortina. Siguió mis pasos hacia la mesa. Cuando me senté, no apartó la vista de mí y se quedó esperando a que dijera algo. No sabía qué decirle. Me apoyé la cabeza en las manos.

—Ha pasado algo —dijo ella.

Levanté la cabeza al instante. La expresión de Lotte me avergonzó. No estaba haciéndome una pregunta. Me estaba informando. Me estaba informando de algo que yo ya debería saber.

—¿Qué ha pasado? —pregunté.

En ese momento llegó Bastiaan. No era así como había planeado enseñarle el *Calíope* por primera vez. Tropezó con *Historia del ajedrez* y se golpeó la cabeza al franquear la escotilla. Estaba pálido a causa del esfuerzo de correr detrás de mí. Lotte se acercó a ayudarlo para que se sentara en el sillón.

Después, volvió a la cocina dejando claro que no quería ni mirarme. Cogió la jarra, sirvió un vaso de agua y se lo llevó a Bastiaan.

—Lotte —dije en un tono de voz demasiado alto para un espacio tan reducido—. ¿Qué sabes?

Entonces sí me miró, con el rostro endurecido por el desprecio.

—No sé nada —contestó—. Pero me lo imagino.

—¿Qué te imaginas? —dije con la voz más apagada.

La culpa había templado la ira que me había propulsado a lo largo del camino a casa. El vestido de color albaricoque extendido y listo. La conciencia vaga de que mi hermana planeaba volver a salir. Ser el loro bonito de alguien.

—Lleva el vestido de Tilda, se pinta los labios de rojo —dijo Lotte—. Tiene un vocabulario nuevo. Lo has oído. ¿No te has planteado de dónde ha salido, qué significa? ¿O es que estabas demasiado ocupada para prestar atención?

—¿Qué pretendes decir con eso?

—¿La has dejado sola? —preguntó Lotte.

Una mirada rápida a Bastiaan.

—¿Cuándo?

—¡En algún momento! ¿La has dejado sola? ¿Se te ha ocurrido pensar que estaría bien sin ti?

No podía contestar. Pues claro que la había dejado sola alguna vez. Siempre lo había hecho. Pero no durante mucho rato, no sin decírselo a Rosie. Salvo últimamente. Quizá. Un par de veces. Pero Maude sabía que no debía cocinar. Estaba encantada de que la dejara con sus papeles, sus pliegues. ¿Había perdido la noción del tiempo? Quizá. Un par de veces. Cuando había experimentado la enorme despreocupación de ser singular, quizá hubiera perdido la noción del tiempo. Un par de veces. Lotte me estaba fulminando con la mirada.

—¿Quién la llama «loro bonito»? —preguntó—. ¿Qué significa cuando dice: «No está tan mal, no está tan mal»? ¿Y cuando intenta besarte de la manera en la que lo hizo en el taller el otro día?

No dije nada y Lotte alzó la voz.

—Eliges malinterpretarla —gritó—. Tú, mejor que nadie, deberías saber lo que puede pasar. Pero, aun así, la dejas sola.

—Yo, mejor que nadie... — pero Lotte no había terminado conmigo, y flaqueé.

—Crees que sc quedará aquí porque tú le has dicho que lo haga. Pero es curiosa, todos son curiosos.

Y entonces empezó a pasearse de un lado a otro, a pasarse los dedos por el pelo, y yo intenté recuperar la voz:

—Es mi hermana, Lotte. Creo que sé cuándo se la puede dejar sola y cuándo no.

Lotte se detuvo y se volvió hacia mí, con el pálido rostro teñido de una rabia que escapaba a mi comprensión.

—¡Es una niña! —gritó—. Una niña con la boca llena de rimas. Tonterías para ellos. Una razón para hacerle daño. Y tú lo dejaste solo. ¿Por qué? ¿Por qué lo dejaste solo? *Pourquoi? Pourquoi?*

La palabra continuó, una y otra vez, fragmentándose con los enormes sollozos que le sacudían el cuerpo. Y entonces Bastiaan se puso a su lado y los sollozos se convirtieron en resuellos, pero la pregunta no dejaba de repetirse, «*Pourquoi?*», en tonos cada vez más bajos. Entonces él la abrazó, la rodeó con los brazos que me habían estrechado a mí, y ella se desplomó entre ellos.

Bastiaan le hablaba, capté fragmentos de francés. La ayudó a sentarse en el sillón. Hasta que se sentó, no me fijé en Maude. Estaba de pie, inmóvil, inexpresiva. Enmarcada por la cortina que mantenía nuestro dormitorio a oscuras, pero que no impedía que entrara el ruido. Me pregunté qué habría oído y qué habría visto. Me pregunté cómo lo habría interpretado. Me acerqué a ella, pero se llevó un dedo a los labios. «No los molestes», estaba diciendo. Lo entendía. Ella siempre lo entendía. Esperé.

Bastiaan preguntó dónde vivía Lotte y le expliqué cómo llegar a casa de la señora Stoddard. Ayudó a su compatriota a bajar del *Calíope* y yo los seguí. Me quedé plantada en el camino y observé sus siluetas mientras caminaban hacia el puente de Walton Well. Tenían la misma altura.

Hablaban el mismo idioma. Me los imaginé hablando en francés. Sería fácil, pensé, y un alivio para ambos, que alguien los entendiera a la perfección.

247

Maude había vuelto a la cama. Me acosté a su lado, encajé las rodillas en la corva de las suyas y apreté el vientre contra su espalda. Posé una mano sobre su cadera y, durante un segundo, inhalé el aroma de su pelo. Me estremecí al recordar las caricias de Bastiaan, su aliento en mi cuello. Imaginé cómo respondería el cuerpo de mi hermana si mi mano fuera la de un hombre. Pensé en el soldado del camino de sirga y se me erizó la piel.

Se me erizó la piel, pero ¿se le habría erizado también a ella?

Había dejado preparado el vestido de color albaricoque.

—Estás preciosa con ese vestido, Maudie —le dije.

No fue suficiente.

—¿Y si te lo pones para el acto benéfico que va a celebrarse en el Insti? Habrá baile.

—Muchachos y viejos —susurró.

—Y pilotos del aeródromo de Port Meadow —dije—. Por invitación especial.

Se ablandó y me la imaginé mientras alguien la agarraba por la cintura y la hacía girar por la pista de baile. Me imaginé la posibilidad de un beso al final y de lo bien que podría hacerla sentir.

—No creo que debas volver a ir sola al puente de Hythe nunca más, Maudie. Ese hombre al que has conocido no es del tipo adecuado.

Guardó silencio durante mucho tiempo, estaba pensando, no durmiendo, y sentí curiosidad por lo que querría decirme. «Ten paciencia», me habría dicho mi madre. Cerré los ojos y me permití relajar la cabeza sobre la almohada.

—¿El tipo adecuado?

Su pregunta me sacó de un duermevela y estuve a punto de decir «Bastiaan».

—No lo sé muy bien —dije, y sentí su decepción.

Me imaginé a nuestra madre negando con la cabeza: «Esfuérzate más y sé clara».

—Será alguien que quiera entenderte, Maudie. Alguien a quien tú quieras entender. —«Como un libro», pensé—. Como un pliegue bellamente complicado —dije.

A LA HORA de comer del día siguiente, Bastiaan me encontró en mi sitio habitual en el Insti, leyendo el periódico. Desenvolvió su bocadillo. Pasé una página.

—¿De qué hablaste anoche con Lotte cuando la acompañaste a casa? —pregunté.

—De nada —contestó.

—Seguro que hablasteis de algo.

—De nada —repitió.

Dejé de pasar páginas y lo miré, incrédula.

—Bastiaan, de algo tuvisteis que hablar. ¿Qué le pasaba anoche?

—Está... —Se detuvo para buscar las palabras adecuadas—. No está bien, creo. Está destrozada. No ha enterrado a sus muertos —dijo— y creo que no tiene el menor deseo de hacerlo.

—Lo siento —dije, avergonzada por mi tono.

—No. —Me agarró la mano—. No creo que a Lotte le importen ya muchas cosas, excepto Maude. Anoche se asustó.

—¿Por qué crees que le importa tanto Maude?

No contestó, pero su malestar aumentó.

—¿Qué te contó, Bastiaan?

Le escudriñé el rostro en busca de alguna pista. Había dejado de comer y vi que tenía la mandíbula apretada. Me habría gustado saber cuánto le dolía. Fui paciente.

—Maude, creo, es igual que su hijo —dijo. Tenía la mirada clavada en la mesa, no en mí—. Igual que era su hijo —aclaró.

Recordé fragmentos de palabras, gestos de la noche anterior. Lotte desplomada como una muñeca rota. «¿Por qué lo dejaste solo? *Porquoi? Porquoi?*» Encajaron como un rompecabezas.

Bastiaan levantó la vista.

—René. Su hijo se llamaba René. Tenía doce años.

Había cosas que quería saber. Cosas que no quería saber. Eran las mismas.

—¿En qué se parece Maude a su hijo?

—René apenas hablaba. Solo decía unas cuantas palabras, las frases que más le gustaban de rimas y canciones infantiles. Signos con las manos.

—¿Era sordo?

—No era sordo, era diferente. Único, me dijo, como un libro miniado. Es prácticamente incapaz de vivir sin él.

—¿Todo esto te lo contó Lotte?

—Me lo contó una y otra vez. No fue una conversación.

—¿Qué fue?

Negó con la cabeza.

—Me lo contó en francés, luego en flamenco, en alemán y después en inglés. Empezó en cuanto salimos del *Calíope* y no paró hasta que llegamos a la puerta de la señora Stoddard. Cada relato tenía su propio ritmo y sus propios gestos.

—¿Gestos?

—Utilizó signos manuales, los signos de René, creo. No sé muy bien qué significaban, pero aparecían siempre en el mismo momento en todos los idiomas. Era como si estuviera recitando las frases de una obra de teatro; me parece que las ha ensayado para que no caigan en el olvido. Para que su hijo no caiga en el olvido. —Bastiaan no dijo nada durante un rato—. Al final hubo lágrimas, pero Lotte no parecía ser consciente de que le estaban rodando por las mejillas.

—A nosotras no nos ha contado nunca nada de eso. ¿Por qué crees que a ti sí te lo ha contado?

—Porque era oportuno. Porque entiendo sus palabras. Porque estaba allí cuando se le quebró la mente. —Se quedó callado un momento—. Necesita un testigo, creo.

—¿Un testigo? ¿De qué?

Parecía afligido.

—Quiere que su hijo sea recordado.

—¡Pues claro! ¿Cómo no va a querer recordar a su hijo? Y debe de haber sido un alivio hablar al fin de él. Ojalá hubiera hablado conmigo.

Pero aún no había terminado de pronunciar aquellas palabras cuando me planteé si serían ciertas. Sería más sencillo no conocer el dolor de Lotte. Más fácil sentarse a su lado a la mesa de plegado, volver caminando con ella al *Calíope* y hablar de lo que iba a cocinar para la cena. Si no supiera nada de su hijo, sería más fácil verla con Maude.

—No creo que Lotte busque alivio. Creo que busca que otra persona recuerde a René. —Guardó silencio—. Creo que le estaba transmitiendo sus recuerdos a alguien más...

El resto de la frase quedó suspendido en el aire entre ambos, pero supe lo que estaba pensando.

Permanecimos sentados sin decir nada durante un rato y pensé en Maude, en las rimas que le repetía, en las palabras que usaba para describirla: única, irrepetible, un libro perfectamente encuadernado de la poesía más extraña. Sabía que Bastiaan seguía pensando en Lotte. En René.

—Le dispararon, creo.

Lo dijo en voz bajísima.

René tenía doce años. Hablaba en rimas.

—¿Te lo dijo ella?

Negó con la cabeza.

—Estuve allí, en Lovaina, poco después. Vi el lugar al que se llevaron a los hombres y a los niños. El muro ensangrentado. Los cadáveres. Algunos eran tan pequeños que debieron de llegar hasta allí en brazos de su padre.

Los muertos de Bastiaan eran los muertos de Lotte. Entonces entendí por qué Lotte le había recitado su dolor a Bastiaan.

—Los ejecutaron —dijo—. A todos.

Incluso a los niños que aún iban en brazos. Incluso al niño que hablaba en rimas. Único. Irrepetible.

—Y luego quemaron la biblioteca de la universidad.

—Lotte era bibliotecaria —dije.

—«Estaba salvando los libros cuando los amontonaron contra la pared.» —Suspiró Bastiaan—. Me lo dijo en todos los idiomas. «Manuscritos miniados», dijo. «Irremplazables.»

—¿Los salvó?

—¿Qué?

—¿Salvó los manuscritos?

Hice esa pregunta porque era más fácil que cualquier otra, no porque fuera importante.

Bastiaan parecía confuso. Decepcionado, tal vez.

—No salvó nada, Peggy. Ninguno salvamos nada.

«Todo es cenizas.»

Se me revolvieron las tripas. Se llamaba René. Apenas hablaba. Era único, como un libro miniado. Pensé en Lotte en el taller de encuadernación, plegando y montando manuscritos, y recordando cómo ardían todas las noches. Como una especie de castigo prometeico.

Me entraron ganas de vomitar.

—¿Cómo es capaz de soportarlo? —Miré a Bastiaan—. Dios mío, ¿cómo eres capaz de soportarlo tú? —Hablé en voz baja porque no quería llamar la atención, pero sentía ganas de gritarlo—. ¿Cómo?

Me miró como un padre mira a un hijo, como un médico mira a un paciente. Hasta aquel momento, yo no tenía ni idea de todo aquello, pero ahora lo sabía. Estaba angustiada, enfadada, molesta. Y así era como debía estar. Bastiaan podía guiarme por el laberinto de aquellas emociones, pero no ahorrarme la verdad de lo ocurrido.

—Maude —dijo—. Maude la ayuda a soportarlo. Y tú, Peggy. Tú me ayudas a mí a soportarlo.

—Pero si no sé nada de nada de todo eso.

—Sabes lo suficiente.

Negué con la cabeza.

—Hay una guerra, Bastiaan. Hay tanto trauma, el tuyo, el de Lotte, y yo no hablo más que de libros y del taller y...

—Y así es como lo soporto —dijo.

30

EN UNA CÁLIDA tarde de finales de junio, ayudé a Maude a ponerse su vestido de color albaricoque y ella me ayudó a ponerme un vestido con muy poco que elogiar. Me miró y frunció la nariz.

—Es cómodo —dije.

Me recogí el pelo en un moño prieto a la altura de la nuca, como hacía todas las mañanas, y luego le hice a Maude un recogido suelto, de los que nos había enseñado Tilda, y se lo adorné con unas cuantas ramitas de ulmaria en flor.

—Estás preciosa —le dije, y ella empezó a dar vueltas.

Bajamos por Walton Street y vi a Gwen y a Bastiaan esperando delante del Insti con Aggie y Lou, todos ataviados con sus mejores galas. Cuando nos acercamos, Gwen exclamó:

—¡Maude!

—Preciosa —dijo mi hermana.

—Pues sí, desde luego —dijo Gwen, y luego se volvió hacia mí—. Y tú estás... —Sonrió—. Bueno, dejémoslo en que hay pocas probabilidades de que esta noche te confundan con Maude.

—Menos mal que ya tienes la tarjeta de baile llena, Peg —dijo Aggie.

Bastiaan me cogió del brazo y entramos juntos en el Insti.

Mi hermana bailó con la mitad de los pilotos invitados al acto benéfico y, a lo largo de las semanas siguientes, insistió en que aportáramos «nuestro granito de arena» yendo a Port Meadow más a menudo de lo que nos habíamos comprometido. Recolectamos patatas, acarreamos estiércol y preparamos nuevas eras para plantar acelgas y espinacas. A principios de agosto, las dos habíamos ganado en fuerza, estábamos bronceadas y, en general, exhaustas. Pero las extremidades doloridas nos levantaban el ánimo y, a veces, al final de la jornada en la parcela de la imprenta, sorprendíamos sonriendo incluso a Lotte.

Una tarde, nos sentamos en la cubierta de proa del *Calíope* y Maude nos entretuvo con su propia versión de las charadas. Siempre había sido uno de sus juegos favoritos, pero sus imitaciones se centraban más en lo que veía a su alrededor que en libros o canciones. A la última luz del día, recreó tanto la discusión que Lotte y yo habíamos tenido en la cocina sobre quién iba encargarse de la cena como mi rápida derrota. Fue un momento incómodo, no porque Maude y yo tuviéramos los mismos rasgos, sino por lo convincente que era mi hermana al manipularlos. Me revolví en mi asiento mientras representaba mi falsa insistencia en que Lotte «se relajara, pusiera los pies en alto y me devolviera mi cocina». Ninguna de aquellas palabras había sido sincera. Odiaba cocinar y todas lo sabíamos. Me volví para ver la reacción de Lotte y me sorprendió su expresión de deleite: se había inclinado hacia mi hermana, con las manos unidas bajo la barbilla, y se le había transformado el rostro.

«Es su rostro de antes», pensé.

Entonces llegó Bastiaan. Lotte fue la primera en verlo y la sonrisa que la había iluminado comenzó a apagársele de mala gana, como si fuera a echar de menos sentirla en la cara tanto como echaría de menos dejar de sentir el sol. Miré a Bastiaan y luego otra vez a Lotte. La mano de esta jugueteaba junto a las comisuras de sus labios. Su sonrisa había desaparecido por completo. Era como si se avergonzara de ella. Como si no tuviese derecho a mostrarla.

Bastiaan me había puesto una mano en el hombro.

—¿Puedo llevarme a Peggy a dar un paseo? —le preguntó no sé si a Lotte o a Maude.

—Yo me quedo —respondió la belga.

Y eso era lo que él necesitaba saber, porque era yo quien necesitaba saberlo.

—Cuando volvamos, te acompañaré a casa, Lotte —dijo él.

«¿Cómo no?», pensé, y recordé lo adecuados que parecían el uno para el otro mientras se alejaban de mí hacia el puente. Pero entonces vi el desinterés con el que ella asentía y me di cuenta de que le daba igual que Bastiaan fuera o no fuera.

—TENGO UN COMPAÑERO de habitación nuevo —me dijo cuando entramos en Jericho—. Uno de los refugiados serbios.

Apenas intenté disimular mi decepción. Bastiaan sonrió.

—Yo también echaré de menos tener la habitación para mí solo.

—Creía que todos los refugiados serbios que habían llegado a Oxford eran niños —dije.

—Los han acompañado algunos de sus profesores.

—¿Es profesor, entonces?

—Se llama Milan.

—¿Y ha venido solo?

Dudó y me di cuenta de que la respuesta no era sencilla. Los serbios habían huido en pleno invierno a través de las montañas albanesas para intentar llegar a la costa adriática.

—Solo ha llegado la mitad de su grupo —contestó Bastiaan.

Los periódicos decían que centenares de ellos habían muerto congelados, de hambre o fusilados.

—El padre de Milan enfermó. No podía andar. Encontraron un granero para que descansara, pero ya no pudo volver a levantarse. Su madre se negó a abandonarlo. Le dio a Milan su chal, su gorro más abrigado y el chaleco de lana de su marido.

—Sabía que se congelaría.

Bastiaan asintió.

—Le dijo a su hijo que así sería más rápido. —Cogió aire—. Cuando llegó al Adriático, Milan había perdido a su mujer, a sus padres y cinco dedos del pie.

—Y, en su caso, ¿cómo lo soporta?

—Gracias a los niños —respondió Bastiaan—. Dice que son el futuro de Serbia. La guerra, insiste, no puede durar para siempre, y su educación en Oxford los ayudará a sanar su país cuando vuelvan. —Sonrió—. Y yo los ayudaré. Hoy Milan me ha pedido que les dé clases de inglés y francés a los más pequeños.

Cuando llegamos al cementerio, Bastiaan extendió su abrigo sobre el sarcófago de la señora Wood y, a continuación, sacó dos botellas de sidra de su cartera.

—¿Por qué vienes aquí en realidad? —le pregunté.

No dijo nada mientras abría una de las botellas. Me la pasó.

—Porque, al contrario que a ti, a mí sí me dan miedo los muertos —dijo al fin.

Bebí un sorbo.

—¿Qué quieres decir?

Abrió la otra botella y la sujetó por el cuello. Después de darle un trago, se tocó la comisura izquierda de la boca. Si se escapaba alguna gota que los labios no habían notado, los dedos lo remediarían.

—¿Estás segura de que quieres saber la verdad? —dijo.

—Por supuesto.

—A veces es más fácil no saberla —me advirtió.

Pensé en la verdad que Lotte y él habían compartido y en todas las experiencias de las que ninguno de los dos quería hablar, pero que, en cierto sentido, los unían.

—A veces es más difícil no saberla —dije.

Miró hacia las lápidas.

—Sueño con los muertos —dijo—. Todas las noches. Belgas muertos. Hombres, mujeres, niños. Les disparan, los apalizan o los queman. Y están en todos los lugares en los que no deberían estar: en la calle, en un banco de la iglesia, sentados a la mesa, en un aula del colegio. —Respiró hondo. No me moví—. Las escaleras que llevan a la biblioteca de la universidad están siempre repletas de cadáveres, tantos que no soy capaz de abrirme paso entre ellos. Yacen rotos allá donde tendrían que estar de pie. En algunos sueños, la biblioteca está como antes de que llegaran los alemanes; en otros, arde.

Entonces me miró y vi que su cara era grotesca, que lo era de una forma que no había contemplado desde el día en el que lo conocí. En ese momento, era un espejo de todo lo que había visto. Alargué la mano y lo acaricié, su rostro de la guerra. Si aquellas eran las cicatrices que la guerra dejaba en la piel, ¿qué dejaba en el alma? Le besé los labios torpes; habíamos encontrado la manera de hacerlo.

—Vengo aquí porque este es el lugar que les corresponde a los muertos, donde pueden estar en paz. Quiero enterrarlos, Peggy.

—¿Te está sirviendo de algo?

Se encogió de hombros.

—Todavía no, pero este es el único sitio en el que puedo estar seguro de que no me atormentarán durante mis horas de vigilia.

Miré en torno al cementerio, iluminado por la luz de la luna y lleno de sombras, pero no de fantasmas.

—Conozco a la gente que aparece en mis sueños —continuó Bastiaan—. No sé cómo se llaman, pero reconozco sus caras. No puedo olvidarlas. Siempre son las tres mismas mujeres, el mismo hombre. Los mismos niños junto al muro. Les cerré los ojos, los tapé cuando pude. Intenté rezar por ellos, pero en Lovaina no había Dios y las oraciones que creía que me sabía no me venían a la mente. —Sacudió la cabeza como si intentara librarse de algo—. Pero he tenido una idea. Encontrarle una tumba a cada uno de ellos aquí, en el Santo Sepulcro, y enterrarlos en ellas.

—¿Enterrarlos?

—Te preocupa que esté loco. —Sonrió—. No lo digo de manera literal. Es mi imaginación la que no deja descansar a esos muertos. Y por eso creo que también debe de ser posible que mi imaginación les dé descanso. —Apoyó las manos sobre la lápida en la que estábamos sentados—. *Madame* Wood ha accedido amablemente a acoger a una de las mujeres en su tumba. Me ha costado convencerla, pero creo que quizá ya no vuelva a soñar con esa mujer.

Puse la mano sobre la piedra desnuda del sarcófago de la señora Wood y sentí el frío de la noche. Pero donde Bastiaan y yo nos habíamos sentado, donde nos habíamos besado y hablado de sus muertos, la piedra se había calentado.

Si los espiritistas tuvieran razón, pensé, y fuese posible tener conciencia más allá de la muerte, yo recibiría de buen grado a los amantes que se sentaran en mi tumba algún día, y yacería con gusto junto a los muertos sin descanso si con eso lograra que los vivos pudiesen vivir en paz.

27 de agosto de 1916

Querida Pegs:

Los soldados alemanes también sueñan con los muertos, con los suyos y con los nuestros. Se confiesan conmigo y yo no entiendo ni una palabra. A veces Hugo hace de intérprete. Tuvimos uno cuyos muertos eran tan reales como yo. Niños, en su mayoría. Cadáveres ensangrentados tirados por el suelo y desplomados sobre catres. Sentía el peso de uno de ellos sobre el pecho y tenía verdaderas dificultades para respirar. Intentó ahogarse con el gotero.

Tu Bastiaan parece un hombre sensato.

Un beso,

Tilda

CUARTA PARTE

Homeri Opera III.
Odisea I-XII

De julio de 1916 a mayo de 1918

31

PÁGINAS DE PRUEBA para mí. De esto y de aquello.

—¿Algo interesante? —preguntó Lou.

Miré el cuadernillo que estaba doblando.

Homeri Opera

Thomas W. Allen

Odysseae Libros I-XII.

Libros del uno al doce. Justo la mitad de la historia. Intenté recordar qué sucede justo en medio de la *Odisea*: Circe, las sirenas, Calipso, Escila. Las mujeres que ayudan, tientan, seducen, devoran. A mi madre le encantaba esa parte. A nosotras también, al menos tal como la contaba ella.

Terminé el cuadernillo y empecé con el siguiente. Compactos bloques de texto en griego antiguo, notas a pie de página en latín. Indescifrable. No envidiaba al lector que tuviera que revisar las páginas.

—Tan interesante como si estuviera escrito en griego, Lou —contesté.

32

A FINALES DE agosto de 1916, la única conversación que parecía tener todo el mundo versaba sobre *La batalla del Somme*. Se estaba proyectando en los cines de todo Oxford, y todas las personas que conocía la habían visto al menos una vez. Algunos la vieron una y otra vez, hasta que dejó de ser un documental y se convirtió en un mero entretenimiento. Recordaban las peores escenas («las mejores escenas», decían ellos) como si fueran acotaciones en una obra de teatro. Yo esperé a que Gwen volviera de sus vacaciones de verano para verlo. Lotte pasó la tarde con Maude y yo quedé con mi amiga en el Electra Palace de Queen Street. Nos sentamos en las primeras filas, con el cuello estirado, y el documental nos llevó a las trincheras y nos mostró todo el barro. Nos dio lo que necesitábamos para imaginar algo peor. «Pobre Jack», susurré en la oscuridad. «Pobre Tilda», susurró Gwen. Cuando las listas de bajas aumentaron y Haig informó de que la lucha era «singularmente económica» y nuestras pérdidas igual de «escasas», no lo creí.

Jack iba a venir de permiso en octubre, así que su padre lo organizó todo para que, durante esos días, repararan y lustraran el casco del *Regreso de Rosie*. Cinco días con su familia; la estancia más larga desde que había empezado la guerra. Oberon llegó a pie por la orilla del río y Rosie lo recibió con una carta: a Jack le habían cancelado el permiso. Su padre se quedó.

Revisó las cuerdas y los sellos del *Calíope* y nos limpió el humero. Una tarde nos sentamos en el huerto de Rosie alrededor de un viejo bidón con carbón encendido. Oberon leyó la última carta de Jack: no podía decirnos ni dónde estaba ni qué estaba haciendo, y tampoco contaba lo que sentía respecto a nada. Cuando terminó de leerla, me la pasó. No habían censurado ni una sola línea.

El día antes de que Oberon tuviera que marcharse, Rosie frio beicon y huevos para desayunar y yo me encargué del café. La mañana era toda llovizna y viento, así que nos sentamos en la cabina del *Quedarse en Tierra* y Oberon nos leyó el *Oxford Chronicle*. Se saltó el cuadro de honor local y leyó la columna «Personal y social».

—El nuevo diputado por Berkshire ha tomado posesión de su escaño en la Cámara de los Comunes; *La huida de Worple y otros poemas*, del sobrino del primer ministro, el honorable Wyndham Tennant, se publicará inmediatamente después de su muerte en Francia; el profesor Gilbert Murray ha sufrido un fuerte ataque de gripe que lo ha obligado a cancelar todos sus compromisos públicos.

—Pobre profesor Gilbert —dijo Maude.

Esperábamos que Oberon siguiera leyendo, pero no lo hizo.

—¿Qué pasa? —preguntó Rosie.

Tenía el ceño fruncido.

—No nos lo habíais contado.

—¿El qué?

—Lo de vuestro interventor, el señor Hart.

Debió de ver nuestra cara de no entender nada. Leyó el titular.

—«Trágica muerte del señor Horace Hart.»

Había una fotografía. El señor Hart con la toga negra de la Universidad. Su vida y su muerte ocupaban dos columnas y media y Oberon leyó hasta la última palabra. Pero, cuando terminó, lo único que se me había quedado grabado en la memoria era que el señor Hart había doblado los guantes y los había dejado en el suelo junto al lago Youlbury. El día debía de ser muy frío —«gélido», según el periódico—, pero se había metido de todos modos.

—«Veredicto de suicidio» —leyó Oberon.

Muertes de aprendices, de cajistas, de impresores, de fundidores: todas aquellas noticias resultaban hirientes.

«Otra víctima de esta maldita guerra», pensé.

Pero sabía que no la contabilizarían.

Las postales de Tilda llegaban sin regularidad. A veces esperábamos semanas y de repente el señor Turner nos entregaba tres en un mismo día: una con el matasellos del ejército, dos con el francés. Algunas ni siquiera eran «para» nosotras ni «de» ella, eran solo fragmentos. Un día las coloqué sobre la mesa con la esperanza de extraer algún sentido de lo que decían.

3 de agosto

Esta noche han muerto demasiados. Un montón de reclutas nuevos, recién graduados del «Ruedo»Bullring, como llaman al campamento de instrucción. La sala de espera del infierno, la llaman. Estuvieron menos de una semana en el frente antes de que los devolvieran en camilla. Todos esos poemas y carteles de propaganda te hacen pensar que su marcha hacia la muerte es un sacrificio voluntario. Pero no es cierto. No es para nada cierto. Son todos iguales, y anónimos, como los hombres de esas historias que tanto le gustaban a tu madre. Los hombres que morían y morían y morían para que Odiseo pudiera ser un héroe. Haig es ahora nuestro Odiseo, y la ofensiva del Somme es su sangriento viaje hacia la gloria. ¿Has visto la película? Eso no es más que la mitad.

10 de agosto

Demasiado agotada para dormir. Estoy haciendo turnos extra en el St Johns además de los habituales. Hace semanas que no tengo un día libre. No paran de llegar trenes desde el Somme, de día y de noche. Casos de camilla, la mayoría. Algunos llegan tan mal que mueren en el suelo en cuanto los descargan. Ayer estuve allí seis horas tras pasar toda la noche en el pabellón de los chucruts. VAD escogiendo los cuerpos de los hombres, buscándoles las heridas, limpiándoselas lo justo y pasando al siguiente trozo de carroña. Un trabajo de buitres. Están cubiertos de guerra. De barro, de sangre y de otras cosas que apestan. La mierda es lo de menos. Está por todas partes. Es lo primero que los abandona, y lo último.

264

6 de septiembre

Por la noche atiendo a hombres a los que los soldados británicos han intentado matar. Durante el día, al contrario. Y así una y otra vez.

7 de septiembre

Charlo con los alemanes que agonizan como si fuéramos clientes haciendo cola en la panadería. Les pregunto si han visto a Bill en sus viajes. Se lo describo en detalle. Les digo lo poco hecho que está para la vida de soldado. Que tendrían que haberlo puesto a trabajar de cocinero, de jardinero o de modista, porque los uniformes necesitan constantes remiendos. *¿Modista* es una palabra adecuada para un hombre? Tal vez sea modisto. ¿Por qué lo hago, Peg? Los alemanes no entienden una sola palabra.

10 de septiembre

He visto a Alison llorar sobre el cadáver del más indecente de los hunos. Un crío, aún con gallos en la voz. Había cogido la costumbre de llamarla *Mutter*. Suena muy parecido a *madre*. Y *Alkohol* suena parecido a *alcohol*, y *Nobel* se parece a *noble*. ¿Te sorprendería saber que tienen la sangre roja y que gimen cuando sienten dolor? ¿Que lloran cuando descubren que no volverán a ver su hogar?

28 de septiembre

¿Sabes que es una ofensa que ame a Hugo?

Ofende a todas las madres británicas que han perdido a sus hijos británicos.

Y podrían arrestarme por ello.

ERAN MÁS ENTRADAS de diario que mensajes, y me sentí tan incómoda, como si estuviera fisgando. Pero no era el contenido lo que me preocupaba, sino la creciente conciencia de que Tilda se estaba desmoronando y yo no podía hacer nada para impedirlo. No podía ocupar su lugar, no podía ofrecerle consejos, no podía inventarme una sola mentira que la convenciera de que aquella carnicería era noble y justa.

—Estoy preocupada por ella, Maudie.

Mi hermana levantó la vista de la estrella que estaba plegando.

—Estoy preocupada —dijo.

Entonces recordó el correo de la tarde, que seguía en su bolsillo desde que el señor Turner se lo había dado.

—Tilda —dijo al entregarme el sobre.

Sentí una opresión en el pecho. Miré el resto de las cartas que yacían sobre la mesa y me invadió el deseo de mantener cerrado aquel siguiente sobre, de evitar lo que fuera que contuviese.

Lo abrí, avergonzada.

15 de octubre

Hola, mis niñas:

Las lesiones empeoran y se espera que las VAD veteranas (*moi*) hagan el trabajo de las hermanas. Desde hace más o menos un mes, sobrevivo durmiendo solo tres o cuatro horas cuando se presenta la oportunidad de hacerlo. Ni un solo día libre. Cuando termino en el pabellón de los chucruts, acudo a echar una mano en las cirugías del Hospital General n.º 24. Este es mi recuento de ayer (¿o es de hoy? La verdad es que no tengo ni idea): dos brazos amputados a la altura del hombro, uno por debajo del codo; cuatro piernas por encima de la rodilla, dos por debajo; tres pies; once dedos de las manos y seis de los pies. Los dedos son mis favoritos: el muchacho se despierta, se ve la mano o el pie vendados y se teme lo peor. Le digo que solo es el dedo meñique o el dedo gordo del pie y lo observo mientras asimila la verdad (rezan por esto cada vez que salen de las trincheras). «¿Me iré a casa?», me preguntan. Sí. «¿Y no me harán volver»? No. Todos me cogen de la mano, aunque la suya sea un fajo de vendas. Me la besan como si fuera la mismísima Virgen María.

Un beso,

Tilda

«QUE LOS LIBRA del mal», pensé.

—¿Buenas noticias? —preguntó Maude.

Me di cuenta de que estaba sonriendo, de que me había desaparecido la opresión del pecho. Miré la página que tenía en la mano. «Hola, mis niñas.» Una letra pulcra, la firma con su nombre al final.

—Parece que está un poco mejor —dije, y luego le leí la carta en voz alta.

Lo que necesitaba Tilda eran momentos de aprecio. Un poco de protagonismo, un público de una o muchas personas, eso daba igual. Los chicos que se despertaban, que decidían seguir viviendo, que le besaban la mano, eran los admiradores que la esperaban junto a la entrada de artistas del teatro. Ella seguiría adelante con su espectáculo siempre y cuando recibiera suficientes aplausos.

Busqué una hoja de papel en blanco en la lata de galletas de Maude. Yo aplaudiría tanto como pudiera.

EN PRINCIPIO, JACK debía volver a casa en noviembre para disfrutar de un permiso de dos semanas. Luego fue en diciembre y después en enero. Se lo cancelaron todas las veces. «Soy demasiado bueno en lo que hago» escribió Jack a modo de disculpa. Nunca hablábamos de lo que hacía.

Entonces, un día de febrero de 1917, vimos a un soldado acercarse por el camino de sirga.

—Tiene pinta de estar totalmente derrengado —dije.

—Derrengado —dijo Maude.

—Pobre muchacho —dijo la anciana señora Rowntree, que en realidad tenía que creerse lo que le dijéramos, puesto que para ella la figura no era más que un borrón.

Pero Rosie no dijo nada y se puso de pie. Luego echó a correr, rodeó al desconocido con los brazos y él se desplomó sobre ella. No me llegaba el sonido de los sollozos del soldado, pero sí veía cómo le retorcían el cuerpo y cómo tensaba Rosie el suyo para absorberlos.

Jack estaba agotado. Maude lo ayudó a sentarse en el sillón mientras Rosie y yo volvíamos a transformar la mesa en cama.

Aquella era su rutina diaria cuando Jack aún estaba en casa, así que Rosie era rápida. Cuando saqué la ropa de cama de debajo del banco, el *Quedarse en Tierra* se llenó de olor a lavanda.

Maude ayudó a Rosie a desvestir a su hijo mientras yo hervía agua. Jack parecía no darse cuenta de que estábamos allí, o quizá no le importase. Cuando les acerqué la jofaina y las toallitas, dejó que Maude le lavara la cara y el cuello, los brazos y el pecho, mientras su madre se ocupaba de todo lo demás. Estaba delgado, con las carnes prietas. Tenía los pies llenos de ampollas y pelados, y aquel primer día la cabeza le ardía demasiado como para tocársela.

La fiebre le duró seis días. Estaba congestionado y dolorido y necesitaba ayuda para llevarse el caldo a la boca. Ahora Rosie tenía dos inválidos de los que cuidar y, al final del día, estaba totalmente exhausta. Maude la relevaba por las tardes mientras yo cocinaba para todos. A nadie le importaba el sabor de la comida. Al séptimo día, Oberon volvió a casa y me mandó a por un médico.

Cuando llegó el doctor, Oberon tuvo que salir del barco para dejarle espacio. Me ofrecí a hacerlo yo, pero él insistió. Le costaba mirar a su hijo sin emocionarse, y me di cuenta de que quería ahorrarle ese trago a Jack. O ahorrárselo él mismo. Mantener la cabeza fría.

A Jack se le estaban curando bien los pies, dijo el médico. Los apósitos de salvia de Rosie habían cumplido con su función. Un caso leve de pie de trinchera. Sin infección. Quizá sintiera un hormigueo durante un tiempo, pero no era tan grave como para que lo relevaran del servicio. Ni siquiera nos lo habíamos planteado, pero, de repente, el hecho de que la licencia no fuera una posibilidad nos dejó desconsolados.

—Lo de la fiebre no es más que una gripe —continuó el médico—. Muchos de los chicos a los que mandan a casa desde Francia están contagiados. Les afecta más debido al agotamiento.

Cuando el doctor echó un vistazo en torno al *Quedarse en Tierra*, lo vi como debió de verlo él: pequeño y empobrecido, pero impoluto y cálido. Todo en su sitio, no más de lo necesario, pero tampoco menos.

—Están haciendo todo lo que deben —dijo.

Rosie sacó una vieja lata de tabaco del fondo del cajón de los cubiertos y le preguntó por sus honorarios.

El médico negó con la cabeza.

—Ha sido la vida militar lo que lo ha hecho enfermar. No me parecería bien cobrarles. Pero, si se pone peor, deberían llevarlo al Hospital Radcliffe.

Jack dejó de tener fiebre al cabo de unos días.

—Dos semanas —dijo el médico cuando pasó a visitar de nuevo a su paciente— y ya estará en condiciones de volver a Francia. —Después centró su atención en Maude. Mi hermana aún tenía en las manos el paño que había usado para curarle los pies a Jack antes de que llegara el doctor. Estaba sonrojada. El médico le puso la mano en la frente—. Ahora será mejor que acostemos a esta.

UNOS PASOS LIGEROS en la cubierta de proa. Unos golpes suaves en la puerta. Esperaba que Rosie abriera la escotilla y entrara sin más, así que continué fregando los platos. Volvieron a llamar.

Me sequé las manos y fui a abrir la escotilla.

—No habéis ido al trabajo.

Era Lotte. Tenía las mejillas sonrojadas, puede que por el frío de la noche. Apartó la mirada de mí y la paseó por la cabina. Estaba buscando a Maude.

—Se ha contagiado de la gripe de Jack —dije—. La he acostado.

Se retorció las manos y me di cuenta de que las llevaba desnudas, seguro que heladas.

—¿Está enferma?

Tenía los ojos azul hielo abiertos como platos, dejó de registrarlo todo con la mirada y la clavó en mí. Sus palabras habían sonado como una acusación.

La humedad de telaraña de una niebla espesa se le aferraba al sombrero y a los hombros del abrigo. Tendría que haberla invitado a entrar y haberle preparado algo caliente. Para que se calentara las manos. Para que se calmase.

—Tiene un poco de fiebre —dije—. Pero se recuperará. La estoy cuidando.

Fue casi imperceptible: un movimiento en la cara, los ojos entornados.

«Ah, ¿sí?», decía.

—Te ayudaré —anunció.

Si hubiera sido una pregunta, podría haber aceptado. Miré a su espalda, hacia la noche. Había comenzado a lloviznar.

—No voy a dejarte entrar, Lotte. —Maude era mi hermana, mi responsabilidad—. Podrías contagiarte.

Trató de insistir, pero yo era más fuerte.

Dos días después, Maude estaba levantada y jugando al ajedrez con Jack. Al día siguiente, volvió al taller de encuadernación. Cuando se sentó a la mesa junto a Lotte, vi que el cuerpo de la belga se hundía.

Al final de la jornada, Lotte se demoró cerca de nosotras en el guardarropa.

«Tendría que haberla dejado ayudar», pensé.

—Esta noche voy a ir a ver a Bastiaan —dije.

Ella esperó la invitación.

—¿Te apetece venir a casa? Creo que Maude te ha echado de menos.

—De menos —repitió Maude.

La verdad de aquel eco no paraba de resonarme en la cabeza. Me sonrojé de vergüenza.

33

Bastiaan y yo habíamos pasado poco tiempo a solas durante el largo invierno y, para cuando llegó marzo de 1917, ansiábamos la soledad del Santo Sepulcro. Los restos de una nevada tardía aún permanecían al abrigo de las tumbas, pero nos habíamos preparado para el frío. Bastiaan colocó una manta sobre el sarcófago de la señora Wood y, una vez que nos sentamos, extendió otra sobre nuestras rodillas. Serví dos tazas de té y nos aferramos a ellas con las manos enguantadas.

—¿Qué libro has encuadernado hoy?

—Estamos plegando las páginas de *Homeri Opera*.

Ladeó la cabeza.

—¿Homero?

—La *Odisea*. Los libros del uno al doce, en concreto. En el original griego.

—En el colegio nos obligaron a leer a Homero —dijo.

—Por cómo lo dices, parece una lata.

—¡Es que era una lata! —Se echó a reír—. Tuvimos que traducir al francés versos de esas páginas que estás plegando. El propósito no era la historia.

Bebió un sorbo de té.

—¿Aprendiste griego antiguo?

—Un poco. Pero no se me daba muy bien.

—¿Has leído alguna vez la historia entera?

—Sí. En francés. ¿Y tú?

Entonces me tocó a mí echarme a reír.

—Soy de Jericho, Bastiaan, no de Oxford. Dejé el colegio a los doce años y Homero no entraba en el plan de estudios de San Bernabé, ni traducido ni, desde luego, en griego antiguo.

—Pero ¿por qué no lo has leído después en inglés?

—No tenía ningún sentido. Nuestro destino era demasiado ordinario para preocupar a los dioses y nuestro viaje no iba a llevarnos más allá de la imprenta.

—¿De la misma imprenta que publica a Homero traducido y en griego antiguo?

Arqueé las cejas e imité lo mejor que pude a la señora Hogg:

—«Su trabajo, señorita Jones, consiste en encuadernar los libros, no en leerlos.»

—Pero sí los lees.

—Algunos —reconocí—. Fragmentos sueltos. Pero jamás he tenido la menor idea de cómo descifrar el griego.

—Pero conoces las historias de Homero. Debes de haber tenido una traducción.

—Toda una estantería de traducciones —dije—. Mi madre se traía a casa los libros que quedaban mal encuadernados en el trabajo. Decía que eran demasiado complicados para leerlos en voz alta, pero nos contaba las historias tal como ella las entendía y añadía detalles de otras versiones de los mitos griegos. Se pasaba cinco minutos resumiendo la guerra de Troya y una hora explicando por qué no era culpa de Helena.

Bastiaan sonrió.

—¿Leía otras cosas aparte de Homero?

—Todo lo que caía en sus manos. Su favorito era Eurípides. Leía *Las troyanas* tan a menudo que su ejemplar se caía a pedazos.

Mi madre lo había cosido. Eb lo había encuadernado y había fastidiado el escuadrado lo justo para que, aunque aún pudiera ponerle las tapas, el libro no pasase la inspección. Su propia inspección. «Querido Scrooge», pensé.

—¿Eurípides?

—Les dio algo que decir a las mujeres.

—Te pareces a tu madre, creo.

Me encogí de hombros. Mi madre fue encuadernadora hasta el día en que murió.

—Fue ella quien le puso el nombre a nuestro barco, que estaba en un estado casi irreparable cuando Oberon lo rescató —dije—. No tenía nombre, así que mamá le puso *Calíope*, la musa de la poesía. La musa de Homero, dicen algunos.

Dejé de hablar. «Eso no cambiará nada —se había mofado la señora Hogg cuando mi madre le había contado quién era Calíope—. Saber eso no te hace mejor que cualquiera de nosotras.»

Pero Bastiaan no se burló. Intuyó que había más y esperó a que continuara.

—Una vez le pregunté a mi madre por qué Calíope no escribía sus propias historias.

—¿Qué te respondió?

—Que Calíope era una mujer.

—¿Nada más?

—¿Hacía falta decir algo más? —Enarqué una ceja—. Entendí a la perfección a qué se refería.

—¿Y a qué se refería?

—A que a las mujeres le correspondía inspirar historias, no escribirlas.

Bastiaan me escudriñó.

—Me parece que no te lo creíste, ni siquiera entonces —dijo.

Suspiré.

—El problema es que sí me lo creí, más o menos. Pero luego estaban *Jane Eyre*, *Orgullo y prejuicio* y *Middlemarch*.

—Y esas pruebas ¿te hicieron cambiar de opinión?

—Lo justo para hacerme desear algo que no puedo tener. Por lo que sé, las Brontë y Jane Austen no eran ricas, ni mucho menos, pero, aun así, vivían en una casa donde una mujer les cocinaba y otra les hacía las camas y les encendía los fuegos.

—Si no tuvieras que trabajar en el taller de encuadernación, ¿escribirías?

Una conversación para la que no tenía guion. Una vez más, esperó.

—Casi todo lo que pliego, monto y coso está escrito por hombres. Cuando mi madre me dijo que George Eliot era en realidad una mujer, me cambié el nombre a Edward. Me pasé toda una semana sin responder si no me llamaban así.

273

Creo que comprendió que no había nada más que decir.

—¿Tu madre está enterrada aquí?

Era culpa mía. Hablar de ella la había invocado y me pregunté si no lo habría hecho a propósito. Pero, en cualquier caso, la pregunta de Bastiaan me pilló por sorpresa y fui incapaz de responder.

—Lo siento. Pensé que, como vivís tan cerca...

Y entonces sentí vergüenza.

—Nunca he visitado su tumba —solté.

Continuó callado.

—No la vi muerta —dije—. Y no vi cómo enterraban su ataúd. En mis sueños, tanto cuando estoy despierta como cuando estoy dormida, mi madre está sana y viva. La oigo y me da miedo que ver su tumba cambie eso.

Nos quedamos en silencio, bebiéndonos el té. Empecé a jugar con el vapor que me salía de la boca, intentando crear anillos con él.

—Tienes frío —dijo Bastiaan.

—Estoy helada.

—Pues nos marchamos.

Nos pusimos de pie y lo vi doblar las mantas y guardarlas en su cartera. Lo observé tocar la piedra allá donde habíamos estado sentados, un gesto de agradecimiento a *madame* Wood.

—Me gustaría que la conocieras —dije.

Eché a andar por la avenida de tejos y dejé atrás la capilla como si lo hiciera todos los días.

Bastiaan no me cogió del brazo ni guio mis pasos. Se quedó rezagado y se lo agradecí. Necesitaba llegar sola, necesitaba pedirle disculpas. Había estado más enfadada que triste, y me resultaba más sencillo seguir enfadada si pensaba en mi madre como una mujer viva, capaz de volver y hacerse cargo de todo.

El muro norte estaba abarrotado, como las calles de Jericho. Dudé. Creía que sabría exactamente adónde debía ir, pero estaba perdida. Habían pasado casi seis años y habían muerto más madres. Padres y abuelos, un niño de la escuela parroquial de San Bernabé. Los había conocido a todos, en mayor o menor medida. La mitad habían sido trabajadores de la imprenta. Vi el nombre de un operador de máquinas, el de una de las señoras que nos preparaban y servían el té y el del hijo mayor de un cajista. «Cuando muera —pensé—, seguiré siendo encuadernadora.»

En el Santo Sepulcro no había sitio para las víctimas de guerra de Jericho, pero algunas familias habían inscrito los nombres de hijos y hermanos en las tumbas de sus padres o abuelos. Eran hombres que jamás volverían a casa. Estaban perdidos o enterrados en Francia, en Grecia o en algún otro lugar demasiado lejano. Aminoré el paso para leer sus nombres. «William Cudd, 24 años, muerto en Flandes.» Lo recordaba de San Bernabé. También recordaba a «Thomas John Drew, 23 años, muerto en Francia». Era tan alto que lo llamábamos Pulgarcito. Tuve que agacharme para leer la siguiente inscripción: la lápida era pequeña, pero las letras eran preciosas. Pertenecía a «Derryth Owen, madre querida». Y la inscripción de abajo era para su hijo, «Gareth Owen, 37 años, muerto en Francia».

Me quedé sin respiración. El cajista. El teniente de Jack. Yo lo había sabido antes que ella. Habían grabado las palabras «Amado esposo» debajo de su nombre y, debajo de ellas, «Amor, eterno». Todo en tipografía Baskerville. Clara y bella.

Bastiaan debió de pensar que había encontrado la tumba de mi madre. Se acercó, me puso la mano en la espalda cuando me acuclillé.

—Lo conocía —dije.

—Lo siento. Tómate el tiempo que necesites.

Miré a mi alrededor y vi el haya cobriza. Me había quedado plantada debajo de ella con Tilda y con Maude. Había estudiado su corteza, su follaje, los patrones que creaba la luz del sol al colarse entre sus hojas. Me había apoyado en el tronco y había empezado a arañarme el dorso de los dedos con sus rugosidades. No quería oír ni una palabra de las que se pronunciaban en torno a aquel agujero. No quería ni imaginar la caja que contenía. Cuando el pastor comenzó a hablar, lo único que oí fue el ruido sordo de mis nudillos frotándose de un lado a otro sobre la corteza. Hasta que Maude avanzó hacia la tumba, no me di cuenta de que el pastor se había quedado callado. Estiré un brazo para detenerla, pero ella se zafó de mí, se acercó al borde del agujero, cogió un puñado de tierra del montón que había al lado y lo tiró dentro. Para entonces, me sangraban los nudillos. Me quedé mirándomelos, pero eso no me impidió oír el ruido de la tierra al caer sobre la caja.

El haya había crecido y las sombras de la noche le estiraban las ramas y le engrosaban la copa de tal manera que resultaba amenazadora. En aquel entonces, había sido un refugio, una distracción. Me dirigí hacia las sombras que había debajo. Me detuve en el mismo lugar. Me apoyé en el tronco. Sentí la corteza áspera contra los nudillos.

A continuación, seguí mi recuerdo de Maude.

La lápida era pequeña y estaba casi oculta. Tilda siempre se había encargado de mantener la tumba limpia, pero, ahora que la guerra la retenía lejos de nosotras, la hierba y la maleza crecían a su alrededor. Tuve que apartarlas para ver la inscripción.

Helen Penelope Jones
Madre querida
Amiga querida
Que falleció el 25 de abril de 1911
A los 36 años

Debajo de las palabras, un grabado de un libro abierto.

Me esperaba el nombre y la edad y me había preparado para el «Madre querida». Recordé que Tilda me había preguntado si podía añadir el «Amiga querida» y que le había contestado que me daba igual. Pero yo comprendía la naturaleza de su relación, y allí estaba, grabada en piedra: Tilda había ocupado el lugar que debería haber ocupado un marido.

Fue el libro lo que me hizo sollozar. Fue el libro lo que me abrumó. Bastiaan tenía razón, me parecía a ella. Cinco años de dolor me brotaron de los ojos y de la nariz. Me sacudieron los hombros, me doblaron la espalda y me obligaron a arrojarme al suelo helado bajo el que yacía mi madre.

No sé cuánto tiempo pasé murmurando con la cara pegada a la tierra, pidiéndole perdón. Por mi rabia. Por mi ausencia. Por todas las veces que había dejado a Maude con un extraño. Por todas las veces que había pensado en una vida sin mi hermana.

Sentí el peso de una manta. Bastiaan me ayudó a ponerme de pie y la sangre empezó a correrme por las piernas. Los pies me hormigueaban y Bastiaan tuvo que sostenerme hasta que fueron capaces de soportar mi peso. Estaba temblando.

—Ocupa muy poco espacio —dije.

Él suspiró.

—Al final, todos ocupamos muy poco.

34

Homeri Opera. Odysseae.

Thomas W. Allen había recurrido al latín para escribir su maldito *Praefatio*, así que, fueran cuales fueren las ideas que contenía, escapaban a mi entendimiento.

«Otra puerta cerrada», pensé mientras hacía el primer pliegue, el segundo. El latín me atormentaba: *Homeri, academia, exemplar, antiquae, Athenis, linguae, vocabulorum traditionem...* Ecos de una lengua que conocía. Pero el griego...

Otro pliego; el griego pasaba a toda prisa ante mi vista con cada pliegue. Sin rima, sin razón. De este lado o de aquel, daba igual, no tenía sentido. Resultaba mareante, me provocaba náuseas. Un pliegue, dos pliegues, tres. Mi cabeza daba vueltas con ellos. Daba vueltas con ellos.

...

...

—¡Señorita Jones!

Un escozor en la mejilla. La Cosa Pecosa.

—Dejadla respirar —la oí decir—. Volved a vuestra mesa.

Estaba en el suelo. La señora Hogg, arrodillada a mi lado, con los ojos muy abiertos. ¿Preocupada?

—Nos ha dado un buen susto —dijo.

Habló con suavidad, sin ladrarme. Sí, estaba preocupada.

—Me...

No sabía hablar. «*Vocabulorum traditionem*», pensé.

—Me...

—No se ponga nerviosa, señorita Jones. Solo se ha desmayado, no pasa nada. Se repondrá en un minuto.

Su mano en mi frente, en mi mejilla. Sentía muchísimo calor. Maude me agitaba un abanico de papel delante de la cara. Refrescante. La señora Hogg me ayudó a sentarme. Me ayudó a volver a sentarme en mi silla.

Maude me dio el abanico de papel. Un pliegue, dos pliegues, tres, cuatro, cinco... diez por lo menos. El acordeón de griego se convirtió en algo útil.

Gwen me quitó el termómetro de la boca y frunció el ceño.

—Sigue siendo alta —dijo mientras lo sacudía con eficiencia. Me puso la otra mano en la frente, luego en la mejilla—. No creo que tengas motivos para sonreír.

Hacía mucho que nadie cuidaba de mí, así que no podía evitar sentirme un poco agradecida por la fiebre. Por Gwen.

—Tendrías que unirte al VAD, hacerte enfermera —le dije.

—Me lo he planteado.

Mi sonrisa se desvaneció.

—Por favor, no lo hagas.

—No tengo madera para ello, Peg. De haberla tenido, lo habría hecho hace años.

Devolvió el termómetro a la taza que había junto a mi cama y luego me subió las mantas hasta el cuello. Ambas aguzamos el oído cuando oímos a Maude subir a la cubierta de proa. Trajo el correo y la fría tarde de febrero al interior del *Calíope*.

Gwen aseguró la escotilla y Maude le pasó las cartas para poder quitarse el abrigo y el sombrero. Mi amiga las revisó mientras regresaba hacia mi cama.

—Dos con matasellos del ejército y una con un matasellos francés normal de *madame* Taylor.

—Tilda —dije, y Gwen me puso la última carta en la mano extendida.

Apenas podía considerarse una carta, era más bien una nota breve escrita en el reverso de una tarjetita, una de las pinturas de Iso. Podría haber sido una postal, si no fuera porque el tema era un pabellón de hospital. Los colores eran tenues. Una hilera de camas con las pinceladas justas para evocar a un hombre en cada una de ellas; sábanas blancas, agrisadas por la noche; un toque llamativo de amarillo en la linterna que sostenía una enfermera. La mujer estaba de espaldas, pero, por debajo del gorro, se le distinguía el cabello color miel recogido en una trenza gruesa. Reconocí su figura, alta y recta. El centro de la imagen lo ocupaba la enfermera, no los hombres, y me imaginé a Iso sentada fuera del encuadre, observando a Tilda mientras hacía su trabajo. Había captado algo que yo no sería capaz de expresar jamás con palabras. Una verdad sobre Tilda que se manifestaba en su cuerpo.

Volví la tarjeta hacia las palabras.

20 de febrero de 1917

Hola, Pegs:

Me alegra saber que Maude ya está recuperada, pero no es nada propio de ti quejarte de un resfriado, así que deduzco que estás bastante enferma. Por lo general, no me preocuparía, pero mi pabellón se está llenando de chicos que tienen muchas dificultades para respirar (y nos falta un tercio del personal de enfermería). Los franceses lo llaman La Grippe, pero el doctor Hammond cree que es un tipo nuevo de bronquitis. Muy contagiosa. Creo que el culpable en tu caso es Jack. Se la llevó a casa de recuerdo. Mi consejo es que bebas mucha agua y que dejes que Maude te cuide. Es algo que se le da bien, ya lo sabes.

Con mucho amor,

Tilda

No mencionaba el dibujo y me planteé si sería consciente de cómo la veía Iso.

Miré hacia el otro lado de la cortina de nuestro dormitorio y vi a Gwen registrando la estantería de mamá. Cogió una novela del estante superior. Cuando la abrió, me di cuenta de que las manos de mi madre habrían sido las últimas en tocar aquellas páginas. Observé a Gwen mientras paseaba la mirada por las primeras líneas. No alcanzaba a ver los detalles de la cubierta y, por lo tanto, no sabía qué estaba leyendo, pero sonrió como sonríes cuando te topas con algo conocido, con algo que una vez disfrutaste pero habías olvidado. Cerró el libro con mucho cuidado y luego le dio la vuelta. Acarició la sobrecubierta. Pensé que a mi madre le habría caído bien Gwen.

—¿Has leído todos estos libros, Peg?

—La mayoría.

Pero no me quedó claro si me había oído. Mi garganta parecía un papel barato: frágil, fácil de rasgar.

Luego se agachó hacia el estante inferior. Los griegos.

—¿Has leído este?

Tela verde, el título, *Las troyanas*, impreso con letras doradas en la cubierta.

Con traducción de Gilbert Murray.

Asentí con la cabeza.

—El griego favorito de mi madre.

—¿En serio? —dijo mientras abría el libro. Estaba hojeándolo, no leyéndolo—. A veces pienso que Eurípides odiaba a las mujeres. Las hace muy crueles.

Yo le había dicho lo mismo a mi madre.

—Es que algunas mujeres son crueles —le dije a Gwen. «Sobre todo si a ellas las han tratado con crueldad, como a la mayoría de las mujeres de la antigua Grecia», me había dicho mamá—. Creo que hace a las mujeres importantes. Poderosas. —Repetí esas palabras de mi madre y me ardió la garganta—. Les permite hablar.

Me imaginé que Gwen argumentaría su punto de vista. Pero asintió. Solo asintió. Devolvió *Las troyanas* a su hueco de la estantería y luego se agachó ante la pila de manuscritos sin encuadernar y de cuadernillos sueltos que había delante, en el suelo. Cogió el cuadernillo de arriba.

—¿Qué es esto?

—Una parte de un libro.

—¿Por qué narices tienes solo una parte de un libro?

—Debía de decir algo que me interesaba.

El cuadernillo estaba sin cortar. Le dio la vuelta para mirar la última página.

—Termina con una frase a medias, Peg.

—Siempre cabe la posibilidad de que me haga con más páginas.

Gwen se echó a reír.

—¡Hacerte con ellas! Lo dices como si fuera tan sencillo como salir a comprar el pan. Si tanto te interesa, ¿por qué no lo sacas prestado?

Gwen había metido el dedo en una pequeña llaga. Los cuadernillos que había encontrado pertenecían en su mayoría a libros grandes, caros o raros. Todos mencionaban algo que valía la pena saber y yo odiaba no poder averiguarlo.

—A veces intento encontrar los libros en el Insti o en la Biblioteca Pública de Oxford. No siempre los tienen.

—Deberías probar en la Bodlei; tienen todos los libros publicados en Inglaterra. No podrías sacarlos prestados, claro, ni tú ni nadie, pero seguro que encuentras todo aquello que te interese.

—¿Y cómo se supone que voy a entrar yo en la Bodleiana, Gwen?

—Ahora que lo dices...

Empezó a parecer avergonzada. No le pegaba.

—¿No puedo entrar? Qué sorpresa —dije.

—Necesitas una presentación adecuada. De nada menos que el director de un colegio universitario, si eres mujer. No debería habértelo sugerido.

—¿Y si eres hombre?

—Mientras lleven toga, sea larga o corta, no necesitan presentación. Y, si quieren sacar un libro prestado, van a la Biblioteca de la Oxford Union Society. Tiene todos los libros que cualquiera persona podría necesitar para aprobar los exámenes universitarios.

Empecé a reírme, y eso me provocó un ataque de tos.

—Oh, Peg, qué cínica eres. —Gwen se acercó, mojó una cuchara en el tarro de miel que había junto a mi cama y me la ofreció para que la chupara—. Tampoco es que sea imposible que una mujer acceda a la biblioteca de la Oxford Union Society —dijo.

—¿Y qué tiene que suceder exactamente para que eso ocurra?

—Bueno, la mujer en cuestión tendría que darle coba a algún alumno de Oriel hasta que este acepte ser su carabina, y luego tendría que adaptarse al horario del chico, con independencia de cuándo tenga que entregar su trabajo. Además, él esperará un cierto grado de adulación y puede que la joven tenga que soportarlo durante algún té de la tarde. Es lo justo, ya que él estará sacándole libros prestados y correrá un riesgo significativo.

—¿Qué riesgo?

—Es probable que la mujer lo lea en el baño, ¿no? Y quizá se le resbale de entre las minúsculas manos. Pero ella se someterá a todo ese proceso con tal de poder leer los libros y adquirir los conocimientos adecuados. Y, algún día, ella quedará entre los primeros de su clase, y su carabina de Oriel quedará entre los del medio, y ella pasará a presidir un comité a cambio de una remuneración escasa y él pasará a dirigir una empresa o un país y acabará convirtiéndose en lord. ¿Alguna otra pregunta?

Chupé lo que quedaba de miel en la cuchara.

—No es una pregunta, solo quiero señalar un hecho: ningún alumno de Oriel correría ese riesgo por una trabajadora del taller de encuadernación.

Gwen asintió.

—Supongo que tienes razón —dijo. Luego, se sentó en la cama y desplegó el cuadernillo que tenía en la mano—. Está todo al revés y de atrás hacia delante. —Lo giró hacia uno y otro lado, se decidió por una página y leyó en voz alta:

—«Monsieur Paul entró. La vida está organizada de tal modo que los acontecimientos no pueden, no logran, colmar las expectativas. No se dirigió a mí en todo el día.»* Afecto frustrado —dijo—. Debe de ser una novela. Pero ¿cuál? —Estudió el cuadernillo con más atención—. Página cuatrocientos quince. Y de las largas.

—*Villette* —contesté—. Los pliegos impresos acaban de llegar al taller.

—¿Un libro nuevo? ¡Qué maravilla!

---

* Traducción de Marta Salís, Alba Editorial, Barcelona, 2016.

—No es nuevo, Gwen. Es de la colección Clásicos Mundiales Oxford, lo imprimimos cada pocos años. ¿No lo conoces?

—¿Tendría que conocerlo?

—¿Y a Charlotte Brontë?

—Por supuesto que sé quién es Charlotte Brontë, Peg, no soy una filistea. Estoy segura de que *Jane Eyre* es una de mis novelas favoritas.

—¿Estás segura?

—Bueno, estoy segura de que debería serlo.

—¿Qué libros lees en realidad en el Somerville?

—Leo lo que mi tutora me dice que lea. Aunque a veces solo lo hojeo. —Volvió a plegar el cuadernillo y lo levantó para que lo viera—. ¿Qué pasa cuando ya has montado todo el juego?

—Los coso. El bastidor está encima de la mesa.

Se alejó caminando hasta que la perdí de vista y oí el crujido de las páginas que se movían entre sus dedos.

—*Prosa inglesa: Narrativa, Descriptiva, Dramática*. Cielo santo, Peg, ¿por qué te interesa este rollo?

—Yo prefiero no hojear —respondí.

Volvió a entrar en mi campo de visión.

—Cada una con lo suyo. Mi fortaleza académica particular es imitar el estilo analítico y los argumentos de mis tutoras. —Sonrió, como si estuviera compartiendo un secreto—. A pesar de ser tan poco leída, a veces me da buenos resultados.

—Pues claro, las estás halagando.

—Exacto. La adulación funciona muy bien en cualquier circunstancia.

—Seguro que te desafían.

—Los viejos curtidos sí. Pero mi tutora actual está un poco verde. Si me muestro de acuerdo con ella, no tiene que defender sus ideas, así que nos viene muy bien a las dos.

—Pero ¿qué sentido tiene?

—¿Qué sentido tiene qué?

—¿Por qué estás en el Somerville si no quieres aprender?

Había alzado la voz lo suficiente como para empezar a toser de nuevo. Gwen me dio unas palmaditas en la espalda.

—La señorita Penrose, nuestra directora, me hizo la misma pregunta hace unas semanas.

—¿Qué le contestaste?

—Que me esforzaría más.

—¿Y lo harás?

De nuevo, aquella sonrisa burlona.

—Por supuesto que no. Solo me esmeraré más en disimular mi complacencia. Lo haré lo suficientemente bien.

—¿Lo suficientemente bien para qué?

—Para mantener conversaciones interesantes con los hombres en las cenas y con las mujeres en los comités.

—Me sacas de mis casillas, Gwen. Estoy demasiado enferma para esto.

Me tranquilizó con un exagerado «venga, venga», como si fuera una niña teniendo una pataleta. Le aparté la mano.

Me estudió un momento.

—¿Y cómo lo enfocarías tú, Peg?

Resoplé.

—¿Te refieres a si yo estuviera en el Somerville?

—Sí. ¿Cuál sería tu estrategia para superarlo?

—Yo no estaría allí para superarlo.

La alegría que le había teñido el rostro en todo momento desapareció. Se puso seria y yo me sentí incómoda. Cerré los ojos. Cuando noté que me estaba tocando la frente con la mano, me di cuenta de que me había puesto rígida.

—Sigues estando caliente —dijo—, pero creo que te está bajando.

Me relajé, abrí los ojos.

—Tilda cree que tengo *La Grippe*.

—¿La qué?

—Lo que tuvo Jack. La mitad de los chicos que vuelven a casa desde Étaples la tienen.

—Qué suerte la suya. Es mejor que te manden a casa con un resfriado francés que con una extremidad menos, o peor aún, sin estar en tus cabales.

35

Bastiaan vino una tarde a ver cómo me encontraba. Maude le cogió el abrigo y luego le agarró la mano. Lo sentó en el sillón de nuestra madre.

—Quédate a cenar —dijo, y después volvió a la cocina para triturar zanahorias y patatas cocidas con leche.

Era algo que Lotte llamaba *stoemp*. Maude también sabía hacer *frites* y *tartines*, que en realidad no eran más que bocadillos sin el pan de arriba, pero los hacía perfectos, sin distraerse ni provocar ningún desastre. Lotte le había enseñado, y cada comida tenía su propia canción, como una letrilla infantil, que mantenía a mi hermana concentrada. La vi coger la sartén de puerros y repollo fritos, sin dejar de cantar en ningún momento. Los añadió al puré y sentí una oleada de gratitud hacia Lotte por su paciencia e ingenio. Había cenado *stoemp* casi todas las noches desde que había recuperado el apetito y me moría de ganas de comer otra cosa, pero, si lo único que Maude deseaba cocinar era *stoemp*, seguiría alimentándome a base de ese plato.

Oí los pasos de Gwen en la cubierta. Maude interrumpió su canción. Esperamos el familiar toc, toc, toc de Gwen y una ráfaga de aire cuando se abriera la escotilla.

—Qué calorcito —dijo mi amiga cuando la cerró a su espalda—. ¿Cómo va la pierna, Bastiaan?

—He devuelto el bastón —contestó él.

—Qué maravilla.

Maude volvió a su canción, a su remover la comida. Observé a Gwen mientras observaba a mi hermana. Maude añadió nuez moscada, sal y pimienta.

—«Un plato aquí, otro plato allí —cantó mientras levantaba la mano hacia el escurreplatos—, un cazo para mí y otro para ti.»

Me pasó un plato lleno.

—Gracias, Maudie, tengo mucha hambre.

—Hambre —repitió ella, y luego le llevó un plato a Bastiaan para que no tuviera que moverse del sillón de nuestra madre.

Finalmente, se sentó a la mesa con su propio plato.

—Ya me sirvo yo, ¿vale? —dijo Gwen. Se dirigió a la cocina y se llenó un plato de *stoemp*, luego se unió a nosotras en la mesa—. Gracias, Maudie —dijo—. Yo también me estoy muriendo de hambre.

Mi hermana la miró.

—Bueno, en realidad no me estoy muriendo de hambre, porque acabo de cenar. Pero era todo un poco marrón y olía demasiado a hígado. Esto huele mucho mejor. Hace que el riesgo de haber salido a hurtadillas del colegio merezca la pena.

—Mucho mejor —dijo Maude—. Ahora, come.

Podría haber sido mi madre la que hablaba y tuvo el efecto deseado. Gwen cogió el tenedor y empezó a comer.

Después, Gwen recogió nuestros platos y los llevó a la cocina. Puso el hervidor de agua sobre la placa caliente y se apoyó en la encimera mientras se calentaba el agua.

—El otro día tomé el té con la señorita Bruce —dijo.

Hubo un tiempo en el que no me cansaba de oír a Gwen hablar del Somerville. Me metía de lleno en sus anécdotas y dejaba que las fantasías arraigaran. Pero la fiebre me había curado de los delirios.

—¿Con la subdirectora Bruce o con Pamela? —pregunté con una irritación apenas disimulada.

—Con Pamela. Me dijo una cosa muy interesante.

Empezó a salir vapor del hervidor. Pensé que ojalá rompiera a hervir y la distrajese. Permanecí en silencio.

—¿No quieres saber lo que me dijo?

«La verdad es que no», pensé.

—Claro que sí —contesté.

—Me preguntó si te habías planteado alguna vez ampliar tus estudios.

Me quedé muy quieta, sin saber muy bien lo que estaba sintiendo. Gwen se percató del impacto de sus palabras y se volvió para ocuparse del hervidor, aunque el agua aún no estaba lista. Estaba jugando conmigo.

—Gwen —dije, quizá demasiado alto—, ¿por qué te hizo esa pregunta la señorita Bruce?

Mi amiga apartó el hervidor de la placa y vertió el agua caliente en la pila del fregadero. Añadió los copos de jabón y los agitó con la mano como si llevara toda la vida haciéndolo.

—¡Gwen!

Se dio la vuelta. Volvió a apoyarse contra la encimera, con una expresión de picardía en la cara.

—Cree que tienes madera para el Somerville.

Me entraron ganas de lanzarle algo y estaba segura de que se me debía de notar en la cara, pero ella continuó:

—No me quedó más remedio que darle la razón —dijo. Luego miró a Bastiaan—. Tú también se la darías, ¿verdad?

—No sé lo que es tener madera para el Somerville —dijo—. ¿Tú tienes madera para el Somerville?

—Bueno, depende de a quién se lo preguntes. Estoy menos comprometida que otras. De hecho, le dije a la señorita Bruce que lo más probable es que Peg sea más apta que yo para estudiar en el Somerville.

—¿Y qué te contestó a eso? —pregunté con los dientes apretados.

Gwen se echó a reír.

—Ah, coincidió de inmediato y luego me sirvió otra taza de té.

La miré como si no la conociera de nada. ¿Era posible que hubiera transitado por nuestra amistad sin prestar siquiera atención a la vida que llevaba?

—No me gusta que hablen de mí, Gwen.

—Tonterías. A todos nos gusta que hablen de nosotros. La señorita Bruce opina que tienes mente de académica.

—A Peggy le gusta leer —dijo Maude, tal como hacía nuestra madre cuando la gente le preguntaba por qué coleccionaba tantos libros.

—Exacto —dijo Gwen.

—¿Debería sentirme halagada?

—Por supuesto. Nadie ha hecho nunca un comentario parecido sobre mí.

—Y, sin embargo, ahí estás, con una habitación propia en el Colegio Universitario Somerville.

—En el Oriel, en realidad. —Era exasperante—. Al menos de momento.

—Sé que tengo mente de académica, Gwen. Siempre lo he sabido. Pero, aunque es posible que para una alumna del Somerville sea un rasgo deseable, incluso necesario, creía yo, a pesar de que por lo visto no es así, para una encuadernadora es un defecto de carácter. Un peligro. Poco atractivo.

—Un maldito desperdicio —dijo Maude.

—Pobre Pegs —dijo Gwen.

—No me vengas con «Pobre Pegs». ¡Maldita sea, Gwen, no entiendes nada! A ti te lo han dado todo, incluso cosas que ni siquiera deseas tener, como tus estudios.

—No todo —contestó ella—. Deseo tener derecho a voto, pero eso no me lo ha dado nadie.

—Es solo cuestión de tiempo —dijo Maude.

Se lo había oído decir a Tilda y a la señora Stoddard. Se lo había oído decir incluso a nuestra madre. «Siempre la misma frase», pensé. Un sinsentido cuando el tiempo se estiraba con tanta facilidad.

—Estaremos muertas antes de que se consiga el sufragio —dije.

—Uy, seguro que no, he oído rumores de que está más cerca que nunca —dijo Gwen.

Me desplomé contra el respaldo de la silla, incapaz de seguir manteniendo la tensión en el cuerpo. No tenía fuerzas para levantar la voz.

—Tal vez esté más cerca para ti, pero nosotras —nos señalé primero a mi hermana y luego a mí— no estaremos incluidas. Nosotras no tenemos ni terrenos ni educación y, por lo tanto, se da por hecho que tampoco tenemos ninguna experiencia u opinión digna de consideración. —La miré a los ojos—. ¿Podemos dejar ya el tema? Esta conversación no tiene ningún interés para Bastiaan y yo sigo enferma. No tengo la energía necesaria para llamarte mocosa malcriada y que suene sincero.

—Sí me interesa —intervino Bastiaan.

—Claro que sí —dijo Gwen—. La señorita Bruce, Pamela, cree que eres la candidata perfecta para obtener una beca del Somerville.

«Es lo bastante lista como para ir a la universidad», había dicho mi profesora. «Ser lista no siempre es suficiente», había contestado mi madre.

—Lo he comprobado y tenemos dos becas completas para mujeres con ganas pero sin medios. En otras palabras, para pobres Pegs como tú.

Es posible que Gwen hiciera una reverencia, pero yo no la estaba mirando a ella, sino a Maude. Había cogido unas cuantas hojas sueltas, papel indio, páginas del *Nuevo diccionario de inglés*. Recordé lo difícil que era trabajar con ellas, la paciencia que había tenido mamá mientras nos enseñaba a manejar aquel papel tan fino. Maude las estaba plegando para elaborar un diseño propio. No supe identificar de qué se trataba, pero era algo equilibrado y hermoso. La suavidad de las páginas confería a las creaciones de Maude una sensación de movimiento, como si cada una de ellas tuviera pétalos o alas. Intenté captar alguna palabra mientras el papel se movía entre las manos de mi hermana.

Infalible: «Seguro, cierto, indefectible». La cita de 1400: «Lo puedes tener por infalible».

Las manos de Maude se habían ralentizado y me di cuenta de que estaba escuchando lo que decía Gwen.

—La señorita Bruce me sugirió que te hablara de ello —prosiguió mi amiga—. Quiere que tantee tu apetito por los estudios. —Adoptó un tono retórico—: Tu aguante para los rigores de la educación académica.

«Una beca. Para pobres Pegs como tú.»

—La candidata perfecta —dijo mi hermana.

No aparté la mirada de las páginas del diccionario. No había llegado a conocer el taller de encuadernación sin ellas. Mi madre tampoco. Una vez, me dijo que se necesitaba aguante para definir la lengua inglesa. «¿Por qué?», le pregunté. «Porque hay muchísimas palabras», contestó. «Pero nosotras no necesitamos saberlas todas —argumenté—. No las usaremos jamás.» Me puso la mano en la mejilla, como hacía con mi hermana cuando quería que le prestara atención. «Habrá personas que sí las usen, Peg. No está de más entender lo que dicen.»

—¿Cómo iba a estudiar?

—Leer los libros —dijo Maude.

Gwen se alejó de la mesa y se acercó a la sala de estar. Repasó la estantería de mi madre recorriéndola con un dedo y luego se agachó ante los montones de manuscritos y cuadernillos que había en el suelo. Recorrió el *Calíope* de proa a popa.

—¡Dios mío! —exclamó—. Hay un manuscrito en el orinal. Por favor, dime que no...

—Te limpias el culo con ellos —contestó Maude.

A Tilda le encantaba decirlo.

Bastiaan se echó a reír, y lo mismo hizo Gwen. Volvió a la cocina.

—Me atrevería a decir que tienes la mayor parte de los libros que se necesitan para el examen del Somerville, si no completos, al menos en parte. —Miró a Maude—. Me pregunto qué bellas palabras habrán acabado en la... —Se volvió hacia mí—. Sé que es una pregunta poco delicada, pero ¿adónde van a parar vuestros excrementos?

—¡Gwen!

Miré a Bastiaan. Era incapaz de mantener una expresión seria en la cara de antes.

—Al canal —dijo Maude.

A pesar de lo incómoda que había sido, aquella conversación era mejor que la anterior.

—¿Qué pasaría con los libros que no tengo? —pregunté—. ¿Cómo accedería a los capítulos que no he conseguido robar?

—Yo tengo el carné de la Biblioteca Pública de Oxford —dijo Bastiaan.

—Su catálogo no está muy actualizado —dije, y se me empezó a acelerar la cabeza—. Y el examen de ingreso al Somerville no es más que el principio. ¿Cómo iba a prepararme los *Responsions*?

—Madre mía —dijo Gwen—. Para ser encuadernadora, sabes mucho sobre el funcionamiento de los exámenes de la Universidad de Oxford. Tenía organizada toda una tutoría sobre el estilo de las preguntas de la prueba de acceso al Somerville y sobre el contenido de los *Responsions*.

—Todo eso ya lo sé —dije.

—¿*Responsions*? —preguntó Maude.

—Viene de responder —dije—. Es otro examen y tengo que aprobarlo si quiero que me admitan en una licenciatura. Consta de tres pruebas: de Latín, Griego Antiguo y Matemáticas.

Gwen resopló.

—Aunque no es que la Universidad vaya a darte la licenciatura una vez que hayas hecho todo el trabajo. —Luego me miró—. ¿Cómo demonios sabes todo eso?

—Llevo años plegando y cotejando los exámenes —respondí.

—Bueno, creo que ya has respondido a la pregunta sobre el «apetito». La señorita Bruce estará encantada.

«Apetito», pensé. Llevaba toda la vida muerta de hambre.

—¿Sabe la señorita Bruce que dejé el colegio a los doce años?

—Eso no es algo raro entre las alumnas del Somerville —respondió Gwen—. Yo ni siquiera pisé el colegio.

—Pero tuviste tutores —repuse.

Se encogió de hombros. Una verdad inconveniente que no respaldaba su argumento. Volvió a la sala de estar y cogió un libro, un volumen sin encuadernar, un montón de cuadernillos.

—Creo que no tendrás ningún problema con el examen de acceso al Somerville, es de conocimientos generales, un poco de traducción del francés. —Miró a Bastiaan—. Tú puedes ayudarla con eso. Y unas cuantas preguntas sobre la asignatura que hayas elegido.

—¿Tendrá que hablar francés? —preguntó Bastiaan.

—No, por suerte. No aprobaría jamás.

—¿Y los *Responsions*?

—En un principio, te bastará con las viejas cartillas del colegio.

—¿A qué tipo de colegio crees que fui, Gwen? Aprendimos las matemáticas de los tenderos y el único latín que sé es *Te Deum Laudamus*, «Te alabamos, Señor». Está inscrito en las vidrieras de la iglesia de San Bernabé. En cuanto al griego antiguo, ¿de qué le serviría a una niña que asiste a la escuela de San Bernabé?

Se quedó acongojada un momento, pero recuperó la compostura enseguida.

—El griego antiguo no le sirve de nada a nadie, Peg.

—Y, sin embargo, lo necesitas para entrar en el Somerville. ¿No será que el griego antiguo es simplemente otro obstáculo diseñado para mantener fuera de Oxford a la gente como yo?

Cuanto más rebatía sus argumentos, más parecía animarse.

—Espero que entres, Peg. Podrías unirte al club de debate. Serías formidable.

—Espero que entres —repitió Maude.

De repente, me sentí avergonzada. Tras años deseando que mi vida fuera diferente, allí estaba, buscando razones para no cambiarla. Siempre había pensado que era algo más que una mera encuadernadora. Ahora, no paraba de poner excusas para no ser ese «algo más». Se me debió de reflejar el miedo en el rostro, porque, cuando Gwen volvió a sentarse a mi lado, su tono parco se había suavizado.

—La Universidad insiste en que todas las alumnas del Somerville distingan la eta de la theta. Así que harás lo que han hecho todas las alumnas del Somerville que te han precedido: memorizar lo justo para superar el mal trago y luego olvidarlo por completo.

Respiré hondo y acepté la mano de Gwen.

—No parece muy difícil —dije.

—Mientras no pretendas estudiar Clásicas, todo irá bien.

Me eché hacia atrás.

—Pues claro que quiero estudiar Clásicas.

—¿En serio?

Gwen puso cara de susto.

—Pues claro que no.

Rompí a reír.

—Entonces, ¿qué? Estoy segura de que ya lo has pensado.

—Lengua y Literatura Inglesas —contesté.

36

Gwen tenía razón: el *Calíope* estaba forrado de páginas, sueltas o encuadernadas, que me ayudarían a prepararme para el acceso al Somerville. ¿Cómo no iba a ser así? Cada pocos años, Clarendon Press reimprimía los textos que se requerían para todos los exámenes de ingreso en los colegios universitarios, con el objetivo de que hubiera un suministro amplio para los jóvenes y, cada vez más, para las jóvenes que querían estudiar en Oxford. Era inevitable que se produjeran contratiempos: desajustes, pliegues defectuosos, un escuadrado inadecuado del lomo. En algunas ocasiones, los tacos se cosían con demasiada fuerza o todo lo contrario y, a veces, la cola se secaba sobre una buena encuadernación de cuero. No eran dignos del sello de Clarendon Press. «Comprueba lo que tienes», me había dicho Gwen antes de marcharse a pasar las vacaciones trimestrales fuera de Oxford, y luego me había entregado una lista de asignaturas y libros que debía estudiar.

Maude y yo empezamos a reorganizar el *Calíope*. Ordenamos el caos de libros, manuscritos y cuadernillos de proa a popa, e hicimos montones de textos que podrían resultarme útiles para los exámenes. Yo me entregaba a la tarea todas las noches, antes y después de cenar. A veces me limitaba a sentarme frente a las estanterías y comía pan con Marmite. Muchas de mis costumbres cambiaron. Seguía viendo a Bastiaan en el Insti los lunes y los viernes, pero lo esperaba leyendo Historia en lugar de los periódicos y rara vez salíamos por la tarde, de manera que no había tanta necesidad de que Lotte pasara el rato con Maude. Los domingos apenas me ensuciaba las manos en Port Meadow antes de excusarme y volver corriendo a casa con mis libros.

Había varios de los que me había olvidado, volúmenes que Eb le había regalado a mi madre o que ella había traído a casa antes de que a mí me importaran lo suficiente como para fijarme en ellos. Encontré un viejo ejemplar de *Aurora Leigh*, de Elizabeth Barrett Browning, con las páginas desgastadas pero la encuadernación aún en buen estado. Aquel lo había pagado ella, pensé, o se lo había pagado alguien. Y a mi madre le había encantado. Leí una página que tenía la esquina doblada.

> Cogiendo el primer libro que encontraba. ¡Y cómo sentía sus latidos bajo mi almohada, en la oscuridad de la madrugada!*

Lo puse en mi pila de estudio, aún muy pequeña: era un proceso más lento de lo que había imaginado.

Le asigné a Maude la tarea de buscar los libros que Gwen me había dicho que aparecían en la lista de lecturas recomendadas: Historia, clásicos, Literatura Inglesa y Crítica Literaria, sobre todo. Un texto de Filosofía y un ensayo sobre Teoría Económica («Nada demasiado arduo —me había asegurado Gwen—. ¿Qué lógica tendría?») Clarendon Press los había impreso todos. Mi hermana encontró unos cuantos y mi pila de estudio fue creciendo, hasta que un día me entregó un volumen delgado, encuadernado en cartoné y que me resultó conocido. Recordé haber dejado que la plegadera de hueso de mi madre resbalara, el pequeño desgarro. Era lo bastante grande como para que el volumen pasara a ser mío, pero lo bastante pequeño como para no estropearlo.

Palabras de mujeres y su significado, editado por Esme Nicoll.

Pasé las páginas, todas ellas llenas de palabras que se habían pasado por alto, de nombres de mujeres a las que habían pasado por alto. Ella las había compilado en trocitos de papel, me había dicho el cajista.

Eché un vistazo en torno al *Calíope*, a los montones de cuadernillos y de partes de libros. Miré los manuscritos cosidos pero no encuadernados, los libros con cinta de encuadernación pero sin tapas. No éramos tan diferentes, pensé. Yo coleccionaba fragmentos

---

* Traducción de José C. Vales, Alba Editorial, Barcelona, 2019.

de libros, páginas estropeadas que no tenían ningún valor para la imprenta ni para la Universidad. Pero para mí sí lo tenían, igual que para mi madre lo habían tenido los libros. Me planteé si, alguna vez, le habría gustado hacer con ellos algo más que leerlos. Entonces la recordé leyéndome, explicándome cosas, haciéndome preguntas. Muchísimos recuerdos, todos plegados juntos. «¿Crees que la guerra de Troya fue culpa de Helena? Para Jane Eyre habría sido muy fácil casarse con St. John. ¿Por qué crees que no lo hizo? ¿Entiendes por qué la señora Graham huyó a Wildfell Hall?» Para ella, era importante que entendiera.

Un día me dijo: «Creo que aplicar las teorías del señor Darwin a las personas podría ser peligroso». Cuando le pregunté por qué, miró a Maude. «¿Cómo juzgamos quién es apto y quién no, Peg? ¿Lo medimos según la inteligencia o según la riqueza? ¿O quizá según lo bondadoso que seas, lo bien que pienses o lo a menudo que hagas sonreír a los demás?» Entonces me hizo cosquillas y no le di más importancia.

Volví a mirar *Palabras de mujeres y su significado*. Palabras que nadie valoraba, pronunciadas por mujeres a las que nadie habría recordado si el cajista no hubiera fijado sus nombres con tipos. Lo puse en mi pila de lectura.

SEGUIMOS ASÍ DURANTE dos semanas, tal vez tres. Entonces Lotte me preguntó si Maude estaba enferma.

Nos estábamos quitando los delantales, colgándolos en los ganchos, recogiendo nuestras cosas para salir de la imprenta al final de la jornada.

—Está adelgazando —dijo Lotte.

Miré a mi hermana. Estaba delante del espejito que había junto a la puerta, poniéndose el sombrero. «Siempre hemos sido delgadas», pensé, y estuve a punto de decirlo. Pero entonces vi el reflejo de la cara de Maude y me fijé en lo afilada que tenía la mandíbula. Me pasé el pulgar por la cinturilla de la falda y me di cuenta de que me quedaba más holgada que antes.

—Las dos estáis más delgadas —dijo Lotte—. No estáis comiendo bien.

Lo sentí como una bofetada.

Se acercó a Maude, le puso una mano en el hombro y le habló dirigiéndose a su reflejo. No oí lo que le decía, pero vi con qué delicadeza lo hacía y me entraron ganas de decirle que se callara, que se apartase y la dejara en paz.

«Es mía», quise decirle.

Maude le dio la espalda al espejo, con el sombrero torcido en la cabeza.

—Lotte nos hará la comida mañana.

—Estupendo —dije.

AL DÍA SIGUIENTE era sábado. Lotte nos preparó la comida mientras yo revisaba un montón de cuadernillos e intentaba averiguar de qué libros procedían y si alguno de ellos me sería útil. Cuando nos sentamos a comer, Lotte nos preguntó cómo íbamos con la clasificación.

—Un maldito desastre —dijo Maude, sin el veneno de mi tono.

Lotte asintió, como si ya lo supiera.

—Ya queda poco —dije.

—Yo diría que no —replicó Lotte—. Y deberías estar estudiándote los libros, no clasificándolos.

No volvimos a hablar durante el resto de la comida, y fue un alivio terminar y recoger los platos. Mientras los lavaba, oí que Lotte le explicaba a mi hermana cómo catalogar lo que teníamos. Cómo registrarlo todo: los cuadernillos y los papeles sueltos, así como los libros encuadernados y los manuscritos sin encuadernar.

—Son todos importantes, ¿verdad?

—Todos importantes —oí que decía Maude.

—Entonces hay que catalogarlos todos.

Se había llevado un libro de registro y la vi abrirlo entre Maude y ella. La escuché mientras le explicaba cómo utilizarlo. Cómo dividirlo en categorías y anotar el título de cada libro, el autor, la fecha.

—Lo más importante es la ubicación —dijo Lotte, y luego sugirió un código taquigráfico para cada estante, rincón y rendija en los que pudiera haber un libro. Sistematizó el *Calíope* como si el barco fuera una biblioteca.

Una biblioteca.

Por supuesto.

Ella había sido bibliotecaria. El libro de registro, la clase magistral. Había pensado muy bien todo aquello. Oía los ecos de Maude: una cosa, luego otra, estaba memorizando el proceso.

Lotte preparó el libro de registro aquel día. Catalogó unos cuantos libros y cuadernillos que ya formaban parte de una de mis pilas de estudio, y luego observó a Maude mientras catalogaba algunos más.

—Es precisa —dijo Lotte cuando la acompañé hasta el camino de sirga. El día comenzaba a apagarse y me pregunté si llegaría a casa antes de que se hiciera de noche—. Debería inventariar todos tus textos. —Señaló el *Calíope* con la cabeza—. Te convendría saber lo que tienes.

—Muchos de ellos son basura —dije.

Ella negó con la cabeza.

—No es lo que piensas.

—Siguen proyectando *El inmigrante* en el cine de la calle George —me dijo Bastiaan un día mientras nos comíamos un bocadillo en el Insti—. ¿Qué te parece si Lotte va a visitar a Maude y vemos la de las seis?

Una imagen de Maude y Lotte a solas en el *Calíope*, encorvadas sobre las páginas de registro y rodeadas de nuestros libros. De los libros de nuestra madre. De mis libros y papeles. «Si pudiera hacer lo que me diera la gana —pensé—, me pasaría todo el día y toda la noche sentada entre ellos.» No tendría que ir a ningún taller de encuadernación, ni cuidar a ninguna hermana, ni hacer feliz a ningún novio. Solo leería y aprendería y...

Bastiaan respiró hondo y me di cuenta de que había vuelto su rostro de guerra hacia mí. Lo mejor para ocultar lo que estaba sintiendo.

—¿Por qué no vienes a cenar con nosotras? —le propuse—. Siempre sobra comida cuando cocina Lotte, y así luego la acompañas a casa.

Cambió de postura en la silla para que viera que estaba sonriendo.

A lo largo de las siguientes semanas, cada vez que Lotte venía a casa, Bastiaan también se nos unía. Nos acostumbramos a aquella rutina y, con el tiempo, acabé agradeciendo la compañía. Iba abriéndome paso entre los libros y las pilas de papeles que cubrían las paredes del *Calíope*. Los cotejaba con la lista de textos y temas que me había dado Gwen y, si algo me parecía útil, se lo daba a Bastiaan. Él estaba sentado en el sillón de mamá, con la pierna mala estirada, y ordenaba las pilas de libros por temas. Si un cuadernillo no tenía nada que identificara el libro del que procedía, lo apartaba para etiquetarlo.

Lotte nos mantenía alimentados y, después de cenar, ayudaba a Maude a catalogar nuestra biblioteca. Así la llamaba ella: la Biblioteca Calíope. Lo escribió al principio del libro de registro con una caligrafía preciosa.

Nuestra madre había coleccionado más libros de los que recordaba, pero sus adquisiciones habían sido muy meditadas, así que gran parte de sus volúmenes aparecían en la lista de Gwen. Yo, en cambio, había acumulado papeles de manera fortuita y oportunista. Había creado una especie de caos en lo que antes había sido orden, pero Maude se las arregló para encontrarle hueco a todo. Cuando terminó con la catalogación y el libro de registro estuvo lleno, se concentró en mantener organizada la Biblioteca Calíope.

Empecé a leer siempre que tenía ocasión. Mientras me tomaba el café por la mañana y después de la cena. Perdí horas de la noche en páginas que había olvidado y en otras que no había conocido nunca. Algunas de ellas estaban en la lista de Gwen, otras no, pero las leía de todos modos, pensando que quizá mi madre las hubiese leído. Los libros del *Calíope* me sonaban de toda la vida, pero ahora quería conocerlos de la primera a la última letra.

Cuando terminaba un libro o un cuadernillo, lo dejaba sobre la mesa. Maude me tenía prohibido devolverlos a las estanterías, sabedora de que a lo mejor los ponía donde no tocaba.

OBERON VINO DE visita, aunque con el barco lleno de ladrillos en lugar de carbón, cosa que supuso una gran decepción. Iba a quedarse a pasar la noche, así que Rosie le pidió que fabricara unos cuantos asientos extra con unos baldes a los que había dado la vuelta, suficientes para los siete, y que los colocase en el huerto para que pudiéramos cenar todos juntos. Se puso su gorro de barquera, porque ser siete era todo un acontecimiento, y nos pasó un cuenco de estofado a cada uno.

Cuando terminamos de comer, se sacó una carta del bolsillo. Era de Jack, estaba sin abrir. Se la dio a Oberon y él la leyó en voz alta:

—«Aún estamos en Flandes, pero es mejor que no os diga exactamente dónde o el censor lo emborronará todo.»

Lotte se levantó, recogió los platos y se los llevó al interior del *Quedarse en Tierra*. Deseé que la voz de Oberon no llegara hasta allí.

—«Estuvimos tres días alojados en un pueblecito y creo que a los lugareños les hizo ilusión tenernos allí. No paraban de llevarnos pastas recién hechas, mis favoritas eran unos pastelitos rellenos de crema. Un cambio agradable con respecto a la carne de lata y las galletas secas.»

Una media sonrisa.

—*Mattentaarten* —dijo Bastiaan—. Están ricas.

—«Pero entonces recibimos nuestras órdenes —continuó leyendo Oberon—. Los hunos dominan una montaña cercana y nuestro objetivo es conquistarla. Pero, el primer día, la mitad de la batalla consistió en caminar entre el barro y los agujeros de obús inundados. La humedad es una mierda, el barro es una mierda. Perdón por las palabrotas, abuela. Los dos bandos han convertido este lugar en una calamidad.»

A Bastiaan se le escapó un ruido gutural. Agachó la cabeza y Oberón dejó de leer, pero no de mover los ojos a toda velocidad sobre las palabras.

—Continúa —dijo la anciana señora Rowntree.

Oberon miró a Bastiaan.

—Continúa —dijo este también, sin levantar la vista.

—«A esos pobres belgas no les queda apenas nada a lo que volver. Este sitio parece sacado de ese libro que me regalaste, abuela, *La guerra de los mundos*. Es como si los hunos tuvieran un rayo calórico. Todas las cosas que había aquí, árboles, edificios, carros, caballos, ahora no son más que esqueletos ennegrecidos. Los árboles muertos se alzan hacia el cielo gris y, en cualquier momento, espero ver un trípode marciano saliendo de la penumbra.»

Oberon leyó el resto, pero solo lo escuché a medias. Estaba observando a Bastiaan. La mandíbula apretada. La cabeza que permaneció gacha hasta que Oberon leyó la última palabra. Entonces se levantó y echó a andar.

Hice ademán de seguirlo, pero Oberón me puso una mano en el brazo.

—Déjalo tranquilo, Peg. Solo un momento.

Me senté.

—Y me parece —prosiguió Oberon— que esto es para ti, señorita Maude.

Le entregó a mi hermana una única hoja de papel, plegada por la mitad, con las palabras «señorita Maude» escritas con la mejor caligrafía de Jack.

Ella asintió. La cogió. Me esperaba que la abriera; sin embargo, se puso de pie y entró en el *Calíope*.

Alcancé a Bastiaan cerca del puente de Walton Well.

—No está bien —dijo.

Sabía a qué se refería y no tenía respuesta para ello.

—Jack debería estar aquí —dijo—, y yo en Bélgica.

6 de abril

Querida Pegs:

Tu noticia ha sido una sorpresa maravillosa, aunque, al mismo tiempo, tengo la sensación de que era inevitable. Helen estaría tan... Bueno, era uno de sus sueños.

Hablando de inevitabilidades maravillosas: todos estamos eufóricos con la noticia de los estadounidenses. Más vale tarde que nunca, supongo. Seguro que su llegada será el principio del fin de esta maldita guerra.

Un beso,
Tilda

CUANDO LOS ESTUDIANTES de la Universidad regresaron a Oxford para cursar el tercer y último trimestre, Gwen no fue una excepción.

—Biblioteca Calíope —leyó en voz alta.

Tenía el libro de registro en la mano y las cejas enarcadas. Hacía que sonara como un proyecto escolar.

—¿Qué? —pregunté—. ¿Es que nuestra casa no es lo bastante distinguida como para tener una biblioteca?

Gwen se rio y miró a su alrededor.

—Me da miedo que se hunda bajo el peso de todos estos libros.

Entonces me tocó a mí echarme a reír.

—El *Calíope* era un barco de carga, Gwen, diseñado para transportar carbón y ladrillos. Unos cuantos libros no van a suponerle ningún problema.

—¿«Unos cuantos libros»? —Abrió el libro de registro y empezó a pasar una página tras otra—. Centenares de libros, más bien. ¿Todo esto lo ha hecho Maude?

—Sí, le ha enseñado Lotte.

Me coloqué junto a mi amiga y el trabajo de Maude volvió a dejarme impresionada. «Precisa», había dicho Lotte.

—No tenía ni idea —dijo Gwen.

Llevé la tetera a la mesa y empecé a servir. Ella levantó la mirada del libro.

—Tu «biblioteca» es bastante extensa. ¿Sabe tu interventor cuántas cosas te has traído a casa?

—No todo viene del taller —dije, aunque la mayoría sí procedía de allí—. Algunos están comprados en librerías, en la de Blackwell, sobre todo, que a mi madre le encantaba. Rebuscaba en las estanterías hasta que Maude o yo empezábamos a quejarnos; entonces, cogía el último de los Clásicos Mundiales y lo llevaba al mostrador. —Guardé silencio durante unos segundos y recordé a mi madre mientras abría el bolso y entregaba las monedas, su sonrisa mientras le envolvían el libro concienzudamente en papel de estraza—. Creo que le gustaba el cuidado que le dispensaban al libro —dije—. El respeto.

—Mi madre nunca me llevó a una librería —dijo Gwen.

Sentí un momento efímero de lástima y luego me imaginé a Gwen y a su madre entrando en una tienda de vestidos, en una joyería, en el salón de té de uno de esos hoteles en los que sirven pasteles diminutos en bandejas de plata.

—Pobre Gwen —dije.

Sonrió y dejó la taza.

—¿Y ahora qué? —preguntó—. Ya sabes qué textos tienes. Ya sabes dónde encontrarlos. ¿Qué se hace ahora?

—Estudiar.

Negó con la cabeza.

—Empollar es lo último que tendrías que estar haciendo.

Fruncí el ceño.

—Eres nueva en esto, Peg. Si te lanzas de lleno a los libros después de todo el trabajo que sin duda has hecho para clasificarlos, te derrumbarás antes de llegar siquiera a la mitad. Créeme, un poquito de diversión ahora hará que la tarea que se te presenta por delante te resulte más llevadera.

Cuando Lotte y Maude volvieron del Mercado Cubierto, le pedí a la belga que se quedara hasta la noche.

—Voy a ir al cine con Bastiaan —le dije.

ME DESPERTÉ TEMPRANO, tan temprano que aún era de noche, pero tenía la cabeza despejada. «Más clara que el agua —pensé—. Espabilada como una vela.»

—Hora de ponerse a estudiar —le dije a Maude al oído.

—Empollar —balbuceó mientras se daba la vuelta hacia el otro lado.

Ella continuaría durmiendo aún varias horas. Le di un beso en la mejilla y salí de la habitación haciendo el menor ruido posible

Encendí la lámpara. Un libro deforme me esperaba sobre la mesa, olvidado la noche anterior. Había empezado a leerlo después de que Bastiaan me acompañara a casa desde el cine.

—Todavía no —susurré.

Fui a la cocina a preparar café. Me arrodillé ante la estufa y reavivé las brasas. La mañana era fría, pero el *Calíope* se calentaría enseguida. «Una ventaja de los espacios pequeños», pensé. Cerré la puerta de la estufa.

Cuando el café estuvo listo, me lo serví en una taza, caliente y negro, y la sujeté entre ambas manos para calentármelas. Miré por la ventana hacia el canal negro como la tinta y hacia el cielo sombrío y atisbé el campanario de San Bernabé, una sombra que se alzaba más oscura que el resto.

Ya me había divertido y ahora pedía algún tipo de bendición. Me sentí incómoda porque no sabía qué palabras utilizar ni si debía dirigirme a Dios o a algún santo patrón de los estudios —que ni siquiera sabía quién podría ser—, pero pedí que mi hambre de saber no decayera y que mi aguante para los estudios estuviese a la altura de las circunstancias. Luego bebí un sorbo de café como para cerrar el trato.

Me senté con el libro.

37

Bastiaan me estaba esperando cuando salimos de la imprenta.

—¿Un paseo? —me preguntó.

Pensé en el libro que había dejado abierto sobre la mesa aquella mañana. Notó que vacilaba.

—Creo que te ayudará con los estudios.

—Ve —dijo Lotte.

Enlazó el brazo de Maude con el suyo y el asunto quedó zanjado.

No tardé mucho en olvidarme del libro abierto. Noté la fuerza del brazo de Bastiaan bajo el mío, y su cojera era levísima. Había mejorado mucho desde que le habían dado el alta en el Somerville. Me sentí bien paseando al aire libre con él y me pregunté por qué no le decía que sí más a menudo.

Salimos de Walton Street y enfilamos la callejuela que llevaba al cementerio. Los muertos sin descanso de Bastiaan comenzaban a desvanecerse de sus sueños, y el cementerio del Santo Sepulcro se había convertido en un lugar de paz; sus habitantes, en conocidos. Las víctimas de la guerra de Jericho no estaban enterradas allí, así que no podían tenderle emboscadas.

—¿Cómo van tus estudios? —me preguntó mientras extendía una manta sobre la tumba de la vieja señora Wood.

—He empezado con el griego antiguo.

Nos sentamos y Bastiaan me pasó un bocadillo.

—Creía que querías estudiar literatura inglesa.

—Sí, pero el griego antiguo es el monstruo que debo matar para entrar en el Somerville.

—¿Y contarás con la ayuda de los dioses? —quiso saber.

Sonreí.

—Ya conoces a los dioses, Bastiaan. Favorecen a los mortales de alta cuna y yo no cumplo ese requisito ni por asomo.

—Entonces tienes que trabajar el doble —dijo.

Nos sentamos muy cerca el uno del otro y nos comimos los bocadillos. Bastiaan sacó una botella de cerveza de jengibre de su cartera.

—No me disgusta la idea de aprender griego antiguo —comenté.

—Me alegro, ya que es necesario.

—Me encantaría leer a Homero y a Eurípides en el original, interpretarlos por mí misma.

Me pasó la botella y bebí un sorbo de cerveza de jengibre. Noté que me ponía la mano en la espinilla, sentí que me acariciaba la pantorrilla mientras subía por debajo de la falda hasta la rodilla. Esperé que siguiera ascendiendo y llegara a la parte superior de las medias, pero se quedó inmóvil durante muchísimo rato. Me costó recordar de qué estábamos hablando.

—Homero —dije.

—¿Qué pasa con Homero?

—Me gustaría leerlo en el original.

—Ya me lo has dicho.

Subió más la mano y yo bajé la botella. Me eché un poco hacia atrás. Bastiaan cambió de posición, se puso más cómodo. Había un pensamiento que no fui capaz de articular, y entonces llegó con los dedos a la parte superior de las medias, al borde de las bragas, a la piel desnuda.

Volví la cabeza para mirarlo directamente.

—Siempre me he preguntado si Paris sedujo a Helena o la secuestró.

—Nos gusta pensar que la sedujo —dijo, y hundió los dedos en mi parte más tierna. Respiré hondo—. Preferimos que sea una historia de amor —aseguró para retarme a continuar con la conversación.

Mantuve los ojos abiertos contra mi voluntad. Busqué las palabras.

—Mientras sea una historia de amor —jadeé—, pueden echarle la culpa de la guerra a ella.

No dijo nada más y me di cuenta de que me estaba moviendo bajo las yemas de sus dedos. Era un baile que habíamos ensayado y cerré los ojos, pero sabía que él me estaba escudriñando el rostro, que detectaba los cambios y ajustaba el ritmo. «Una prueba de vida», pensé.

Se me agitó la respiración y oí el gruñido grave que antes me avergonzaba, pero que ya no lo hacía. Arqueé la espalda y, en el silencio del cementerio, mi grito se convirtió en una llamada nocturna.

Bastiaan me agarró la mano cuando se la puse en la entrepierna. Se la llevó a la boca y me la besó.

—¿Estás seguro? —le pregunté.

Sonrió.

—Es una de esas cosas que han sufrido en la traducción.

—¿El qué?

—La idea de que follar es lo más importante.

Me encantaba que dijera *follar*. «Mi palabra favorita en tu idioma», me había dicho.

—Pero ¿no es lo más importante?

Negó con la cabeza.

—Eso pensaba yo antes.

—¿Qué ha cambiado?

—Tu placer. Es algo que veo y siento en la piel. Lo huelo, lo saboreo y lo oigo.

—Puede que no seas el único.

No se rio del chiste.

—Tu grito de placer también es un grito de dolor, Peggy. Aquella primera vez, me resultó tan familiar que pensé...

Aquella primera vez se había quedado paralizado y había empezado a temblar.

—Te echaste a llorar —dije.

—Y por eso, después de aquello, guardaste silencio.

Me había mordido el labio con los dientes para mantener a sus muertos a raya.

—Y eso fue peor —dijo—. Pero, ahora, darte placer hace que sienta que estoy llenándote los pulmones de aire, calentándote la sangre, acelerándote el corazón.

—Como una prueba de vida.

—Es egoísta —dijo.

Sonreí.

—Mucho.

BASTIAAN DOBLÓ LA manta y vació los restos de nuestra cerveza de jengibre sobre el suelo desnudo de la tumba de un niño. William Proctor - Hijo querido - 1843 a 1854. Cólera, seguramente. Si alguien hubiera visto el gesto de Bastiaan, se habría escandalizado, pero yo había llegado a entender que era un acto de bondad. Se preocupaba más por las almas que habitaban bajo nuestros pies de lo que lo había hecho nadie en el último medio siglo, y siempre le daba la cerveza de jengibre a aquel mismo niño, como una libación. Me pregunté si habría encontrado un lugar de descanso para todos los niños que lo atormentaban.

6 de agosto de 1917

Nos han descubierto y van a sustituirme. No a enviarme a casa —Alison se ha asegurado de ello—, solo a alejarme del Huno Asqueroso. A Hugo ya lo han trasladado a otro sitio, no sé adónde. Por favor, Peg, ¿me guardarás los poemas que tradujo?

Un beso,

Tilda

P.D. Mi sustituta en el pabellón de los alemanes es alumna del Somerville. Se llama Vera. Duerme en la litera de enfrente de la mía. Alison dice que es muy seria, muy competente. No creo que nos hagamos amigas, pero me gusta verla escribir en su diario. Cualquiera diría que le va la vida en ello. (Y quizá sea así. Escribe como yo bebo a veces. No para hasta que vacía su mente de todo pensamiento y de toda imagen que pueda impedirle dormir.) Es una de las viudas. Mataron a su prometido. Se rumorea que estaba vestida con sus mejores galas y lista para caminar hasta el altar cuando recibió la noticia.

P.P.D. ¿Cómo van tus estudios? Dios, no se me ocurre nada peor.

Vera. Me pregunté si sería la misma Vera a la que había oído contarle al señor Hart que iba a trasladarse a Oxford para estudiar Lengua y Literatura Inglesas. La mujer a la que me habían presentado durante el té del Somerville.

La había envidiado entonces.

LE ROBABA TIEMPO al sueño y estudiaba antes del amanecer y hasta bien entrada la noche. Maude se ahorraba mi vigilia matutina e incluso se beneficiaba de ella: el *Calíope* siempre estaba caliente y el café siempre estaba hecho cuando se despertaba. Me levantaba con las campanadas de las cinco en punto y estudiaba hasta que las campanadas de las siete me decían que parara. Entonces anotaba algunos detalles apresurados sobre lo que hubiera estado leyendo, marcaba la página y cerraba el libro. Despertaba a Maude y nuestra mañana continuaba como cualquier otra.

Una mañana no oí las campanadas de las siete. Maude no se despertó y no cerré los libros hasta cerca de las ocho, cuando Rosie llamó a la puerta para ver si estábamos bien. Ese día llegamos tarde al trabajo, y el siguiente también. El día posterior, no oí las campanadas de las cinco y las dos nos quedamos dormidas hasta que Rosie nos despertó. La señora Stoddard nos dio un aviso.

—Sé que estás estudiando, Peggy, pero no puedo seguir haciendo la vista gorda.

A la mañana siguiente, me regaló un reloj despertador.

—No sé cómo te las has ingeniado todos estos años sin ponerte una alarma —me dijo.

—Por las campanas —contesté.

—Y por la rutina de toda una vida, sospecho. Pero tu rutina ha cambiado últimamente. —Me miró con preocupación—. Tienes que dosificarte, Peggy. Si sigues así, caerás antes de la meta.

—Tengo mucho que compensar.

Asintió.

—Puede que sí, pero no lo conseguirás si trabajas sin descanso. —Cogió el despertador y giró el mecanismo—. Te lo voy a poner a las seis y media. Es una hora decente para despertarse y te dará media hora para leerte tus notas de la noche anterior antes de despertar a Maude. Solo las notas, ¿entendido? —Me sostuvo la mirada—. No abras un libro ni cojas un bolígrafo. Así retendrás mejor la información. —Me pasó el despertador—. ¿Hemos llegado a un acuerdo?

—Sí, señora Stoddard —dije, agradecida por la intervención.

Nunca volvimos a llegar tarde al trabajo después de aquello, aunque perdí mi rato de soledad matutina. Maude insistía en levantarse cuando sonaba la alarma y era incapaz de convencerla de que no lo hiciera.

—Déjala preparar el desayuno —me dijo Lotte cuando me quejé.

«Cuida de ella, Peg.» Las palabras de mi madre, tensas y desesperadas. Grabadas en mi mente.

—Pero ese es mi trabajo —repliqué.

Lotte suspiró.

—No es una niña. —Pero apartó la mirada al recordar, tal vez, el momento en el que ella misma pensó que eso era precisamente lo que era Maude. Un instante después, volvió a mirarme—. Es capaz de aprender a hacer el desayuno y creo que le gustará mucho cuidar de ti.

Lotte enseñó a Maude a hacer gachas de la misma manera en la que le había enseñado a hacer *stoemp*. El proceso tenía una letrilla y, mientras Maude se la aprendía de memoria, cenamos gachas durante tres noches seguidas.

Así que nuestros papeles se invirtieron. Maude se convirtió en mi guardiana matutina: ponía el despertador para que nos despertáramos, para que nos vistiéramos, y luego volvía a ponerlo para que nos fuéramos a trabajar. Qué ganas me entraban de tirar aquel maldito despertador al canal.

Aunque mis noches estaban libres de alarmas, no eran del todo mías. Una vez que los platos de la cena estaban fregados, Maude se ponía a plegar, como siempre había hecho, o cogía el libro de registro de la Biblioteca Calíope y devolvía los ejemplares que había terminado de leerme a sus diversas estanterías y pilas tambaleantes.

No le importaba irse a la cama sin mí, y yo me quedaba estudiando hasta las campanadas de medianoche.

A veces Gwen se pasaba por allí justo antes de que nos sentáramos a cenar. Si Lotte había cocinado o Maude había preparado *stoemp*, aceptaba nuestra invitación a quedarse. Si era yo quien estaba poniendo la cena en la mesa, la comparaba con el menú que le servirían más tarde en el comedor del colegio universitario y, en la mayoría de las ocasiones, decía lo que había venido a decir y se marchaba. Por lo general, el objetivo de su visita era mencionarme un título que creía que me haría falta para el examen de acceso al Somerville, o quizá para los *Responsions*. Maude consultaba el libro de registro y, si no lo tenía, Gwen lo anotaba en su libreta.

Seguía yendo al Insti a la hora de comer cuando Bastiaan daba clase de francés, aunque no tan a menudo. Y, cuando me pedía que saliera a pasear con él, la mayoría de las veces le decía que no.

ERA DOMINGO Y oí los pasos irregulares de Bastiaan sobre la cubierta de proa. Un momento de frustración, después una oleada de culpabilidad. Marqué la página.

—No has venido —dijo.

Se quedó de pie, un poco encorvado. Era demasiado alto para el *Calíope*. Se suponía que habíamos quedado en el Santo Sepulcro.

—He...

—Perdido la noción del tiempo —dijo.

Media sonrisa.

—Perdido la noción del tiempo —repitió Maude.

Lo había dicho muchísimas veces. No siempre era cierto, pero esta vez sí. Cerré el libro.

Bastiaan negó con la cabeza.

—Prefieres estudiar.

—No es que lo prefiera.

Un ligero encogimiento de hombros. Se acercó a la mesa a la que estábamos sentadas. Abrió su cartera y sacó dos botellas de cerveza de jengibre y dos bollitos Chelsea. Miró a Maude.

—Oblígala a parar para tomar el té de la tarde —dijo.

Ella asintió y él se marchó.

—Soy una distracción —me dijo Bastiaan una semana después.

Busqué con los dedos el surco de las letras talladas en la piedra: «Sarah, la amada esposa de Henry Wood». No lo contradije.

Un día de septiembre, Tilda estaba sentada a la mesa cuando Maude y yo volvimos a casa desde la imprenta. Mis libros estaban cerrados y apilados donde no la estorbaran.

—Diez días de permiso —dijo. Esbozó una sonrisa temblorosa a causa del esfuerzo—. Para recuperarme de los nervios.

«Para recuperar la sobriedad», pensé. La vi servirse whisky en una taza de café y me convencí de que una semana no supondría una diferencia importante para mis estudios. Le temblaba la mano casi tanto como a la anciana señora Rowntree. Estaba delgada. Por primera vez, pensé que parecía una mujer mayor. Dejó la taza en el borde de la pila de libros. Se tambaleó. Se derramó. No dije nada. Maude me pasó un paño y los limpié; luego, mi hermana me los cogió de entre las manos y los colocó en su sitio correspondiente. Los anotó en su libro de registro y fue a decirle a Rosie que Tilda necesitaba una comida decente.

Rosie la alimentó. Maude y yo la escuchamos.

—Es una especie de infierno, Étaples...

»Una semana en el «ruedo» y ansían irse al frente...

»Es por los Gorras Rojas y los Canarios*... Dicen que están de nuestro lado, pero son peores que los hunos.

---

* Se refiere a la policía militar en el caso de los Gorras Rojas, y a los oficiales y suboficiales encargados de la instrucción en el caso de los Canarios. Los llamaban así porque llevaban un brazalete amarillo.

»...Le dispararon... Al australiano. El pobre muchacho se había alistado en Nueva Zelanda. Jack. Se llamaba Jack.

¿Oyó que cogí una bocanada de aire?

—No fue a nuestro Jack, no fue al nuestro. Sucedió el año pasado, pero fue el comienzo.

Movió la cabeza de un lado a otro. Más whisky.

—Le dispararon. No a nuestro Jack, sino al Jack australiano. Al Jack australiano del ejército de Nueva Zelanda. Pobre muchacho. Por lo visto, no podemos disparar a los australianos, pero sí a los neozelandeses. Aunque sean voluntarios.

»Cortaron el agua. Tenía jabón en los ojos y le soltó cuatro frescas a un oficial. Siempre les da por ahí, a los australianos. Por soltar cuatro frescas. Siempre. Menudos gilipollas.

Se echó a reír y no podía parar.

—No dejo de verlo con una toalla demasiado pequeña para taparle los huevos. Cortaron el agua. ¿Os lo había dicho? Le pegaron una paliza. Pero le curé las heridas; bastó con un poco de yodo, no eran muy graves. Le quité el jabón de los ojos. Luego le dispararon.

Se echó a llorar y no podía parar.

Vomitó todo lo que había intentado retener dentro. Palabras y whisky. Pero cada día había menos palabras. Y cada día bebía menos.

Rosie la alimentaba. Maude y yo la escuchábamos.

EL DÍA ANTES de tener que volver a Francia, Tilda nos preparó la cena. Pastel de pollo. La ayuda de Rosie resultó obvia en lo crujiente del hojaldre y lo tierno del pollo, pero ninguna lo mencionamos.

—Voy a contaros algo —dijo.

No había ninguna botella de whisky sobre la mesa. Tampoco había licor en su aliento.

—Algo que se supone que no debo desvelar.

Me pregunté si sería consciente de todo lo que había desvelado ya.

—Hubo una especie de motín en Étaples. Neozelandeses, australianos, sudafricanos, canadienses, británicos. Todo empezó cuando arrestaron a un neozelandés que volvía de la playa de Le Touquet. Es una playa preciosa, una playa para oficiales, y él no era más que un soldado. En realidad, es posible que comenzara antes de eso. Con un australiano llamado Jack.

Repitió lo que ya nos había contado. La dejamos hablar.

—Nos encerraron. Durante días. A las VAD, a las enfermeras. A todas las mujeres. Para protegernos, dijeron. Pero no creo que estuviéramos en peligro. Creo que no querían testigos. Nos llevaban comida y nos dejaban salir para cumplir con nuestro turno, pero nos escoltaban tanto a la ida como a la vuelta. Algunas tuvimos que cuidar a los hombres a los que apalizaban. Así que algunas nos enteramos de lo que estaba pasando.

Le temblaron las manos y desvió la mirada hacia el estante que había sobre la encimera de la cocina. Allí no había nada.

—Nos dijeron que no difundiéramos los rumores que hubiéramos oído. Nos dijeron que no contáramos que nos habían encerrado. Nos dijeron que, si decíamos algo, fuera cuando fuese, estaríamos infringiendo la ley de secretos oficiales e iríamos a la cárcel.

—Entonces, ¿por qué nos lo estás contando?

Se le dibujó una sonrisa en el rostro.

—Porque no es la primera vez que me dicen que mantenga la boca cerrada si no quiero ir a la cárcel.

Y allí estaba ella. Diez años más joven. La sufragista de la que nos habíamos enamorado.

TILDA SE LLEVÓ tres latas de leche Horlicks en la maleta hasta Étaples.

—Intentaré no beber si vosotras intentáis no repetir los terribles rumores que me he dedicado a difundir —nos dijo—. No creo que ninguna de las dos estéis hechas para la cárcel.

—Intentáis —repitió Maude.

Pero, por supuesto, se le escapó.

«Le dispararon.»

«No fue a nuestro Jack.»

«Pobre muchacho.»

Mi propia Casandra, condenada a que nadie la escuchara.

Nadie le hizo ni caso.

38

Nos topamos con Eb cuando salíamos del taller de encuadernación.

—Para ti —dijo.

Era un libro. *Quién es quién en Dickens*.

—¿Cómo has sabido que lo necesitaba?

—Por Vanessa —contestó, y luego se distrajo con algo que había detrás de mí.

Cuando me di la vuelta, vi a la Cosa Pecosa. Me apreté el libro contra el pecho, pero la señora Hogg apenas me miró. Eb se acercó a ella, le puso una mano en el brazo y pronunció unas cuantas palabras en voz tan baja que «lo siento» fue lo único que oí. Ella lo miró como si no lo entendiera, como si no quisiera entenderlo, y luego siguió caminando hacia el exterior de la imprenta.

—Freddie ha desaparecido —me informó Eb.

Freddie. El señor Hogg. Se había alistado cuando Eb no había podido hacerlo. A mi madre le caía bien Freddie Hogg. Habían sido vecinos de pequeños, según nos había contado. Había ayudado a Eb y a Oberon a arreglar el *Calíope* y nunca había dado de lado a nuestra madre por tenernos. «¿Por eso le caes mal a la señora Hogg?», le había preguntado un día. Su única respuesta había sido encogerse de hombros.

—Y, aun así, ¿ha venido a trabajar? —le pregunté a Eb.

—Quizá sea lo mejor —contestó—. No tiene a nadie en casa.

Maude y yo salimos por el arco de la imprenta y vimos a Gwen apoyada contra la verja de hierro, leyendo un libro. No éramos más que dos de los cientos de trabajadores que abandonaban la imprenta tras concluir su jornada, así que no se dio cuenta cuando nos paramos delante de ella. Pasé una mano por encima de la página.

—Peg. Gracias a Dios, no sé cómo pretenden que alguien se acuerde de todos.

Cerró el libro y me lo entregó. Leí el título: *Quién es quién en Dickens*.

—Según sus propias palabras, al parecer —dijo Gwen—. Lleno de excelentes reflexiones sobre cómo reflejan la humanidad sus personajes. Justo el tipo de pregunta que podrían hacerte en el examen de acceso al Somerville.

Decidí no contarle que ya tenía un ejemplar.

—Gracias, Gwen.

—No hace falta que me las des. A la bibliotecaria le ha impresionado bastante que esté leyendo algo no relacionado con mis asignaturas, sobre todo porque apenas leo nada relacionado con mis asignaturas. Quizá ahora tenga mejor opinión de mí.

—Quizá —dije.

—Sin duda. La última pila de libros que me había enviado al Oriel incluía una invitación para tomar el té. Todo un privilegio. No puede decirse que fuera una visitante habitual de la biblioteca del Somerville, pero ahora la echo de menos. No sé por qué, pero, cuando te dicen que no puedes acceder a un lugar, te entran muchísimas ganas de hacerlo, ¿no crees?

¿Por dónde empezar con la respuesta?

—A lo mejor solo quiere interrogarte respecto a tu repentino interés por los estudios —dije.

Echamos a caminar hacia casa y Gwen nos siguió. Cada vez que llegábamos a una esquina, albergaba la esperanza de que se despidiera de nosotras, pero no lo hizo.

—Esta noche solo podemos ofrecerte pan y margarina, Gwen.

Me aferré al libro y sentí una oleada de culpabilidad por no poder agradecérselo con algo más apetitoso.

—¿Ni siquiera mantequilla?

—Ni siquiera mantequilla —dijo Maude.

—Solo tomaré un té.

LA MESA ESTABA atestada de los papeles de plegar de Maude y de los cuadernillos escamoteados de los libros de la lista de lectura que me había dado Gwen: *Poesía completa de William Wordsworth* (algunas partes), *Un siglo de parodia e imitación* (algunas partes), *El libro Oxford de Thackeray* (algunas partes), *Poesía de Dryden* (completo y encuadernado en tela), *Obras completas de William Shakespeare* (cosido pero sin vestir).

Nuestros cuencos de gachas estaban en la pila junto con los platos de la noche anterior, cuando el cansancio me había impedido ir a por agua. Mi taza de café descansaba encima de un cuadernillo.

Colgué el abrigo junto a la puerta, metí el bolso debajo y me apresuré a ordenar la mesa, como si así fuera a ser capaz de ocultar lo peor antes de que Gwen cruzara la escotilla.

—Un maldito desastre —afirmó Maude, un eco de mis protestas de aquella mañana.

Levanté mi taza de café y recorrí con el dedo el cerco que había dejado alrededor de uno de los poemas de Wordsworth. «La segadora solitaria.» «Sola, corta y ata el grano...»

—No te equivocas, Maude —dijo Gwen—. Un maldito desastre de verdad.

Puse la taza de café en la pila y tapé todos los cacharros sin lavar con un paño de cocina. Después volví a la mesa y me puse a recoger los libros, los cuadernillos y mis páginas sueltas de notas. No las coloqué en el orden correcto, así que intenté ordenarlas leyendo la última línea de una página, la primera de la otra.

—Maldita sea —dije en voz baja.

Gwen empezó a manosear lo que aún quedaba sobre la mesa.

—¿Qué tal te estás organizando con los estudios?

—¿Cómo te parece que me estoy organizando?

—Caóticamente —dijo ella.

—Caóticamente —repitió Maude.

Gwen se volvió hacia ella.

—¿No tendrías que estar echándole una mano? Creía que tu labor era mantenerlo todo en orden.

Mi gemela cogió un libro.

—Déjalo —le espeté.

Mi hermana se volvió hacia Gwen y se encogió de hombros. Luego volvió a dejar el libro entre el desorden.

Gwen leyó la cubierta.

—*Apreciación y crítica de las obras de Charles Dickens.* —Se volvió hacia mí—. ¿Necesitas algún libro más?

—Mira este montón de desperdicios, Gwen. Son todo retales y sobras. Siempre necesito más libros.

Había hablado más alto de lo que pretendía. Maude se estaba meciendo, de forma sutil, al ritmo de sus pliegues.

Respiré hondo, volví a dejar los libros, los cuadernillos y los papeles sueltos sobre la mesa y me desplomé sobre una silla.

—Lo siento, Gwen, pero un tema lleva al otro y no tengo los libros necesarios para seguir el rastro. Casi nunca están en el Insti y nunca me da tiempo a llegar a la Biblioteca Pública antes de que cierre. Te quiero por haberme sacado prestado este libro, pero me siento como si estuviera montando un rompecabezas sin tener todas las piezas. —Miré a mi hermana—. Pobre Maude, está harta de oírlo.

—Harta de oírlo —confirmó, y el balanceo cesó.

Después asintió para que quedara bien claro que no era un simple eco.

Gwen sonrió y me preparé para una de sus reprimendas a lo «pobre Peg». Pero, en lugar de eso, entró en la cocina, comprobó la temperatura del hervidor de agua y retiró el paño de cocina con el que había ocultado la vajilla sucia. Vertió agua caliente sobre la loza, enjuagó mi taza sucia, la secó y cogió otras dos del estante. Luego avivó las brasas de la estufa para poner agua a hervir.

—Ayer fui a tomar el té con nuestra bibliotecaria del Somerville, que me había invitado —dijo.

—¿Y te tomaste un English Breakfast o un Darjeeling? —le espeté.

—Un Darjeeling —contestó haciendo caso omiso de mi tono—. Y me lo sirvió en su mejor porcelana, además. —Puso el hervidor de agua sobre la placa caliente y cogió una de nuestras tazas. La sostuvo ante la débil luz que entraba por la ventana de la cocina—. Era tan fina que se transparentaba.

—¿Y cuál era el objetivo de ese pequeño *tête-à-tête*? —quise saber.

—Bueno, a ver...

—El objetivo —dijo Maude.

Gwen se volvió hacia ella.

—A la señorita Garnell le intrigaba mi repentino interés por los estudios. He sacado más libros prestados este trimestre que en los tres años anteriores.

—Tres años —dijo Maude.

Fue un eco, pero Gwen lo interpretó de otro modo.

—Lo sé, y, al ritmo que voy, seguro que me paso otros tres allí.

—Qué agradable debe de ser holgazanear —dije.

—Sí, sí que lo es —dijo en tono burlón.

—El objetivo —dijo Maude otra vez.

—Tu hermana era el objetivo.

—¿Yo?

—A pesar del gran riesgo que suponía para mí, se lo conté todo y le hablé de ti. En lugar de reprenderme por prestarle libros del Somerville al pueblo llano, me preguntó si tenías acceso al resto de los textos que pudieras necesitar.

—El *Calíope* no es la puñetera Bodlei —dijo Maude, que se sabía muy bien mis quejas.

Gwen miró a su alrededor.

—Aunque lo intenta —dijo—. El Somerville tampoco es la Bodlei, pero la señorita Garnell dice que tenemos la mejor biblioteca de los colegios universitarios de Oxford. También dice que, si Peg desea hacer uso de ella, está convencida de que podrá arreglarlo con la señorita Bruce. Es decir, con la subdirectora Alice Bruce, no con su hermana Pamela, aunque Pamela Bruce tiene influencia y estoy segura de que le habrá hablado de ti a la subdirectora Bruce. —Negó con la cabeza—. Estas hermanas solteras... es muy confuso.

Gwen se volvió de Maude hacia mí, con su exasperante sonrisa más amplia que nunca. El juego había terminado y estaba encantada con su actuación.

—¿Qué me dices? Puedes empezar a «hacer uso de ella» en enero, cuando empiece el nuevo trimestre.

No dije nada. Me estaban ofreciendo acceso a los libros y un lugar para leerlos.

Miré el desorden de la mesa y luego miré a Maude. Mi hermana me sostuvo el gesto, asintió. Luego se volvió hacia Gwen.

—Sí —dijo.

—Sí —respondí.

Los muertos de Bastiaan aún estaban acomodándose en sus tumbas de Jericho. Algunos estaban conformes, decía él, pero otros seguían inquietos. Yo sabía cuándo estaban inquietos: pesadillas y su mano sobre mi corazón cuando permanecía tumbada e inmóvil demasiado tiempo. Los visitábamos a todos cada vez que íbamos al Santo Sepulcro. Y luego nos sentábamos con la señora Wood.

Bastiaan abrió una cerveza de jengibre y yo saqué los poemas que Hugo me había traducido hacía tiempo. No había querido compartirlos con él, pues no estaba segura de cómo lo harían sentir, pero ahora había superado esas reticencias.

—«Muerte entre las mazorcas de maíz» —leyó—. Este lo conozco.

—Espero que no te resulte doloroso leerlo, pero Tilda hablaba de Hugo de una forma... —Dudé—. No era como los alemanes sobre los que hemos leído. Los alemanes que estaban en Lovaina.

Bastiaan leyó el poema.

—Sí, es doloroso —dijo—. Porque el alemán que escribió este poema sabía lo que era vivir con los muertos, y el alemán que lo tradujo prefiere curar a matar. No son los mismos hombres que los de Lovaina, pero a veces resulta difícil no odiarlos.

Silencio durante unos segundos. Entonces Bastiaan bebió un trago largo de cerveza de jengibre y recuperó el ánimo.

—A la señora Wood no le gusta que hable así —dijo, y me devolvió el poema—. Es mejor en el original alemán, por cierto.

—Todo es mejor en el original —dije al mismo tiempo que le quitaba la botella de las manos.

Se encogió de hombros.

—Solo en el original es posible entender lo que quieren decir realmente.

—Me apena no saber alemán, no hablar mejor francés —comenté.

—Quizá tus hijos hablen alemán y francés —dijo Bastiaan.

Me quedé callada.

—Quizá hablen flamenco —continuó.

—¿Flamenco?

Volvió a coger la cerveza de jengibre y bebió un sorbo.

—Pensé que podría ser, ¿no? —dijo.

—¿Qué podría ser que tenga hijos o que hablen flamenco?

Respiró hondo.

—Espero que ambas cosas.

Lo entendí y, sin pretenderlo, aparté la mirada.

—Vámonos —dije.

Caminamos hasta el puente de Walton Well en silencio. Cuando llegamos al camino de sirga, Bastiaan habló:

—Lo siento —se disculpó—. No ha estado bien. No ha sido romántico.

Quería que dejara de hablar, pero, más bien, dejó de caminar.

Miré hacia delante. El camino apenas estaba iluminado por la luna menguante y los barcos no habrían sido más que sombras de no ser por la luz amarilla que escapaba ilegalmente del *Calíope*. Maude se había olvidado de cubrir las ventanas. Era un motivo para darse prisa, aunque sabía que nadie se daría cuenta.

—Quiero casarme contigo, Peggy.

Me volví para mirarlo.

—Bastiaan, por favor...

—Quiero ponerme de rodillas. —Se miró la pierna rígida—. Pero no puedo.

Sonreí a mi pesar.

—Quiero ponerte un anillo en el dedo, pero no tengo medios.

—Bastiaan...

—Quiero que tengamos hijos que hablen inglés, francés y alemán.

—Y flamenco —dije, con las lágrimas ya resbalándome por las mejillas.

—Sí —dijo—. Y flamenco.

Nos quedamos plantados en el camino tanto tiempo que empezó a ser absurdo. Los dos sin hablar, los dos derramando lágrimas.

—¿Qué quieres tú? —preguntó al final Bastiaan.

—No me lo esperaba.

—Pero ¿qué quieres?

—Quiero aprobar el examen de acceso.

Puede que sonara trivial, pero me parecía inmenso.

—Después de aprobar el examen. Después de la guerra. ¿Qué es lo que quieres en la vida, Peggy?

Tenía la respuesta, me vino a la cabeza en un instante. Llevaba una toga, estaba leyendo libros.

—No lo sé —contesté.

—Sí lo sabes —replicó.

Siempre había pensado que, en el amor, mi corazón sería el más vulnerable. Que, siendo mujer, me dejaría dominar por él. Era lo que había leído en las novelas y en los poemas, una y otra vez. Pero, en esa pequeña mentira, fue el corazón de Bastiaan el que se rompió. Vi cómo ocurría y sentí su dolor en el pecho.

—Te quiero, Bastiaan. Pero...

—No es suficiente.

—Quiero escribir libros, Bastiaan. Quiero que mis ideas se impriman, quiero que mi experiencia cuente. Quiero compartir algo...

—Pero no conmigo.

—Sí, contigo, pero no puedo ser esposa, madre y también académica. Es simplemente imposible, y no puedo negarte esas cosas. —Se me entrecortó la voz. Nunca lo había dicho en voz alta, ni siquiera lo había articulado en mis pensamientos—. La vida que me ofreces es demasiado.

—¿Crees que tienes que elegir?

—Oh, Bastiaan, sé que tengo que elegir.

La verdad. No podía retractarme de ella y él no podía negarla. Pero esperó a que hiciera alguna pequeña corrección, a que la reformulara o aclarase a nuestro favor. Permanecí en silencio.

—Podría quedarme —dijo.

Le puse la mano en la mejilla y le sequé las lágrimas con el pulgar. Una vez me había contado que quería ser arquitecto, como su padre. Me había dicho que, cuando llegara el momento, volvería a casa y contribuiría a la reconstrucción de Bélgica. Había sido antes de amarme, antes de que yo lo amara. Aquella idea de la reparación le había levantado el ánimo y, mientras me hablaba de ella, me había dado cuenta de que la necesitaría para recuperarse por completo.

—No creo que debas quedarte —dije.

—Estás diciendo que no.

—Estoy diciendo que no.

39

En enero, el primer día del segundo trimestre, me presenté en la portería del Somerville en Walton Street. El portero seguía llevando uniforme, pero era más joven y le faltaba el brazo izquierdo.

—¿Viene a inscribirse como voluntaria?

Seguro que, antes de la guerra, lucía la toga de la Universidad, se lo noté en la voz.

Habían pasado más de dos años. En aquel momento, pensé que no volvería jamás.

—He venido a hacer uso de la biblioteca —dije.

Me miró con más detenimiento.

—Lo siento, señorita, pero a las alumnas del Somerville no se les permite visitar la biblioteca. —Fue de lo más cortés—. Tendrá que presentar una solicitud por escrito y la bibliotecaria se encargará de que le envíen los libros al Oriel.

—No soy alumna del colegio.

Frunció el ceño.

—¿Qué es, entonces?

—Trabajo al otro lado de la calle.

—¿En la imprenta?

—En el taller de encuadernación.

Enarcó las cejas.

—¿Y para qué necesita una encuadernadora visitar la biblioteca del Somerville?

—Para estudiar griego antiguo.

—Me está tomando el pelo.

—Ojalá —le dije—, pero resulta que, si alguna vez quiero dejar de ser encuadernadora, necesito saber griego antiguo, una lengua que, por supuesto, no conozco, así que aquí estoy, con una nota de la señorita Alice Bruce, subdirectora del Colegio Universitario Somerville, en la que me autoriza a visitar la biblioteca del Somerville.

Le tendí la nota. El portero la cogió, la leyó, negó levemente con la cabeza y me la devolvió.

—Buena suerte —dijo—. Llevo estudiando griego antiguo desde los doce años y aún no puede decirse que entienda gran cosa.

Entré en el recinto del colegio y una anticipación familiar me erizó la piel, un recuerdo de mi «hombre invisible». «Mantén la cabeza fría», pensé.

Seguí el camino que bordeaba el pequeño patio de césped, en el que varios oficiales sentados en sillas de ruedas, con una manta bien arrebujada alrededor del regazo, aprovechaban el sol invernal durante unos minutos tras una semana de mal tiempo.

Cuando llegué al patio principal, serpenteé entre las tiendas de campaña del hospital. Me tropecé dos veces con las cuerdas que las anclaban al suelo, pero no me caí. Mientras me acercaba a la logia, mi deseo de volver atrás pugnaba con mi deseo de seguir avanzando. Había hecho aquel camino decenas de veces, pero mi propósito siempre había sido diferente, desinteresado, parte del esfuerzo de guerra. Ahora la logia me resultaba intimidante. Se elevaba sobre el patio y estaba enmarcada por columnas y arcos de piedra. A su sombra había hombres vestidos con pesadas batas de lana: un brazo en cabestrillo, un parche en un ojo, una pierna escayolada o desaparecida. Los que no lucían vendajes llevaban puestos el uniforme y el sobretodo para protegerse del frío. Estaba sentados en los escalones o apoyados en los pilares. Todos eran oficiales. No les faltaban extremidades, no tenían parches en los ojos ni máscaras para ocultar un rostro dañado por la guerra. Hablaban, sonreían y fumaban cigarrillos. «No tardarán en volver a Francia», pensé. O a Italia o a Palestina. Había leído en alguna parte que los oficiales tenían más probabilidades de morir que los soldados alistados. A aquellos hombres era a los que más me costaba mirar.

Bajé la cabeza y subí las escaleras.

—¿Necesita algo? —Era una mujer. Aún no había llegado al último escalón y tuve que alzar el cuello para mirarla a la cara. Llevaba la capa escarlata y el gorro blanco y largo de las enfermeras militares a las que llamábamos hermanas—. ¿Viene a presentarse voluntaria?

—No, hermana, he venido a estudiar en la biblioteca.

Le pasé la nota de la señorita Bruce.

—Aquí dice que te llamas Peggy Jones.

—Así es.

—Aquí dice que eres de Jericho.

Asentí. Me miró desde lo alto, no supe si con desprecio, hasta que volvió a abrir la boca.

—¿Y se puede saber qué pretende hacer una chica de Jericho en la biblioteca del Somerville?

Tenía una dicción perfecta.

Ella avanzó un poco y yo di un paso hacia atrás.

Me di cuenta de que la logia se había sumido en el silencio. Los oficiales estaban escuchándonos, a la expectativa. La mayoría de ellos eran estudiantes universitarios o licenciados, así que podían acceder a la biblioteca de un colegio universitario sin restricciones, y ese simple hecho era el que había determinado que tenían madera de oficiales, como si leer sobre Odiseo te convirtiera en un líder de hombres.

Intenté formular una respuesta.

—Hermana... —empecé diciendo en voz baja, dubitativa, pero audible en la logia ahora silenciosa.

Se cruzó de brazos, fingió tener paciencia. Éramos dos mujeres entre una multitud de hombres y, de repente, me di cuenta de que lo único que quería era humillarme, recordarme cuál era mi lugar. Yo estaba pidiendo algo que no debería pedir y ella se creía con derecho a negármelo.

Para ella, era un juego. De pronto, me sentí furiosa.

«Hermanas», pensé al recordar la palabra que el cajista había compuesto. La palabra que su novia había definido. Recuperé el paso que había perdido. La ironía del título de aquella mujer me hizo esbozar una sonrisa sarcástica. Ella vaciló y yo recordé la definición lo mejor que pude. «Mujeres unidas por un deseo de cambio compartido.» Me di cuenta de que no era la única que deseaba tener algo para lo que no había nacido.

Subí el último escalón, de manera que la hermana se vio obligada a retroceder para no chocar con la silla de uno de sus pacientes.

—Pues le parecerá rarísimo —dije—, pero lo que quiero es leer los libros.

La vi dudar. Vi cómo se le crispaban los músculos de la cara mientras valoraba la posibilidad de reprenderme por mi sarcasmo, mientras pensaba en cómo quedaría delante de los oficiales si no le hacía caso. Tendí una mano.

—La nota, hermana, si no le importa. Por desgracia, usted no será la última persona a la que tenga que darle explicaciones.

Sentí que las miradas de los oficiales me seguían hacia el interior del edificio y caminé lo más erguida que pude. Avancé por el pasillo como si no hubiera pasado nada, pero, cuando llegué a las escaleras que conducían a la biblioteca, descubrí que estaba sin resuello para subirlas. El corazón me latía con fuerza contra el pecho y tenía la boca seca. «Una prueba de vida», pensé, y me apoyé contra el ladrillo frío de la escalera hasta que estuve segura de que tenía fuerzas para volver a pasar por ello.

LA BIBLIOTECARIA ESTABA sentada a un escritorio atestado de montoncitos de libros cuyos datos estaba transcribiendo a un libro de registro. Me quedé parada delante de ella y leí los títulos, los autores, los nombres de las alumnas que debían de haberlos solicitado.

Dejó el bolígrafo y le tendí el papel. Aquella nota me había permitido llegar hasta la biblioteca, pero ella no tenía por qué acatarla, y me di cuenta de que la bibliotecaria tenía un poder del que la hermana carecía. Empecé a elaborar un argumento con el que esperaba convencerla de que me permitiera utilizar la biblioteca, pero, mientras leía el escrito, vi que se le formaba una sonrisa en los labios.

Cuando levantó la vista, se tomó un momento para examinarme el rostro y la sonrisa se le ensanchó.

—Bienvenida de nuevo —me dijo.

Me había tomado por otra persona. Sentí una punzada de pánico.

—Claro, no me reconoces. —Se tocó el pelo—. He encanecido por completo desde la última vez que nos vimos. Madre mía, debe de hacer ya dos años, ¿o tres? Te dejé sacar prestado un libro, no recuerdo por qué.

La bibliotecaria no se había ofendido y mi pánico se vio sustituido por el recuerdo de Bastiaan cuando aún no conocía su rostro y por el ritmo de Rudyard Kipling. Entonces me acordé de ella.

—Soy la señorita Garnell. Sophia Garnell —añadió a toda prisa.

—Rudyard Kipling —solté, y ella se echó a reír.

—El nombre del autor del libro, supongo, no el tuyo. Si te parece bien, mejor te llamo Peggy.

La señorita Garnell salió de detrás del escritorio. Se alisó la falda, se ajustó las gafas y después estiró una mano que envolvió alrededor de la mía. Me fijé en que tenía los dedos manchados de tinta, pero la fuerza de su apretón me sorprendió. Le correspondí con la misma firmeza y sonrió.

—La forma en la que una persona te estrecha la mano siempre te dice algo de ella —dijo, aún sin soltarme—. Tú eres adaptable —sentenció.

«Como si tuviera elección», pensé, aunque intentando mantener una expresión neutra en la cara.

—Pero no maleable. —Se quedó callada un instante, esperando una respuesta que no tenía intención de darle, y luego sonrió—. Y un poco testaruda, sospecho.

Me soltó la mano y cogió un montoncito de libros de su escritorio.

—No te importa, ¿verdad? —Se encaminó hacia las estanterías y la seguí—. Debo confesar que tenía ganas de volver a verte —dijo.

—¿De verdad?

—Eres el tema favorito de Gwen.

—¿No se suponía que su tema favorito era la Historia?

La señorita Garnell se puso a reír.

—Dice que deberías estar leyendo libros, no encuadernándolos.

—¿Eso dice?

—Tiene facilidad de palabra.

«Con las de los demás», pensé.

—Y, cuando se empeña en una buena causa, es toda una cruzada.

Aflojé el paso. La señorita Garnell se detuvo.

—Ay, querida, te has ofendido.

¿Una buena causa? Pues claro que me había ofendido. Pero negué con la cabeza.

—Sí, por supuesto que te he ofendido. Pero no te sientas así. Solo eres una más en una larga lista de buenas causas. Me atrevería a decir que tú también tienes tu propia buena causa. —Esperó una respuesta y la vio revolotear por mi rostro—. Ya me lo imaginaba. En este mundo hay pocas personas que no se beneficien de ser la buena causa de otra. Tu amiga Gwen tiene más privilegios que la mayoría, es justo que los comparta.

Continuó caminando a lo largo de las estanterías, se detuvo para dejar uno de los libros que llevaba en el brazo. Prosiguió.

—Entonces, ¿para quién es Gwen una buena causa?

La señorita Garnell sonrió, de la misma forma en que Gwen lo hacía a veces cuando mis preguntas le proporcionaban la oportunidad de explayarse sobre algún asunto.

—Gwen no estaría aquí sin el apoyo de una tía con muy buenos contactos. —La señorita Garnell se acercó a mí y bajó la voz—: Académicamente, Gwen sería más apta para alguno de los otros colegios universitarios femeninos. Le falta...

—¿Compromiso?

Asintió.

—Pero su temperamento se ajusta al Somerville a la perfección.

—¿Y para quién es una buena causa la tía?

La señorita Garnell colocó otro libro en la estantería.

—Su marido, claro. Pero no por las razones que podrías pensar. La que tiene dinero, además de un intelecto muy superior, es ella, pero el que vota en el Parlamento es él. Su buena causa es el sufragio femenino, más en concreto, el sufragio de su esposa, y ha dejado claro que apoyará cualquier proyecto de ley que lo contemple.

Terminó con una inclinación de cabeza y me la imaginé en uno de los debates universitarios de los que Gwen me había hablado.

—¿Usted fue alumna del Somerville, señorita Garnell?

—Sí —contestó—. Y nunca dejaré de serlo.

La bibliotecaria guardó el último libro y me guio hacia la nave que había en el centro de la sala.

—Aquí está la literatura inglesa —dijo—. O parte de ella.

Como en todas las naves, había una mesa grande, con capacidad para seis alumnas, y unas ventanas batientes muy altas que proporcionaban bastante luz.

—Esta es mi nave favorita —dijo la señorita Garnell—: le da la luz por la tarde y tienes a la señorita Austen y a las hermanas Brontë como compañeras constantes. —Me miró—. Es mi único consuelo en las circunstancias actuales: como las alumnas no están, puedo traerme aquí el libro de registro y la tetera y pasar una hora agradable.

»Sin embargo, no todos los escritorios son tan cómodos como este. —La señorita Garnell alargó la mano hacia una de las lámparas que había en el centro del escritorio y la encendió; después sacó un pequeño atril que quedaba oculto en el tablero del escritorio—. Para apoyar los libros —dijo al mismo tiempo que se volvía hacia mí con deleite. Por último, apartó una de las pesadas sillas y me hizo un gesto con la mano. —Siéntate.

Obedecí.

Siempre que me había imaginado el Somerville, había sido perezosa. Había fantaseado con salas, estanterías y volúmenes forrados en cuero, y había llegado incluso a sacar esos volúmenes de las estanterías, a imaginar cuánto pesaban con la encuadernación completa. Pero no me había sentado a los escritorios ni había visto la luz de las ventanas; no había percibido el olor de los libros que no estaban recién encolados, de los libros que habían tenido tiempo de asentarse.

Me senté en la silla y la señorita Garnell me ayudó a acercarla a la mesa. Se alejó hacia las estanterías y paseó los dedos por los lomos en busca de un título. Podría haber elegido cualquier libro para demostrarme las ventajas del escritorio, pero se tomó su tiempo. Al final, sacó un pequeño volumen de su sitio y me lo entregó.

Jane Eyre.

Era una edición de los Clásicos Mundiales Oxford, parecida a la que teníamos nosotras y también desgastada por el uso constante. Existía una diferencia entre un libro que se abría con regularidad y otro que no. El olor, la resistencia del lomo, la facilidad con la que se pasaban las páginas. Aquel libro se parecía un poco al nuestro, pero supe que se abriría por una escena distinta y que las páginas con las esquinas arrugadas o los bordes desgastados no serían las mismas que mi madre había leído una y otra vez.

Cuando encuadernábamos aquellos libros, pensé, eran idénticos. Pero me di cuenta de que no podían continuar así. En cuanto alguien dobla el lomo, un libro desarrolla un carácter propio. Lo que impresiona o preocupa a un lector nunca es lo mismo que lo que impresiona o preocupa a todos los demás. Así pues, todo libro, una vez leído, se abrirá en un punto distinto. Todo libro, una vez leído, me percaté, habrá contado una historia un poco distinta.

Dejé que aquel volumen se abriera por donde quisiera y lo puse en el atril. La señorita Garnell ojeó la página y luego leyó en voz alta.

—«Tuve a mi alcance los medios para adquirir una excelente educación.»* —Me puso una mano en el hombro—. Creo que aquí estarás muy a gusto —dijo—. Quédate todo el tiempo que quiera. Yo me quedo hasta muy tarde.

SOLO HABÍA IDO con intención de presentarme, no de quedarme, pero me sorprendí leyéndome el capítulo hasta el final.

Cuando levanté la vista de la página y miré más allá del haz de luz de la lámpara, la nave estaba envuelta en sombras. Era hora

---

* Traducción de Toni Hill Gumboa, Penguin Clásicos, Barcelona, 2021.

de volver con Maude. Cerré Jane Eyre y pensé en buscar el lugar que le correspondía en las estanterías, pero luego cambié de idea.

La señorita Garnell estaba sentada a su escritorio, con la cabeza inclinada sobre el libro de registro. Terminó la anotación que estaba introduciendo antes de levantar la vista.

—¿Ya? Por lo que me había contado Gwen, creía que tendría que insistirte en que te marchases cuando quisiera irme a casa. —Miró los montones de libros que tenía sobre el escritorio—. Dentro de un par de horas, por lo menos.

—Mi buena causa —dije—. Tengo que volver a casa.

Asintió y supuse que Gwen le había hablado de Maude.

—Bueno, dime qué libros necesitas y me aseguraré de que, la próxima vez que vengas, te estén esperando —dijo.

Rebusqué en mi cartera y saqué la lista. La señorita Garnell le echó un vistazo.

—En general, es lo que imaginaba. —Levantó la vista—. Aunque te faltan las obras de Wordsworth, Dryden y Shakespeare.

—Ya las tengo —dije.

—¿En serio?

—Tenemos ejemplares en casa —dije—. La mayoría sin encuadernar, pero casi intactos.

—Publicaciones de Clarendon Press, supongo.

Asentí.

—Eres una chica con recursos.

—Si un libro no tiene buen aspecto, se convierte en un desperdicio. Si puedo, me lo llevo a casa.

—¿Un desperdicio?

Enarcó las cejas.

—Es una cuestión de perspectiva.

Releyó la lista.

—No deberíamos tener ningún problema con estos. —Luego levantó la mirada—. ¿Cómo describirías tu griego antiguo?

—Como inexistente.

—Añadiré un manual de griego a tu montón.

—¿No puedo llevármelos a casa?

Hice la pregunta sin pensarlo y enseguida deseé haber podido tragármela.

—Lo siento, Peggy... —La bibliotecaria estaba avergonzada—. Tienes que ser alumna del Somerville...

Sentí que a mí también se me sonrojaban las mejillas.

—Puedes traerte a tu hermana, si le apetece venir —me ofreció la señorita Garnell.

—A Maude no le interesa mucho leer —dije.

—Estoy segura de que le encontraría algo que hacer.

40

A Maude le gustó la idea de visitar la biblioteca, así que, el sábado siguiente, cuando terminó nuestro turno de mañana, se agarró a mi brazo y cruzamos desde la imprenta hasta el Somerville.

—De Jericho a Oxford —dijo, mientras zigzagueábamos por una concurrida Walton Street.

Entramos en la portería y el empleado me miró, luego miró a Maude y, finalmente, me miró de nuevo a mí.

—¿Señorita Jones?

—Buen trabajo —dije y, antes de que le diera tiempo a hacer ningún comentario, guie a mi hermana hacia el interior del edificio.

Atravesamos el patio de la biblioteca, atestado de oficiales disfrutando del sol.

—Doble trabajo, muchachos.

—Creo que debo de estar alucinando.

—Diversión al cuadrado, en mi opinión.

Maude los saludó a todos. Yo agaché la cabeza y tiré de ella. Cuando subimos los escalones de la logia, un oficial sentado en una silla de mimbre estiró el bastón para impedirnos el paso.

—Enfermera —dijo mientras desviaba la mirada de mi hermana hacia mí y viceversa—, veo doble.

Su vecino intervino con un:

—Disfrútalo mientras dure.

La enfermera sonrió. La fulminé con la mirada hasta que dejó de hacerlo.

—Caballeros —dijo al fin—. Esos modales.

Pero ya era demasiado tarde.

—Doble trabajo, doble trabajo, diversión al cuadrado, pero doble trabajo.

Maude empezó a entonar el conocido estribillo, repitiéndolo una y otra vez con voz cantarina. Sentí que todas las miradas seguían nuestro avance entre los sillones y las tumbonas que había bajo la logia. Si hubieran sabido cuán corrientes eran sus comentarios, cuán predecibles. Una vez que estuvimos dentro del edificio, le puse la mano a mi hermana en el brazo.

—Hay que parar ya, Maudie.

Se mordió el labio inferior con los dientes hasta que el impulso desapareció.

La señorita Garnell estaba tal como la había encontrado hacía unos días: medio escondida detrás de montones de libros. Levantó la vista cuando nos acercamos, me miró a mí, luego a Maude, dudó y terminó decidiéndose por mí.

—Señorita Jones, es un placer volver a verla. Esta debe de ser su hermana.

Se levantó y se limpió los dedos manchados de tinta en un pañuelo manchado de tinta.

—Maude, esta es la señorita Garnell.

La bibliotecaria le tendió la mano y ella la aceptó.

—Por favor, llámame Sophia, así podré llamaros a ti Maude y a tu hermana Peggy. Nos ayudará a evitar la confusión de tener dos señoritas Jones en la biblioteca.

Maude sonrió.

—Sophia.

—Estamos acostumbradas a que nos confundan —dije.

—No me cabe duda. Pero también estoy segura de que estáis hartas de ello.

Sonreí, me encogí de hombros.

Ella asintió.

—Hermanos gemelos. Ni siquiera nuestros padres eran capaces de distinguirlos. Terrible, la verdad, pero, como se pasaban la mayor parte del tiempo en el internado, era lo que había. Bueno, seguro que estás deseando empezar a estudiar.

Asentí. Se volvió hacia Maude.

—Si quieres, te puedes sentar con Peggy, pero, si te aburres, siempre me viene bien que me echen una mano para clasificar las devoluciones.

Maude consideró sus opciones.

—Sentarme con Peggy.

Se me encogió un poco el corazón, pero la conduje por los pasillos de la biblioteca hacia la zona de estudio.

—La nave de las Brontë —le dije a Maude.

Nos quedamos paradas en el umbral y contemplé el espacio de nuevo. Intenté imaginármelo a través de los ojos de Maude: las ventanas altas, las estanterías llenas de libros encuadernados, la luz que jugueteaba sobre el escritorio. El escritorio era dos, quizá tres veces más grande que nuestra mesa en el *Calíope*. La señorita Garnell ya había encendido la lámpara y había un libro apoyado en el atril. A su lado había otros volúmenes, colocados en una pila ordenada, esperando su turno.

Sentí que mi hermana me apretaba la mano y, cuando me volví, vi mi alegría reflejada en todo su rostro. La llevé a la estantería donde las hermanas Brontë se encontraban la una al lado de la otra. «Como nosotras —pensé—. Juntas para siempre.» Maude sacó el ejemplar de *Jane Eyre* de su sitio.

—De mamá —dijo.

—Casi idéntico —convine.

Cogí *La inquilina de Wildfell Hall*. Anne Brontë. Nuestra madre lo prefería a *Jane Eyre*, pero nunca supo explicarme por qué. Abrí el volumen en una página que conocía, una página en la que a mi madre le gustaba detenerse. Encontré una cita que leerle a mi hermana.

—«Si fuera más perfecta, sería menos interesante.»*

Maude pensó. Asintió.

—Sí —dijo.

Devolvimos a las hermanas Brontë a su estantería y nos acercamos al escritorio. Maude se sentó frente a mí, tan lejos que tuve que

---

* Traducción de Waldo Leirós, Alba Editorial, Barcelona, 2017.

pasarle los papeles para plegar deslizándolos por encima del escritorio. Eran los papeles de colores de Tilda, lisos y uniformes, y se desparramaron como la baraja de un embaucador. Maude se quedó mirándolos, pero no hizo ademán de recogerlos, así que yo también los miré: sería totalmente incapaz de concentrarme hasta que las manos de mi hermana empezaran a moverse como siempre lo hacían.

—Caleidoscopio —dije.

Maude sonrió. Pasó la mano por los papeles una y otra vez, deteniéndose en cada ocasión para admirar el efecto. Al final, los recogió y empezó a plegarlos. Me volví hacia el libro del atril. *Manual básico de Gramática Griega*, Abbott y Mansfield.

ME SOBRESALTÉ CUANDO la silla de Maude se desplazó hacia atrás arrastrándose por las tablas del suelo. Enderecé la espalda, moví el cuello de un lado a otro, me froté el músculo entre el pulgar y el índice. Hojeé mi cuaderno y me sorprendió ver que había llenado cinco páginas. Intenté recordar algo que hubiera aprendido de verdad, pero no pude.

Maude se levantó, con una caja de papel azul en las manos.

—Clasificar las devoluciones —dijo.

—¿Necesitas que te acompañe?

Quería que contestara que sí. Que me proporcionase una excusa para cerrar el libro de griego antiguo.

—No —contestó, y luego señaló el atril con la cabeza—. Lee el libro.

Obedecí. Leí páginas que apenas comprendía y garabateé notas que apenas era capaz de leer. Cuando noté calambres en la mano, me la masajeé y la sacudí. Enderecé la espalda, miré alrededor de la nave y me recordé lo precario que era aquel acuerdo. Había tantas cosas que podían trastocarlo: Maude podía negarse a venir, Lotte podía dejar de estar disponible, alguien podía quejarse y rescindir la nota de la señorita Bruce. Apoyé la mano en la pila de libros que la señorita Garnell me había dejado sobre el escritorio. Los necesitaba, pero no tenía derecho a ellos. Estaba allí por la gracia de otros. Cerré los ojos e intenté recordar algo sobre sintaxis griega: concordancia, casos, no sé qué del modo. Me di por vencida, pasé a una página en blanco e intenté escribir el alfabeto griego de la *alfa* a la *omega*. Me faltaron cuatro letras y confundí *pi* y *phi*, *xi* y *psi*. Cerré el cuaderno de un manotazo, pero contuve el impulso de arrojar a Abbott y Mansfield al otro lado de la nave. En lugar de eso, hojeé las páginas y noté que mi ansiedad iba en aumento. Si casi no había sido capaz de aprender francés, ¿cómo iba a aprender un idioma que ya nadie hablaba? ¿Cómo lo hacían los demás? «Con tutores», pensé y, durante un instante, me pregunté cuánto cobrarían por hora. Más de lo que podía permitirme, decidí.

Estaba a punto de cerrar el libro cuando vi una nota escrita en el espacio en blanco al final del capítulo. Estaba escrita a lápiz, un garabato que tuve que descifrar. «No entiendo nada, es como si estuviera escrito en griego.» Debajo, otra mano había escrito: «Lo mismo me pasa a mí». Debajo, una tercera mano: «¿Para qué vale esto?».

VOLVÍ DESPACIO POR las naves hacia el mostrador de la bibliotecaria. Ya estaba casi vacío de libros, los montones se habían trasladado a un carrito, a punto de ser devueltos a las estanterías. Puse mi pequeña pila delante de Maude y ella abrió de inmediato la cubierta del primer libro para consultar los detalles del préstamo. Lo deslizó hacia la señorita Garnell.

—Los libros de Peggy no han salido de la biblioteca, Maude. No es necesario registrarlos.

Mi hermana cogió el libro y cerró la cubierta. La señorita Garnell se volvió hacia mí.

—Si tu hermana no tuviera ya un empleo remunerado, le ofrecería trabajo.

—Ofrecería trabajo —dijo Maude, aunque no me quedó claro si era un simple eco.

—¿Prefieres clasificar los libros o encuadernarlos, Maude? —pregunté.

Se encogió de hombros. Cualquiera de las dos cosas, ninguna de las dos cosas, no estaba segura. Se volvió hacia el carrito con el manual de griego en la mano y buscó el lugar adecuado en el que ponerlo.

—¿Volverás mañana, Peggy? —me preguntó la señorita Garnell.

—Eso espero —respondí.

—En ese caso —se volvió hacia Maude—, no colocaremos en las estanterías los libros que Peggy necesita.

—No colocaremos en las estanterías —dijo Maude, y recuperó los libros que acababa de colocar en el carrito.

—Gracias, Maude —dijo la señorita Garnell.

—Gracias, Maude —dije yo.

Mi hermana disfrutaba viniendo a la biblioteca siempre que Lotte estaba ocupada y no podía quedarse con ella, pero, después de aquella primera visita, nunca volvió a sentarse conmigo. Ayudaba a la señorita Garnell y esta lo agradecía. «Tiene buen ojo para el orden», me dijo una vez.

Empecé a pasar cada vez más tiempo allí: los sábados por la tarde, algunas noches. Al final, también una hora todos los lunes y todos los viernes durante la pausa para comer. ¿Elegí esos días a propósito? Tal vez. No podía dejar de pensar en Bastiaan, que estaría dando su clase de francés en el Insti, y necesitaba algo que aplacara mis ansias de ir a verlo. De hablar con él.

Cuando llegué a la biblioteca, estaba cansada y hambrienta. Habíamos tenido que hacer horas extras tras el turno del sábado y no había ido a casa a comer. Faltaban pocas semanas para el examen de acceso al Somerville y no quería perder ni un momento. Por la ventana de la nave de las Brontë no entraba más que una débil luz de febrero, así que encendí la lámpara del escritorio. Un tirón a un cordoncito y la página se iluminaba. «Qué fácil», pensé mientras recordaba la escasa luz de nuestra lámpara de aceite la noche anterior; cómo se me cansaban los ojos. Volví a sentirme agradecida por que me hubieran permitido acudir a la biblioteca del Somerville.

No me enteré de que Gwen estaba allí hasta que se desplomó en la silla del otro lado del escritorio.

—¿Cuándo fue la última vez que Bastiaan te llevó al cine? —me preguntó.

Me sonrojé e intenté recuperar la idea que tenía a medio escribir, pero se había desvanecido.

—Ya no vamos al cine, Gwen.

Aquello la silenció, pero no durante mucho tiempo.

—Bueno, entonces me toca a mí rescatarte de los libros.

—No necesito que me rescaten.

—Yo creo que sí, así que ven conmigo.

Me sentí tentada.

—¿Adónde? —pregunté.

—Al Memorial de los Mártires. Las mujeres van a reunirse allí para celebrarlo.

El voto, me di cuenta. Hacía unos días que habían aprobado el proyecto de ley. Mi interés disminuyó.

—No es mi celebración, Gwen.

—Uf, no seas así. Es un gran paso en la dirección correcta. Para todas las mujeres.

—Es fácil verlo así cuando eres tú la que da el paso. Cuando eres el peldaño, cuesta un poco más.

Me lanzó su mirada de «pobre Peg».

—¿Por qué tú sí, Gwen? ¿Por qué tú tienes derecho a voto y yo no?

—Aún no lo tengo, no he cumplido los treinta.

—Pero lo tendrás, ¿verdad? Aunque al final no consigas licenciarte, tendrás propiedades.

—Por lo que a mí respecta —dijo—, es todas para una y una para todas. Es un momento trascendental. Es el comienzo de algo. Y voy a celebrarlo cantando.

—Adelante —dije—. Yo voy a quedarme a estudiar.

—Buena idea. —Se puso de pie—. Si te licencias, este proyecto de ley significará tanto para ti como para mí.

La señorita Garnell entró en la nave empujando su carrito.

—Yo me iría ya, Gwen, antes de que Peggy te tire ese libro.

Mi amiga miró el libro que tenía bajo la mano.

—Eso no es posible, señorita Garnell. Peg jamás se arriesgaría a dañar un libro con una encuadernación tan bonita.

Después me lanzó un beso y se volvió para marcharse.

41

Me senté a un pupitre del fondo. Me fijé en que eran todos iguales. Idénticos. Todos ellos tenían tres lápices, una goma de borrar, las hojas del examen bocabajo y un cuaderno al lado. Todos ellos estaban ocupados por una joven, y todas esas jóvenes, por muy relajadas que hubieran parecido antes de entrar en la sala, estaban nerviosas. Recolocaban los lápices, tamborileaban con los dedos sobre el muslo, cruzaban y descruzaban los tobillos.

—Diez minutos de lectura —anunció el catedrático—. Pueden tomar tantas notas como deseen y planear las respuestas, pero no escriban en las hojas de examen hasta que les diga que empieza a contar el tiempo. Tendrán tres horas.

Un crujido de papel. Pasar de páginas. Las hojas de examen me resultaban muy conocidas. El tipo de letra, el tacto del papel, el tamaño de las páginas. Cada cuadernillo de examen cabía en un solo pliego: ocho páginas, cuatro hojas, dos pliegues: cuarto. Un corte rápido y estaba listo. Desde que tenía doce años, había doblado miles como aquel. Pero no el de aquel año: la señora Stoddard se había asegurado de ello. Incluso me había hecho firmar un papel diciendo que «no trataría de acceder a las hojas de examen ni directa ni indirectamente solicitando información a otros compañeros de la imprenta».

«Esto es como la ley de secretos oficiales —le había dicho en broma—. ¿Es que aquí todo el mundo tiene que firmar esto cuando se presenta a un examen?»

La señora Stoddard había sonreído.

«Eres la primera —me había contestado—. Te protegerá y, si alguien pone en peligro tu oportunidad, será tratado como si hubiera compartido las preguntas del examen con un estudiante de la Universidad.»

Nadie puso en peligro mi oportunidad.

Leí las preguntas generales.

Leí el pasaje en francés para la traducción improvisada. Pensé en Bastiaan y luego me lo quité de la cabeza.

Leí las preguntas del tema que había elegido. «Literatura inglesa. No deben contestarse más de CUATRO preguntas.» Había veinte para elegir: razonar, comparar, dar ejemplos, explicar. Estaban Shakespeare, Milton, Wordsworth, Spenser, Dickens, Thackeray, Dryden. Busqué a Elliot, Austen, a alguna de las Brontë, pero no estaban. Ni una sola mujer. Miré el reloj: faltaba un minuto para que pudiéramos empezar. «Repite lo que has leído y no te pongas creativa», me había dicho Gwen. Elegí mis preguntas:

«Argumente las distintas formas en las que Shakespeare y Spenser tratan el soneto.»

«Proponga ejemplos de las minuciosas observaciones de la naturaleza por parte de Wordsworth.»

«Ni Dickens ni Thackeray fueron capaces de crear un personaje "bueno" interesante. Razónelo.»

«El hecho de que los papeles femeninos fueran interpretados por varones podría haber limitado el arte de Shakespeare. Razónelo.»

Reconocía la forma de las preguntas. Llevaba años pensando en aquel tipo de cuestiones; había leído las obras y los análisis.

—Pueden comenzar.

Comencé.

Las preguntas generales. La traducción del francés. Mi lápiz corría por la página.

La primera de las preguntas que había elegido, la segunda. Parafraseé y cité, entretejí este argumento con aquel. No era tan difícil, pero entonces, de repente, lo fue.

Solté el lápiz y me froté el músculo entre el pulgar y el índice. Repasé lo que había escrito: justo lo que ellos esperaban, pero no lo que yo opinaba.

Miré el reloj, había pasado más de una hora. Releí mis respuestas: ecos de cosas que había estudiado. Críticas de hombres modernos a escritos de hombres muertos. Ideas que se reimprimían año tras año en textos que yacían desperdigados por el *Calíope* en forma de cuadernillos sueltos o de manuscritos sin vestir. Era capaz de recitarlos incluso dormida, pero no siempre estaba de acuerdo con lo que decían. «No siempre tienes que estarlo», me decía mi madre.

Tracé una línea sobre mi respuesta a la primera pregunta y lo que había empezado a escribir de la segunda.

Empecé de nuevo.

CUANDO TERMINARON DE recoger los exámenes, abrieron la puerta de la sala.

—¿Cómo te ha ido?

Una extraña con una chaqueta de lana fina. Otra aspirante. La diferencia entre nosotras ya no era tan grande como hacía tres horas.

—No sabría decirte —respondí con sinceridad—, pero me gusta lo que he escrito.

—Qué forma tan curiosa de describirlo.

—Ah, ¿sí?

La joven ladeó la cabeza.

—Mi tutor dice que todo se basa en las pruebas: «Cite las opiniones predominantes y demuestre que una es superior a las demás recurriendo a las pruebas de las personas adecuadas para justificar su postura».

—¿Y es lo que has hecho? —le pregunté.

Ella sonrió.

—Creo que sí. Aunque he memorizado tantas citas que es posible que haya confundido alguna. —Sonó un claxon—. Ah, ya vienen a recogerme. —Se dio la vuelta y saludó al joven que conducía. Iba vestido de oficial y me pregunté si sería su hermano o su amante. No me lo dijo, pero me cogió la mano y me la estrechó—. Espero que asistamos juntas al Somerville.

No esperó a que le contestara, pero, cuando el automóvil empezó a alejarse, me dijo adiós con la mano como si ya fuéramos amigas.

Volví a Jericho caminando despacio, con las preguntas del examen y mis respuestas dándome vueltas en la cabeza. «No te pongas creativa», me había dicho Gwen.

—O SEA QUE te ha ido bien —dijo mi amiga.

Estaba sentada con la señorita Garnell, con una tetera entre ambas.

—¿Cómo lo sabes?

—Por un centenar de pistitas reveladoras —contestó la señorita Garnell.

—Y porque está claro que no has estado llorando —añadió Gwen.

La señorita Garnell me señaló una silla y vertió té en una tercera taza.

—Cuéntanoslo todo —pidió—. ¿Qué preguntas te entraron?

Se las enumeré.

—¿Repetiste lo que habías leído? —quiso saber Gwen.

—Más o menos.

Me llevé la taza a la boca.

Se le ensombreció el rostro.

—¿Cómo que «más o menos»?

Tragué y bebí otro sorbo. Su incomodidad me resultaba extrañamente agradable.

—Soy capaz de pensar por mí misma, Gwen. No siempre estoy de acuerdo con lo que leo.

—Ay, Dios —dijo—. Pensamiento independiente.

La señorita Garnell le puso una mano en el brazo a Gwen para tranquilizarla, pero la inquietud de mi amiga no hizo sino aumentar mi sensación de logro. Lo cierto es que era incapaz de sacudirme de encima la emoción de la experiencia. Me habían pedido mi opinión... No, me habían pedido mi opinión fundamentada y lo había incluido todo en mi respuesta. No solo las ideas de los demás, sino también las mías. Gwen creía que había puesto en peligro mi oportunidad, y a lo mejor tenía razón. Pero alguien iba a leer lo que había escrito y, en ese momento, era irrelevante que le pareciera digno de una alumna de Somerville o no. Lo leerían, lo tendrían en cuenta.

—¿Cuál fue tu planteamiento, Peggy?—preguntó la señorita Garnell.

—Cité los puntos de vista predominantes y demostré dónde podían estar equivocados.

Gwen gimió.

—No te preocupes, Gwen. Mencioné a los sospechosos habituales, aunque también señalé lo extraordinariamente similares que eran sus respectivas opiniones y por qué podría resultar instructivo introducir alguna perspectiva alternativa.

Me dejaron hablar y nos acabamos la tetera.

—Dentro de unas semanas, sabrás el resultado, sea cual sea —dijo la señorita Garnell—. ¿Qué vas a hacer entretanto?

—Supongo que seguiré estudiando para los *Responsions*. Sonrió.

—Algunas esperan a saber si les han ofrecido una plaza antes de empezar con ese maratón. Como mínimo, es una buena excusa para relajarse y revitalizar los recursos intelectuales.

—No estoy segura de que la relajación vaya a revitalizar mis reservas de griego —dije—. Siguen siendo muy escasas. Tengo que dar por hecho que me ofrecerán una plaza o perderé todo el ímpetu.

—Muy bien. Solo promete levantar la vista de los libros de vez en cuando. Siempre he pensado que las flores de la primavera son tan estimulantes para el intelecto como cualquier texto.

42

HICE LO QUE me habían propuesto la señorita Garnell y Gwen. Por las tardes, pasaba menos tiempo en la biblioteca y más con Maude y Lotte. Estudiaba los verbos griegos, pero también vi *Charlot en el balneario* y *The Golden Idiot* en el cine de George Street con Aggie y con Lou, y salí a navegar en una batea por el Cherwell con Gwen. Un sábado por la tarde, cogí el autobús hasta Cowley con Maude. Antes era la parte más emocionante de nuestra semana, pero había terminado por convertirse en algo rutinario.

Cuando los castaños de Indias empezaron a florecer, cogí un racimo de flores blancas y se lo regalé a la señorita Garnell.

Ella lo aceptó y sonrió.

—¿Y te sientes relajada y revitalizada?

—Sí.

—¿Y has sabido ya algo?

Intenté parecer despreocupada.

—Todavía no.

IBA LEYENDO MIENTRAS caminábamos hacia el trabajo. En Walton Street, Maude se adelantó hasta el quiosco de Turner. Oí la campanilla de la puerta y me guardé el libro en el bolso.

—¿Correo, señor Turner? —la oí decir mientras abría la puerta y entraba detrás de ella.

—Espero que se encuentre bien, señorita Jones.

Eché un vistazo a los titulares de los periódicos expuestos en el estante del señor Turner.

«Refuerzos británicos, franceses y australianos detienen la ofensiva alemana en Ypres.»

—Sí, señor Turner —contestó Maude—. ¿Oferta del Somerville?

«El Barón Rojo enterrado con honores por un escuadrón británico.»

—No sabría decirle, señorita Jones. No estoy autorizado a mirar esas cosas.

Se lo noté en la voz. Cuando me volví, lo vi apoyado sobre el mostrador, sonriendo al sobre que Maude había apartado del resto del fajo.

—Espero que sea la carta que estaba esperando.

Se había girado hacia mí.

Era un sobre sencillo, con mi nombre y la dirección del quiosco del señor Turner escritos a máquina en el anverso y la del Colegio Universitario Somerville en la esquina superior derecha. Lo abrí.

Lo leí.

Lo releí.

—¿Oferta del Somerville? —preguntó Maude.

Le pasé las páginas para que leyera la carta ella misma.

—Y UNA BECA completa —le dije a la señorita Garnell.

Salió de detrás de los montones de devoluciones y me abrazó.

Me había acostumbrado al gesto. Maude había pregonado la oferta del Somerville por todo el taller de encuadernación y Lou, la señora Stoddard e incluso Lotte habían respondido con un abrazo. A la señora Stoddard se le habían puesto los ojos vidriosos. «Tu madre...», había dicho, pero no había sido capaz de continuar. Cuando Eb se enteró, supuse que por medio de la señora Stoddard, se aventuró a entrar en el lado de las chicas para venir a felicitarme. Se detuvo justo antes de darme el abrazo, pero me acerqué a él y no le di otra opción. «Tu madre...», me dijo. Pero mamá también pudo con él.

—Tu hermana debe de estar muy orgullosa —me dijo la señorita Garnell.

—Sí que lo está.

—Lo dices como si te sorprendiera.

En efecto, me sorprendía, pero, sobre todo, me aliviaba.

—Creía que no iba a tomárselo bien —dije.

—Vaya, ¿y por qué pensabas así?

—Porque las cosas van a cambiar.

La señorita Garnell sonrió.

—Es cierto, las cosas van a cambiar, pero Maude parece muy capaz de adaptarse. —La bibliotecaria volvió al otro lado de su escritorio—. Ya tienes los libros en el escritorio de tu nave —dijo—. Parece que tu decisión de continuar estudiando fue la acertada.

Y entonces caí en la cuenta. Solo podría aceptar la oferta del Somerville si aprobaba los *Responsions*. La señorita Garnell debió de verme la idea en la cara.

—Te espera el último obstáculo —me dijo—. Ahora no es el momento de amilanarse.

3 de mayo de 1918

¡Ay, Pegs!

¡El Somerville! ¡Una bendita beca! Estoy segura de que todos los que conocieron a Helen te habrán dicho ya lo orgullosa que estaría de ti. Sin duda, es cierto que tu madre estaría orgullosa, pero lo que no son capaces de decirte ellos tendré que decírtelo yo. Así que prepárate, ya sabes lo mal que se me da esto de la delicadeza.

Si tu madre estuviera viva, lo primero que haría sería estrecharte entre sus preciosos brazos y susurrarte al oído que siempre había sabido que serías capaz de conseguirlo. Lo segundo que haría sería preocuparse. Y sé decirte por qué se preocuparía porque ya se preocupaba por ello cuando estaba viva y la oí expresarlo de cien maneras distintas. He aquí una versión: «Peg pasa tanto tiempo mirando hacia atrás para ver dónde está Maude que me temo que no avance nunca». Y aquí va otra: «Peg pasa tanto tiempo mirando hacia atrás para ver dónde está Maude que me temo que no la deje avanzar nunca».

Helen nunca se perdonó por no haber insistido en que continuaras estudiando en el colegio. La verdad es que tu apego hacia Maude le facilitaba la vida. No le gustaba la idea de que algún día te marcharas, pero, al mismo tiempo, le aterraba pensar que no lo hicieses.

Prosperarás al otro lado de Walton Street, Peg, pero me inquieta que encuentres una razón para no hacerlo: por favor, no permitas que sea Maude.

Un beso,

Tilda

JACK VOLVIÓ A casa de permiso. Durante la primera semana, durmió mucho y habló muy poco. Cuando estaba despierto, se sentaba en la cocina del *Quedarse en Tierra* y le leía sonetos de Shakespeare a la anciana señora Rowntree. A veces, Maude se sentaba con ellos. Se llevaba un montón de papeles para plegar y, cuando se marchaba, le dejaba a Jack un puñado de estrellas.

Durante la segunda semana, Oberon volvió a casa. Se quedó siete noches en lugar de una, como solía hacer, y puso a su hijo a trabajar. Repasaron el *Quedarse en Tierra* y el *Calíope* de arriba abajo, se ocuparon del óxido, de las fugas y del moho. Revisaron las bombas de sentina y repararon las juntas de las ventanas. Jack, además, nos arregló el gancho de la puerta de la escotilla para que no necesitáramos *Historia del ajedrez* para mantenerla abierta. Nos engrasó el latón y, cuando todo aquello estuvo terminado, se sentó con unos botes de pintura y retocó las flores pintadas que adornaban el *Quedarse en Tierra*.

Entonces oí a Jack reírse. No fue una risa tan estruendosa ni larga como la recordaba, pero me resultó familiar. Era Jack. Oberon se preparó para marcharse a la mañana siguiente.

Rosie, con su gorro de barquera, se puso al timón. Jack estaba a su lado.

—Sube, señorita Maude —llamó a mi hermana.

La cogió de la mano y ella se colocó entre los dos.

Me quedé mirando cómo se alejaba el *Retorno de Rosie*, pero no esperé para ver a mi hermana volver a casa. Me bastó con imaginármelo. Rosie y Jack. Maude en el medio.

Con eso bastaba.

ME SENTÉ A mi escritorio de la nave de las Brontë y ordené las páginas de *Homeri Opera. Odysseae*. Luego, saqué de la cartera la traducción de mi madre. Qué familiar me resultaba. El cuero estaba caliente, como si ella acabara de tenerla en las manos. Pasé las páginas de la introducción hasta llegar al inicio del «Libro primero». Quería utilizarla para encontrarle algún sentido al griego antiguo, pero me pareció muy confuso.

La señorita Garnell pasó por la nave y se dio cuenta de lo que intentaba hacer.

—No siempre pueden hacerse traducciones directas —me dijo cuando se situó a mi lado. Miró la página del libro de mi madre—. Y, si te soy sincera, la única forma de saber lo que escribió Homero es aprender la lengua en la que lo escribió Homero; de lo contrario, estás a merced del traductor, de su época, de su perspectiva. De su género —añadió—. Fíjate en estas primeras líneas de tu traducción, de Butcher y Lang. —Las leyó en voz alta—: «Háblame, Musa, de aquel hombre, tan presto a la necesidad, que tan lejos se aventuró tanto tiempo».

Mi madre siempre empezaba con esos versos, independientemente de la parte de la historia que fuera a contarnos. «La Musa —nos decía— es Calíope, aunque nunca la nombra.»

—Eso está muy bien —dijo la señorita Garnell—, pero ¿es lo que escribió Homero? Otros habrán interpretado el griego de otra manera.

Se encaminó hacia otra nave y volvió cargada de libros. Se sentó junto a mí, abrió uno de los libros y leyó: «Háblame, ¡oh, Musa!, de ese ingenioso héroe que viajó de aquí para allá»*. —A continuación,

---

* Traducción de Miguel Temprano García, Blackie Books, Barcelona, 2018.

abrió otro—: «Musa, dime del hábil varón que en su largo extravío...»*.

La señorita Garnell respiró hondo.

—A veces, Peggy, no importa cómo se cuente una historia —dijo—, pero, en otras ocasiones, considero que es muy importante.

Esta vez, cogió un ejemplar del texto original. Lo abrió hacia el final y leyó la escritura antigua. Clavé la mirada en sus labios mientras formaban los sonidos griegos y escuché las palabras con una mezcla de asombro y envidia.

—Ahora, veamos cómo lo han interpretado nuestros estudiosos modernos.

Encontró la página en cuestión en cada una de las traducciones, incluida la de mi madre, y las colocó formando una hilera.

—Bien, recuerda que Odiseo ha vuelto junto a Penélope después de veinte años, se ha encontrado su casa llena de pretendientes y los ha matado. Pero no se detiene ahí —prosiguió mientras iba señalando las líneas pertinentes con un dedo—, sino que le dice a su hijo que mate a las mujeres que han yacido con los pretendientes. Y da igual qué traducción leas, en todas nos dicen que las colgaron del cuello para que su muerte fuese un tormento, y que las mujeres no dejaron de sacudir los pies hasta que no les quedó un ápice de vida.

—La bibliotecaria se enderezó, respiró hondo. Me miró—. ¿Qué debemos pensar de estas mujeres?

Me sentí como la más lerda de la clase. No estaba segura. Mi madre siempre se había saltado esa parte de la historia.

La señorita Garnell volvió a inclinarse sobre los libros. Movía los ojos, el dedo con el que señalaba, de una traducción a otra.

—La traducción de Butcher y Lang que tenía tu madre se refiere a las mujeres como «doncellas». A. S. Way las llamó «criadas», las equipara a las sirvientas. Alexander Pope las llamó prostitutas.

—¿De verdad importa cómo las llamen? —pregunté.

Sonrió.

---

* Traducción de José Manuel Pabón, Gredos, Barcelona, 1993.

—Las palabras que se utilizan para describirnos definen nuestro valor para la sociedad y determinan nuestra capacidad de contribuir. Además —y volvió a señalar las traducciones con el dedo—, les dicen a los demás cómo deben sentirse hacia nosotras, cómo deben juzgarnos.

—Entonces, ¿cómo deberían referirse a esas mujeres?

La bibliotecaria cogió la versión en griego antiguo y la releyó.

—Creo que la traducción más directa es *hembras*. Pero no es, en mi opinión, la mejor traducción para nuestra época. Estas mujeres eran esclavas, Peggy. Una condición tan común en la Antigua Grecia que sus narradores no necesitaban explicarla. Pero, para que la historia se entienda como es debido hoy en día, en Inglaterra, creo que debemos emplear palabras que dejen clara la posición de estas mujeres. No eran meras doncellas...

—Eran azacanas —dije.

«Esclava. Sierva. Mujer que se ocupa en cosas de poco provecho y mucho trabajo.» Lo había leído en *Palabras de mujeres*.

—Exacto. No podían negarse a yacer con los pretendientes de la misma manera que no podían negarse a lavar la ropa. Pero es posible que el lector tenga peor opinión de una prostituta a la que han pagado o de una doncella que se ha ido con los pretendientes por su propia voluntad. Y que tampoco juzgue con tanta dureza a Odiseo por el castigo que dirige.

—Y de ese modo sigue siendo un héroe.

—Eso es —dijo la señorita Garnell, y cerró todos los libros—. En mi opinión, los hombres que traducen a Homero no siempre han beneficiado a las mujeres.

—Una opinión que se ha formado porque sabe leer griego —dije.

—Bueno, sí.

Recogí las páginas que me había llevado del taller. El texto era muy extraño. Me parecía un muro que me resultaba imposible escalar, una puerta cerrada para la que no tenía llave. Era la Bodleiana, era la Universidad de Oxford, eran las urnas de las elecciones. Era incapaz de imaginarme preparada para penetrar en él.

—Odio no poder formarme mi propia opinión —dije—. No poder pensar como piensa usted, hablar como usted lo hace.

—Entonces será mejor que sigas estudiando. Aprende griego.

—Es PELIGROSO LEER mientras caminas.

Era su voz. Se me aceleró el corazón: un recordatorio de que no siempre estaba de acuerdo con las decisiones que tomaba mi cabeza. Levanté la vista y vi el rostro que se había traído de la guerra, su rostro de antes, su media sonrisa. Cómo lo había echado de menos.

—Estás estudiando —dijo—, incluso mientras caminas.

—Griego antiguo —contesté, incapaz de responder otra cosa.

—Por supuesto.

Su media sonrisa, me entraron ganas de besarla. Había tardado un tiempo en aprender a hacerlo.

—Entonces, ¿aprobaste?

Asentí. Y supe que quería que le contara algo más, pero mi mente era una maraña de lápidas, de cerveza de jengibre, de su mano en mi muslo.

—Me alegro —dijo al fin.

Me quedé mirándolo mientras se alejaba hacia su casa y tuve que reprimir el impulso de seguirlo.

QUINTA PARTE

Anatomía de
la melancolía

De mayo a noviembre de 1918

43

ERA UN LIBRO viejo. Lo supe por la decoloración de los bordes de las hojas, por el olor a vainilla rancia, por el tamaño raro: hoja holandesa, inusualmente estrecha. Ebenezer ya le había cortado las antiguas tapas de cuero y lo estaba liberando de la encuadernación. Lo vi afilar la navaja y pasar el filo por los hilos que sujetaban los cuadernillos al cordel. Sentí una punzada de lástima por la mujer que lo hubiera encuadernado. Llevaría mucho tiempo muerta, pero ver su trabajo deshecho con tanta rapidez, con tanta violencia, me obligó a detenerme en la puerta.

Eb soltó el último cordel y fue como si el libro inhalara.

Entré en la sala de reparaciones.

—La señora Stoddard dice que soy tuya durante el resto de la tarde.

Se subió las gafas por el puente de la nariz.

—Agradezco la ayuda —dijo—. Mi aprendiz se alistó la semana pasada.

Ya lo sabía. Eb había tenido cinco aprendices desde el inicio de la guerra y los había perdido a todos a favor del ejército.

—No lo culpo —continuó—. Es posible que la sala de reparaciones sea la menos emocionante de la imprenta.

—Creo que ese premio se lo llevaría el lado de las chicas —repliqué—. Últimamente, pasamos casi tanto tiempo tejiendo como plegando.

Eb se apartó de la mesa y me hizo gestos para que me acercara al libro sin vestir.

—El ritmo ha bajado en todas partes —me dijo—. Faltan hombres y falta papel, y ahora esta gripe...

Me pasó una navaja para que quitara la cola del borde plegado de cada cuadernillo antes de separarlo de sus hermanos. Volvería a encuadernarlos cuando Eb hubiera protegido todos los pliegues que estuviesen dañados.

—Ve con cuidado, Peg, es un anciano.

—¿Qué es?

Cogió las cubiertas antiguas y me las mostró.

Las palabras «Anatomía de Burton» se leían a duras penas en la parte superior del lomo. En la inferior, habían impreso «Londres 1676».

—¿Es la *Anatomía de la melancolía*? —pregunté.

—La misma.

Dejó las tapas a un lado.

—¿No vamos a reimprimirla este año?

—Ya se está reimprimiendo. Nos mantendrá a todos ocupados durante una buena temporada, superará las mil doscientas páginas en el nuevo formato.

—Justo cuando le estaba cogiendo el tranquillo a tejer.

Señaló el texto con la cabeza.

—Puedes echarle un vistazo.

Las páginas eran gruesas y de color sepia, los bordes superiores se habían oscurecido. Pasé varias hasta llegar al frontispicio: unos cuantos grabados muy detallados de hombres en diversas actitudes, cada uno de ellos la representación de una causa de la melancolía tal como Robert Burton las veía hacía casi trescientos años.

—¿Cuáles son? —pregunté.

Se asomó por encima de mi hombro y me ofreció su interpretación de las inscripciones en latín que aparecían debajo de los grabados.

—Más o menos: religión, amor, celos, soledad, mala salud y desesperación.

—Pues parece que están todas —dije.

Eb se acercó.

—Yo creo que se dejó la guerra.

44

30 de mayo de 1918

Hacías bien en preocuparte, Peg. Fue terrible. No doy crédito. Se supone que la cruz roja que hay en el tejado es para mantenernos a salvo, pero bien podría haber sido una puñetera diana. El 1er Hospital General Canadiense es casi todo escombros ahora. Han muerto tres enfermeras. Conocía a Katherine y a Margaret, pero la otra, Gladys, había llegado a Étaples apenas unos días antes del ataque aéreo. Ya nunca se irá.

Un beso,

Tilda

LA LLUVIA CAÍA sin cesar contra la ventana de la nave de las Brontë e intenté imaginar su golpeteo como algo más siniestro, más letal. Pero no pude. No era más que lluvia. Y me sentía muy lejos de Tilda.

—Hoy pareces distraída —me dijo la señorita Garnell. Tenía el carrito cargado de libros—. A lo mejor necesitas un descanso. Acompáñame mientras devuelvo estos libros a las estanterías.

Entramos en la siguiente nave y le pasé a la bibliotecaria los libros que correspondían a aquellas estanterías. Después pasamos a la siguiente nave y, después, a la siguiente. Por último, llegamos a la sección que contenía todos los textos sobre Medicina. Solo había un libro que devolver a los estantes. Lo cogí y miré el lomo.

—*Anatomía de la melancolía* —leí en voz alta.

—Uno de nuestros libros más antiguos —dijo la señorita Garnell.

Pensé en el libro que había reparado con Eb. Aquel tenía un tamaño distinto, la cubierta estaba forrada de tela y necesitaba una buena restauración. Abrí la cubierta y palpé el viejo papel de trapo: fuerte, un poco áspero y muy sobado, pero aún flexible y apenas descolorido. Pasé las páginas.

—¿Qué pasa?

—Le falta el frontispicio —dije.

Frunció el ceño.

—¿Conoces este libro?

—Lo estamos reimprimiendo. Estoy plegando las páginas. —Le pasé el volumen—. El frontispicio es bastante bonito, contiene una serie de grabados que representan las principales causas y curas de la melancolía.

Se le iluminó el rostro.

—¿Una nueva edición y la estás encuadernando tú? Qué maravilla.

—Solo formo parte del proceso de encuadernación: pliego, monto, coso. Todo lo que es visible se hace en el lado masculino. Ellos lo forran y lo decoran.

—¿El lado masculino?

—Estamos totalmente separados —le expliqué—. Incluso ahora. Solo han permitido que un par de mujeres operen las máquinas de los hombres. Toda la producción se paralizaría si no lo hicieran, pero, aun así, hay a quienes no les parece bien.

Ella asintió.

—Un cambio en el orden normal de las cosas. Incómodo para algunos, pero una oportunidad para otros. Es espantoso pensar que quizá todo esto tenga un lado bueno.

Recordé haber albergado la esperanza de que así fuera.

—Tuve la suerte de añadir el frontispicio —dije—. Se hace una vez que el resto del libro está compilado y, si hago bien mi trabajo, nadie notará dónde lo he pegado. —Señalé con la cabeza el libro que la bibliotecaria tenía en la mano—. Al vuestro le falta la mejor parte, creo que alguien se la ha quitado.

Abrió el libro y pasó las páginas como si las estuviera viendo por primera vez. Negó con la cabeza.

—Nunca había pensado en cómo se encuadernaba un libro —reconoció. Luego me miró de la misma forma en la que acababa de mirar el libro. Pasaron unos instantes antes de que volviera a hablar—: Me temo que este ejemplar está muy maltratado. —Me mostró una página en la que alguien había hecho anotaciones en los márgenes—. La gente que lee los libros no siempre piensa en el esfuerzo que ha supuesto encuadernarlos, ni en el gasto que implica reponerlos. —Acarició la cubierta y reconocí el gesto. Era el mismo que hacía yo cada vez que sostenía un cuadernillo, un manuscrito o un volumen mal encuadernado antes de colocarlo entre todos los demás que atestaban las paredes del *Calíope*—. ¿Lo has leído?

Pensé en los cuadernillos que me había llevado del taller y en que los había leído una y otra vez.

—Nos disuaden de leer en el trabajo —dije.

—Estoy segura de que eso no te detiene.

Sonreí.

—Aunque le encontremos sentido a ciertas partes del texto, algunos libros, como este, tardan semanas en encuadernarse, y una chica del taller no puede plegar más que unos cuantos capítulos por sí sola.

—Y de los que has plegado, ¿tienes algún favorito?

—Ahora mismo, es: «El gusto por el aprendizaje o el estudio excesivo. Con una digresión sobre la miseria de los estudiosos, y por qué son melancólicas las musas»[*] —recité.

Se echó a reír.

—Para qué utilizar tres palabras cuando puedes utilizar veinte. No me extraña que sea un tomo tan largo.

—Por lo que se ve, aumentaba cada vez que el autor lo editaba —dije.

—¿Y te ha resultado útil?

—Me ha parecido interesante.

—Interesante es infinitamente mejor que útil —dijo—. ¿Qué te interesa de lo que dice Burton?

---

[*] Traducción de Ana Sáez Hidalgo y Raquel Álvarez Peláez, Alianza Editorial, Barcelona, 2015. Las citas que aparecen en la Nota de la autora también pertenecen a esta edición.

—Que aprender demasiado hará que me sienta sola, me volverá loca y prolongará mi pobreza.

—Y, sin embargo, persistes.

—Aprender es la maldición y la cura, según Burton. —Pensé en Bastiaan—. Estoy condenada si lo hago y condenada si no lo hago.

AL DÍA SIGUIENTE, en el taller, presté más atención al frontispicio y a los extraños versos que lo explicaban. A cada una de las siete causas de la melancolía se le había asignado una rima. Me imaginé el sonido de la pluma de Burton al deslizarse sobre el papel y su solitaria lucha con las ideas y las palabras. Aquel libro me desconcertaba. No se parecía a nada de lo que había leído o visto impreso hasta entonces. Era único y esclarecedor.

Volví a leer los versos y me detuve en *inamorato*. Eb lo había interpretado como amor y yo había pensado en Bastiaan. Pero ahora pensaba que se refería al amor a uno mismo, a las ambiciones y logros propios. Burton decía que, si era intransigente, «el gusto por el aprendizaje o el estudio excesivo» era una fuente particular de aflicción. Él debía de saber un par de cosas al respecto, pensé.

—SI NO ESTÁS preparada ya, no lo estarás nunca.

Levanté la vista. Gwen se había plantado delante de la ventana de las Brontë y su sombra caía sobre el *Manual básico de Gramática Griega*.

—¿Qué haces aquí? —pregunté.

—Voy a secuestrarte.

—No, no vas a hacerlo.

—Crees que estoy de broma, pero ya está todo preparado. Maude y Louise nos están esperando en el cobertizo de las bateas del Cherwell. Tu amiga Aggie iba a venir, pero se ha contagiado de esa horrible gripe. Y aunque Lotte declinó la invitación, cómo no, ha tenido la amabilidad de prepararnos una cesta de pícnic: hemos puesto nuestras raciones en común y las ha convertido en un festín. Parece que está de acuerdo con que los demás se diviertan, pero no con hacerlo ella.

—Gwen, no puedo. Los *Responsions* son dentro de dos días.

—Me dijiste que mañana no tienes que trabajar porque la señora Stoddard te ha dejado librar, ¡podrás pasarte el día entero estudiando!

—El día entero no. Tengo que asistir al discurso de la directora a las candidatas.

—Si la señorita Penrose pudiera darte un discurso ahora mismo, te diría que te fueras a pasear en barca con tus amigas.

—Eso no es cierto.

Gwen puso la mano sobre el texto que estaba estudiando.

—Explícame lo que acabas de leer, por favor.

—No seas pesada.

—Explícamelo —insistió.

Suspiré. Pensé. Sentí pánico. Había desaparecido. No tenía ni la menor idea de lo que acababa de leer. Intenté apartar la mano de Gwen de la página, pero ella se mantuvo firme.

—Exacto —dijo. Luego levantó el libro del escritorio y miró la página—. Te daré una pista: verbos.

Pensé. Negué con la cabeza.

—¿Cuántos modos tienen los verbos del griego antiguo?

Volví a pensar. Había modos, voces, personas, números. Muchas cosas que memorizar y, en aquel preciso momento, no recordaba ninguna.

—Exacto —repitió Gwen—. Tu cerebro se ha puesto en huelga. Necesita un recreo.

Cerró el libro y recogió mis cosas. Las metió en mi cartera.

«¿Cuántos modos hay? —pensé—. ¿Cuántos malditos modos hay?»

—¿Vienes? —preguntó Gwen.

Ya había salido de la nave, llevaba mi mochila al hombro y el libro en la mano. Se dio la vuelta y echó a andar. La seguí.

—Gwen —la llamé, desesperada—, ¿cuántos hay?

—Cuatro —me contestó volviendo la cabeza por encima del hombro—. Hay cuatro modos, tres voces, tres personas y tres números. No me preguntes cómo se llaman. Antes lo sabía, pero ahora ya no. Aunque siempre me hizo gracia la idea de que los verbos tuvieran modo. Bien sabe Dios que el modo en el que yo los estudiaba nunca sirvió de mucho.

Pasó junto a la señorita Garnell, depositó el libro en su escritorio y salió de la biblioteca dando grandes zancadas.

—Llévate esto —me dijo la bibliotecaria mientras me apresuraba para alcanzar a Gwen. Me entregó el manual—. Si tú no dices nada, yo tampoco.

LOU ESTABA COMPRANDO granizados cuando llegamos al río.

—¿De qué sabor lo quieres, Peg?

No tenía ni idea.

—Del mismo que tú, Louise —contestó Gwen. Me dejó en manos de Maude—. Agárrala para que no se caiga al río —le dijo.

Mi hermana me cogió de la mano y me llevó a la batea. La miré como si fuera una extraña; conocida, por supuesto, pero de una forma extraña. Maude miró a Gwen.

—Yo no me preocuparía —le dijo ella—. Está dentro de los límites de lo normal. Ha estudiado demasiado y cree que lo ha olvidado todo. No es así, desde luego, pero solo volverá a ser ella misma cuando estemos navegando por el Cherwell tomándonos un granizado.

Lou llegó justo entonces con cuatro tazas de hielo de diversos sabores y todas subimos a la batea.

—Yo la llevo, ¿os parece?

Gwen cogió la pértiga antes de que nadie tuviera tiempo de responderle y nos guio con seguridad hacia la corriente. Nos tomamos los granizados y hablamos muy poco, pero el movimiento me relajó.

Al cabo de media hora, nos detuvimos junto a la orilla y Maude sacó el pícnic que Lotte nos había preparado. Gwen sirvió cuatro vasos de limonada. Faltaba una hora para que se pusiera el sol y el día aún era caluroso. Cuando empecé a sentirme saciada, lo recordé de repente:

—Indicativo, imperativo, subjuntivo y optativo —dije en voz alta.

—¿Qué le pasa ahora? —preguntó Lou.

—Nada de nada —contestó Gwen.

—Volverá a ser ella misma —dijo Maude.

Me sentí más animada.

AL DÍA SIGUIENTE, acompañé a mi hermana hasta la imprenta y luego continué caminando hasta el Oriel, donde la directora Penrose iba a pronunciar un discurso para las candidatas a los *Responsions* del Somerville.

La sala estaba totalmente llena, y eso me hizo sentir molesta. Qué fácil parecía todo para muchas de aquellas mujeres. Miré a mi alrededor, con la esperanza de ver a otra «Ciudad» entre tanta «Universidad», pero ¿cómo iba a distinguirla?

—Tenía curiosidad por saber si estarías aquí.

Me di la vuelta. Era la mujer con la que había hablado después del examen. Ella también había aprobado, pensé. «Espero que asistamos juntas al Somerville», me había dicho.

Señaló un par de asientos y la seguí. Nos sentamos entre varias mujeres que ya vestían la toga corta y negra de las estudiantes.

—Son de los primeros cursos —me explicó mi compañera—. Tienen que aprobar los *Responsions* para que las acepten en una carrera. A algunas les da bastante igual. Se conforman con completar los cursos habituales y salir con mejores perspectivas de futuro que cuando llegaron.

La expresión de mi cara debió de inquietarla.

—Bueno, ya sabes, un poco de Lengua y Literatura inglesas, un poco de Historia, un francés pasable. Eso es lo único que necesitamos la mayoría para encontrar un buen marido y no avergonzarlo.

¿Se estaba burlando? No lo sabía a ciencia cierta.

—Es imposible que pienses así; de lo contrario, no estarías aquí —dije.

—Pues la verdad es que sí pienso así. Dudo que apruebe los *Responsions*, pero, aunque los aprobara, ¿qué sentido tendría? Ni toda la inteligencia del mundo me haría conseguir un título en esta universidad.

—¿Qué haces aquí, entonces?

Se acercó a mí.

—Tengo que aparentar. Mi madre es una mujer intelectual y sufragista. Es insoportable.

El alboroto de la sala disminuyó y mi acompañante se volvió hacia el escenario. La señorita Penrose estaba esperando a que se hiciera el silencio.

Era alta, tenía casi todo el pelo blanco cubierto por la gorra de tres picos, y la figura y la ropa ocultas bajo una toga negra y larga. La señorita Garnell me había contado que había sido la primera mujer de Oxford en sacar matrícula de honor en Clásicas. «Es mejor que la mayoría de los hombres —había afirmado—. Pero ni siquiera a ella le concedieron el título.»

Y, sin embargo, ella le había encontrado sentido, pensé, había encontrado un motivo para aprobar los *Responsions* y cursar la carrera. Y allí estaba. La directora del Somerville. Soltera, pero sin avergonzar a nadie. Nos miró con detenimiento: a estudiantes y a aspirantes, todas deseando lo mismo que ella había deseado en su día (con algunas excepciones, según sabía ahora). Creo que le satisfizo ver la sala llena.

—Bienvenidas —dijo.

Saqué de mi bolso unas cuantas hojas en blanco y un lápiz afilado.

—La importancia de la educación —dijo, y lo anoté.

«... la obligación de consumar el potencial y ponerlo al servicio de la comunidad y del país...»

«... la vida de la estudiante...»

«... el actual estado del mundo...»

Se me rompió el lápiz. Miré a mi alrededor y me di cuenta de que no había nadie más tomando notas.

—Y, una vez más, la Oficina de Guerra pide que nuestras alumnas más brillantes y dotadas trabajen de camareras, cocineras, oficinistas. Que enrollen vendas y limpien cuñas. Trabajos esenciales, todos ellos, y soy consciente de que algunas de ustedes considerarían apropiado cambiar su educación, y su potencial, por esos trabajos bélicos que podría hacer cualquiera.

Hubo movimientos y un susurro circuló entre algunas de las que llevaban togas cortas. La señorita Penrose suspiró, como si supiera que su discurso ya carecía de sentido para ellas.

—Por favor, consideren el largo plazo —dijo—. Aquellas de ustedes que estén a mitad de curso, piensen en cómo podrán servir al Estado dentro de uno o dos años, cuando estén plenamente formadas. Las que están a punto de empezar, plantéense lo bien que podrán servir a su país cuando hayan desarrollado su talento al máximo. A algunas de ustedes se les han ofrecido becas; a unas cuantas, becas completas. Son el futuro de este país y es vital que las mujeres más dotadas se comprometan con los estudios: formarse en Oxford no es algo que pueda improvisarse.

Me removí en mi asiento. Sonrojada. Una beca completa. Las más dotadas.

—En el caso de que suspendan los *Responsions* —continuó—, acudan, por supuesto, a la llamada de la Oficina de Guerra. Pasar otro año esperando a obtener una plaza en una universidad será un acto difícil de justificar.

EL DÍA DEL examen, me vestí despacio, con meticulosidad. Con Maude a mi lado. Las dos mudas.

«En el caso de que suspendan los *Responsions*.»

Me recogí el pelo, me sujeté el sombrero.

«Pasar otro año esperando a obtener una plaza en una universidad será un acto difícil de justificar.»

Maude hurgó en el cajón de encima de nuestra cama y encontró el lápiz de labios de Tilda.

—Un toquecito para la confianza —dijo.

—Más bien para pasar un buen rato.

Sonreí.

Lo cogí. Me lo apliqué. Besé el pañuelo que me pasó mi hermana. Silbó, igual que silbaba Tilda cuando nos ponía guapas y nos hacía dar vueltas.

—No voy a un baile, Maudie.

Se acercó, cogió el pañuelo y me dio unos toquecitos con él en los labios. Se apartó.

—Perfecta.

—Mucha mierda —dijo Maude cuando nos detuvimos en Walton Street.

—No es una obra de teatro, Maude. Si me olvido de lo que tengo que decir, no podré repetirlo mañana. —Los nervios me estaban haciendo tratarla mal. Tilda le había explicado la frase y no se le ocurría qué otra cosa decir. La abracé. Fuerte—. Gracias, Maudie —le susurré al oído—. Por permitirme hacer esto.

Ella me abrazó con la misma fuerza.

—Mucha mierda —volvió a decir.

Después me soltó y entró en la imprenta.

La observé. Me pregunté si estaría empezando a sentirse a la deriva. Quise que se diera la vuelta.

No lo hizo.

Matemáticas, Latín, Griego Antiguo. El puñetero Griego Antiguo.

—Por favor, suelten los lápices, señoras.

Desvié la mirada a toda prisa hacia el reloj: era imposible. Pero las demás estaban soltando los lápices. El catedrático esperó un instante antes de repetirlo. Solté el lápiz.

No sé cuánto tiempo pasé apoyada contra la pared exterior de la portería del Somerville. Sabía que Gwen y la señorita Garnell me estarían esperando. Tendrían preparadas una tetera y tres tazas. Un plato de galletas. Pero era incapaz de moverme. Había salido de la sala del

Oriel en la que había hecho el examen, había recorrido las calles de Oxford agradeciendo que todo el mundo me ignorase, agradeciendo que no me preguntaran cómo me había ido. Deseando, desesperadamente, no tener que contestar nunca a esa pregunta.

GWEN SIRVIÓ EL té. Estaba negro por el tiempo que había reposado y tan amargo como yo me sentía por dentro.

—¿Azúcar?

Negué con la cabeza; la amargura me parecía apropiada.

Bebió un sorbo e hizo una mueca.

—Dios, lo necesita.

Añadió un terrón de azúcar a su taza, lo probó de nuevo y añadió otro.

La señorita Garnell me puso un pañuelo limpio en la mano.

—He suspendido—dije.

Me soné la nariz.

—¿Qué parte? —me preguntó Gwen.

—La parte que estaba destinada a suspender.

45

GIRAMOS HACIA WALTON Street y Maude se adelantó.

Oí la campanilla que había encima de la puerta del señor Turner y a Maude preguntar:

—¿Correo?

No me apresuré en seguirla.

—¿Es esto lo que estaba esperando, señorita Jones? —le estaba preguntando el quiosquero a Maude cuando entré en la tienda.

—El último obstáculo —respondió Maude.

«El último obstáculo», pensé.

Mi hermana me tendió la carta para que la cogiera.

Me quedé mirando el sobre. Me entraron ganas de agarrarlo y romperlo. Si no lo abría, no lo sabría nunca. Un eco de algo que las mujeres repetían una y otra vez, mujeres con hijos o maridos ausentes. Me ruboricé. No tenía derecho. Cogí la carta.

—Ábrela —dijo Maude.

—Ahora no, Maudie. Vamos a llegar tarde.

Me la guardé en el bolsillo de la falda.

—ESTE NO VALE, señorita Jones —dijo la señora Hogg, que levantó un cuadernillo para llamar la atención sobre los bordes mal alineados.

«Ay, Maude», pensé.

—Señorita Jones, ¿me está escuchando?

Me llevé la mano una vez más al bolsillo de la falda. Las esquinas del sobre se habían ablandado bajo mi roce constante.

—¡Señorita Jones!

Entonces me di cuenta: la reprimenda de la señora Hogg no iba dirigida a Maude, sino a mí. «Señorita Margaret Jones A/A Quiosco de Turner.»

—Lo siento, señora Hogg. —Extendí la mano libre—. Volveré a plegarlos.

Continuó sujetándolos.

—Puede que piense que es demasiado buena para este sitio, pero aún no se ha marchado.

—Demasiado buena para este sitio —repitió Maude sin dejar de mover las manos.

—Cierra el pico —le ladró la señora Hogg.

Desde que su marido había desaparecido en combate, no paraba de ladrar.

Vi que Maude se mordía el labio.

—No puede evitarlo, señora Hogg. —Fue Lou quien lo dijo, porque yo no abrí la boca—. Ya sabe que no puede.

—No lo tengo tan claro —dijo la supervisora.

—No lo tengo tan claro —fue el eco de Maude.

Se le había escapado. Añadió otro cuadernillo perfecto a su montón y recé para que la señora Hogg no dijera nada más.

—Ya le he dicho que lo siento, señora Hogg. Volveré a plegarlos de inmediato.

Y, de pronto, vi a la señora Stoddard tras ella, cerniéndose sobre la Cosa Pecosa.

—Gracias, señora Hogg. Tiene vista de águila. —Cogió el cuadernillo que su supervisora tenía aún en la mano y examinó el texto—. Estoy segura de que Tolstói se lo agradecerá. —Luego se acercó a nuestra mesa y me colocó delante el cuadernillo mal plegado—. Cuando haya arreglado esto, señorita Jones, ¿podría venir a verme?

Aquello satisfizo a la señora Hogg, que se olvidó de Maude y continuó recorriendo las mesas.

Desplegué el cuadernillo y utilicé la plegadera de hueso de mi madre para alisar las arrugas rebeldes. Páginas de *Anna Karenina, Vol. 1*. Estaban al revés y desordenadas. Volví a plegarlas, poniendo mucha atención en alinear las marcas de imprenta. Dejé el cuadernillo encima de la pila, no sentí ni la menor tentación de llevármelo a casa. Sabía cómo acababa la historia.

LA SEÑORA STODDARD estaba anotando algo en su libro de registro. Cómo se parecía a la señorita Garnell, pensé, cuando giraba la cabeza hacia la portada del manuscrito de muestra y luego otra vez hacia el libro de registro. Tenía los dedos manchados de tinta por culpa de una pluma que goteaba, y un pañuelo a punto para limpiárselos. La observé mientras escribía el título y el autor, el número de ejemplares montados, la cantidad de ejemplares defectuosos. Me pregunté cuántas veces las cifras no cuadrarían y me erguí un poco más. Cuando terminó la entrada, levantó la vista.

—¿Te encuentras bien, Peggy? —me preguntó.

—Muy bien, señora Stoddard —le contesté.

Me estudió el rostro y frunció el ceño. Sabía que era como una página en blanco. «Maudificada», pensé, aunque el esfuerzo me estaba matando. Estaba desesperada por que me dejara marcharme.

—¿Has sabido algo? —inquirió.

Aquello no iba bien. Empezó a temblarme el labio, lo sentí y lo odié. Quise mordérmelo y hacerme sangrar.

—Oh, Peggy —dijo.

Pero me había malinterpretado y yo no merecía, quizá no mereciese, su compasión.

Me saqué la carta del bolsillo de la falda. Tenía las esquinas sobadas. Se la entregué.

—¡No la has abierto!

La esperanza le iluminó un poco la expresión.

—Ha llegado esta mañana. No podía. No habría podido venir a trabajar si...

La capataz sonrió.

—¿Quieres que te la guarde? Solo hasta el final de la jornada, para que puedas seguir con tu trabajo.

Respiré hondo, aliviada de que no me sugiriera que la abriera allí mismo.

—Sí. Por favor. Soy incapaz de dejar de tocarla y he cometido más errores hoy que en los últimos seis años.

—Estás exagerando, Peggy. —Sonrió—. Aunque no mucho. —Al ver que me relajaba, bajó la voz—: No nos conviene darle más motivos de preocupación a la señora Hogg.

LA SEÑORA HOGG tocó la campana que señalaba el final de la jornada y un tumulto de chirridos de sillas y parloteos inundó el taller.

Hice caso omiso. Cogí otro pliego impreso e hice la primera doblez, la segunda, la tercera.

—Peggy.

Era la señora Stoddard. Ahora el taller estaba en silencio. Todas las demás chicas se habían marchado.

Miré hacia la mesa de Maude y sentí la habitual punzada de pánico al no verla sentada allí. Era innecesario, pero la costumbre me obligó a echar un vistazo rápido en torno a la sala. Mi hermana ya estaba delante del escritorio de la capataz, con las manos ocupadas en pliegues inventados por ella.

«Ha llegado el momento», pensé. Pero seguía sin tener ninguna prisa. Ordené mi mesa, ordené la de Maude. Coloqué bien nuestras sillas y me encaminé hacia la carta.

—Ha llegado el momento —dijo la señora Stoddard.

—Oferta de Oxford —dijo Maude.

—Ay, Maudie —dije—. ¿Y si no lo es? ¿Y si he suspendido? Se encogió de hombros.

—Y si —dijo.

La capataz me puso el sobre en las manos.

—Bien sabe Dios que te lo mereces, Peggy, y ya te han ofrecido una beca. Es evidente que eres lo bastante buena como para entrar. ¿Por qué estás tan nerviosa?

—Por el griego antiguo —contesté a la vez que cogía el sobre.

—El puñetero griego antiguo —dijo mi hermana.

Me metí el sobre en el bolsillo y salí del taller. Maude me siguió.

JUNTAS, CRUZAMOS EL patio y salimos a Walton Street. Me detuve y Maude trató de hacerme virar hacia la izquierda, hacia el canal. Hacia el *Calíope*. Hacia nuestra casa. Hacia todo lo que era conocido y ordinario. Hacia todo lo que me atrevía a imaginar que tal vez echara de menos. Pero no hubo forma de que me volviera.

El Somerville se alzaba, como siempre, al otro lado de la carretera. Qué cerca estaba ahora, más cerca que nunca, pero, cuanto más lo miraba, más parecía alejarse. Sentí que mi hermana me tiraba del brazo. Me molestó que lo hiciera y me zafé de ella.

—¿Vienes? —dijo.

Me volví.

—Ve tú, Maudie, yo no tardaré.

Pero no se marchó. Tenía algo que decir y el esfuerzo le crispó la cara.

—Es evidente que eres lo bastante buena.

Las palabras de la señora Stoddard. El tono casi idéntico. Se le relajó el rostro y asintió, satisfecha por haber dicho lo que quería. Luego echó a andar hacia casa.

NUNCA HABÍA ESTADO en el cementerio sin Bastiaan y en cierto modo esperaba encontrármelo allí. Me paré junto a la casa del guarda y miré hacia la tumba de la señora Wood. Bastiaan no estaba, pero me dirigí hacia allí de todos modos. Me senté con la señora Wood hasta que sentí el frío de la piedra en las nalgas. «Continúa —me imaginé que me decía—. No es a mí a quien necesitas.»

Así que me puse en marcha, serpenteando entre las lápidas, deteniéndome ante cada uno de los muertos de Bastiaan. Ya los conocía a todos: a los belgas y a sus anfitriones ingleses. Cuando llegué a la tumba del joven William Proctor, deseé haberle llevado una cerveza de jengibre. Me disculpé. «Sigue adelante», dijo el chico.

A lo largo de la avenida de tejos y más allá de la capilla.

Hasta el muro norte atestado de muertos de Jericho.

La luz y la sombra danzaban sobre los nombres y las fechas. Soplaba la brisa y los árboles susurraban en las alturas.

«Helen Penelope Jones»

Un grabado de un libro abierto.

Me arrodillé, limpié las hojas y arranqué las malas hierbas del suelo que rodeaba su tumba. Acaricié su nombre con los dedos y sentí la forma de cada letra. ¿Por qué teníamos que esperar a morir para que inscribieran nuestro nombre en algún sitio?, me pregunté.

Me saqué el sobre del bolsillo.

—¿Soñaste alguna vez con algo más? —le pregunté.

Pasé la uña por debajo de la solapa. No quería rasgar el sobre. No quería estropearlo. Vi la carta que contenía: estaba plegada, una sola vez. La saqué hasta la mitad. «Querida señorita Jones.» Volví a guardarla. Llevaba seis años sin hablar con mi madre.

—Te odié por marcharte.

Fue un alivio decirlo.

Miré las copas de los árboles que ensombrecían su tumba. Llenas de aliento, de movimiento y de luz cambiante.

—¿Por qué no me obligaste a seguir estudiando? —Sin embargo, ni siquiera había terminado de decirlo cuando la recordé intentándolo—. Tendrías que haberte empeñado más. No sabía quién sería sin Maude y me dio miedo. Te imaginé sentada a su lado en el taller de encuadernación y me sentí...

¿Cómo me había sentido?

—Excluida. Expulsada. Superflua.

Respiré hondo. Me tranquilicé. Me había sentido como una copia, como un eco. Demasiado frágil para estar sola. Había anticipado la soledad y le había plantado cara a mi madre hasta que cedió.

—Me arrepentí, mamá. Cada año un poquito más. Y entonces nos dejaste y todo se volvió imposible.

Saqué la carta. Entera.

—¿Lo sabías? —pregunté, y en ese momento me di cuenta de que sí debía de saberlo—. ¿Por eso llevabas tantos libros a casa?

La desplegué.

«Querida señorita Jones», decía.

Había más palabras de las que era capaz de memorizar, pero las que importaban se me grabaron a fuego en la mente.

«Suspendida.»

«No se le permite acceder a una beca en estos momentos.»

La sombra no tardó en sustituir a la penumbra y la luz. El cementerio se tornó frío. Volví a meter la carta en el sobre y apreté la solapa. No se selló, por supuesto. Nada de todo aquello podría deshacerse. Lo dejé en el suelo delante de la lápida de mi madre y lo aseguré con una piedra.

LA CASA DE St Margaret's Road tenía tres pisos de altura. Ventanas altas en todos los niveles. Recordé haber fingido que era nuestra.

Abrí la verja, me dirigí hacia el lateral del edificio y bajé los escalones hasta la entrada del sótano. Llamé a la puerta con los nudillos.

No recibí respuesta.

Volví a llamar; después me senté en un escalón y esperé.

Milan fue el primero en llegar a casa.

—No está lejos —me dijo en un inglés entrecortado—. Ayuda a nuestros chicos a prepararse para el examen de inglés, pero tendrán que parar para la cena.

Sostuvo la puerta abierta.

—No tendría que haber venido —dije.

Sonrió.

—Él querrá que esperes.

Me senté en uno de los sillones y observé a Milan mientras llenaba un hervidor de agua y lo ponía sobre la pequeña estufa de queroseno.

—Te gustará el té, ¿sí?

—Por favor.

Unos pasos irregulares en las escaleras y tuve que contenerme para no levantarme del sillón y salir corriendo. No estaba segura de si hacia él o lo más lejos posible.

Milan abrió la puerta antes de que Bastiaan tuviera tiempo de hacerlo por sí mismo. Le vi ponerle una mano en el hombro y apretársela. Luego se hizo a un lado y Bastiaan entró.

—Le gustará el té, amigo mío —dijo Milan—. Hazlo dulce, creo que está disgustada. —Me di cuenta de que no había llegado a quitarse ni el abrigo ni el sombrero—. Comeré con los chicos en Wycliffe Hall.

Y nos quedamos solos.

Bastiaan me miró de arriba abajo con el ceño fruncido. Recordé todas las veces que me había posado la mano en el corazón.

—No estoy herida —dije.

Se relajó, pero se dio la vuelta hacia la estufita. Cuando estiró la mano para levantar la tetera, vi que le temblaba. Sin embargo, al entregarme la taza de té, la tenía firme.

Demasiado caliente. Demasiado dulce. Pero me lo bebí, consciente en todo momento de la mirada de Bastiaan.

—He suspendido —dije.

—¿Cómo es posible?

Nunca había dudado de mí.

Me levanté del sillón y di un paso hacia él, pero, cuando no se movió para venir a mi encuentro, me detuve, avergonzada al instante.

—No sé por qué he venido —dije.

No abrió la boca. No se movió ni un centímetro.

—Será mejor que me vaya —dije.

Nada.

—Bastiaan, no sé qué hacer, no sé qué quieres.

—No puedo decirte lo que tienes que hacer, Peggy, pero sí sabes lo que quiero.

Sí, lo sabía. Se lo veía en la piel, se lo oía en la respiración. No me había olvidado.

Él tampoco. Le había dicho «no».

—Depende de ti, Peggy.

Nos QUEDAMOS TUMBADOS en su cama, con la respiración aún acelerada. Él ya tenía la mano posada sobre mi corazón.

—¿Te quedarás en Inglaterra? —pregunté—. Me refiero a cuando todo esto acabe.

Un silencio.

—Si tú quieres —contestó.

—Siempre estará Maude.

—Lo sé.

6 de agosto de 1918

Queridas Peggy y Maude:

Me llamo Iso Rae. Creo que Tilda os ha hablado de mí y que algunos de mis dibujos han llegado hasta vuestro barco de canal, en Oxford. Siento que ya os conozco y espero que esta carta no esté fuera de lugar.

Tilda ha recibido una noticia terrible. Su hermano, Bill, ha muerto. Lo hirieron en el Marne y lo trajeron a Étaples para tratarlo de varias lesiones en el estómago. No sé si os imagináis lo grande que es este sitio. Hay veinte hospitales y tratamos a miles de hombres al mismo tiempo. Tilda no se enteró de que Bill estaba aquí hasta después de su muerte. Lo ingresaron en el hospital St John, no lejos del pabellón de aislamiento en el que Tilda trabaja en estos momentos. Qué cruel resulta.

No es ella misma (o quizá sea más ella misma, si es que eso tiene algún sentido para vosotras: todos los vicios se exageran). No estoy segura de si os ha escrito, pero sospecho que no.

Si conocíais a su hermano, aceptad mis condolencias, por favor.

Para mí, este campamento es un lugar intolerable. Tilda hace que lo sea menos. La vigilaré.

Con un cordial saludo,

Iso Rae

«Más ella misma.» Tenía todo el sentido del mundo.

46

La señora Hogg se inclinó sobre mi hombro para que solo yo oyera lo que tenía que decirme:

—No volverá a olvidarse pronto de cuál es su lugar, ¿no, señorita Jones?

No era la única. Cuando entraba y salía del taller de encuadernación, las otras me miraban como si no me hubiera pasado la vida entera en Jericho; como si no hubiera ido a San Bernabé con ellas o con sus hijas o sus nietas; como si ni mi madre ni mi abuela hubieran sido jamás encuadernadoras; como si mi abuelo no hubiese sido fundidor de tipos. Mi presencia en el taller era una intrusión. Yo lo sentía tanto como ellas.

Yo era la chica a la que habían pillado leyendo cuando tendría que haber estado plegando, la que quería ser «Universidad» en lugar de «Ciudad». Si hubiera aprobado, me habrían deseado lo mejor. Pero había suspendido. Me había creído mejor de lo que era. Eso no me lo perdonarían, y solo lo olvidarían cuando yo misma lo hubiera olvidado. Pocas fueron tan directas como la señora Hogg, pero más de una me preguntó si finalmente iba a quedarme, y veía la sonrisa de satisfacción que se les dibujaba en los labios. «Que te sirva de lección —me estaban diciendo—. No eres mejor que las demás.»

¿Era eso lo que me había creído?

Sin embargo, pronto perdieron el interés. Las noticias de la batalla de Amiens trajeron esperanza y dolor. Luego, las crónicas sobre la gente que moría a causa de la gripe española se volvieron cada vez más sensacionalistas. El conductor de un autobús se detuvo en medio de la carretera, bajó dando tumbos a la acera y se desplomó, muerto. Un soldado que había vuelto a casa de permiso estaba como una rosa por la mañana y muerto por la tarde. Todo el mundo conocía a alguien que estaba muy enfermo. Todo el mundo conocía a alguien que conocía a alguien que había muerto. Mis ambiciones frustradas se tornaron irrelevantes.

Volvía a ser una simple encuadernadora. Plegaba las mismas páginas una y otra vez. No me molestaba en leerlas. Más bien al contrario, dejaba que los ruidos del papel me llenaran la mente: el crujido de los pliegos impresos al sacarlos de las manos, el girar de las páginas, el rápido trazo de la plegadera de hueso de mi madre al marcar las dobleces. Ahogaban el alfa, beta, gamma del griego antiguo; los verbos perfectos, pluscuamperfectos e imperfectos.

Ahora los recordaba, claro.

Cuando la señora Stoddard tocaba la campana, los ruidos del papel se silenciaban.

—Señoras, una vez más, debo pedirles a las que puedan que continúen trabajando un rato más. —Echó un vistazo alrededor del taller y todas vimos lo mismo que ella: mesas medio vacías, montones de pliegos extendidos—. Se nos han marchado otras cuatro a la fábrica de municiones y hay una decena con gripe. Si están dispuestas y pueden, por favor, pasen a verme antes de marcharse hoy.

No era una petición inusual; desde Aggie, el taller no había parado de perder trabajadoras que se iban a la fábrica de municiones. Pero yo llevaba meses sin querer hacer horas extra. Cuando me había ofrecido a quedarme para echar una mano con *Anatomía de la melancolía*, había sido más para evitar el griego antiguo que para ayudar en la imprenta. La señora Stoddard se había negado. «Tienes cosas mejores que hacer», me había dicho con los ojos iluminados por la posibilidad.

Esta vez, tenía los ojos tan apagados como los míos.

—Gracias, Peggy —dijo—. Te pondré en el mismo turno que Maude y Lotte.

Luego miró a la siguiente mujer antes de que alguna de las dos pudiéramos emocionarnos.

La semana siguiente, dos mujeres más se marcharon a la fábrica de municiones y varias enfermaron de gripe. La señora Stoddard volvió a tocar la campana, pero no fue para pedirnos que hiciéramos horas extras. Fue para pedirnos algo en nombre de la Cruz Roja.

—Voluntarias —dijo la capataz—. Mujeres solteras y mujeres casadas sin hijos.

«Trabajo bélico», pensé, y recordé el discurso de la señorita Penrose. Ahora ya no había razón para que yo considerara el largo plazo. Yo no era «el futuro», etcétera. No estaba entre «las mujeres más dotadas», etcétera. «En el caso de que suspendan los *Responsions* —había dicho—, acudan, por supuesto, a la llamada de la Oficina de Guerra. Pasar otro año esperando a obtener una plaza en una universidad será un acto difícil de justificar.» Etcétera, etcétera, etcétera.

Fui a la sesión informativa con Lotte y con Maude y presté atención a la enfermera que nos explicaba lo que debíamos y no debíamos hacer. Firmé con mi nombre y dije que estaba disponible tres noches a la semana, así como los sábados por la tarde. Cogí la tarjeta identificativa y la mascarilla de tela y le aseguré a la enfermera que sabría coserme otra. «Gracias por acudir a la llamada», me dijo.

BASTIAAN ME ACOMPAÑABA en las visitas y Maude hacía las suyas con Lotte. Nos dedicábamos sobre todo a intentar que la gente estuviera lo más cómoda posible, a barrer los suelos, a ordenar las habitaciones, a calentar la sopa que les habían dejado los vecinos. Aquella primera semana nos mandaron a ayudar a una mujer con cuatro hijos. Apenas podía moverse porque le faltaba el aire y nos pidió que laváramos a los niños y los metiéramos en la cama. Uno se echó a llorar al verle la cara a Bastiaan y los otros lo imitaron de inmediato. Me dejó sola con ellos y se puso a lavar los platos que se habían amontonado en la pila.

Después de aquello, cambiamos a nuestras familias por los ancianos de Lotte y Maude. Y todos establecimos una nueva rutina. Maude y yo nos despertábamos, trabajábamos la jornada entera en el taller y luego Bastiaan y Lotte venían al *Calíope* a cenar con nosotras antes de dividirnos para acudir a las casas que figuraban en nuestras respectivas listas de la Cruz Roja. Hacíamos más de aquello a lo que nos habíamos comprometido: las tres noches se convirtieron en cuatro y no todos los domingos eran nuestros. No obstante, las cosas empeoraban. Los chicos volvían a casa desde Francia, Italia, Macedonia. Habían sobrevivido a la guerra solo para caer en brazos de la gripe. «Qué injusto», pensé cuando vi a mi primer soldado muerto a causa de la enfermedad. Llegamos antes que la ambulancia y su madre nos pidió que le pusiéramos el uniforme. Aún tenía las extremidades blandas y Bastiaan no paraba de comprobar si tenía pulso. Tuve que apartarle la mano de la muñeca del muchacho.

—¿Lo contarán entre las víctimas de la guerra? —preguntó la madre.

—Por supuesto —respondí.

Pero más tarde me enteré de que la respuesta era no.

Menos mal que teníamos a Rosie. Ella solo podía atender las necesidades de la anciana señora Rowntree, pero aportó su granito de arena alimentándonos. Y Oberon consiguió que nuestro cubo de carbón se mantuviera medio lleno cuando a los demás empezaba a faltarles. Los largos días estivales también ayudaban. No siempre eran secos, ni siquiera cálidos, pero la luz lo hacía todo más soportable. Muy pocas casas de Jericho tenían electricidad y el aceite se había encarecido. La duración de los días nos permitía quedarnos hasta más tarde si nos necesitaban. Y siempre parecía que nos necesitaban.

LOS SÁBADOS INTENTÁBAMOS terminar nuestras visitas antes de la hora de la merienda para poder disfrutar a solas del resto de la tarde. Bastiaan a veces me llevaba al cine y, si Milan no estaba, nos llevábamos queso, salsa de encurtidos y media hogaza de pan a la habitación del sótano. Hacíamos el amor y luego comíamos. Dejábamos que las migas cayeran entre las sábanas de su cama: me gustaba sentir el picor y el cosquilleo. Demostraban mi desnudez y la suya. Demostraban que nuestro cuerpo era capaz de hacer algo más que trabajar, sangrar y esforzarse por respirar. Fingíamos que la habitación era nuestra. Que la guerra había terminado y Milan había regresado a Serbia con sus chicos. Me imaginaba a Maude viviendo su propia vida.

—Pero a lo mejor vuelves a Bélgica —le dije una vez mientras cortaba un trozo de queso y lo untaba en salsa, como si su respuesta me diera igual.

Se encogió de hombros. Hice como que no lo había visto.

—Es posible que tenga que hacerlo —dijo—. Vuestro gobierno quiere enviarnos a todos a casa cuando acabe la guerra.

—Si nos casamos, podrías quedarte —le dije.

No me lo había vuelto a pedir, pero había estado dándole vueltas.

—Si nos casamos, podrías venirte conmigo —dijo.

—¿A Bélgica?

—Habrá mucho que reconstruir.

Me encogí de hombros. Hizo como que no lo había visto.

Era un juego, como una partida de ajedrez, y siempre tenía la sensación de que terminaba en tablas.

47

Durante el otoño de 1918, murieron tres mujeres, tres voluntarias que habían estado visitando a los enfermos. Me enteré por casualidad mientras hacía cola en la pescadería, durante la pausa para el té en el trabajo, a través de la señora Townsend, la mujer a la que Bastiaan y yo estábamos visitando. No paraba de llorar porque le había contagiado el resfriado a la última chica guapa. A la señora Townsend le colgaba la piel de los huesos porque había adelgazado demasiado deprisa, y me pregunté de dónde sacaría la energía para llorar. Me senté a su lado con un tazón de caldo; ella volvió la cabeza hacia el otro lado. «Vete —me dijo con la voz ronca—. O te mataré a ti también.»

Tres mujeres que habían acudido a la llamada. Me pregunté si alguna de ellas habría suspendido los *Responsions* o habría hecho caso omiso de la señorita Penrose y su visión a largo plazo. La Cruz Roja buscaba mujeres solteras y casadas sin hijos, según nos había dicho la señora Stoddard. Sabían que aquello iba a ocurrir, claro que lo sabían. No querían huérfanos.

Tres mujeres. Busqué en los periódicos locales, pero no encontré ningún cuadro de honor. «Apenas hay constancia de su vida —me había contestado mi madre una vez que le pregunté qué había sido de las troyanas—. Así que no merece la pena escribir sobre su muerte.»

«Eso dicen los poetas —pensé—. Los hombres que sostienen la pluma.»

Nuestra nueva rutina nos dejaba tan exhaustas que apenas teníamos fuerzas para fijarnos en los montones de libros, manuscritos y cuadernillos que aún atestaban el *Calíope*. Entre el taller y el voluntariado, Maude no tenía tiempo de consultar su libro de registro y yo no tenía valor para guardarlos definitivamente. Durante varias semanas los saltamos y los rodeamos, movimos este libro aquí y el otro allá, apoyamos las tazas sobre ellos y los usamos para espantar a los mosquitos que nos atormentaban durante aquel verano húmedo y lluvioso. Pero ninguna de las dos hablaba de ellos. Ninguna de las dos podía hacerlo.

Entonces, un domingo de finales de septiembre, Maude sacó su libro de registro y empezó a devolver a las estanterías lo que estaba desordenado. No me pidió ayuda y yo no se la ofrecí.

Me quedé de pie con una taza de café vacía en la mano y observé a mi hermana. Estaba tranquila, era feliz. Si hubiera hecho mejor tiempo, podría haberme marchado a pasear por el Cherwell con Bastiaan y no me habría preocupado en absoluto por dejarla sola.

Al principio, pensé que sería a mí a quien cambiaría la guerra, pero empezaba a darme cuenta de que a la que había cambiado era a Maude.

Recogí las cosas del desayuno, preparé otra cafetera y le puse una taza humeante delante a mi hermana. Me incliné sobre su hombro para ver las columnas ordenadas. «Es verdad que podría ser bibliotecaria», pensé.

Me aparté. Hice la cama y luego me senté en el sillón de mamá y saqué un libro de su estantería. *La inquilina de Wildfell Hall.* Anne Brontë. Pensé en mi nave de la biblioteca. Ya no era mía. Volví a dejar el libro en su sitio, me levanté y miré de proa a popa. El barco era tan pequeño que sentí que me asfixiaba. Y allí estaba Maude. Se arrodilló y encontró la ubicación de un libro, luego la de otro. Los libros, los cuadernillos y los manuscritos. Eso era lo que hacía que el *Calíope* fuera aún más pequeño, aún más estrecho. «Expandirán tu mundo», me había dicho mi madre. Pero, si no los hubiera leído, no sabría lo minúsculo que era.

—Deberíamos deshacernos de ellos —dije.

—No —contestó Maude.

Volvió a la pila de libros que había sobre la mesa. Cogió uno y lo buscó en su libro de registro. Anotó algo, se levantó y se encaminó hacia mí.

—*Anatomía de la Melancolía* —me dijo—. De Eb.

Se lo había insinuado. Y, una vez que se acabaron los pliegues, el montaje y el cosido, una vez que los libros estuvieron forrados, rematados y enviados al almacén, Eb me lo regaló. «El lomo se ha escuadrado mal —me dijo —. Perderá la forma.» Pero, en aquel momento, parecía perfecto.

—De Eb —repitió mi hermana, y echó un vistazo en torno a la sala de estar, a las estanterías repletas de libros, cuadernillos y manuscritos.

Todos eran regalos, me estaba diciendo. Nos los habían regalado o nos los habíamos ganado con esfuerzo. Y no podía deshacerme de ellos porque no eran míos. Eran nuestros.

Abrí *Melancolía* por las primeras páginas. Un poema, del autor a su libro: «Ve, libro, feliz». Se extendía durante dos páginas. Luego, las rimas que describían el frontispicio. Luego, el frontispicio en sí. Hojeé el resto de las páginas hasta llegar a la plancha suelta. Le había dicho a Eb que al ejemplar del Somerville le faltaban los grabados y me había dado una plancha para sustituirlo.

Me abracé al volumen de la Melancolía.

—De acuerdo —dije.

Cuando Maude terminó de devolver todos los libros y manuscritos a sus respectivos estantes, todos los cuadernillos y páginas sueltas a sus respectivos rincones y recovecos, solo quedaba un libro sobre la mesa.

Manual básico de Gramática Griega, de Abbott y Mansfield.

«Si tú no dices nada, yo tampoco», me había dicho la señorita Garnell al dármelo.

Maude me estaba mirando con el ceño fruncido.

—Devuélvelo.

Bastiaan me acompañó al Somerville.

El patio, las tiendas de campaña del hospital, la logia con los oficiales recuperándose en camillas o sillas de mimbre. Lo único distinto eran las caras. Pero la enfermera al cargo seguía siendo la misma mujer a la que le había enseñado mi nota hacía nueve meses. «¿Y se puede saber qué pretende hacer una chica de Jericho en la biblioteca del Somerville?», me había preguntado. «Nada —pensé ahora—. Ni una mierda.»

La señorita Garnell estaba sentada a su escritorio, oculta tras varias pilas de libros, con la cabeza gacha sobre el libro de registro de préstamos. La había echado de menos.

—¡Peg! —La alegría se convirtió enseguida en preocupación—. Oh, Peg.

Salió de detrás de su escritorio y me abrazó. Ojalá no lo hubiera hecho. Si no lo hubiera hecho, habría mantenido la compostura.

La bibliotecaria me pasó un pañuelo y Bastiaan se acercó un poco más a mí. Listo para sostenerme, tal vez, aunque yo sentía que ya había caído.

—Este es Bastiaan —dije, agradecida por poder desviar la atención de mi fracaso.

—Rudyard Kipling —dijo la señorita Garnell.

Él esbozó su media sonrisa e hizo una pequeña reverencia.

—Es un placer conocerla, señorita Garnell. Ha sido una persona importante para Peggy.

—Espero poder serlo de nuevo.

Saqué el manual de griego de mi cartera.

—Gracias por dejarme sacarlo prestado.

Hubo un momento en el que ambas tuvimos el libro agarrado con una mano, como si ninguna de las dos estuviéramos preparadas para hacer lo que había que hacer.

—¿Estás segura? —me preguntó—. Podrías quedártelo, intentarlo de nuevo.

—Es luchar a contracorriente —dije.

—¿Dónde estaríamos si rehuyéramos las luchas a contracorriente? —insistió.

—Estoy segura —dije, y solté el libro.

Volvió a su escritorio y pasó las páginas de su libro de registro. Recorrió la columna de la izquierda con el dedo hasta que lo encontró. Luego colocó una regla debajo de la entrada y la seguí con la vista hasta la columna de la derecha. Había escrito «Peggy Jones» con su preciosa caligrafía. «Peggy Jones», en el libro de registro de préstamos de la biblioteca del Somerville. Lo tachó con una línea.

—¿Y ahora qué? —me preguntó.

—Volvemos al orden normal de las cosas —respondí.

—Las cosas están cambiando, Peg.

—Ah, ¿sí?

—Está lo del sufragio.

Sonreí.

—Para mí no.

—Otra lucha a contracorriente, pero es solo cuestión de tiempo.

Mi madre siempre decía lo mismo. Se pasó años diciéndolo. Luego se le acabó el tiempo.

—Tengo algo para usted —dije para cambiar de tema.

La señorita Garnell sostuvo el frontispicio de *Anatomía de la melancolía* como si fuera una hoja de pan de oro a punto de arrugarse y echarse a perder.

—Color —dijo—. Precioso.

La emoción la dejó sin palabras.

A MEDIDA QUE los impresores, los cajistas y los operadores de máquinas caían enfermos, el trabajo en el taller fue ralentizándose.

Cuando cruzábamos el patio, la gente hacía todo lo posible por mantenerse alejada de nosotras. Se había corrido la voz de quiénes éramos voluntarias de la Cruz Roja y, cuantas más personas enfermaban en Jericho, más se esforzaban por evitarnos. La señora Hogg le sugirió a la señora Stoddard que recluyera a las voluntarias en un extremo del taller. Éramos nueve, todas solteras y sin hijos. La señora Stoddard no aceptó del todo la propuesta, pero sí nos apartó un poco más y, si alguien pedía que la cambiaran de mesa, siempre accedía.

Se creó un espacio entre ellas y nosotras y, antes de que nos diéramos cuenta, todas empezamos a llamarlo «Tierra de Nadie». La señora Stoddard perdió los estribos en más de una ocasión, cuando unas páginas perfectamente plegadas o compaginadas se convertían en víctimas del «estúpido baile de evasión» que se producía cuando una de «ellas» se acercaba demasiado a una de «nosotras».

—¿Qué os pasa a todas? —nos gritó una vez.

No la había oído levantar la voz en toda mi vida.

—Si tuviera pequerrechos, haría lo mismo —contestó una de ellas.

La señora Stoddard se quedó estupefacta. Aquellas palabras retumbaron como una bofetada. «Solteras y mujeres casadas sin hijos», había dicho cuando nos pidió que nos presentáramos voluntarias. Ella conocía la razón tan bien como cualquiera de nosotras. Volvió a su escritorio sin decir nada más.

Pero la Tierra de Nadie no permaneció vacía durante mucho tiempo. Cuando el verano se acercaba renqueando a su fin, las mujeres que habían estado enfermas empezaron a recuperarse. Volvieron al taller y ocuparon la Tierra de Nadie con una especie de libertad exultante. Se reían más a menudo y hablaban más alto que «nosotras» y que «ellas», y se movían por el taller sin dejar caer jamás sus páginas. Habían estado enfermas, y yo me había sentado junto a suficientes camas como para saber que todas ellas habrían pasado miedo, incluso aunque la fiebre les hubiera bajado rápidamente y no se les hubieran llenado los pulmones de flema. Habían leído los periódicos, atendido a los hermanos a los que habían enviado de vuelta a casa desde Francia, conocido a alguien que conocía a alguien que se había despertado encontrándose bien y se había muerto antes de que anocheciera. Habían temido más aquella gripe que a los hunos, pero, ahora que la habían pasado, se sentían invencibles.

Otras mujeres enfermaron y regresaron, dos murieron y tres nunca se recuperaron del todo.

Dejamos de llamarla Tierra de Nadie.

23 de septiembre de 1918

Hola, Pegs:

Ha sido muy inteligente por tu parte informar a Iso de mi mal comportamiento en tu nota. No tolera la autocompasión y es muy estricta con las obligaciones, y mi obligación, al parecer, eres tú. No sé de dónde habrá sacado esa idea.

En cuanto se ha enterado de que he dejado todas tus cartas sin contestar, me ha regañado, me ha dado unas cuantas hojas de su mejor papel de escribir y me ha dicho que no las desperdicie. No sé muy bien qué creía que iba a hacer con ellas. Sonarme los mocos, quizá. Romperlas y tirárselas a la cara (no me han faltado ganas de hacerlo, pero, como ya te he dicho, es su mejor papel). Se ha negado a dejarme sola hasta que me ha visto coger un bolígrafo, y ahora está sentada junto a la entrada de mi cabaña. No confía en que te envíe lo que escriba.

Puede que Iso quiera que me disculpe y te diga que todo irá bien. Pero eso sería desperdiciar su mejor papel de carta. Mentiras y propaganda. Creo que a estas alturas ya sabemos lo que es esta guerra y lo que le hace a la gente. No te insultaré de ese modo.

Lo cierto es que demasiados de los chicos que pasan por aquí se parecen a Bill. Los atiendo a todos como si fueran él y, cuando mueren, es como si estuviera leyendo aquel telegrama otra vez. Es mejor cuando puedo acariciarles la cara hasta librarlos del terror, o agarrarles la mano, o susurrarles fantasías sobre el cielo al oído. Cada vez que lo hago, me imagino a alguna enfermera guapa haciendo lo mismo por Bill. Cada vez que lo hago, me libero durante un segundo del sufrimiento. De la rabia.

Ay, Peg, me siento como si me hubiera ocupado una fuerza enemiga y la única manera de librarme de ella fuese destruirme a mí misma. Mi arma, no te sorprenderá, ha sido el alcohol, pero hace una semana que no bebo. Una semana desde que Iso me encontró dormida entre mi propio vómito. Podría haber muerto ahogada, me dijo. «Muerte accidental», me dijo que la habrían llamado para evitarle la humillación a mi familia. «¿Qué familia?», le pregunté con desdén. «La que vive en la dirección que le proporcionaste a la Oficina de Guerra», me respondió con el mismo desprecio.

Eres tú, por cierto. Aunque la dirección sea la del quiosco de Turner, tu nombre será el que aparezca en el sobre.

Un beso,

Tilda

P.D. Aquí están cayendo como moscas. Antes de que lleguen a apuntar siquiera a un huno, ya están ocupando una cama de hospital. Es mucho peor que el año pasado, así que ten cuidado cuando vayas a visitar a tus enfermos. Ponte la mascarilla.

P.P.D. Creo que a Helen le habría caído bien tu señorita Garnell.

SONÓ LA CAMPANA de la hora de comer y terminé mi pliegue. Lotte terminó el suyo; esperamos a que Maude terminara el suyo.

—¿Puedo hablar contigo antes de que te vayas a comer, Peggy?

Era la señora Stoddard, que estaba de pie detrás de la silla de Maude, con las manos apoyadas en el respaldo, mirándome.

Me volví hacia mi hermana.

—Si no me da tiempo a ir a casa —dije—, me compro un bocadillo y me lo como en el patio.

—Come en el patio —dijo.

Miré a Lotte; ella asintió. Me levanté y le di un beso en la frente a Maude.

El taller ya estaba vacío cuando al fin me acerqué al escritorio de la capataz.

—Te he recomendado al señor Hall para un nuevo puesto.

—¿Qué nuevo puesto?

Sonrió.

—Lectora auxiliar.

Tardé un momento en entenderlo.

—Hay una vacante —continuó—. Más de una, en realidad. Hace un tiempo que le hablé al interventor de ti y me ha pedido que lo organizara todo.

—¿Una vacante?

—Pensé que dispondría de algo más de tiempo, pero así son las cosas. Entre la guerra y la gripe, nos está costando cumplir con los pedidos. El señor Hall ha insistido mucho en que empieces lo antes posible. —La señora Stoddard estaba nerviosa—. Si quieres el puesto, le gustaría que empezaras esta tarde.

—¿Esta tarde?

—Sé que te avisamos con poca antelación.

—Necesitaré que Maude se acostumbre a la idea —dije.

La capataz frunció el ceño y me puso la mano en el brazo.

—Peggy, Maude no necesita que la lleves de la mano.

No dije nada.

—A veces me parece que le gustaría tener un poco...

—¿De qué?

—Bueno, de independencia.

—Pues como a todas —le espeté con brusquedad.

Nos quedamos en silencio. Fue incómodo.

—Ha crecido mucho en los últimos años —continuó la señora Stoddard.

—Desde que llegó Lotte —dije, sin la menor generosidad, como una niña enfurruñada.

Me pellizqué. Bastante fuerte.

—Quizá —contestó la mujer—. O quizá solo sea que Maude ha aprovechado las oportunidades que se le han presentado. Lotte fue una, pero ha habido más.

Maude catalogando la biblioteca del *Calíope*, haciendo estrellas para Tilda, ayudando a la señorita Garnell, cocinando *stoemp* y gachas. El vestido de color albaricoque y el lápiz de labios rojo cereza. Cuidando de Jack, de mí.

—Es muy capaz, Peggy.

Negué con la cabeza. La señora Stoddard parecía afligida.

—¿No vas a aceptar el trabajo?

—No, o sea, sí.

Me estaba pidiendo que leyera los libros, no que los encuadernara. Tenía ganas de reírme. Tenía ganas de llorar.

—¿Qué te preocupa? —me preguntó.

—¿Siempre pensó que suspendería?

Tardó unos instantes en contestar.

—Tenía la esperanza de que no lo hicieras —dijo—. Y, cuando conseguiste la beca...

Bajó la mirada hacia el libro de registro.

—¿Por qué me animó?

De repente, estaba furiosa con ella. Furiosa con Gwen y con la señorita Garnell. A todas les había ido muy bien tener una buena causa, pero apenas les había importado que la buena causa fracasara.

—Porque era lo que querías —respondió—. Sabía lo difícil que sería, pero también sabía que te arrepentirías si no lo intentabas.

—¿Y usted cómo lo sabe?

Se le ensombreció la expresión y de repente todo cobró sentido.

—¿Usted intentó entrar en Oxford, señora Stoddard?

—No, nunca lo intenté.

—Pero ¿quería hacerlo?

¿Cómo describir su sonrisa? Si la dibujara, la titularía «melancolía».

—Más que nada en el mundo —contestó.

EL INTERVENTOR ME entregó una copia de las *Normas de Hart*.

—Si tiene alguna duda relativa al estilo, empiece por aquí —me dijo.

Después, me acompañó al «Departamento de Lectura», una serie de pequeños despachos situados en la planta siguiente.

—Es un escobero, me temo —dijo.

—Estoy acostumbrada a los espacios pequeños.

Pero, cuando abrió la puerta, me di cuenta de que no era un eufemismo. Los libros de consulta se amontonaban en una vieja artesa de lavandería.

—Usted es la última de una larga ristra de lectores —me explicó—. Recibirá una muestra del ejemplar justo antes de que comience a imprimirse en masa para enviarlo al taller de encuadernación. Solo tiene que comprobar que no haya errores de impresión evidentes.

—¿No corregiré pruebas?

El señor Hall sonrió.

—El ejemplar que reciba ya habrá superado con creces la fase de corrección.

—Entonces, ¿por qué me da esto?

Levanté las *Normas de Hart*.

—Se lo damos a todos nuestros lectores.

COMO LECTORA, MIS días se liberaron de los dictados de la campana del té, de la campana del almuerzo y de la Cosa Pecosa. Una mujer pasaba dos veces al día por mi despacho a ofrecerme té, y ahora disponía de un tiempo para recrearme en las hojas impresas que en el taller nunca había tenido. Pero echaba de menos el lado de las chicas y, durante aquella primera semana, encontré una excusa para visitarlo todos los días.

—¿Cómo le va a Maude? —le preguntaba a la señora Stoddard en cada visita.

—No ha perdido el ritmo en ningún momento —me contestó la primera vez.

Y luego:

—Muy bien.

Y por último:

—Si te soy sincera, Peggy, creo que tú la echas más de menos a ella que ella a ti.

Apenas volví a visitarlas después de aquello y empecé a aguardar con ilusión el final de la jornada, cuando me encontraba con Maude en el patio y me agarraba del brazo.

—Te he echado de menos, Maudie —le decía a veces.

Ella no siempre lo repetía.

LAS HOJAS SE pusieron amarillas y empecé a fantasear con el primer trimestre del año académico.

48

Cuando el primer día de octubre salió el sol, me puse furiosa.

—Cualquiera diría que el tiempo también lo controlan ellos —dije mientras Maude y yo salíamos del *Calíope*.

—¿Ellos?

—Los lores y los doctores cuyas hijas van a venir a estudiar al St Hilda's o al Lady Margaret Hall.

—O al Somerville —dijo Maude.

—Sí, Maude. O al Somerville.

Mi hermana no hizo caso de mi mal genio y me cogió del brazo.

Caminamos en silencio por las calles de Jericho y agradecí que el Somerville siguiera siendo un hospital y no un colegio universitario, que las personas que entraban y salían fueran en su mayoría hombres de uniforme o con una bata blanca. Desde que me había convertido en lectora, apenas pensaba en la señorita Garnell, excepto para preguntarme si se sentiría sola sin nuestra compañía, y para imaginármela, de vez en cuando, en la nave de las Brontë.

Mientras avanzábamos por Walton Well Road, me alegré de que la agitación del inicio del trimestre estuviera ausente de Jericho. Pero, cuando llegamos a Walton Street, Maude me apretó un poco más el brazo.

—Togas —dijo.

No miré. Pensé en el manuscrito que estaba leyendo. En los errores que no tenían nada que ver con la impresión: gramática descuidada, ideas vagas. Lo pasaría a encuadernar y dejaría que fueran otros quienes lo criticaran.

Pero las oí. Un grupo de jóvenes, todas hablando a la vez. Una voz refinada que se elevaba aquí o allá. Estaban emocionadas pero intentaban contenerse. «Lo llevan en la maldita sangre», pensé.

Maude me puso una mano en la mejilla, me miró a los ojos. Conmigo le resultaba muy fácil, y siempre me había preguntado si no sería porque se veía a sí misma y no a una extraña. Me sostuvo la mirada y las voces de las alumnas nuevas me parecieron menos ofensivas. Me sostuvo la mirada y me sentí más tranquila y menos sola. Busqué mi reflejo en sus pupilas y allí me vi, en miniatura, donde siempre había estado. Pero, cuando ajusté el enfoque para mirarla a ella en lugar de a mí, recordé que sus ojos nunca habían reflejado los míos. Nunca habían reflejado mi ira o mi decepción. Nunca habían mostrado anhelo por algo que le habían negado ni frustración hacia quienes le impedían alcanzarlo.

Si acaso, los ojos de Maude eran los ojos de mi madre. Mi hermana me estaba mirando con la misma ternura, con la misma preocupación, y en ese momento fue a ella a quien recordé. ¿Qué me había dicho, hacía tantos años? «Esta es tu única oportunidad, Peg. Por favor, por favor, aprovéchala.»

Aun así, Maude me calmó y recordé la pena que reflejaba la mirada de nuestra madre cuando me negué a volver a la escuela. «¿Por qué?», me había preguntado ella. «Por el dinero», le había mentido. «Ya encontraremos el dinero.» Sonrió como si hubiera ganado la discusión. «Por Maude», había gritado yo, y mi madre se había estremecido. Después había negado lentamente con la cabeza. «Maude no te necesita, Peg.»

Pero yo sabía que estaba mintiendo.

Y Maude sabía que no era así. Y ahora veía la pena de mi madre en los ojos de Maude. «Maude no te necesita», había repetido mi hermana como un eco cuando salimos de San Bernabé nuestro último día de colegio, y de nuevo cuando entramos en el taller, y una vez más cuando nos sentamos cada una a un lado de nuestra madre. Antes de empezar a enseñarnos los primeros pliegues, mi madre se inclinó hacia ella y le susurró: «Ya basta, Maudie. Sé buena. Peg necesita que seas buena.»

Allí de pie, entre la imprenta y el Somerville, nos comprendí de otro modo. Maude nunca me había confundido con ella: ese era mi error, mi angustia y mi carga. Maude era singular; «única en su especie», decía siempre mamá. «Como un manuscrito miniado», pensé. Era yo la que se refugiaba en nuestro dúo. Ella era mi excusa. Ella siempre había sido mi excusa.

Con delicadeza, mi hermana me volvió la cara hacia el otro lado de Walton Street para obligarme a mirar lo que me estaba perdiendo. Allí estaban, las nuevas alumnas del Somerville, con su toga negra y corta, revoloteando alrededor de la portería, intentando atisbar algo del colegio universitario que se convertiría en el suyo cuando la guerra ya no lo necesitara. El hecho de que no les permitieran entrar era mi único consuelo.

—Parecen una bandada de cuervos —le dije a Maude.

—Cuervos.

Mi hermana sonrió. Y, en ese preciso momento, un oficial salió de la portería del Somerville y espantó a la bandada. Las alumnas se echaron hacia atrás para dejarlo pasar, volvieron a echarse hacia delante. Al final, se dieron cuenta de que estorbaban y se dispersaron en grupos de dos y de tres hacia Oxford y su alojamiento temporal en el Oriel.

Tendría que haberle dado la espalda al Somerville para cruzar el arco de la imprenta. En cambio, me quedé mirando a las jóvenes hasta que la curva de Walton Street las ocultó. Me estremecí, a pesar del condenado sol. Sentí una opresión en el pecho y los ruidos de Jericho se amortiguaron. Boqueé para intentar inhalar el aire que requería mi dolor y sentí que Maude se acercaba más a mí. Pegó el vientre a mi espalda y noté que se adaptaba perfectamente a la curvatura de mi columna. Me rodeó el pecho con los brazos y me puso la barbilla en el hombro.

—Tan buena como cualquiera de ellas —me dijo al oído.

Nuestra madre le había repetido aquellas palabras miles de veces. El recuerdo me llenó los pulmones de una respiración temblorosa, porque Maude siempre la había creído.

Pero yo no.

Rosie llegó con una olla de estofado de cordero.

—La anciana señora Rowntree se está recuperando —dijo mientras la dejaba sobre la mesa y se acercaba a la cocina a buscar unos cuencos.

—La señora Townsend también —dijo Bastiaan.

—¿Cuál creéis que es su secreto?

Levanté la tapa de la olla y el *Calíope* se impregnó del olor a pimienta de Jamaica del guiso de Rosie.

Nuestra vecina se encogió de hombros.

—¿Sabéis si Maude y Lotte tardarán en llegar?

—No creo. Están con la señora Hillbrook.

—¿Cómo se encuentra?

—No ha empeorado, gracias a Dios, pero se pasa la mayor parte del tiempo durmiendo. Necesita ayuda con el niño, sobre todo. «Un culo inquieto», según Maude.

—O sea que es un trasto —dijo Rosie, y supe que estaba pensando en Jack, que siempre había sido un trasto.

—¿Alguna novedad? —pregunté.

—Ha llegado una carta, apenas una página —contestó—. Me la ha leído tu hermana. —Hizo un gesto de negación con la cabeza—. Podría haberla escrito cualquiera. —Llenó los cuencos y me pasó el mío—. Pero había una nota para Maude, como de costumbre. Y, como de costumbre, Maude se escabulló con ella. —Rosie le pasó un cuenco a Bastiaan—. ¿A ti te deja leerlas? —me preguntó.

Deseé ofrecerle una frase, un chiste o una observación que reconociera como de Jack, pero lo cierto era que Maude nunca compartía sus notas.

El estofado estaba bueno, y ya nos habíamos saciado cuando oímos a alguien corriendo por el camino de sirga.

Maude irrumpió por la escotilla, sin aliento. Me miró fijamente a los ojos, asintiendo, como hacía a veces cuando no tenía palabras y esperaba que yo adivinara lo que estaba pensando. No tenía ni idea.

—¿Qué pasa, Maudie?

Grandes jadeos que la estremecían de pies a cabeza. Algo más que una simple carrera.

—¿Es Lotte? —preguntó Bastiaan.

Ambos nos habíamos puesto de pie. Un centinela a cada lado.

Maude se volvió hacia él, negó con la cabeza, «no», asintió, «sí».
Mi hermana me miró en busca de ayuda.

—¿Es la señora Hillbrook? ¿Está peor?

Las palabras estaban atrapadas tras un muro de emoción.
Estampó un pie contra el suelo.

—Su hijo —dije—. ¿Es su hijo?

Alivio. Asintió, «sí».

—Su hijo —repitió.

—¿Está herido? —preguntó Bastiaan.

—Enfermo —dijo Maude—. Enfermo.

—¿Necesita una ambulancia, Maudie?

Cuando mi hermana asintió, Bastiaan cogió nuestros abrigos, me
ayudó a ponerme el mío y se puso el suyo.

—Iré a San Bernabé y telefonearé.

Se marchó. Rosie me entregó un paquete.

—Lo que os quedaba de pan, un poco de queso y encurtidos.

—«Todo lo que ha sido capaz de encontrar», pensé—. Puede que
sea una noche larga.

MAUDE CORRIÓ POR la orilla, subió y atravesó el puente. Para cuando
llegamos a Walton Street, nos faltaba el aire. Redujimos la velocidad,
recuperamos el aliento y nos pusimos la mascarilla. Giramos hacia
Cranham Street y sentí la opresión de las casas adosadas: estrechas,
de ladrillo desnudo y manchadas de carbón.

Dos mujeres que hablaban a la puerta de sus respectivas casas
se recluyeron en ellas. Un anciano se tocó la gorra a modo de saludo,
pero cruzó al otro lado de la calle. Eran las prisas, las mascarillas.
Ya estábamos contaminadas.

Maude empujó una puerta que se parecía a todas las demás y
subió dando saltos las empinadas escaleras que conducían a los dormitorios. Yo debería haber subido dando saltos detrás de ella, pero
el olor... ligeramente dulce, ligeramente ácido, y algo más que no

401

supe identificar. No tenía estómago para aquello y empecé a tener arcadas. Corrí hacia la cocina. La ventana apenas se abría, solo unos centímetros, pero el aire frío entró de golpe y lo engullí. Volví a la escalera y empecé a subir.

Bastiaan y yo habíamos estado visitando a ancianos. Esas casas olían a humo de tabaco viejo, a aceite de freír rancio, a veces a orina. «Vuestro trabajo —nos había dicho la enfermera de la Cruz Roja— consiste en darle de comer al gato, insistir en que tomen un poco de caldo, ayudarlos a recuperarse.» Y todos se habían recuperado, incluso la señora Townsend, que no tenía muchas ganas de hacerlo. Pero ninguna de aquellas casas había olido así.

Me agarré a la barandilla con demasiada fuerza. Sentía que tenía las piernas de plomo. Cuando llegué al rellano, el olor empeoró y deseé haber rociado mi mascarilla con desinfectante. «Más por el hedor que porque vaya a evitar que te contagies algo», me había escrito Tilda.

Vi las dos habitaciones. La señora Hillbrook estaba en una, con el pelo rubio húmedo sobre la almohada y la respiración traqueteándole en el pecho. Había un cubo junto a la cama y el vómito se había secado en la sábana que colgaba del colchón.

Me pregunté por qué no lo habrían cambiado, por qué no habrían vaciado el cubo, por qué Lotte no le estaba enjugando la frente con un paño frío. Me pregunté todas esas cosas. Y entonces lo supe.

El otro dormitorio.

Me volví hacia él. Un olor metálico, como el de la menstruación. Un trapo empapado dejado durante demasiado tiempo. Era horrible. Fétido. Le manchaban el pijama. Le manchaban la comisura de la boca. Los oí burbujear y los vi salir en forma de espumarajo por la nariz del niño.

El niño. Rubio como su madre. Con la cara del color de la lavanda.

Lotte lo cogió en brazos. Se sentó en el suelo contra el lateral de la cama y lo sostuvo como si fuera un niño mucho más pequeño. «Diez años —había dicho Maude—. Un culo inquieto.» Las piernecitas delgadas se desparramaron sobre el regazo de Lotte y ella se aferró a su cuerpo, se acomodó su cabeza en la curva del cuello.

Mocos que le brotaban como una espuma rosada de la nariz, de la boca. Lotte tenía la mejilla embadurnada de ella, la barbilla, los labios. ¿Dónde estaba su mascarilla? Se balanceó hacia delante y hacia atrás y pronunció una retahíla de palabras contra la coronilla del muchacho. En francés, me di cuenta. Sus palabras solo cesaron cuando lo besó.

Entré en la habitación. Maude estaba apoyada contra la pared, con los ojos abiertos como platos, mirando fijamente a Lotte y al niño. «Ese crío debería estar en la cama», pensé. «Incorporado», pensé. «Para que pueda respirar», pensé.

Me acerqué a ellos.

—*Nein!* —me espetó Lotte con los ojos desorbitados, y lanzó una patada que me alcanzó en la espinilla.

Empecé a comprender.

—No nos reconoce —dije.

—Asustada —dijo Maude.

«Aterrorizada», pensé. Lotte estaba aterrorizada.

Y así fue como Bastiaan nos encontró. Se quedó parado en la puerta y vio a Lotte meciendo al niño. Escuchó lo que la mujer decía y luego se sentó en el suelo, bien alejado. Le habló en voz baja y suave. Le habló en francés y Lotte empezó a escuchar.

No sé qué dijo, pero tenía una cierta cadencia. «Porque yo estaba allí», me había dicho Bastiaan. Le habló como un padre que calmaba a una niña. Calmó a Lotte, calmó a Maude y me calmó a mí. Cuando Lotte dejó de mecerse, Bastiaan gateó hacia ella arrastrando la pierna mala. Ella se aferró al niño con más fuerza y él se detuvo, pero siguió hablando con un francés suave y arrullador.

Una respiración trémula y Lotte miró a su alrededor. La fiereza le había desaparecido de los ojos. Sabía quiénes éramos, dónde estaba. Miró al muchacho que yacía en sus brazos y se le llenó el rostro de dolor. Bastiaan estaba a su lado, los abrazaba a ella y al niño.

Puede que transcurriera un minuto, puede que transcurriera una hora, no lo sé. Pero, cuando Bastiaan sacó al niño de entre los brazos de Lotte y lo tumbó en la cama, estaba muerto.

49

La señora Stoddard nos contó que Lotte se había pasado dos días durmiendo.

Durante ese tiempo, a la señora Hillbrook le bajó la fiebre y empezó a despejársele el pecho. Maude la acompañó mientras lloraba y yo me ocupé de las ollas y de la ropa sucia. No esperábamos que Lotte regresara a Cranham Street, pero lo hizo. Apenas se habían secado las últimas toallas cuando entró por la puerta principal y me dijo que ya no me necesitaban allí. Señaló el té y las tostadas que acababa de poner en una bandeja con un gesto de la cabeza.

—Ya la subo yo —dijo.

Parecía la misma de siempre, y eso me inquietó.

—¿Estás segura de que has hecho bien volviendo, Lotte? —le pregunté.

—Claro, ¿por qué no iba a volver?

No me atreví a decírselo. Cogí la bandeja y ella extendió las manos. Nos quedamos un momento quietas, cada una defendiendo su posición. Pero sabía que ella no cedería, así que le entregué la bandeja y recogí mi abrigo y mi bolso.

Lotte me acompañó hasta el vestíbulo y se detuvo a los pies de la escalera. No pensaba dejarme subir.

—No pasa nada, Peggy —me dijo—. Estoy bien.

Llamé a mi hermana:

—Maudie.

Se acercó al rellano y miró hacia abajo.

—Ha venido Lotte. Me voy a casa a preparar la cena —anuncié.

Ella asintió, despreocupada.

Volví a casa sin ella, nerviosa. Pero, una hora más tarde, Maude estaba sentada a nuestra mesa, plegando, mientras yo hervía dos huevos.

—Estrellas —respondió cuando le pregunté.

—¿Para quién?

—Señora Hillbrook.

MAUDE HABÍA PLEGADO muy poco desde que habíamos empezado nuestro voluntariado con la Cruz Roja, pero, durante la semana posterior al regreso de Lotte a casa de la señora Hillbrook, recuperó su antigua costumbre. Plegaba mientras yo preparaba el café por la mañana y la cena por la noche. Cuando le pedía que cocinara, lo hacía, cantando el proceso como Lotte le había enseñado a hacer, pero, en cuanto terminaba de comer, apartaba el plato y se acercaba los papeles. Hacía estrellas, solo estrellas, y no paraba hasta que llegaba la hora de acudir a la visita o de acostarse. Si quedaba poco carbón, nos íbamos pronto a la cama e, incluso en esos casos, Maude se llevaba los papeles para aprovechar al máximo la luz a la que yo intentaba leer.

Cerré el libro, sin molestarme en marcar la página. Tres estrellas adornaban nuestra colcha y Maude estaba a punto de completar una cuarta. «Supernovas», pensé al recordar una palabra que había visto en las páginas del *Nuevo diccionario de inglés*. Me las imaginé colgadas por toda la casa adosada de Cranham Street.

—¿Cómo está la señora Hillbrook, Maudie?

—Mejor.

—Pero ¿sigues teniendo que ir?

—Triste.

Terminó la estrella.

«Pena», pensé. La madre y la hija de la melancolía.

—Siempre estará triste —dije—. ¿Son para ella?

Maude negó con la cabeza.

—Lotte —respondió.

Y A ERA DE noche cuando las oí en la pasarela del barco. La grasa se había coagulado alrededor de las salchichas, así que las puse otra vez en la placa caliente, volví a hervir las judías y recalenté las patatas. «A Lotte le costará comerse esto», pensé, e imaginé cómo torcería el gesto. Saqué tres platos.

Maude apartó una silla de la mesa y guio a Lotte hacia ella mientras yo servía la comida. Las judías eran de color caqui y no pude evitar que, incluso a mí, se me torciera el gesto. Me preparé para su reacción y le puse uno de los platos delante. Ella lo miró sin el más mínimo atisbo de disgusto. «Sin comprender», pensé.

—*Merci* —dijo en un tono plano y bajo.

Francés, otra vez.

Me senté. Observé a Maude mientras cortaba una salchicha: una, dos, tres veces. Cuatro porciones iguales. Un viejo ritual, recuperado. Después la observé repetir el proceso con la otra salchicha.

Me comí todas las judías para quitármelas de en medio cuanto antes. Se me revolvió el estómago.

—¿Cómo está la señora Hillbrook? —pregunté, y empecé a cortar una patata.

Lotte me miró, pero no contestó. La patata estaba demasiado cocida. Aguada.

—La señora Hillbrook —repetí justo antes de meterme la patata en la boca. Intenté no escupirla. «Son buenos alimentos, Peg, no los desperdicies», me decía siempre mi madre—. ¿Cómo está?

—*Disparue* —contestó.

Tuve que pensar. *Disparue*. «Desaparecida.» Tragué. La patata no sabía bien.

—¿Se la han llevado al hospital? —pregunté.

Lotte dijo que no con la cabeza, pero su rostro no añadió nada, tenía los ojos apagados. Me di cuenta de que en realidad no me estaba mirando. Me volví hacia Maude.

—Pero ¿no me dijiste que estaba mejor? —dije, aparentando calma.

Maude asintió.

—Mejor.

Parecía asustada. Ordenó los trozos de salchicha en su plato. Me volví de nuevo hacia Lotte.

—¿Qué ha pasado, Lotte? Creía que le había bajado la fiebre.

Ella negó de nuevo.

—*Pas possible*.

—¿Cómo que no es posible?

Lotte se concentró durante un instante y fue como si acabara de despertarse.

—No ha podido —dijo con un inglés dificultoso.

—¿No ha podido qué?

—*Vivre*.

—*Vivre?*

—Vivir —susurró Maude con las manos ocupadas, ocupadísimas, reordenando las salchichas.

—¿Habéis llamado a una ambulancia?

Nada.

—Maude, ¿fuiste a buscar una ambulancia?

Asintió.

—¿Y no pudieron ayudarla?

Negó con la cabeza y se metió un trozo de salchicha en la boca; luego recolocó el resto para llenar el hueco del plato.

Me quedé mirándola mientras comía y recomponía el patrón cada vez que desaparecía un trozo.

Dejó las judías y las patatas.

—No están buenas —dijo.

—Lo sé —dije, y recogí los platos.

Lotte no había comido ni bebido nada. No hizo el menor esfuerzo por ayudar a recoger la mesa. Cuando terminamos de lavar y secar los platos, seguía sentada en el mismo sitio en el que la habíamos dejado, con la mirada clavada en algún sitio, pero sin ver nada. Estaba pálida. Más pálida que de costumbre. Le puse la mano en la frente.

—¿Caliente? —preguntó Maude, con el miedo aún atenazándole el rostro.

—No —contesté—. Pero, aun así, no está bien, ¿verdad, Maudie?

—No está bien —dijo.

Era demasiado tarde, todo estaba demasiado oscuro y Bastiaan no estaba allí para acompañarla a casa, así que ayudamos a Lotte a trasladarse a la habitación de nuestra madre. Le quitamos la falda, la blusa y el corsé. La sentamos en la cama, le quitamos los zapatos y le bajamos las medias. Maude a la izquierda, yo a la derecha. Cuando mi hermana se sentó detrás de ella y comenzó a quitarle las horquillas del moño, Lotte se mantuvo perfectamente inmóvil. Encontré el cepillo del pelo de mamá y se lo di a Maude. Luego, retrocedí hasta la cortina que separaba aquella cama de la nuestra. Observé a mi hermana mientras le desenredaba las puntas del pelo a la belga. Lotte era muy rubia y mamá siempre había sido muy morena, pero la imagen era la misma. Cepillarle el pelo a nuestra madre siempre había sido tarea de Maude. Cuando empezó a cepillárselo a Lotte, me fui.

MAUDE VINO A la cama y me amoldé a su forma. Durante un rato, escuchamos los ronquidos de Lotte.

—Ronca casi tan alto como Tilda —dije para intentar quitarle hierro a una situación a la que era imposible quitárselo.

Maude no dijo nada y pensé que ojalá Tilda estuviera allí. Me acerqué más, hasta pegarle el vientre a la espalda. Me di cuenta de que tenía las mantas agarradas con fuerza bajo la barbilla y le cogí la mano.

—¿Cómo puedo vivir? —susurró mi hermana.

—¿Qué significa eso, Maudie?

—Sin él.

Su hijo. «Un culo inquieto», había dicho Maude. Con la piel como la lavanda.

—¿Se lo oíste decir a la señora Hillbrook?

Un asentimiento.

—¿Y Lotte también?

Otro asentimiento.

Le apreté la mano con más fuerza y pensé que quizá había cosas que era mejor dejar estar. Preguntas que era mejor no hacer porque escuchar la verdad es demasiado difícil. Pero sentí quc el cuerpo de Maude se tensaba y supe que estaba esperando a que le hiciera la siguiente pregunta. La verdad le pesaba demasiado.

—¿La señora Hillbrook se ha hecho daño a sí misma, Maudie?

Un movimiento lento de la cabeza. «No.» Nos quedamos quietas. Escuchamos roncar a Lotte.

—¿Qué le dijo Lotte a la señora Hillbrook?

Una respiración profunda. Sentí que se le expandía todo el cuerpo.

—*Pas possible, pas possible* —contestó.

—¿Una y otra vez?

—Una y otra vez.

—¿Y qué hizo Lotte?

Exhaló de golpe, empezaron a relajársele los músculos. «Caliente», pensé. Estaba haciendo las preguntas adecuadas.

—Algo —dijo—. No. Bien.

—¿Estabas delante cuando Lotte hizo algo que no estaba bien?

Negó con la cabeza y sentí sus lágrimas entre nuestros dedos. Recordé el pelo del niño, rubio como el de su madre. Casi tan rubio como el de Lotte. Tan rubio como el pelo de otro niño. «*Pas possible*», había dicho Lotte. La vida era imposible para ella.

—Te mandó a buscar una ambulancia, ¿verdad, Maudie?

Mi hermana asintió.

—Aunque la señora Hillbrook estaba mejor —continué.

Maude asintió.

—¿Y cuándo volviste?

—*Disparue* —dijo, lo mismo que le habría dicho Lotte.

—Desaparecida —dije.

—No podía vivir —susurró Maude.

—¿Eso te dijo Lotte?

—Una y otra vez.

A LA MAÑANA siguiente, cuando nos despertamos, Lotte tenía una fiebre que fuimos incapaces de bajarle.

AL TERCER DÍA, la señora Stoddard llegó al *Calíope* con un médico. El hombre se golpeó la cabeza al entrar por la escotilla y luego se detuvo a observar el interior del barco.

—Al menos está limpio —dijo sin dirigirse a nadie en particular, y me habría gustado saber si lo que ocultaba tras su mascarilla era lástima o desdén.

Oyó la respiración crepitante de Lotte y se acercó a ella.

—Solo una —dijo el médico una vez estuvo junto a la cama. Nuestra capataz hizo ademán de marcharse—. Usted quédese si quiere, señora Stoddard, pero con una de estas chicas nos basta y nos sobra.

Maude ya estaba sentada en la cama, enjugándole el sudor de la cara a Lotte y cantando «Frère Jacques». Me quité de en medio.

Vi que la señora Stoddard y mi hermana incorporaban a Lotte para que el médico le auscultara el pecho. Lo vi mover el estetoscopio de una zona de su espalda a otra. La tumbaron de nuevo y el doctor le examinó los ojos, los oídos, la boca. Le cogió las manos y le inspeccionó los dedos, luego levantó la ropa de cama y le inspeccionó los de los pies. Lavanda.

—Gripe —lo oí decir, como si no lo supiéramos ya. Luego miró a Maude—. ¿Lleva así tres días?

Mi hermana asintió.

—Le falta el oxígeno —le dijo a la señora Stoddard—. ¿Me dijo que era refugiada?

La mujer asintió.

—Haré todo lo posible por encontrarle una cama de hospital. —Se volvió hacia Maude—. Ha hecho un buen trabajo, jovencita. Aquí está tan cómoda como lo habría estado en cualquier otro lugar.

La señora Stoddard lo acompañó hasta el camino de sirga y los observé a través de la ventana de la cocina. Ella le preguntó algo y él negó con la cabeza. Parecía cansado, pensé. Muy cansado.

MAUDE LE CANTÓ a Lotte hasta su último aliento, si es que a aquello podía llamársele aliento. Y siguió cantando hasta que la canción

410

infantil terminó. Era francesa. Todas habían sido francesas. Lotte debía de cantárselas a Maude cuando estaban solas.

Yo me hice a un lado y observé a la señora Stoddard mientras retiraba las almohadas que mantenían a Lotte incorporada y, con la ayuda de mi hermana, estiraba el cadáver para que quedara tumbado sobre la cama. Maude le besó las yemas de los dedos a Lotte y le colocó las manos sobre el pecho.

Ya me había encontrado allí antes. Al otro lado de la cortina. En aquella ocasión, la acompañante había sido Tilda, no la señora Stoddard, pero Maude también estaba. Mi hermana era capaz de asumir la muerte. En aquel momento, ella no recordaba el pasado ni se imaginaba el futuro. No experimentaba la compulsión de rebelarse contra ella, de devolverle la vida al cuerpo que amaba a base de gritos y golpes. Cuidaba de Lotte como había cuidado de nuestra madre, y yo me quedé mirándola hasta que no pude aguantarlo más.

El médico debía de haberle dicho a nuestra capataz que Lotte no pasaría de aquel día. Por eso se había quedado. Y se quedaría más tiempo. Ayudaría a Maude a preparar el cadáver como Maude había ayudado a Tilda. Lavarían a Lotte, la vestirían y, una vez terminaran, la señora Stoddard iría a buscar de nuevo al médico, o puede que solo al enterrador. ¿De qué iba a servir el médico a aquellas alturas? Y Maude velaría a Lotte, sin miedo. Como había velado a nuestra madre.

Las dejé para que hicieran su trabajo.

LLEGUÉ A CASA de Bastiaan empapada y tiritando. Milan me abrió la puerta.

—Está mejor.

Ni siquiera sabía que se había puesto enfermo.

—Os dejaré.

Cogió el abrigo del gancho que había junto a la puerta y se fue.

Empecé a tiritar con más fuerza y mis piernas se negaron a hacerme avanzar. Clavé la mirada en la parte inferior de la cama ocupada y me imaginé un matiz azulado en las puntas de los dedos de los pies de Bastiaan.

Y, de pronto, él se estaba levantando de la cama. Me estaba quitando el abrigo y envolviéndome en una manta. Me estaba hablando al oído, respirando con facilidad entre palabra y palabra. Sentí la calidez de su aliento en el cuello.

Su respiración. El ritmo de su respiración. «Prueba de vida», pensé.

Me derrumbé sobre el suelo y él se sentó a mi lado; le conté lo de Lotte.

—No podía volver —me dijo.

—¿A qué te refieres?

—A Bélgica. Me dijo que, si la mandaban de vuelta, no tendría fuerzas para soportarlo. Decía que a ella no le quedaba nada que reconstruir.

50

Hola, mis niñas:

Qué mal lo habéis pasado. Siento mucho lo de Lotte. Pero me alegra saber que Jack está en casa y que ha sobrevivido a la guerra con todos los dedos de las manos y de los pies y sin haber perdido el juicio por completo. Dudo que vuelva a ser el Jack que conocíais en 1914. ¿Cómo podríamos volver a ser quienes éramos entonces? Me parece muy buena idea que haya vuelto a la imprenta: puede que las antiguas rutinas lo ayuden. Mi consejo es que, entretanto, lo mantengáis alejado de los ruidos estruendosos y que empecéis a conocerlo de nuevo.

Bueno, hablando del fin de la guerra, toda la gente importante dice que llegará en cualquier momento. Los hunos seguirán disparando justo hasta el armisticio, por supuesto, y nosotros insistiremos en devolver los disparos. Por lo tanto, el final de vuestra guerra no será el final de la mía. Me quedaré hasta que no se me necesite, seis meses por lo menos (y, antes de que me lo preguntes, la esposa de Bill declinó mi oferta de ayudarla con los niños: ha hecho otros planes y va a casarse con un hombre que perdió un brazo en el Somme).

Un beso,

Tilda

«¿Cómo podríamos volver a ser quienes éramos entonces?», me pregunté. Doblé la carta y la guardé con todas las demás.

LO CELEBRAMOS. Nos unimos a la multitud y nos bebimos todo lo que nos ofrecieron, y a Bastiaan le ofrecieron muchísimo. Con la guerra ganada, su rostro era una medalla de honor; no había nada que temer ahora que ya se habían dejado la piel. «Lo conseguiste», le dijo un anciano mientras le daba una palmada en la espalda. Otros le estrecharon la mano. Una chica se acercó a él corriendo y le besó la mejilla derretida; luego volvió con sus amigas mientras se reía y se limpiaba la boca.

—¿Ha merecido la pena? —preguntó alguien.

Me volví y vi a una mujer cuya mirada huía del rostro de Bastiaan; tenía el cuerpo encorvado, aunque no a causa de la edad o de la enfermedad. Su pregunta no iba dirigida a nadie en concreto. Iba dirigida a todo el mundo. Me dio la sensación de que llevaba un tiempo haciéndola, de que era el peso de la pérdida lo que le hundía los hombros.

—¿Buscamos un lugar tranquilo? —preguntó Bastiaan alzando la voz con un acento marcado por encima del ruido de los juerguistas.

—Ya hemos librado vuestra puñetera guerra, ahora largaos a casa.

Un hombre escupió las palabras, otros las aplaudieron. Sin discutir, nos abrimos paso hacia High Street apretándonos contra los escaparates para evitar los empujones.

EL *CALÍOPE* ESTABA a oscuras, pero del *Quedarse en Tierra* brotaba una cálida luz amarilla. Me acerqué para asomarme al interior.

Maude y Jack jugando al ajedrez, Rosie tejiendo, la anciana señora Rowntree dormida en su sillón.

Bastiaan asintió y supe cómo transcurriría el resto de la velada: yo llamaría a la puerta, Rosie abriría, Maude saldría y los tres recorreríamos juntos los pocos metros que separaban el *Quedarse en Tierra* del *Calíope*. Bastiaan se aseguraría de que llegábamos a casa sanas y salvas y se despediría. Yo me metería en la cama con mi hermana y desearía que fuera con él.

A lo largo de las últimas doce horas, todo había cambiado, pero no aquella escena. No Maude. Llamé a la puerta. Rosie la abrió. Maude recogió sus cosas.

—Se acabó —dijo cuando se unió a Bastiaan y a mí en el camino de sirga.

Dentro del *Calíope*, Bastiaan se quedó de pie junto a la puerta, con la cabeza un poco agachada bajo la curva del barco. Sin quitarse el abrigo. Me cogió la mano y se la llevó a los labios.

—Se acabó —dijo.

Ya tendría que haberse puesto en marcha, ya tendría que estar diciéndonos adiós con la mano, ya tendría que haberme confirmado cuándo nos veríamos, al día siguiente o al otro. Esa era nuestra rutina, el patrón que habíamos establecido. Era lo que nos hacía seguir adelante mientras esperábamos, como esperaba todo el mundo, el final. Pero el final había llegado y, en lugar de marcharse, se llevó mi mano a la mejilla.

Se quedó allí plantado, sin moverse, con mi mano cada vez más caliente sobre su piel, con el ojo cerrado para guardarse sus pensamientos para sí. Había algo en aquel silencio entre Bastiaan y yo. Melancolía. «Ninguna persona viva está libre de ella», recordé.

—Quédate —dije lo bastante alto como para que Maude me oyera.

Abrió el ojo.

—Por favor, quédate.

Bastiaan desvió la mirada hacia detrás de mí, hacia Maude, que ya se había sentado a la mesa. Nunca se trataba solo de mí.

—Quédate —dijo ella.

Levanté la cabeza.

—¿Estás segura? —preguntó Bastiaan.

Puede que se dirigiera a ella o puede que se dirigiera a mí. Respondimos las dos.

—Quédate.

ESTÁBAMOS TUMBADOS EN la cama de mamá, el uno frente al otro y desnudos. Alargué la mano para acariciarle la curva del hombro y, al seguir por la línea del brazo, me sorprendió el crecimiento del vello: escaso en la parte superior, grueso y negro en la inferior.

Continué hasta la muñeca y la mano que tenía posada en el muslo. Le recorrí todos los dedos, le palpé todos los nudillos, sentí las estrías que le cruzaban la uña del pulgar. Aún me faltaba mucho por conocer de aquel hombre, pensé. Entrelacé mis dedos con los suyos y me llevé su mano a la cara. Quería sentir su textura en mi mejilla, las variaciones entre la palma y las yemas de los dedos. Mantuve los ojos abiertos, no quería ocultarle nada. Bastiaan tenía los dedos ásperos, surcados de cicatrices. Me los acerqué a la boca, las cicatrices se acentuaron sobre mis labios. Busqué sus formas con la lengua, como si así fueran a dejarme huella y a contarme su historia. Me sostuvo la mirada en todo momento, pero entonces flaqueó y cerró el párpado. Sentí que respiraba hondo y se le elevaba el pecho.

—Mírame —le dije.

Obedeció. Dejó escapar el aliento contenido. Dejó que su respiración recuperara un ritmo constante. Luego desplazó la mano hacia mi mandíbula y jugueteó con el lóbulo de mi oreja, me enredó los dedos en el pelo. Se me puso la carne de gallina como si una brisa me hubiera acariciado la piel. Pero apenas parpadeé. No quería perderme nada.

Volví a posarle una mano en el cuerpo y rocé con los dedos el vello de su axila, espeso y húmedo. Capté el olor de la emoción del armisticio: la alegría y los nervios, el sudor del paseo rápido a lo largo del canal. Capté el olor a alcohol que emanaba y, por debajo de todo aquello, capté el olor de su deseo. Lo probé, me lo lamí de las yemas de los dedos. Salado. Un dejo dulce. Recorrí con la mano la elevación de una franja muscular nervuda y la marca de todas y cada una de sus costillas. Estaba cubierto de cicatrices hechas por el metal, el fuego, la piedra, el bisturí del cirujano. Me tomé mi tiempo. Conté, medí. Eran pequeñas, se desvanecerían, se alisarían, pensé, pero siempre estarían ahí. Luego le acaricié el valle de la cintura y la pequeña elevación de la cadera y me sorprendió lo suave que parecía. Lo vulnerable que parecía.

—Aquí, tu piel es como la de una mujer —susurré. Luego, subí la mano hasta la parte del pecho en la que le crecía menos vello. Le rodeé un pezón con los dedos, después el otro, y me di cuenta de que tenía las areolas tan suaves que mis yemas resultaban ásperas en comparación—. Y, aquí, como la de una niña.

Desde el pecho hasta el ombligo y desde el ombligo hasta el vello del pubis. Lo tenía más áspero que el de las axilas, más rizado. Noté que se movía.

Bajó la mano con la que me había estado acariciando la nunca para impedirme seguir avanzando. Me miró a los ojos.

—Ahora me toca a mí —dijo.

Era una obra de cartografía. Ambos estábamos trazando el mapa del cuerpo del otro para saber volver.

ME DESPERTÉ DESORIENTADA. Con un dolor punzante en la cabeza y la boca seca. La luz de la habitación no era la adecuada y, durante unos segundos, olvidé dónde estaba. Luego recordé que estábamos en la cama de mamá.

«Quédate», le habíamos dicho, y se había quedado.

Moví la mano y sentí la pendiente del colchón, el calor de las sábanas. Le acaricié la piel: el valle de la cintura, la pequeña elevación de la cadera. Cerré los ojos y recordé los contornos que había trazado. El mapa de Bastiaan que había dibujado. Había sido lento, algo que iba más allá del deseo que solíamos satisfacer cuando había ocasión de hacerlo. Lo habíamos mantenido a raya durante horas. Sí, habían sido horas; lo notaba en el roce arenoso de los párpados contra los globos oculares. Los habíamos mantenido abiertos hasta que ya casi era imposible. Solo los cerramos cuando ya habíamos conocido todas las curvas, todas las cicatrices y todas las imperfecciones, cuando habíamos palpado hasta la última de las superficies y olido la naturaleza de nuestro deseo y nuestra ansiedad. Y, solo cuando ya los habíamos cerrado, hicimos el amor.

A Bastiaan se le escapaba la respiración por el lado suave de los labios. Rítmica, sin variaciones. La mano que le había puesto en la cintura no lo había despertado, y yo no tenía ninguna prisa por que lo hiciera. «Cuando se desperece —pensé—, la vida empezará de nuevo.» Eso era lo que estaba celebrando la gente. Que las cosas volvieran a ser como antes. Como si eso fuera posible.

O deseable.

Me quedé allí tumbada y pensé en otras mujeres despertándose en su cama con dolor de cabeza y la boca seca. Recordando la noche anterior, cuando habían bailado en tal o cual sala hasta que la cerveza se había acabado, cuando había abrazado a desconocidos y se habían dejado besar. O cuando se habían subido a la parte trasera de un camión que circulaba por High Street para saludar y gritar: «¡Se acabó! ¡Se acabó!».

¿Se habrían despertado, como yo, con el «Se acabó» retumbándoles en los oídos y preguntándose qué significaría en realidad? ¿Habrían pensado en el trabajo que quizá perdieran cuando todos esos hermanos, amantes y maridos regresaran a casa? ¿Habrían pensado en las libertades a las que tendrían que renunciar o por las que tendrían que luchar? La chica que había besado a Bastiaan en la mejilla lo había hecho para ganar un reto, y me imaginé a otras mujeres mirando, preguntándose si serían capaces de amar al hombre que volviera a cruzar la puerta de su casa dentro de una semana, de un mes o de un año. ¿Se habrían despertado con la convicción de que lo amarían a pesar del rostro destrozado, o de las piernas inútiles, o de los muertos que se aferraban a él y se negaban a ser enterrados?

«Se acabó», podrían pensar. Pero no era cierto.

«Melancolía», pensé. Olería a Bastiaan y sabría a sal. Jamás me libraría de ella.

El ruido de la tetera al posarse en la placa caliente. Lotte también le había enseñado a Maude una canción para eso. Permanecí inmóvil y agucé el oído para escucharla, pero Maude estaba callada. Ahora la cantaba mentalmente, aunque a veces se le escapaba algún verso.

Oí que descolgaba una taza del gancho y la colocaba sobre la encimera. Luego otra. Y luego una tercera, porque era un cielo. Oí el tumulto del hervor del agua, oí que la vertía en la tetera, que la agitaba. La tapa de la tetera. «Antes de la taza viene la tetera, y antes de la tetera viene el hervidor, y todo bien tapado para mantener el calor.» ¿Se acordaría del cubreteteras? No siempre lo hacía.

Salí de la cama y me puse la bata que colgaba a un lado del armario de mamá. Entonces oí un tintineo. «Cuando está listo el té de la mañana, se toca la campana», pensé. Miré hacia la cama, pero Bastiaan seguía dormido.

A Maude le brillaban los ojos tras una buena noche de descanso. Sonrió y luego me miró de arriba abajo.

—Es de Tilda —dijo. Extendí los brazos y di una vuelta—. Demasiado larga —sentenció.

Levanté el dobladillo del suelo para no tropezarme y me senté a la mesa con mi hermana. Sirvió mi taza, la suya. Añadió el azúcar: dos para cada una. Miró hacia el dormitorio de nuestra madre.

—¿Lo dejamos dormir? —pregunté.

Ella asintió y dejó la tercera taza vacía.

—Se acabó —dijo.

No supe qué responder.

—¿Los belgas se irán a casa?

Estaba repitiendo lo que había oído, pero yo sabía que era una pregunta.

—Puede que algunos tengan un motivo para quedarse —dije.

Volvió a mirar hacia la habitación de nuestra madre, luego hacia mí. Levantó su taza y la sostuvo con las dos manos para calentárselas. Estaba esperando una respuesta.

Bebí un sorbo de té, caliente y dulce, y pensé en todo lo que Bastiaan y yo habíamos hecho la noche anterior, y en todas las cosas que no habíamos dicho. Cuando me acabé la taza, miré a mi hermana.

—No lo sé, Maudie. De verdad que no lo sé.

Me sirvió otra taza. Le añadió azúcar.

—¿Un motivo para quedarse? —dijo.

Tenía un motivo para quedarse y otro para irse. Los dos los teníamos.

—Lo amo, Maudie. Me siento... —Iba a decir «yo misma, totalmente yo misma cuando estoy con él». Pero eso no era del todo cierto—. Me siento dividida —dije al fin.

Asintió y el brillo que le iluminaba los ojos se le apagó al agachar un poco la cabeza.

—No es por ti, Maudie.

Levantó la cabeza.

—No necesitas que te lleve de la mano.

Era mi primer intento de expresar ciertas cosas y tenía miedo de cómo me saldrían las palabras, de hasta qué punto serían acertadas.

—Creo que es por el Somerville.

Me detuve. Maude cogió su taza y bebió hasta vaciarla. Se sirvió otra y, a continuación, levantó la tapa de la tetera para examinar el interior. No se había acordado del cubreteteras, y entonces recordé que Lotte me había comentado que le estaba costando inventarse una rima para ayudarla. Yo le había sugerido *peras* y *aceras*. «No tienen sentido —había contestado— y, a fin de cuentas, el cubreteteras no es tan importante.» Me había ofendido, pero Lotte tenía razón: el cubreteteras no era tan importante. Maude se levantó de la mesa y volvió a poner el hervidor en la placa.

—¿Hay agua suficiente? —pregunté.

Levantó la tetera, calculó su peso y asintió. Después, volvió a la mesa.

Le añadí azúcar a su taza. Removí.

—El Somerville —dijo.

«El Somerville —pensé—. El maldito Somerville.» Negué con la cabeza y mi hermana me puso una mano sobre la mía, un gesto de comprensión que había visto cientos de veces.

—No dejo de soñar con el Somerville, Maudie. Sigo estudiando y los exámenes aún no se han convocado —dije.

El tumulto del hervor del agua. Bastiaan abrió la cortina del dormitorio.

Se quedó allí de pie, vestido con la ropa que llevaba el día anterior, esperando, creo, a que lo invitara a sentarse a la mesa con nosotras. No lo hice. Le estaba escrutando el rostro. No habíamos llegado a ninguna conclusión. No habíamos hecho planes. ¿Tenía un motivo lo bastante bueno para quedarse o necesitaba volver, reconstruir, sanar? Me costaba interpretar su expresión y sabía que a él le costaba interpretar la mía. Era como si nos hubiéramos vuelto a envolver en todas las capas que nos habíamos quitado la noche anterior. No estaba segura de si para ocultarnos o para protegernos.

Maude acercó la tetera recién hecha a la mesa y Bastiaan la observó mientras le servía un té. A continuación, se sentó a la mesa, frente a mí. Sin que él se lo pidiera, mi hermana le añadió dos terrones de azúcar y yo no le aclaré que Bastiaan lo tomaba sin nada. Después, le puso la taza delante y se sentó. Él bebió bajo nuestra atenta mirada y tuvo cuidado, pensé, de no reaccionar al dulzor.

Dejó la taza vacía sobre la mesa.

—Gracias, Maude. Un té muy rico.

Ella ladeó la cabeza y lo miró. Fue una mirada demasiado larga para que resultara cómoda, así que Bastiaan cambió de postura para apartar de Maude la parte destrozada de su rostro. Pero la había malinterpretado.

—Se acabó —dijo ella al fin.

—Así es —contestó él.

Mi hermana no dejaba de mirarlo y me di cuenta de qué conversación quería mantener. Sentí el impulso de intervenir, de cambiar de tema y ahorrársela a Bastiaan. Sin embargo, me levanté de la mesa y me colé tras la cortina de la habitación que compartía con Maude. La cerré a mi espalda.

—Se acabó —la oí repetir—. Los belgas se irán a casa.

Él guardó silencio, pero Maude tenía más paciencia que la mayoría de la gente. Contuve la respiración y volví a pensar en la noche anterior. Ahora conocía cada centímetro de su cuerpo, pero habíamos sido incapaces de hablar. Habíamos decidido no hacerlo. No conocía su mente.

—Sí, muchos se irán —dijo.

—¿Puede que algunos tengan un motivo para quedarse? —dijo.

Un eco, pero también una pregunta.

—Tendrán todos los motivos del mundo —dijo Bastiaan, y se me cortó la respiración—. Pero tal vez no tengan elección.

Me volví hacia el armario y saqué una falda y una blusa limpias. No era una respuesta, pensé.

Y entonces Maude volvió a hablar. Las palabras y las frases forzadas mientras las hilaba.

—Peggy —dijo.

—La amo —fue la respuesta de Bastiaan, pero yo sabía que no era eso lo que mi hermana quería saber.

—Un motivo para quedarse —afirmó Maude.

—Ya lo sé —dijo él.

Me vestí. Me hice un moño y me lo sujeté con horquillas. Luego entré en la habitación de mi madre a buscar las medias y los zapatos.

Bastiaan había hecho la cama.

Era como si no hubiéramos dormido allí. Eché un vistazo al suelo: no quedaba nada suyo. «Quédate», le había dicho Maude.

«Quédate», le había dicho yo.

51

EL DÍA POSTERIOR al armisticio fue laborable para las personas como Maude y como yo, pero la imprenta no resultó inmune a los efectos de las celebraciones y las penas del día anterior. En el taller de encuadernación faltaba un tercio de la plantilla.

—¿Has venido a echar una mano? —me preguntó la señora Stoddard cuando fui a visitarlas durante el descanso del té de la mañana.

Negué con la cabeza.

—Solo a saludar —respondí—. También andamos escasos de lectores, aunque a mí me ha beneficiado: me han dado pruebas de verdad para que busque errores de verdad, no solo fallos de impresión.

—Ya era hora —dijo la capataz del taller.

—Una lástima que no vaya a durar.

—¿Por qué dices eso?

Ella sabía la respuesta tan bien como yo.

—No soy más que una sustituta, señora Stoddard. Pronto, todos habrán vuelto a casa y yo volveré a esa mesa, a plegar páginas con Maude. Justo al mismo sitio en el que estaba hace cuatro años.

No pudo negarlo.

Las pruebas del *Diccionario abreviado del inglés actual Oxford* me esperaban en el escobero. Solo tenía que revisar las páginas del prefacio y, como era la séptima impresión, lo más probable era que no contuvieran errores. Coloqué la plegadera de hueso de mi madre y la fui deslizando por la página para inspeccionarla línea a línea. Encontré un espacio donde no tendría que haberlo, pero nada más. Repasé el resto de las páginas en busca de problemas de impresión. No los había. Trabajo terminado.

Pero no lo dejé a un lado. Busqué la palabra que me daba la sensación de resumir los últimos cuatro años.

Pérdida.

El *Diccionario abreviado* la definía solo como: «Detrimento, desventaja. Véase *perder*», decía la entrada. Retrocedí unas cuantas páginas. *Perder*: «Ser privado de, dejar de tener por negligencia, infortunio, separación, muerte».

No explicaba del todo la impresión que tenía. Desde que me había dado por vencida con el Somerville, sentía que había perdido una parte de mí misma, una idea de quién podría ser. Miré las páginas: había un espacio donde no tendría que haberlo, pensé.

Me levanté y estiré la espalda. Los ejercicios calisténicos de la señora Stoddard se habían convertido en parte de mi rutina de lectora, tal como lo habían sido de mi rutina de plegado y de mi rutina de montaje. Que la definición me pareciera adecuada o no resultaba irrelevante. Mi trabajo consistía en asegurarme de que las palabras estuvieran impresas con claridad. «Su trabajo consiste en leer los libros, no en pensar en ellos», me habría dicho la señora Hogg.

Entregué las páginas y luego me fui al taller de encuadernación a ver a Maude, no porque mi hermana necesitara supervisión, sino porque la echaba de menos.

Justo en aquel momento, la señora Hogg estaba pasando por detrás de las mesas de plegado. «Antes se dedicaba a acechar en busca de debilidades», pensé. Pero ahora no estaba acechando. Apenas miraba por encima del hombro de las pocas mujeres que se habían presentado a trabajar. El nombre de su marido había aparecido en el periódico: «Muerto en combate, cabo F. J. Hogg». La angustia de la señora Hogg había terminado; su dolor había comenzado.

Se me ocurrió, entonces, que quizá ella también tuviera su propia opinión respecto al significado de la palabra *pérdida*. Pero sabía lo que me diría si le preguntara: «Mi opinión es irrelevante».

LLEGUÉ A TIEMPO para la campana del almuerzo.

—El señor Hall nos ha concedido media hora extra con motivo del armisticio —anunció la señora Stoddard por encima del rechinar de las sillas que se apartaban de las mesas.

Maude y yo salimos al patio, donde Jack nos estaba esperando junto a la fuente.

Estaba un poco encorvado, un poco inquieto, pero, cuando nos vio, se irguió. Nos saludó con la mano y nos ofreció la mejor versión de su sonrisa. Salimos a Walton Street y descubrimos que Jericho había empezado a celebrarlo de nuevo. Jack se asustó del ruido. La mejor versión de su sonrisa flaqueó.

—¿Vienes, Jack? —gritó alguien.

Era un aprendiz de cajista, demasiado joven para haber servido. Lo acompañaban varios más, y todos esperaron a que Jack contestara. Si no hubiese perdido cuatro años, nuestro vecino podría haber sido su supervisor.

Vi que la ansiedad empezaba a crisparle los dedos. Me di cuenta de que no deseaba nada más que la tranquilidad del canal.

—Jack —dije—, ¿puedes llevarte a Maude a comer con Rosie y contigo? He quedado con Gwen.

—Claro —contestó, y se le relajó el rostro—. El deber me llama —le gritó al muchacho que esperaba una respuesta y, con una floritura de galantería le tendió el brazo a mi hermana—. ¿Me concede el honor de acompañarla, señorita Maude?

Un eco del viejo Jack. Ella lo agarró del brazo.

—Dile a Rosie que compraré algo rico en el Mercado Cubierto —dije— y que lo compartiremos después de cenar.

—Algo rico —dijo Maude, y estrechó a Jack contra ella.

—Algo rico —repitió él, que primero la miró a ella y luego me miró a mí—. La traeré de vuelta al taller a la una y media.

Oxford estaba lleno de gente a la que le habían dado el día libre o que se lo habían cogido. La mitad de ellos seguían borrachos, y me planteé si Gwen se acordaría de nuestra cita. Me había gritado la invitación desde la parte trasera de un camión que, la noche anterior, circulaba por High Street. Iba lleno de estudiantes: mujeres del

Somerville y hombres del Oriel. Al ver a las chicas, me pregunté si la señorita Penrose o la señorita Bruce lo sabrían. Seguro que habían hecho la vista gorda.

Gwen estaba sentada en los escalones del Memorial de los Mártires. Cuando me vio, se levantó, se balanceó un poco.

—Ay, querida —dijo—. Aún estoy un poco mareada por culpa del champán. —Me cogió del brazo—. O puede que sea resaca. En cualquier caso, necesito un té bien cargado.

Caminamos hasta Cornmarket Street y Gwen se detuvo ante el Hotel Clarendon.

—¿En serio? —pregunté.

Sería caro.

—¿Por qué no? —me dijo—. Estamos de celebración.

Ambas dábamos por hecho que pagaría ella.

El portero saludó a Gwen con cierta familiaridad y la seguí por el vestíbulo hasta la cafetería. Pidió una mesa cerca de la ventana.

—Para que podamos ver la alegría en la cara de la gente —dijo.

El camarero le acercó la silla a Gwen mientras esta se sentaba. Yo ocupé la mía antes de que se le ocurriera intentar lo mismo conmigo.

—No todas las caras son de alegría —dije.

El camarero nos sirvió agua en los vasos y dejó dos cartas pequeñas en la mesa. Gwen le hizo un gesto con la cabeza y él comprendió que, de momento, debía retirarse.

—La mayoría sí —replico—, y esas son las que yo elijo mirar.

Arqueé las cejas.

—Uf, no me vengas con esas. Ha habido demasiada pena durante demasiado tiempo, no creo que pase nada porque nos permitamos disfrutar de un poco de alegría frívola durante unos días.

Bajé las cejas y sonreí.

—Desde luego que no.

Gwen miró su carta. Yo la imité, pero no pude concentrarme en nada que no fueran los precios. Mi amiga dejó la carta de nuevo en la mesa, decidida.

—Y está claro que serán solo unos días, Peg. Después tendremos que sacar provecho de nuestra ventaja.

—¿Y qué ventaja es esa?

El camarero volvió. Iba vestido con una camisa blanca almidonada, pajarita y chaqueta. Llevaba el pelo ralo aceitado y la luz de la maldita lámpara de araña se le reflejaba en los zapatos. Como Gwen no pareció fijarse en nada de todo aquello, fue a ella a quien se dirigió.

—Una tetera grande de té, cargado. Y un plato de panecillos con mermelada, nata y mantequilla, si les queda —dijo.

El hombre forzó una sonrisa y sentí curiosidad por saber cómo celebraría él el armisticio cuando tuviera ocasión.

—¿Por dónde iba? —dijo Gwen.

—Sacar provecho de vuestra ventaja —contesté.

—Ah, sí. Es como salir de una crisálida. Los últimos cuatro años han sido una incubación, y nosotras, las mujeres, solo podemos emerger más brillantes, más fuertes. —Frunció el ceño—. No, no es eso.

Decidí que sí, que todavía estaba un poquito borracha.

—Lo de la incubación hace que parezca que hemos estado escondidas esperando a que llegara el cambio —continuó—. Pero eso es mentira. Nos han puesto a prueba y les hemos demostrado nuestra valía a quienes había que convencer, ¿no te parece? Hemos desempeñado sus puñeteros trabajos, fabricado sus bombas, conducido sus autobuses...

—¿Cuándo has hecho tú alguna de esas cosas?

Ignoró mi comentario y prosiguió.

—Les hemos enjugado la frente y, cuando nos pidieron que marcháramos hacia la muerte, lo hicimos, con solo una mascarilla entre el enemigo y nosotras.

Respiré hondo. Un bufido.

—Ay, Peg, perdóname.

No podía ponerle nombre a lo que sentía. Había tristeza, pero también otras cosas, todas relacionadas con el arrepentimiento. Deseé que Gwen siguiera hablando para poder dejar de recordar, pero Lotte se interponía entre nosotras. Lotte sí había marchado hacia la muerte, voluntariamente, con el rostro al descubierto para que la muerte la reconociera.

—Deberían erigir un monumento conmemorativo para las mujeres como Lotte —dijo al final Gwen con la voz más baja y las palabras más lentas. Cuando llegó nuestro pedido, se sirvió leche en la taza y metió una rodaja de limón en la mía. Comprobó que el té estuviera bien reposado—. Todas las ciudades construirán un monumento para los hombres —dijo mientras levantaba la tetera para servir—, pero no creo que haya ni uno para las mujeres.

Me quedé mirando mi taza mientras se llenaba de té. Vi que la rodaja de limón se elevaba desde el fondo y se quedaba flotando en la superficie como una balsa. Soplé con suavidad hacia el vapor que desprendía el té.

—Su sacrificio no fue glorioso ni noble —continuó Gwen—. Era una labor femenina y, por tanto, lo que se esperaba que hicieran, así de sencillo.

Bebió un sorbo de té y luego se recostó contra el respaldo de la silla. Estaba satisfecha con su observación, pero no había comprendido a Lotte en absoluto y yo no tenía fuerzas para explicárselo.

—En fin —dijo tras un minuto de silencio—, tengo una noticia emocionante: sé de buena tinta que van a convocarse elecciones generales. Y cualquier día de estos, según mi tía.

—Qué maravilloso para tu tía —repliqué.

—¿Qué se supone que quieres decir con eso?

—¿Crees que tu tía votará teniendo en cuenta mis intereses? ¿O los de Rosie o Tilda?

—Pensaba que ya habíamos superado esta discusión —contestó Gwen—. Llegará, Peg. Antes de que te des cuenta, estaremos caminando del brazo hacia las urnas.

—¿Cómo va a llegar, Gwen? Por mucho que no puedas votar en las próximas elecciones, en cuanto cumplas los treinta, tu derecho estará garantizado. El mío no. Por Dios, tienes toda la razón en lo de que las mujeres se lo han ganado, y los periódicos también lo dicen. Pero ¿cuántas de las que han fabricado bombas y conducido autobuses tienen propiedades o un título universitario? Se lo han ganado, cierto, pero las únicas que podréis votar seréis vosotras.

—¿Por qué estás tan enfadada, Peg?

¿Cómo era posible que no lo supiera?

—Porque quiero lo que tú das por sentado y, durante unos instantes, pensé que iba a conseguirlo, pero no fue así. No pude saltar todos los puñeteros obstáculos y ahora me doy cuenta de que no es al Somerville a lo único que se me impide acceder, es a todo.

Alargó la mano hacia la mía e intentó adoptar una expresión de algo parecido a la lástima. Me zafé de ella.

—Tu proyectito ha fracasado y está claro que para ti no tiene ninguna importancia, pero yo no estoy mejor de lo que estaba, Gwen, y estoy furiosa, maldita sea.

—¿Mi proyectito?

—Fue cruel —le espeté.

—Claro, porque antes de que yo te metiera esa idea en la cabeza tú estabas perfectamente feliz, ¿es eso lo que pretendes decirme? ¿Que nunca habías pensado siquiera en el Somerville? Supongo que tenías el barco forrado de libros porque lo mantenían más calentito en invierno, no porque te gustara leer ni porque te importasen un bledo las ideas que contenían.

En ese momento la odié, su privilegio y sus ventajas, su lengua acostumbrada a los debates.

—Sí, lo mantienen más calentito —dije en tono inflexible.

—Ya lo sé —replicó—. De lo contrario, no lo habría dicho.

Nos miramos a los ojos. Ambas con una expresión pétrea en la cara. Las dos sujetando nuestras respectivas tazas de té con una mano, listas para llevárnosla a los labios, para bebérnosla. Pero el gesto supondría una concesión. La primera en moverse perdería la discusión.

A ella le temblaban los labios. A mí no.

—Tú ganas —dijo, y el temblor se convirtió en una amplia sonrisa. Se acercó la taza a la boca, bebió un sorbo—. Tómatelo, Peg, que se te va a quedar frío.

No tenía la sensación de haber ganado. Vi a Gwen servirse otra taza. La vi partir un panecillo y la mantequilla y la nata me irritaron. El gasto. El hecho de que los dejara en el plato de porcelana cuando se sació. Recordé la primera vez que la había visto en las Escuelas de

Examen. Se había adelantado, había abierto las puertas sin llamar. Yo la había seguido, agradecida por el escudo de su confianza. Un poco resentida, pero eso se me había pasado. Gwen se había encargado de que así fuera y la guerra me lo había facilitado: la gente no paraba de decir que todos estábamos en el mismo barco y, durante la mayor parte del tiempo, parecía que era así. Pero ahora la guerra había terminado y ya no se esperaba que las personas como Gwen les echaran una mano a las personas como yo. Las personas como ella harían cola para votar porque las personas como yo habíamos demostrado que éramos capaces de desempeñar el trabajo de los hombres.

«Gracias a Dios que no nos odiábamos tanto como imaginábamos», escribió Gilbert Murray en su Panfleto de Oxford. «Gracias a Dios», había pensado yo.

Pero ahora odiaba un poco a Gwen.

Dejé que se me enfriara el té.

—Tengo que irme —dije, y enseguida eché la silla hacia atrás y me levanté.

—Pero si no te has comido el panecillo.

Miré el panecillo, alto y generoso, e imaginé lo rico que estaría con la mantequilla, con la nata y la mermelada. En ese momento, lo único que deseaba era sentarme otra vez y echarme a reír, ver cómo desaparecía la ansiedad del rostro de Gwen y dejar que me rellenara la taza con té caliente. Lo único que deseaba era comerme ese panecillo y perdonárselo todo.

Pero no lo hice. Me puse el abrigo y la bufanda y me recoloqué el sombrero.

—Tengo que pasar por el Mercado Cubierto antes de volver a la imprenta —dije.

Miró su reloj de pulsera.

—¿De verdad tienes que volver?

—Es mi trabajo, Gwen. No un maldito pasatiempo.

Permití que las lágrimas me rodaran libremente por las mejillas mientras caminaba hacia el Mercado Cubierto. No me las secaba ni bajaba la mirada cuando la gente se daba cuenta. Quería que me vieran, aunque no sabía muy bien por qué. Estaba harta de fingir que agradecía cualquier resquicio de buena suerte que pudiera tener, que me conformaba con eso. Me parecía una estafa, una forma de evitar que la gente como yo, como Rosie y como Bastiaan exigiéramos más de lo que otros consideraban que nos correspondía. «Quiero más», pensé, y me sentí avergonzada de inmediato.

—¿Estás bien, querida?

Una anciana con las manos callosas que sostenía una cesta en la que atisbé varias frutas magulladas. Me imaginé que debajo había cortes de carne barata y pan del día anterior.

—Quiero más —respondí.

Sacudió un poco la cabeza y me puso la mano que le quedaba libre en el brazo.

—Gracias a Dios —dijo—. Creía que acababas de enterarte de que habías perdido a alguien. Es lo que les ha pasado a algunas. En el momento más inoportuno. Y, en cierto sentido, eso hace que sea aún peor.

Me dedicó una sonrisa triste y siguió caminando.

Me asomé al Mercado Cubierto. Estaba decorado con banderas y guirnaldas y oí una voz atronadora que pregonaba bollitos de la victoria. Me pregunté si la pena sería peor cuando los periódicos estuvieran llenos de paz.

Me enjugué la cara y seguí el eco de la voz atronadora por el Mercado Cubierto. Compré seis bollitos de la victoria y me encaminé de nuevo hacia el salón de té.

Ojalá me hubiera quedado y me hubiera comido los panecillos; el mero hecho de saber cuánto costaban debería haberme mantenido pegada a la silla. «¿Qué quieres?», podría haberme preguntado Gwen si me hubiera quedado. Yo me habría encogido de hombros y es posible que ella me hubiera contestado que dejase de estar enfurruñada. Pero habría insistido, habría encontrado la manera de sacarme la verdad. Si me hubiera quedado a comerme los panecillos, creo que se lo habría permitido. Apreté un poco el paso, por si seguía esperándome.

Llegué casi sin aliento. La lámpara de araña iluminaba el interior como un escenario y vi a dos ancianas sentadas a la mesa que habíamos ocupado Gwen y yo. El camarero había retirado los panecillos, la mermelada, la nata y la mantequilla. En su lugar había sándwiches. Recorrí el resto del trayecto hasta Jericho con la cabeza gacha y la mente en las respuestas que podría haberle dado a Gwen si me hubiera quedado, si ella me hubiese esperado. Pero la verdad de lo que quería cambiaba con cada curva del camino. Al llegar a la imprenta, lo único que sabía con certeza era que quería mucho más de lo que jamás podría tener.

—¿Y quién no? —dije en voz alta.

AL FINAL DEL día, nos reunimos en el *Quedarse en Tierra*. Rosie nos dio de cenar y, cuando terminamos, saqué los bollitos.

—Panecillos de Pascua —dijo Maude con el ceño ligeramente fruncido.

—Bollitos de la victoria —dije.

Rosie cogió uno y lo abrió.

—Huele igual que un panecillo de Pascua. —Ayudó a la señora Rowntree a meterse un trocito en la boca—. ¿Tú que piensas, mamá?

Esperamos, como debíamos hacer ahora, a que la anciana señora Rowntree encontrara las palabras. Cuando llegaron, las oímos a duras penas.

—Sabe a panecillo de Pascua —dijo.

Maude cogió el suyo y lo abrió. Le ofreció la mitad a Jack.

—Se acabó —dijo mi hermana.

Jack no dijo nada, pero la miró a los ojos y ella se lo permitió. Al cabo de un rato, Maude asintió muy despacio.

—Se acabó —repitió.

El chico parecía incapaz de apartar la mirada de ella e incapaz de darle la razón.

—Hay un bollito para cada uno —dije.

Empezamos a comérnoslos, acompañados de un té. Mientras tanto, cotilleamos sobre la gente de la imprenta.

—Aggie vuelve la semana que viene —le dije a Rosie.

—Qué bien, ¿no? —contestó.

—Pues ella no está nada contenta.

—Menuda puñeta, no habrá más monos y sí menos sueldo —dijo Maude con la actitud de Aggie.

Estiró la mano para coger el último bollito y aparté el plato.

—¿Va a venir Bastiaan? —preguntó Rosie.

No iba a venir. Así lo habíamos acordado. Los dos necesitábamos unos días para pensar. Negué con la cabeza.

—¿Quién? —preguntó Maude.

—Gwen. A lo mejor. No lo sé.

Pero ya había oscurecido y estaba lloviznando y, además, tendría que sobornar al portero para que la dejara salir a aquellas horas. Ya no vendría.

Nos terminamos los dulces y vaciamos la tetera. El último bollito se quedó allí, llamando la atención. Cuando volvimos al *Calíope*, lo envolví en una servilleta y lo guardé en la panera.

AL DÍA SIGUIENTE, estaba preparando el café de la mañana cuando oí pasos sobre la pasarela del barco. Eran demasiado ligeros para ser los de Bastiaan, así que saqué el bollito de la victoria de la panera y lo rocié con unas gotas de agua. Oí que llamaban a la puerta y miré a Maude, que aún estaba dormida y no se inmutó. Puse el bollito sobre los fogones y vertí el agua hervida sobre la bolsa de café.

Gwen tenía las mejillas sonrosadas por el frío. Detrás de ella, el día apenas clareaba, así que me di cuenta de que debía de haber salido del Oriel cuando aún era de noche.

—Gwen —dije—. Lo siento.

—Sé que lo sientes —dijo—. Y por eso he venido, para que te disculpes. —Vio mi expresión y enseguida añadió—: Yo también lo siento. Y, con eso, zanjamos el asunto.

La hice pasar, le cogí el abrigo y lo colgué encima del mío. La vi quitarse los guantes y el sombrero y dejarlos en un extremo de la mesa. Creo que se había dado cuenta de que la estaba observando y que por eso dilataba todas sus acciones. «Cómo se parece a Tilda», pensé. Era una buena razón para seguir queriéndola.

—Oye, Peg —dijo mientras lanzaba una mirada en torno al *Caííope* con una expresión seria en la cara y el ceño fruncido—, creo que deberías tener más libros.

—¡Más libros! ¿Para qué iba a necesitar más libros?

Me miró y vi que una sonrisa se iba abriendo paso a través de la seriedad de su rostro.

—Porque aquí dentro hace un frío que pela.

EL BOLLITO SE había calentado y había impregnado el barco con su olor especiado. Lo serví en uno de los platos buenos de mamá y se lo puse delante a Gwen.

—¿Estamos en Pascua?

—Es un bollito de la victoria. Lo compré ayer.

—¿Especialmente para mí?

Se estaba haciendo la remilgada.

—Pues sí, la verdad. No tendría que haberte dejado sola en el salón de té.

—No tendrías que haber dejado los panecillos, estaban deliciosos.

—Ese es el mayor de mis muchos remordimientos.

—Odio los remordimientos. —Sacó algo de su bolso y lo dejó sobre la mesa. Reconocí la servilleta del salón de té. Se abrió y dejó al descubierto un panecillo—. Mételo en el horno —dijo.

—Lástima que no robaras un poco de mantequilla —dije después de hacer lo que me había pedido.

Gwen colocó una caja de papel sobre la mesa, a medio camino entre ambas. Podría haber sido una de las creaciones de Maude, y recordé que mi amiga le había preguntado cómo se hacía.

—No soy tan privilegiada como para no apreciar el valor de la mantequilla —dijo.

Abrí la caja. Dos pedacitos de mantequilla.

—Ay, Gwen.

Hizo un gesto con la mano para restarse importancia.

—Sírveme un café.

Y, entonces, un eco.

—Sírveme un café.

Allí estaba Maude, envuelta en la manta bajo la que dormíamos. Serví tres tazas de café y se sentó con nosotras a la mesa. Le pasé a Gwen su taza y Maude le pasó el bollito de la victoria.

—Uno para cada uno —dijo Maude.

Después, alargó la mano para coger el panecillo y dejé que se lo quedara. Cuando cogió la mantequilla, también dejé que se la quedara. Dejé que se lo quedara todo.

GWEN NOS ACOMPAÑÓ hasta la imprenta.

—Hoy las aulas están vacías —dijo—. La mitad de las chicas se han ido a casa, algunas para organizar fiestas de bienvenida, otras para retomar el duelo. Han suspendido las clases durante el resto de la semana.

—¿Te irás a casa? —le pregunté.

—No tenemos ni fiestas que planear ni duelos que retomar, así que creo que bastará con que vaya a comer el domingo. Y eso significa... —Me agarró del brazo—. ¡Significa que podemos almorzar panecillos todos los días!

—Almorzar panecillos —dijo Maude.

—Claro que puedes venir con nosotras —dijo Gwen, y me dio un apretón en el brazo como si supiera que iba a oponerme—. Aunque no debes abandonar a Jack; sé de buena tinta que espera con impaciencia la hora de la comida para pasarla contigo.

Era verdad. Rosie me lo había contado, yo se lo había contado a Gwen y ahora ella se lo estaba contando a Maude. Escudriñé a mi hermana en busca de alguna señal de que aquello le importaba, pero no se sonrojó, ni sonrió, ni aminoró el paso. Aun así, asintió.

—No creo que el señor Hall nos dé más pausas largas para comer —dije.

—Bueno, no iremos al Hotel Clarendon. Es muy caro. Nos quedaremos en Jericho, quizá en el salón de té de la Little Clarendon

Street. Ahora que la guerra ha terminado, tendrán que volver a acostumbrarse a nosotras, las alumnas del Somerville. Seremos la avanzadilla.

—¿«Nosotras, las alumnas del Somerville»?

—¿Por qué no?

—Porque suspendí, Gwen.

Ella se encogió de hombros.

—Soñando con el Somerville —dijo Maude.

—Ya me parecía a mí que era así —dijo Gwen.

Me solté del brazo de mi amiga.

—¿Podéis dejar de hablar de mí como si no estuviera aquí?

Gwen se detuvo.

—¿Es verdad, Peg? ¿Sigues queriendo ir al Somerville?

Maude se detuvo.

—Verdad —dijo.

Me paré en seco.

—Hice algo más que soñar, si te acuerdas. Y, después de hacer algo más que soñar, suspendí.

—Una vez —afirmó Gwen.

—¿Qué?

—Has suspendido una vez. Yo suspendí dos.

—¿Qué?

—Vaya, ahora sí que te pareces a Maude. —Se volvió hacia mi hermana—. Perdona, Maude. —Se volvió de nuevo hacia mí—. Estoy segura de que te lo había dicho.

—No, Gwen. No me lo habías dicho.

—Debía de querer que pensaras que era más inteligente de lo que lo soy.

—Jamás he pensado que fueras más inteligente de lo que lo eres.

Cejas arqueadas. Sorpresa fingida. Me agarró del brazo y echamos a andar.

52

REGALOS DE NAVIDAD.

El que yo iba a hacerle a Bastiaan estaba envuelto en un pliego sin cortar ni plegar.

—No es nada interesante —le dije cuando empezó a leerlo—. Abre el regalo y ya.

Tiró del cordel y el pliego se abrió.

Su media sonrisa.

—¿Una bufanda?

—¿No es evidente?

La levantó. La lana era azul aciano y la tensión de los puntos casi perfecta. Lou me había obligado a deshacerla tres veces. «El fracaso te hace bien, Peg», me había dicho cuando le había enseñado el resultado final.

—Póntela —le pedí.

Me pasó la bufanda.

—Me gustaría que me la pusieras tú.

Agachó la cabeza para que alcanzara. Una vuelta alrededor del cuello y un nudo delante. Tenía la longitud perfecta. Lo atraje hacia mí.

El regalo que él iba a hacerme estaba envuelto en papel de periódico, pero resultaba obvio que era un libro. Intenté adivinarlo.

—¿Rudyard Kipling?

Negó con la cabeza.

—¿Baudelaire?

—Tu francés no es lo bastante bueno —contestó.

—Pero seguirás enseñándome.

Ladeó la cabeza.

—Ábrelo.

Era un ejemplar viejo, la tela antes roja ahora era marrón y estaba desgastada en las esquinas.

HOMERO

ODYSSEAE

El original griego. Me entraron ganas de lanzarlo al otro lado de la habitación, así que lo abracé contra el pecho para evitarlo. Sin embargo, no conseguí suavizar mi tono de voz.

—No sé leerlo —dije.

—Aprenderás —contestó.

Durante unos instantes, permanecí muda, enfadada, confusa. «Inténtalo de nuevo», me había dicho la señorita Garnell cuando había ido a devolverle el manual de griego. «No. Es luchar a contracorriente.» Luego la había visto trazar una línea sobre mi nombre en el libro de registro de préstamos del Somerville.

Acaricié la bufanda que le rodeaba el cuello a Bastiaan. Le quedaba bien.

—Habría preferido a Baudelaire —dije con la voz más dulce, más triste.

—Baudelaire habría sido un consuelo —dijo.

53

Mi querida Peggy:

¡Los estadounidenses nos han conquistado a todos! Noventa y cinco medallas, cuarenta y una de ellas de oro. Se han vuelto más rápidos y fuertes desde la guerra, y a los demás nos cuesta seguirles el ritmo. Pero, en esta lucha, no nos importa perder. Los Juegos han sido un tónico magnífico para Bélgica. Durante los últimos días, dejaron que los estudiantes entráramos gratis en el estadio. Viajé a Amberes y vi a Paavo Nurmi ganar la carrera de los diez mil metros. Lo llaman el Finlandés Volador. No me avergüenza decir que lloré. Vi a hombres de todo el mundo ponerse en fila y correr codo a codo. No todos acabaron tan bien como el Finlandés Volador; de hecho, algunos estaban tan agotados cuando cruzaron la línea de meta que tropezaron y se desplomaron. Uno de ellos cayó tan cerca de donde me encontraba que lo oía jadear para intentar recuperar el aliento. Entonces, otro se agachó para ayudarlo a levantarse del suelo y los vi abrazarse. Era difícil no pensar en otros hombres haciendo lo mismo hacía apenas unos años. Intenté mantener la compostura, Peggy, pero no pude.

Los periódicos los han llamado los Juegos de la Paz, y eso fue lo que sentí, pero en esa carrera no había alemanes ni húngaros, ni austriacos ni turcos. Me pregunto cuándo los perdonaremos.

El examen final me fue bien. Seguí tu consejo y, el día anterior, alquilé una barca para navegar por el canal. Convencí a dos amigos de clase para que me acompañaran y estuvimos una hora remando, estorbando a los barcos de carga y a punto de volcar varias veces. Todos coincidimos en que seríamos mejores arquitectos que marineros y jugamos a hacernos preguntas para ver cómo llevábamos el último examen. ¡Sabíamos más de lo que pensábamos y todos hemos obtenido el diploma!

Es un buen momento para ser arquitecto, porque algunas ciudades belgas siguen pareciendo la caja de los juguetes de un niño: están llenas de estructuras a medio construir y de bloques desperdigados. Pero hay muchos debates acerca de la reconstrucción, de ahí que sea un proceso lento. Hay quienes quieren que todos los edificios sean una copia exacta de los que se destruyeron. Hay quienes quieren olvidar el pasado y construir una Bélgica nueva. Es una lucha, me parece, entre el recuerdo y la esperanza. Yo no creo que deban competir.

Lo cual me lleva de nuevo a los estadounidenses. Están ayudando a reconstruir la biblioteca de la Universidad de Lovaina. La biblioteca de Lotte. Un arquitecto estadounidense se ha encargado del diseño, y será más grande y todavía más bonita que antes. Hay muchos puestos de trabajo para recién licenciados y mis profesores me animaron a solicitar alguno de ellos. Sin embargo, durante un tiempo, no fui capaz.

Fue por mis muertos, Peggy. Aquella oportunidad en Lovaina los perturbó. No podía pensar en la biblioteca nueva sin imaginarme los escombros ennegrecidos y manchados de sangre de la antigua. No regresaron todos (parece que la mayoría de mis muertos están bastante tranquilos en el Santo Sepulcro), pero hay un niño que me visita casi todas las noches. Y una mujer. A veces tiene la cara de Lotte. Decidí que era mi reticencia lo que los tenía inquietos. Lovaina no ha sanado, y es posible que la biblioteca universitaria sea su mayor herida.

Así que solicité un puesto y acabo de enterarme de que lo he conseguido, tengo la carta delante mientras te escribo estas líneas. Dice que formaré parte del equipo responsable de los planos detallados del campanario. No creo que sea suficiente para acallar del todo a los muertos, pero es un comienzo.

La biblioteca tardará muchos años en estar lista, Peggy, pero ya he empezado a imaginármela llena de libros: están en flamenco, en francés y en alemán, y también hay muchos en inglés. Los han donado vuestras universidades. Espero que, cuando esté construida, sea otro motivo para que vengas.

Dale recuerdos a Gwen de mi parte, y también la enhorabuena. Como decías en tu última carta, «ya era hora, maldita sea».

Con cariño,

Bastiaan.

P.D. La próxima vez que visites a nuestros amigos del Santo Sepulcro, saluda a madame Wood de mi parte y ofréceles una cerveza de jengibre a los chicos. Puede que ayude, puede que no, pero me gusta pensar en ti allí.

DOBLÉ LA CARTA con cuidado. Había llegado la semana anterior y las arrugas ya empezaban a desgastarse; las palabras que contenía, a desvanecerse. La devolví al sobre y la metí entre las páginas de la *Odysseae* de Homero. El libro estaba ajado por el uso e hinchado de cartas. Algunas en inglés, otras en francés... Bastiaan seguía dándome clases. Devolví *Odysseae* a su lugar, junto a mi cama, y me acerqué a la ventana.

La gente atravesaba a toda prisa el arco del edificio de la imprenta que daba a Walton Street, como llevaban haciendo desde hacía casi doscientos años. Hombres y mujeres de Jericho, chicos y chicas que hacía unos meses ocupaban un pupitre en las aulas del colegio San Bernabé. Padres e hijos, madres e hijas; generaciones, en el caso de algunas de las familias de Jericho. Eran impresores, cajistas, tipógrafos y encuadernadoras.

Había elegido una falda lisa azul marino y una blusa blanca con una cinta de color burdeos cosida a lo largo del escote cuadrado. Sin cuello ni bordados. A los pies de la cama había unos zapatos negros. El olor a betún había inundado la habitación. Solo las medias me cubrían los pies. Estaba esperando a Maude.

Apareció por la calle ataviada con mi viejo vestido de los domingos, con el bajo un poco más recogido, con el escote rediseñado en una curva que le dejaba las clavículas al descubierto. Caminaba delante de Rosie y de Tilda, pero aferrada con fuerza a Jack. Una pareja preciosa.

Se detuvo donde siempre me había detenido yo. Miró hacia las ventanas del primer piso del Colegio Universitario Somerville. La saludé con la mano, pero no me devolvió el gesto: no se me veía detrás del cristal, detrás del reflejo de la luz de la mañana, de Walton Street, de Jericho. Pero ella siguió mirando hacia mi ventana y, cuando movió los labios, susurré las palabras con ella: «Leer los libros, no encuadernarlos».

Algunas cosas tienen que expresarse una y otra vez, tienen que compartirse y comprenderse, tienen que resonar a través del tiempo hasta convertirse en verdad y no solo en fantasía.

Tilda y Rosie llegaron a su altura. Siguieron la mirada de Maude y Tilda sonrió. Era una sonrisa de antes de la guerra, una sonrisa que mi madre habría reconocido. Había pasado mucho tiempo y había olvidado lo preciosa que era. Me aparté de la ventana y me senté a los pies de la cama. Los muelles protestaron e imaginé a otras mujeres allí sentadas, poniéndose los zapatos. Me até los cordones, me levanté y me dirigí hacia la puerta. Cuando cogí la toga que colgaba del gancho, me dio un vuelco el corazón. Era una toga de becaria, más larga y amplia que la que solían llevar la mayoría de las estudiantes. Me la había ganado. Había aprendido griego y, por segunda vez, me habían concedido una beca. «Te has abierto camino desde Jericho hasta Oxford a base de leer», me había dicho Gwen en tono burlón. «De un lado a otro de Walton Street», le había contestado. «De currante a erudita», pensé. Me puse la toga sobre mi ropa de calle.

Había pasado una semana desde que me habían entregado la toga. Una semana desde que el portero me había abierto la puerta de aquella habitación y se había disculpado porque la cama era un poco blanda y la chimenea tardaba en tirar. A veces era un poco ruidosa, me dijo, porque estaba justo encima de Walton Street. Los trabajadores de la imprenta no tenían en cuenta las necesidades de las estudiantes.

El único espejo que había en la habitación estaba encima de la chimenea. Era lo bastante grande como para que me viera la cara y los pliegues de la toga a la altura de los hombros. Me alisé el pelo, que seguía sorprendiéndome. Me lo había cortado al nuevo

442

estilo, justo por debajo de las orejas. Todo el mundo decía que me sentaba bien. «Estás completamente distinta», había comentado Tilda.

Volví a acercarme a la ventana. Seguían allí, mi hermana aún mirando hacia arriba, repitiendo la misma frase una y otra vez. Convirtiéndola en una canción. Tilda y Rosie se movieron al unísono para animar a Maude y a Jack a cruzar la calle. Me di la vuelta y salí de mi habitación.

—Llevan mucho tiempo esperando este día —me dijo el viejo portero cuando entré en la portería.

—Décadas, algunas de ellas —dije.

—Eran jovencitas como tú la primera vez que las vi, y apenas he reconocido a unas cuantas de las señoras que han pasado a saludarme esta mañana. ¡Tres de ellas ya son abuelas!

—Abuelas —repetí, y asimilé todo lo que aquello significaba.

—Debe de estar agradecida por que usted no tendrá que esperar tanto, señorita Jones.

No estaba segura de que «agradecida» fuera la palabra apropiada.

Las mujeres ya habían comenzado a congregarse.

—Una bandada de cuervos —dijo Maude.

—Sin ofender a nuestra cuerva aquí presente —dijo Tilda, que me rodeó las ondeantes alas negras con los brazos.

Avanzaron pegados a mí mientras nos dirigíamos hacia el Teatro Sheldonian, como si mi toga pudiera garantizarles la entrada. Habían pasado por delante mil veces, pero ninguno de ellos había tenido muchos motivos para pasar bajo los bustos de los filósofos barbudos. Aquellos hombres pétreos eran los guardianes de las puertas y las habían mantenido cerradas para las personas como nosotros.

—Gwen —dijo Maude.

Y allí estaba, siendo amonestada por la señorita Alice Bruce, la subdirectora, para que se pusiera en fila de una vez. Mi amiga llevaba una toga larga y negra con una capucha ribeteada de blanco y el birrete blando y de cuatro picos de las graduadas. Cuando nos vio, se apartó de la formación.

—¿No es maravilloso?

Enrolló sus alas alrededor de las mías.

—Una bandada de cuervos —dijo Maude otra vez—. Maravilloso.

—Lo cual me recuerda —dijo Gwen— que he cambiado de opinión sobre lo de casarme bien y todo eso. Me voy a meter en política.

—¿Cuándo te ha dado por ahí?

—Hace unos minutos, cuando la señorita Bruce nos ha dicho que nos pongamos en fila. —Me agarró las manos—. Tenías razón, Peg. Es mi maldito deber... para con vosotras. —Miró a Rosie, a Tilda y a Maude—. ¿Por qué es mi voto más importante que el vuestro?

—¡Señorita Lumley! —gritó la señorita Bruce—. ¿Le parece que no hemos esperado lo suficiente?

Gwen me soltó las manos y dio un paso atrás. Me miró de arriba abajo.

—La «Ciudad» con la toga de la «Universidad» —dijo—. Antes de que te des cuenta, estarás entrando en el Sheldonian, Peg.

Se fue a ocupar su lugar entre las mujeres del Somerville, del St. Hilda's, del St. Hugh's y del Lady Margaret Hall. Debía de haber más de cien entre la Biblioteca Bodleiana y el Teatro Sheldonian. La directora Penrose se colocó también en su sitio, y lo mismo hicieron Alice Bruce, la señorita Garnell y la directora del St. Hilda's. Todas estaban en fila: estudiantes, profesoras, directoras, todas ansiosas por recibir su título.

De repente, el patio que había entre los dos edificios antiguos me recordó al de la imprenta. Aquel tumulto de mujeres, al tumulto de hombres de hacía seis años.

Miré a las antiguas alumnas dispuestas en fila. Algunas tenían el pelo cano y el rostro surcado por la vida. Otras eran jóvenes y aún conservaban fresco el recuerdo de sus exámenes finales. ¿Cuántas habrían llorado a padres, hermanos y amantes? ¿Cuántas habrían llorado a sus hijos? ¿Cuáles de aquellas mujeres habrían recuperado la salud tras la enfermedad? ¿Cuáles habrían enterrado a una madre, a una hermana, a una amiga? ¿Cuántas faltarían?

«Son las supervivientes —pensé— de la guerra y de la gripe. Y ahora han triunfado sobre la tradición. Sonríen, ilusionadas por un futuro que se han ganado y que saben que se merecen.»

Alguna de las mujeres de la fila dio una instrucción. Todas se volvieron como una hacia las puertas abiertas del Sheldonian. Guardaron silencio. Se mantuvieron erguidas. Las vi marchar hacia el interior del teatro para recibir su título.

Nota de la autora

LA IDEA DE esta historia se me ocurrió en los archivos de la Oxford University Press (OUP). Estaba buscando datos que aportaran veracidad a otra novela que estaba escribiendo, *El diccionario de las palabras olvidadas*, sobre el *Diccionario de inglés Oxford*. Encontré gran cantidad de detalles en fotografías y en recortes de prensa, en los registros administrativos y en el *Clarendonian*, una maravillosa publicación interna iniciada en 1919 y concebida para ofrecer al personal de la casa la oportunidad de reencontrarse con su familia de la imprenta y con el resto de la comunidad de Jericho tras cuatro años de guerra.

En las páginas del *Clarendonian*, los trabajadores de la imprenta recordaban a los caídos y, aunque se les animaba a reflexionar sobre sus propias experiencias en la guerra, muy pocos lo hicieron; da la sensación de que, en 1919, la mayoría quería dejar la experiencia atrás. En cambio, sí aparecían anuncios de las actuaciones de la sociedad teatral, la banda y el coro de la imprenta; reportajes sobre los éxitos de sus equipos deportivos; un aviso sobre la inminente exposición de flores y verduras que mostraría los productos cultivados en Port Meadow; y había actualizaciones sobre la preparación de un monumento de guerra en honor de los cuarenta y cinco hombres de la imprenta que habían luchado y caído por su país. Sin embargo, la mayoría de las páginas del *Clarendonian* estaban ocupadas por biografías de los miembros de la plantilla de la imprenta, pasados y presentes. Desde aprendices hasta capataces, desde empleados de la sala de composición hasta trabajadores de la fundición, redactaban anécdotas divertidas, elocuentes y compasivas sobre sí mismos y sobre los demás. Esto es lo que más me gusta de los archivos: que la voz de las personas cuyos nombres jamás aparecerán en un libro de Historia me cuente cómo era la Historia. Con el *Clarendonian* me tocó el premio gordo, pero me faltaba algo; siempre falta algo.

Sabía que, durante la Gran Guerra, en «el lado femenino» del taller de encuadernación habían trabajado decenas de mujeres, pero no eran ni autoras ni objeto de las biografías del *Clarendonian*. Cuando busqué su voz en el resto de los archivos, encontré muy pocos datos. Había un par de imágenes en blanco y negro de mujeres y chicas sentadas a varias mesas de trabajo alargadas dispuestas en hileras perfectas, plegando enormes hojas de papel impreso. Había una película muda, realizada en 1925 por la Federación de Industrias Británicas, acerca de la elaboración de un libro en la Oxford University Press: en ella, una mujer monta los cuadernillos con tal ritmo y elegancia que parece que esté bailando. Y había un discurso de despedida dirigido al interventor de la imprenta, el señor Hart, con motivo de su jubilación. Cuando pasé las páginas de dicho discurso, me encontré con las chicas del taller de encuadernación: nada menos que cuarenta y siete, desde Kathleen Ford hasta Hannah Dawson. Habían firmado con su nombre, cada una con su caligrafía característica. Era la prueba de que existían.

Eso era lo único que tenía, pero con eso bastaba. Empecé a imaginarme a una mujer bailando de un lado a otro de la mesa de montaje. Me pregunté qué libro estaría colocándose por partes en el brazo y si se habría parado a leer algún fragmento. De repente, tenía un personaje.

Esta historia es ficción y todos sus protagonistas son fruto de mi imaginación, pero los lugares en los que viven, trabajan, ejercen el voluntariado y estudian son reales. La Oxford University Press y el Colegio Universitario Somerville siguen estando donde ya estaban durante la Gran Guerra, y algunas de las personas importantes para esas instituciones aparecen retratadas en mi historia. En concreto, el profesor Charles Cannan, el señor Horace Hart y el señor Frederick Hall de la OUP; y la señorita Pamela Bruce, la subdirectora Alice Bruce y la directora Emily Penrose del Colegio Universitario

447

Somerville. El discurso de la directora al que Peggy asiste en la novela está extraído casi directamente de un discurso que la directora Penrose pronunció en aquella época. Las preguntas del examen de acceso al Somerville están sacadas de un examen real propuesto varios años después de la guerra.

El campamento base del ejército situado en Étaples, Francia, también fue un lugar real. Tenía capacidad para albergar hasta a cien mil hombres y para tratar a veintidós mil en casi veinte hospitales. Era conocido por su crueldad, y los duros castigos que se les imponían a los reclutas provocaron un motín en septiembre de 1917. Uno de los incidentes que lo instigaron fue el consejo de guerra al que sometieron a cuatro soldados a raíz de una disputa iniciada cuando cortaron el agua mientras uno de ellos se duchaba. En la novela, he combinado detalles de ese y otros sucesos, pero lo cierto es que terminaron ejecutando a un soldado por el papel que había desempeñado en aquel altercado. Se llamaba Jack Braithwaite y era un australiano que servía en el 2º Batallón del Regimiento de Infantería de Otago de la NZEF, la Fuerza Expedicionaria Neozelandesa. Hoy en día, el único rastro del campamento base del ejército en Étaples es el cementerio militar, con su inquietante cenotafio y 11 504 lápidas blancas colocadas en pulcras avenidas sobre un césped bien cuidado. 10 773 de esas tumbas datan de la Primera Guerra Mundial, y la gran mayoría pertenecen a hombres de las fuerzas de la Commonwealth, entre ellas las del Reino Unido, Canadá, Australia, Nueva Zelanda, Sudáfrica y la India. Pero Étaples es también el último lugar de descanso de veinte mujeres fallecidas en ataques aéreos o por enfermedad, incluidas las enfermeras canadienses Katherine Maud, Mary MacDonald, Gladys Maude Wake y Margaret Lowe. Bajo 658 de esas lápidas descansan los restos de soldados alemanes, muchos de los cuales recibieron atención médica en el pabellón alemán como prisioneros de guerra.

Un comentario sobre el uso de la literatura y las artes visuales femeninas. La gran mayoría de las crónicas, la literatura y las representaciones artísticas sobre la Primera Guerra Mundial contemporáneas a esta fueron creadas por hombres y estaban inevitablemente centradas en las experiencias de quienes habían luchado y caído. Cuando la mirada se trasladaba hacia las mujeres, tendía a posarse en las que esperaban y lloraban la muerte de sus seres queridos. En cambio, al escribir esta historia yo quise centrarme en las mujeres que trabajaban y en las que se vieron obligadas a huir de su hogar. Además de recurrir a archivos e historias, busqué las crónicas, la literatura y el arte de las mujeres que sobrevivieron a la guerra. Casi siempre eran obra de mujeres cultas de clase media o alta, es decir, de aquellas que disponían de tiempo y medios para escribir y pintar. A pesar del sesgo a favor de las mujeres privilegiadas inherente a ese corpus, muchos de esos trabajos me resultaron de gran utilidad.

Algunas de ellas merecen un reconocimiento especial: las memorias de Vera Brittain, *Testamento de juventud*, permiten conocer la experiencia de las VAD, las integrantes del Destacamento de Ayuda Voluntaria, en la base militar de Étaples, al igual que *Sisters of the Somme: True Stories from a First World War Field Hospital* («Hermanas del Somme: Historias reales de un hospital de campaña de la Primera Guerra Mundial»), de Penny Starns. La antología de poesía escrita por mujeres durante la Primera Guerra Mundial, *Scars upon My Heart* («Cicatrices en mi corazón»), a cargo de Catherine Reilly, me reveló las diversas y a menudo complejas experiencias bélicas de las mujeres, experiencias en gran medida ignoradas por las antologías generales de poesía de la Primera Guerra Mundial. *El diario de Virginia Woolf, Vol. I (1915-1919)* fue fundamental para comprender cómo se adaptan a la guerra quienes ni luchan ni huyen ni sufren pérdidas: está ahí, en un segundo plano, pero la vida sigue. Por último, los cuadros de la artista australiana Isobel Rae me transmitieron una experiencia emocional de la base militar de Étaples que me resultó irresistible. En la actualidad, muchos de los dibujos de Rae se conservan en los archivos del Australian War Memorial. Susurran más que gritan, capturan una perspectiva que solo podría haber concebido una mujer que vivió al borde de las trincheras y junto a los enfermos, una perspectiva considerada irrelevante cuando Rae solicitó un puesto de artista bélica y la rechazaron debido a su sexo. Uno de sus dibujos representa el Motín de Étaples. Este motín también se menciona en las memorias de Vera Brittain, pero no se informó de él en su momento y estaba sometido a la ley de secretos oficiales. Parece que tanto Iso Rae como Vera Brittain infringieron la ley. Sospecho que Iso Rae habría disfrutado de la compañía de mi personaje, Tilda Taylor, y por eso las he hecho amigas. Es una decisión artística que espero que hubiera hecho feliz a la pintora.

Un comentario sobre los libros mencionados en esta historia. No los busqué ni elegí con gran cuidado, sino que más bien fueron llegando a mis manos mientras desempeñaba mi trabajo, al igual que fueron llegando a las de Peggy mientras ella desempeñaba el suyo. Ellos mismos se me dieron a conocer mientras pasaba las páginas de los archivos históricos. En todos ellos hubo algo que despertó mi interés, algo que resonaba con la historia que había empezado a contar.

En esta novela, los libros se interpretan a sí mismos. Tanto si su papel es un cameo como si son protagonistas, todos se encuentran en alguna de las estanterías de la Biblioteca Bodleiana. La Universidad de Oxford está autorizada a imprimir libros desde 1586 y, aunque no existen registros completos de todos los volúmenes impresos y encuadernados en la OUP desde aquel momento, he encontrado bastantes referencias a los aquí representados en diversas fuentes, como, por ejemplo, *The History of Oxford University Press* («La historia de la Oxford University Press»), de Gadd, Eliot & Louis (eds.) (2014) y el *Oxford University Press General Catalogue* («Catálogo general de la Oxford University Press»), de Humphrey Milford (1916). En resumen, si Peg pliega las páginas, es que esas páginas se estaban plegando en la Oxford University Press en aquel momento aproximado de la historia.

Hay cinco libros que merecen especial atención. Dan título a cada una de las partes de la historia y formaron parte de ella desde el principio. Mientras escribía, me imaginaba a Peggy plegando sus páginas, montando sus cuadernillos o cosiendo el taco. Luego me la imaginaba leyéndolos.

Al igual que Peggy, llegué a estos libros completamente ignorante. Pero, al interesarme en ellos —en su forma y en su contenido, y en lo que podrían haber significado en aquella época y en aquel lugar —, no pude evitar que me influyeran y, por tanto, tampoco que influyeran en Peggy. Así, la historia de la protagonista de esta novela se articula en torno a ellos. Si tú también quieres conocerlos un poco mejor, aquí tienes una breve biografía de cada uno.

Shakespeare's England: An Account of the Life and Manners of His Age («La Inglaterra de Shakespeare: Una crónica de la vida y la época»)

Publicado en dos volúmenes en 1916, coincidiendo con el tercer centenario de la muerte del Bardo, *Shakespeare's England* es una colección de ensayos escritos por académicos procedentes de diversas disciplinas, como el derecho, la medicina, la ciencia, la religión, las artes, el folclore, la agricultura y la industria del libro. En cada caso, el autor reflexiona sobre los escritos de Shakespeare en el contexto de la vida tal como se vivía en la Inglaterra isabelina. Fue a Sir Walter Raleigh a quien, en 1905, se le ocurrió la idea de publicar *Shakespeare's England*. La producción recayó después en sir Sidney Lee y, por último, en Charles Onions (entonces coeditor del *Diccionario de inglés Oxford*). Las preocupaciones sobre el avance del volumen fueron constantes y muchos dudaron de que llegara a publicarse a tiempo para el tricentenario del Bardo.

The Oxford Pamphlets on World Affairs («Panfletos Oxford sobre los asuntos mundiales»)

Durante 1914 y 1915, la Oxford University Press publicó una serie de ochenta y seis panfletos concebidos para informar, estimular e influir en el debate en torno a la guerra. Políticos, académicos e intelectuales públicos (todos hombres, hasta donde yo sé) escribieron sobre distintos temas relacionados con la guerra, entre ellos sus causas, lo bueno y lo malo del conflicto, las influencias y los resultados geopolíticos, las cuestiones en torno al comercio, la teología y la guerra, las obligaciones europeas para con Bélgica, las motivaciones de los alemanes para la guerra y la poesía. Peggy entra en contacto con cuatro de estos panfletos: *La guerra contra la guerra*, de A. D. Lindsay

(1914); *Reflexiones sobre la guerra*, de Gilbert Murray (1914); *¿Cómo puede ser justa la guerra?*, de Gilbert Murray (1914); y *Poder es razón*, de sir Walter Raleigh (1914).

A Book of German Verse («Un libro de poesía alemana»)

La Oxford University Press publica regularmente libros de poesía inglesa e internacional. En 1916, la nueva edición de *The Oxford Book of German Verse* («El libro Oxford de la poesía alemana») suscitó polémica. ¿Cómo iba a publicar poesía alemana una imprenta británica cuando las armas alemanas estaban asesinando a tantos británicos? Habría quienes lo consideraran poco ético, antipatriótico y de mal gusto. La Oxford University Press mantuvo su decisión de publicar la obra, pero eliminó la palabra «Oxford» del título. El resultado fue *A Book of German Poetry: From Luther to Liliencron* («Un libro de poesía alemana: De Lutero a Liliencron»), de H. G. Fiedler.

Homeri Opera III: Odysseae Libros I-XII («Obras de Homero III: *Odisea*. Libros I-XII»)

La Oxford University Press publica la colección «Oxford Classical Texts» («Textos clásicos Oxford») desde finales de la década de 1890. En ella se editan textos de las literaturas griega y latina antiguas en su lengua original. Están destinados, sobre todo, a los estudiosos de los clásicos, y los prefacios y las notas a pie de página se presentan tradicionalmente en latín, sin comentarios ni traducciones al inglés. En esta historia, Peggy pliega las páginas de la segunda edición de *Homeri Opera III: Odysseae Libros I-XII*, editada por Thomas W. Allen y publicada en 1917.

Anatomía de la melancolía

Escrita por Robert Burton y publicada por primera vez en 1621, la *Anatomía de la melancolía* es una obra de una excentricidad extraordinaria. El título original y completo en inglés es: *The Anatomy of Melancholy, What it is: with all the Kinds, Causes, Symptoms, Prognostickes, and Several Cures of it. In three Main Partitions with*

Several Sections, Members, and Subsections. Philosophically, Medicinally, Historically, Opened and Cut Up (en español no suele traducirse el título entero, pero una posible propuesta sería: «Anatomía de la melancolía, qué es, con todas sus clases, causas, síntomas y pronósticos y diversas formas de curarla. En tres partes principales con varias secciones, miembros y subsecciones. Filosófica, medicinal e históricamente abierta y despiezada»).

Es un libro sobre la melancolía, pero también sobre la literatura, la filosofía, la teología, la psicología y los mitos. La extensión del título nos revela algo sobre el autor. Burton, miembro de la Universidad de Oxford, dedicó toda su vida a verter en esta obra no solo sus lecturas, sino también su propia personalidad: «Escribo sobre la melancolía para estar ocupado en la manera de evitar la melancolía», dice en su introducción. En su empeño por controlar su propia melancolía, Burton revisó su libro cinco veces, siempre añadiendo, jamás eliminando nada, de modo que la versión publicada por la Oxford University Press en 1918 estuvo a punto de alcanzar las mil quinientas páginas. En el centro de este libro se halla el convencimiento de que la melancolía forma parte del ser humano: «De estas disposiciones melancólicas no está libre ningún hombre vivo», escribió Burton. Ni ninguna mujer.

Descubre grandes novelas sobre el poder del lenguaje y las historias que sostienen la esperanza en los momentos más difíciles

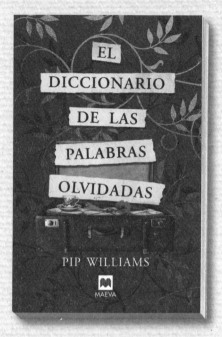

EL DICCIONARIO DE LAS PALABRAS OLVIDADAS

La redacción del primer Diccionario Oxford contada por una joven coleccionista de palabras.

Oxford, finales del siglo XIX. Huérfana de madre e irremediablemente curiosa, Esme crece en un mundo de palabras. Escondida debajo del escritorio de su padre, uno de los lexicógrafos del primer Diccionario Oxford, rescata las fichas de las palabras que se han extraviado o se han desechado, y que la ayudan a dar sentido al mundo. Con el tiempo, se da cuenta de que hay palabras que se consideran más importantes que otras, y que las relacionadas con las experiencias de las mujeres y de la gente corriente a menudo no se registran. Es así como decide recopilar palabras para otro diccionario: *El diccionario de las palabras olvidadas*, que sí refleja el lenguaje que se usa fuera del ámbito académico.

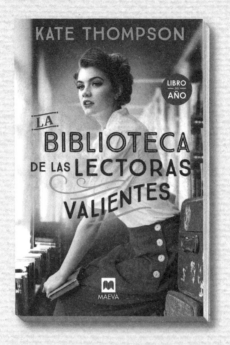

LA BIBLIOTECA DE LAS LECTORAS VALIENTES

Una declaración de amor
a los libros y a las bibliotecas.

East End, Londres, 1944. Clara Button no es una bibliotecaria cualquiera. Mientras el mundo sigue en guerra, Clara ha creado la única biblioteca subterránea del país, construida sobre las vías de la estación de metro en desuso de Bethnal Green. Allí abajo prospera una comunidad secreta con miles de literas, una guardería, una cafetería y un teatro que ofrecen refugio, calidez y distracción frente a las bombas que caen en el exterior. Junto con su glamurosa mejor amiga y ayudante, Ruby Munroe, Clara se asegura de que la biblioteca sea el corazón palpitante de la vida subterránea. Pero, a medida que la guerra se alarga, la determinación de las amigas de mantenerse fuertes ante la adversidad se pone a prueba cuando peligra la vida de sus seres más queridos.